MIRA®

Der Preis dieses Bandes versteht sich einschließlich der gesetzlichen Mehrwertsteuer.

Umwelthinweis:
Dieses Buch wurde auf chlor- und säurefreiem Papier gedruckt.

Eiskalte Versuche

Der mysteriöse Todesfall eines alternden russischen Wissenschaftlers ruft das FBI auf den Plan. Was – oder wer – trieb Vaclav Waller in den Tod? Agent Jack Dolan ermittelt. Seine Untersuchungen führen ihn nach Montana. Hier betreibt die aparte Isabella Abbott das alte Hotel „Abbott House", in dem auch Waller lebte. Jack ist von Isabella hingerissen, doch seine wahre Identität muss er ihr verschweigen. Um sie und seine Ermittlungen nicht zu gefährden, darf sie nichts von den dunklen Experimenten erfahren, die Waller und ihr Vater jahrelang in der Klinik nahe dem Abbott House durchgeführt haben. Und die ihnen jetzt zum Verhängnis geworden sind ...

Sharon Sala

Eiskalte Versuche

Roman

Aus dem Amerikanischen von
Elisabeth Schulte-Randt

MIRA®

MIRA® TASCHENBUCH
Band 25142
1. Auflage: Juli 2005

MIRA® TASCHENBÜCHER
erscheinen in der Cora Verlag GmbH & Co. KG,
Axel-Springer-Platz 1, 20350 Hamburg
Deutsche Taschenbucherstausgabe

Titel der nordamerikanischen Originalausgabe:
White Mountain

erschienen bei: MIRA Books, Toronto
Published by arrangement with
Harlequin Enterprises II B.V., Amsterdam

Konzeption/Reihengestaltung: fredeboldpartner.network, Köln
Umschlaggestaltung: pecher und soiron, Köln
Titelabbildung: by Corbis Images, Düsseldorf
Autorenfoto: © by Harlequin Enterprise S.A., Schweiz
Satz: D.I.E. Grafikpartner, Köln
Druck und Bindearbeiten: Ebner & Spiegel, Ulm
Printed in Germany
ISBN 3-89941-181-1

www.mira-taschenbuch.de

1. KAPITEL

Er war dem Tod geweiht.

Frank Walton hegte diesen Verdacht schon seit einiger Zeit, aber erst im vergangenen Monat waren seine Ahnungen bestätigt worden. Zwar hätte er gern länger auf dieser Erde verweilt, doch hatte er sein Schicksal angenommen, so wie er allen Widerwärtigkeiten des Lebens ins Gesicht geblickt hatte und mit ihnen fertig geworden war.

Pack das Problem an und überwinde es. So lautete sein Leitspruch.

Zumindest hatte er bislang so gehandelt. Aber die Auseinandersetzung mit seinem bevorstehenden Tod würde er auf später verschieben. Im Augenblick beschäftigte ihn nur eine Sache. Er hatte Heimweh – nach dem Land seiner Geburt. Er wollte die vertrauten Menschen wiedersehen, die Sprache und die Musik noch einmal hören. Ein letztes Mal, bevor es zu spät war.

Aber er konnte nicht zurück. Für die, die ihn in seiner Vergangenheit gekannt hatten, war er bereits gestorben.

Trotzdem musste er herausfinden, ob das, was er erreicht hatte, diese Entscheidungen wert gewesen war. Er verspürte das Bedürfnis, seinen Blickwinkel zu verändern. Vielleicht wusste er dann, ob er richtig gehandelt hatte.

Zu diesem Zweck war er von Montana nach New York gekommen, nach Brighton Beach in Brooklyn. Mehr konnte er sich seinen Wurzeln nicht nähern, um noch einmal die Speisen zu schmecken, die er in seiner Kindheit gegessen hatte, und die Sprache des Landes zu hören, das seine Heimat gewesen war. Doch zwei Wochen in Brighton Beach hatten ihn wohl oder übel gelehrt, dass es zu spät war und er die Zeit nicht zurückdrehen konnte.

Mit einem Lächeln auf den Lippen verließ Frank das kleine Café, in dem er zu Abend gegessen hatte. Beim Verzehr des heißen dunkelroten Borschtsch und des köstlichen Brotes waren Erinnerungen an die Mahlzeiten in ihm wach geworden, die seine Mutter ihm an den kurzen, klirrend kalten Wintertagen in seiner russischen Heimat vorgesetzt hatte.

Obwohl mildes Septemberwetter herrschte, musste er nur die Augen schließen, und Eindrücke jener Zeit kehrten in allen Einzelheiten zurück: Er sah seinen Vater vor sich, der mit seiner Musette am offenen Feuer saß, zwischen den Liedern einen Schluck Wodka trank und selbst gedrehte Zigaretten rauchte, seine Brüder und Schwestern führten wilde Tänze auf und machten die hohen Sprünge der Kosaken nach, und über dem Getöse erscholl das Lachen seiner Mutter.

Gott, ja. Dies alles hatte er hinter sich gelassen, für einen höheren Zweck. Zumindest hatte er das in den dreißig Jahren, die mittlerweile vergangen sein mochten, ein ums andere Mal vor sich selbst wiederholt. Nun, am Ende seiner Tage, begann er sich zu fragen, ob die Opfer, die er gebracht hatte, sinnvoll gewesen waren. Was hatte er erreicht? Was hatten sie zusammen erreicht?

Drei Möwen kreisten kreischend über seinem Kopf und rissen Frank aus seinen Gedanken. Er blinzelte in die Nachmittagssonne, um die verwegenen Flugmanöver zu beobachten, mit denen die Vögel auf den Strand neben der Promenade niederstießen. In Montana gab es keine Seemöwen.

Durch das gelichtete Haar schien warm die Sonne auf seinen Schädel. Er sog die frische Luft ein und atmete mit einem Seufzer wieder aus. Zum ersten Mal in seinem Leben wünschte er sich, als sterblicher Mensch an eine höhere Macht glauben zu können, denn bis dort, wohin er gehen musste, würden die Sonnenstrahlen nicht reichen.

Ein paar Häuser weiter lehnte sich eine Frau aus einem Fenster im dritten Stock und schrie auf die Straße herunter. Ein Mann, der eben aus dem Eingang trat, blieb stehen und sah nach oben. Dann rief er etwas hinauf. Seine Rufe und die der Frau vermischten sich mit dem Brausen des Verkehrs, dem diffusen Stimmengewirr der Passanten und dem Lärm eines ganz normalen Werktages. Durch die Gitter auf dem Gehweg stiegen Dampfwolken hoch, die die kehligen Vokale und Konsonanten der russischen Sprache zu ihm hin zu tragen schienen. In Franks Ohren klangen diese Töne wie Musik. Er wollte zurückrufen – die Lieder seiner Jugend singen und tanzen, bis er erschöpft aufgeben musste. Aber diesen Teil seines Lebens hatte er vor zu langer Zeit hinter sich gelassen. Nicht einmal jetzt, da der Tod zum Greifen nah war, konnte er das Wagnis eingehen und sein wahres Selbst offenbaren.

Er schob die Hände in die Taschen und schlenderte weiter die Straßen entlang, zufrieden, wenigstens an diesem Ort weilen zu dürfen.

Wasili Rostow trat, vor dem Wind Schutz suchend, in eine Mauernische und zündete sich eine Zigarette an. Als das Ende aufglomm und der Tabak zu brennen begann, inhalierte er tief und wartete auf die Wirkung. Der Nikotinstoß kam schnell. Er benebelte seine Sinne und milderte die innere Anspannung. Rostow atmete den Rauch langsam durch die Nase wieder aus und wandte sich um. Der alte Mann, an dessen Fersen er sich geheftet hatte, war noch in Sichtweite. Also konnte er sich einen zweiten Zug aus der Zigarette leisten. Dann nahm er die Verfolgung wieder auf, immer einen Häuserblock Abstand haltend. Beim Gehen ließ er den Blick an den Schaufenstern entlangschweifen und begutachtete, was Amerika an Überfluss und Wohlstand zu bieten hatte. Nicht zum ersten Mal spielte er den Gedanken durch, wie es wäre, wenn er hier bliebe. Nachdem er seinen Auftrag ausgeführt hatte, natürlich. Er liebte seine Heimat, aber das nicht enden wollende Chaos in der Staatsführung stieß ihn ab – nichts war mehr wie früher. Damals, in der kommunistischen Sowjetunion, war er der jüngste und beste Geheimagent gewesen, angesehen in den höchsten Kreisen, stolz auf seinen Status als Mitarbeiter des KGB und stolz auf seinen gestählten Körper. Die Frauen hatten ihn angehimmelt, und Kollegen beneideten ihn. Seine Vorgesetzten hatten ihm rückhaltlos vertraut.

Heute tat Rostow nichts mehr. Das nannte man Ruhestand. Für ihn war es, als hätte man ihn begraben, bevor seine Zeit zu sterben gekommen war. Er fühlte sich noch stark, auch wenn er über sechzig war. Noch immer war sein Bauch flach und hart, und sein Gesicht hatte mit den Jahren an Ausdruckskraft gewonnen, statt alt zu wirken.

Ironischerweise war der Grund, warum er aufs Abstellgleis geschoben worden war, nicht sein Alter. Schuld waren seine Schwierigkeiten, sich auf dem neuesten Stand der technischen Entwicklungen zu halten. Ein Spion, der sein Handwerk zeitgemäß ausüben wollte, musste mit allem umgehen können, vom Laser bis zum Computerchip, und das hatte Rostow überfordert. Also hatte er Tag für Tag in Spelunken herumgesessen, zusammen mit Männern, denen ein ähnliches Schicksal widerfahren war. Abends hockte er in seiner Einzimmerwohnung und sah sich auf einem Schwarzweißgerät mit Fünfundvierziger-Bildröhre das Programm des Staatsfernsehens an, während durch den Spalt unter der Eingangstür die Kochdünste seines Nachbarn drangen, wenn dieser Kohl und Kartoffeln kochte.

Rostow und seiner Familie hatte die Ära der Sowjetunion nur Gutes gebracht. Der Kommunismus hatte sein Land stark gemacht. Als er unterging, war seine Welt in Schutt und Asche versunken, in Stücke geschlagen wie die Berliner Mauer. In den Jahren nach dem Zusammenbruch hatten die Menschen auf den Straßen gestanden und ihre Habe verkauft, um nicht verhungern zu müssen. Viele verloren ihr Dach über dem Kopf. Die langen Schlangen vor Bäckereien und Lebensmittelgeschäften ließen sich noch schwerer ertragen, weil die wenigen Dinge, die es gab, von denen weggekauft wurden, die das nötige Geld hatten.

Mittlerweile hatten sich die Verhältnisse gebessert, aber wie früher würden sie nie wieder sein. Für Rostow hatte das Wort Demokratie einen obszönen Beiklang und war wie ein Fluch. Die Mafia besaß mehr Macht als die Regierung. Rostow hatte gelernt, sich in die Verhältnisse zu fügen; das war es, was er am besten konnte. Der Tagesablauf, den er sich angewöhnt hatte, bot keine großen Aufregungen, aber er genoss in seinem Ruhestand eine Behaglichkeit, die er nicht einmal als Kind gekannt hatte.

Dann, vor einer Woche, hatten sie vor seiner Tür gestanden. Vier säuerlich blickende Männer, die ihm auftrugen, unverzüglich seinen Koffer zu packen. Innerhalb weniger Stunden erhielt er die Befehle; man stattete ihn mit amerikanischem Geld und einem Mobiltelefon aus, und er wurde in ein Flugzeug nach New York gesetzt. Der Grund für seine Reaktivierung brachte Rostow beinahe zum Lachen. Man hatte ihn gewählt, weil er ein Teil der Vergangenheit war. Seine Reise nach Amerika diente nur einem Zweck: Er sollte ein Gespenst finden.

Gut. Jetzt war er hier und folgte einem alten Mann, dessen Schultern schlaff herabhingen und der eine Vorliebe für Borschtsch zu haben schien. Wie ein Geist wirkte der Alte nicht, aber nach der Gesichtsfarbe zu urteilen, würde er bald einer sein.

Im Augenblick wartete er an einer Kreuzung. Rostow blieb ebenfalls stehen und wandte sich dem Schaufenster des Juweliergeschäfts neben sich zu. Passanten mussten glauben, dass sein Interesse den Edelsteinen und Perlen in der Auslage galt; in Wahrheit diente ihm die Scheibe als Spiegel für den Fußgängerüberweg.

Rostow verharrte in seiner Betrachterpose, bis die Ampel auf Grün sprang und das Warnsignal aufblinkte. Er fuhr herum und hastete, Fahrzeugen geschickt ausweichend, über die Straße. Dann verlor er sich wieder im Strom der Passanten, mit dem auch der alte Mann sich bewegte.

Man hatte ihn informiert, dass sein Zielobjekt ein gewisser Frank Walton sei. Angeblich ein im Ruhestand lebender Botaniker aus Braden in Montana, der nach Brighton Beach gekommen war, um Urlaub zu machen. Aber Wasili Rostow war nicht ohne Grund aus seinem geruhsamen Dasein als Pensionsempfänger gerissen und nach Amerika geschickt worden. Das Foto in seiner Tasche gehörte zu dem Geheimnis, das hinter diesem Auftrag steckte. Heute Abend würde er dem alten Mann von Angesicht zu Angesicht gegenübertreten. Wenn seine Vermutungen stimmten, würde man den Namen Wasili Rostow bald mit neuer Ehrfurcht aussprechen.

Frank legte seinen Nassrasierer neben das Waschbecken, kniff die Augen zusammen und betrachtete sein Gesicht im Spiegel, bevor er sich für glatt rasiert erklärte. Er hatte Schmerzen im Bauch – das war der Krebs, der seine inneren Organe auffraß. Aber er würde der Krankheit nicht erlauben, ihm den bevorstehenden Abend zu verderben. Der Portier hatte ihm von einem wunderbaren Restaurant erzählt, nur wenige Straßenzüge vom Hotel entfernt, das zur Unterhaltung seiner Gäste eine Varietévorstellung bot. Die Gelegenheit, mehr Musik aus seiner Heimat zu hören, war zu verlockend, und er wollte sie sich nicht entgehen lassen. Ohne auf den nagenden Schmerz zu achten, trocknete er sich das Gesicht ab, verteilte nach Latschenkiefern duftendes After Shave auf der Haut und kehrte ins Zimmer zurück, wo er sich fertig ankleidete.

Morgen würde er wieder in Montana sein, zurück bei seinen Freunden und bei Isabella. Der Gedanke an das Mädchen zauberte ein Lächeln auf seine Lippen – er sah ihre dunklen lachenden Augen vor sich und das herzförmige Gesicht. Isabella war die Tochter, die er nie gehabt hatte. Sie sagte Onkel zu ihm, wie zu allen Freunden Samuels.

Samuel Abbott war Isabellas Vater. Er hatte von Anfang an die Gruppe geführt. Frank runzelte die Stirn und blickte zum Telefon. Seine zu einem Lächeln hochgezogenen Mundwinkel senkten sich. Die Freunde waren dagegen gewesen, dass er Braden verließ, und er hatte es nicht geschafft, ihnen den Grund für seine Reise begreiflich zu machen. Von der Krebserkrankung wussten sie nichts. Er würde ihnen später davon erzählen – wenn sich der Schmerz nicht länger verbergen ließ.

Frank sah noch einmal zum Telefon. Er sollte sich melden und den Daheimgebliebenen mitteilen, dass er morgen zurückflog. Dann warf er einen Blick auf seine Armbanduhr und entschloss sich anders. Es war schon spät. Er musste sich beeilen, denn er hatte einen Tisch reservieren lassen, und den Anfang der Vorstellung wollte er auf keinen Fall versäumen.

Er tat den Gedanken an den Anruf ab. Er war nicht wirklich erforderlich. Morgen um diese Zeit würde er längst wieder zu Hause sein. Dann konnte er nach Herzenslust reden.

Minuten später durchquerte er die Hotelhalle und trat auf die Straße hinaus. Mehr als ein Dutzend Menschen standen am Gehsteigrand und versuchten, ein Taxi anzuhalten. Frank warf einen prüfenden Blick auf seine Armbanduhr und runzelte die Stirn. Wenn er länger warten müsste, würde er zu spät kommen. Das Restaurant lag zwanzig Straßenzüge von hier. In seinem geschwächten Zustand eine gewaltige Entfernung; trotzdem entschied er sich, zu Fuß zu gehen.

Der Septemberabend war mild, und es herrschte lebhafter Verkehr. Nachdem die Sonne untergegangen war, hatte sich die Luft so weit abgekühlt, dass das Gehen angenehm war. Frank war offensichtlich nicht der Einzige, der sich zu einem Spaziergang entschlossen hatte. Sogar in dieser Nebenstraße waren viele Passanten unterwegs. Mit hoch erhobenem Kopf und die Schultern straff nach hinten gedrückt, schritt Frank voran. Für eine Weile gestattete er sich die Vorstellung, wieder jung und stark zu sein – und zurück in der Heimat.

Fünf Straßenzüge von seinem Ziel entfernt hörte er jemanden einen Namen rufen. Zuerst achtete er nicht darauf und ging weiter. Dann vernahm er den Namen wieder.

Vaclav Waller. Jemand hatte laut Vaclav Waller gerufen.

Frank geriet ins Stolpern, dann erstarrte er – die Angst, sich umzudrehen, war ebenso groß wie die Angst, es nicht zu tun. Bevor er sich bewegen konnte, kam von rechts ein Mann aus einem engen Häuserdurchgang auf ihn zu. Er sagte etwas. Erst jetzt begriff Frank, dass der Mann russisch mit ihm sprach.

„Entschuldigen Sie bitte", entgegnete er und spielte den Ahnungslosen. „Meinen Sie mich?"

Die Antwort kam in makellosem Englisch.

„Haben Sie etwas anderes geglaubt, alter Mann?"

Wasili Rostow trat ins Licht, und Frank Walton erschauerte. Er wusste nicht, wer der Bursche war, aber er kannte die Sorte. Den kalten, leidenschaftslosen Blick hatte er in jungen Jahren oft genug gesehen, um zu wissen, wo er den Mann einordnen musste, der ihn jetzt musterte. Mit dem Begreifen kam die Erkenntnis, dass sie ihn gefunden hatten – nach all diesen Jahren, da er beinahe am Ende seines Lebens stand.

„Ich glaube, Sie verwechseln mich“, murmelte Frank und ging weiter. Nach drei Schritten packte der Kerl seinen Arm.

„Ich irre mich nicht“, sagte Rostow, wieder auf Russisch. „Wir unterhalten uns jetzt.“

Bevor Frank um Hilfe rufen konnte, hatte der Mann ihm ein Messer an die Kehle gesetzt und ihn gewaltsam in den dunklen Häuserdurchgang gezerrt, aus dem er gekommen war. Noch immer auf Russisch, befahl er Frank mit scharfer unterdrückter Stimme, sich still zu verhalten, und drückte die Klinge fester gegen seinen Hals.

Eine plötzliche stechende Empfindung genügte Frank, um zu wissen, dass der Mann seine Haut geritzt hatte und Blut austrat. Die Angst ließ ihn augenblicklich verstummen, dann stieg Zorn in ihm hoch. Er mochte alt sein und dem Tod geweiht, aber bedrohen ließ er sich nicht – heute ebenso wenig wie damals und auch nicht von Gestalten der Sorte, zu der sein Angreifer gehörte.

„Ich weiß, wer Sie sind“, sagte der Mann.

Frank antwortete auf Englisch: „Keine Ahnung, wovon Sie reden.“

Das stechende Gefühl an seiner Kehle steigerte sich zu Schmerz.

„Lügen hat keinen Sinn, Alter. Ich kenne Sie aus Minsk. Damals hatte ich den Auftrag, Sie während eines Symposiums für Mediziner zu überwachen. Sie stammen aus Georgien und haben in Moskau studiert. 1969 wurden Sie für den Nobelpreis vorgeschlagen, und 1970 kamen Sie angeblich bei einem Flugzeugabsturz über den südöstlichen Küstengewässern der Vereinigten Staaten von Amerika ums Leben.“

Frank unterdrückte ein Stöhnen. Er konnte sich nicht erklären, wie es zu seiner Entdeckung gekommen war, aber die Verantwortung trug nur er selbst. Jemand musste ihn erkannt haben. Er war nach Brighton Beach gereist, um sich an seine Herkunft zu erinnern, und hatte damit das Kartenhaus zum Einsturz gebracht, das seine Existenz gewesen war.

„Was wollen Sie?“ fragte er. „Ich habe Geld. Nehmen Sie meine Brieftasche. Sie steckt im Innenfutter meiner Jacke.“

Rostow fluchte. „Ich will nicht Ihre Dollars, Alter. Ich will die Wahrheit.“

Frank kniff die Augen zusammen. Dieses Mal hatte der Mann englisch gesprochen. Kaufte er ihm seine Geschichte mittlerweile ab, oder spielte er nur Katz und Maus mit ihm?

„Ich weiß nicht, von welcher Wahrheit Sie sprechen“, sagte er. „Nehmen Sie mein Geld und lassen Sie mich gehen. Ich will keinen Ärger.“

In diesem Moment raste ein Auto an der Sackgasse vorbei. Gleichzeitig war Sirenengeheul zu hören, das rasch näher kam. Rostow verstärkte seinen Griff.

Der Mann wird nervös, bemerkte Frank. Höchstwahrscheinlich waren die Cops hinter jemand anderem her, doch vielleicht konnte er die Situation für sich ausnutzen.

„Die Polizei kommt“, behauptete er. „Man hat gesehen, wie Sie mich in diesen Häuserdurchgang gezerrt haben. Lassen Sie mich gehen. Ich werde nichts verraten. Ich bin ein alter Mann und froh, wenn ich meine Ruhe habe.“

„Mit Ihrer Ruhe ist es vorbei“, sagte Rostow. „Spätestens wenn wir in Moskau sind. Dann können Sie reden, so viel Sie wollen ... bei meinen Vorgesetzten.“

Aus dem Augenwinkel bekam Frank mit, wie der Mann eine Hand in die Jackentasche schob. Er wusste, was jetzt kam. In der Tasche befand sich eine Injektionsnadel mit einer Droge, die ihn bewusstlos machen würde. Die Entscheidung zu treffen kostete ihn nur einen Moment. Ja, er hatte die Heimat vor seinem Tod noch einmal sehen wollen, aber nicht auf diese Art. Dass er sterben würde, stand fest. Ob es früher oder später geschah, spielte keine Rolle mehr.

Bevor Rostow begriff, was passierte, war Frank Waltons Hand hochgeschnellt, und der alte Mann hatte ihm mit überraschender Kraft das Messer entwunden. Er holte aus und rammte sich die Klinge selbst in die Brust.

Rostow stieß einen verblüfften Laut aus. Jäh wich er einen Schritt zurück, aber zu spät. Der Schaden war geschehen.

„Was haben Sie getan?“ schrie er, als Frank Walton zu Boden sank.

Frank schmeckte Blut in seinem Mund. „Ich habe den Informanten umgebracht“, murmelte er und atmete langsam aus. So also fühlte sich das Sterben an. Alle Gedanken hörten auf. Hatte er dem Krebs doch noch ein Schnippchen geschlagen.

Zwei weitere Polizeiautos jagten an der Einmündung des Häuserdurchgangs vorbei. Offenbar verfolgten sie den Wagen von vorhin, aber Rostow war nervös. Er hatte den Alten falsch eingeschätzt und war von ihm hereingelegt worden.

Er ging in die Hocke, nahm dem Toten eilig alle persönlichen Gegenstände ab und wischte mit Waltons Taschentuch seine Fingerabdrücke vom Messer. Er musste sich beeilen, denn er hatte keine Lust, in dem Durchgang gesehen zu werden, während er sich über die am Boden liegende Gestalt beugte. Schließlich warf er das Messer in eine nicht weit entfernt stehende Mülltonne und verschwand über den Zaun am Ende der Sackgasse.

Fünf Straßenzüge weiter nahm er das Geld und die Papiere aus Waltons Brieftasche, steckte die Hotelschlüssel des Toten ein und warf die leere Lederbörse in den Abfallkorb an einer Bushaltestelle. Die Leiche würde nicht vor dem nächsten Morgen gefunden werden, und die Identifizierung würde einige Zeit in Anspruch nehmen. Zuversichtlich, dass die Polizei den Toten für das Opfer eines Raubüberfalls halten würde, machte er sich auf den Weg zu Franks Hotel. Der verrückte Alte hatte seine Pläne gründlich durcheinander gebracht. Entweder musste Rostow nun seinen Vorgesetzten anlügen oder eingestehen, dass er zu alt für diese Arbeit war.

Erst als er an der nächsten Kreuzung auf Grün wartete, wurde ihm bewusst, dass der Alte seine letzten Worte russisch gesprochen hatte, fließend und akzentfrei.

Mit einem Fluch auf den Lippen überquerte Rostow die Fahrbahn. Er konnte nur hoffen, in Waltons Hotelzimmer etwas zu finden, womit sich die Mächtigen bei Laune halten ließen, die zu Hause über ihn bestimmten.

Wenige Minuten später betrat er die Lobby des *Georgian*. Ziemlich sicher, dass niemand von ihm Notiz nahm, ging er zum Aufzug. Da er dem Alten mehr als einmal gefolgt war, wusste er, wo dessen Zimmer sich befand. Im sechsten Stock trat er aus der Kabine. Der Korridor war leer. Rostow verlor keine Zeit und steuerte geradewegs auf die Nummer 617 zu.

Sobald er die Tür hinter sich geschlossen hatte, machte er sich daran, den Raum gründlich zu durchsuchen. Er hoffte, etwas zu finden, das ihm eine Antwort auf die Frage gab, warum Vaclav Waller seinen eigenen Tod inszeniert und womit er sich in den vergangenen dreißig Jahren beschäftigt hatte. Alles, was er fand, waren ein paar altmodische Kleidungsstücke und ein Flugticket nach Braden in Montana. Der Flieger ging morgen Vormittag um neun Uhr fünfundvierzig.

Rostow hielt einen Augenblick inne und dachte nach. Dann huschte ein schwaches Lächeln über seine ernsten Züge. Er hatte Waltons Ausweis. Sein Foto gegen das eigene auszuwechseln war eine Kleinigkeit; dann konnte er mit Waltons Ticket nach Braden fliegen.

Er nickte zufrieden, ließ das Ticket in seiner Jackentasche verschwinden und begann, Waltons Sachen zu packen. Besser, er verhinderte, dass die Hotelverwaltung aufmerksam wurde, weil der alte Mann nicht wieder auftauchte. Dazu musste er nur den Zimmerschlüssel auf dem Bett liegen lassen und dafür sorgen, dass Frank Waltons Gepäck verschwand. Dann nahm man im Hotel an, er sei abgereist. Die Übernachtungskosten wurden über die Kreditkarte abgerechnet, die am Tag der Anmeldung vorgelegt werden musste. Niemand dachte sich etwas dabei, wenn der Gast nicht mehr persönlich erschien.

Weniger als eine Stunde später war Zimmer 617 geräumt und Rostow hatte das Hotel verlassen. Alles, was einen Hinweis auf Frank Waltons Anwesenheit in Brighton Beach hätte geben können, befand sich in seinem Besitz.

Als er bei der Arbeit erschien, hatte Detective Mike Butoli einen üblen Kater und Schmerzen in seinem gebrochenen Zeh. Der Kaffee, den er sich im Coffeeshop an der Ecke geholt hatte, war zu dünn. Heute Morgen hätte er eine Portion von dem Gebräu brauchen können, das sein alter Herr immer gekocht hatte, dazu einen guten Schuss „Katermörder". Dann würde er den Tag vielleicht halbwegs durchstehen. Aber sein Vater war seit Jahren tot, und er musste allein durch die Hölle der Ausnüchterung, nachdem er gestern Abend einen schwachen Moment gehabt hatte.

Dieses Mal hatte er fast sechs Monate ohne Alkohol durchgehalten. Er war wütend auf sich selbst, der Versuchung nicht widerstanden zu haben. Wenn er trank, hatte er Aussetzer. Deswegen erinnerte er sich nicht an die Reihenfolge – hatte er sich zuerst den Zeh gebrochen und dann einen Drink gekippt oder umgekehrt? So, wie er sich fühlte, spielte es keine Rolle mehr. Sein gottverdammter Fuß tat fast so weh wie sein Schädel.

„He, Butoli. Sie sehen zum Erbarmen aus."

Butoli warf Larry Marshall einen finsteren Blick zu und überlegte, ob er den ekelhaften Kaffee auf das saubere weiße Hemd dieses Angebers schütten sollte. Er entschied sich dagegen. Wie der Mann überhaupt bis zum Detective hatte aufsteigen können, war ihm ein Rätsel.

„Ausgerechnet Sie müssen das sagen", brummte er, stellte den Styroporbecher auf dem Schreibtisch ab und zog das Jackett aus.

„Machen Sie sich's nur nicht zu gemütlich", sagte Marshall. „Flanagan hat nach Ihnen gefragt."

Butoli fuhr auf dem Absatz herum und ging humpelnd zum Büro seines Vorgesetzten.

„Lieutenant, Sie wollten mich sprechen?"

Barney Flanagan blickte auf und runzelte die Stirn. Butoli war ein verdammt guter Polizist, wenn er trocken war. Aber etwas sagte ihm, dass sein Detective gestern Abend einen „schwachen Moment" gehabt hatte.

„Sind Sie betrunken?" knurrte er.

„Nein, Sir. Jetzt nicht mehr."

„Warum lehnen Sie sich dann gegen meine Tür, zum Teufel? Stehen Sie gerade, Mann."

„Ich habe mir den Zeh gebrochen. Gerader kann ich nicht stehen."

Flanagan murmelte etwas Unverständliches und schob eine Akte über den Schreibtisch.

„Die Müllabfuhr hat einen Toten in dem Häuserdurchgang hinter *Ivana's Bar and Grill* gefunden. Machen Sie sich an die Arbeit."

Butoli nahm wortlos die Akte und hinkte zur Tür zurück.

„Butoli!"

Er blieb stehen und drehte sich um. „Ja, Sir?"

„Mich interessiert es einen Dreck, was Sie in Ihrer Freizeit machen, aber wenn Sie im Dienst sind, lassen Sie das Trinken bleiben, oder ich kriege Sie am Arsch."

Butoli drehte sich der Magen um. Gott, er brauchte etwas Stärkeres als Kaffee.

„Lieutenant, im Augenblick ist, wie Sie ihn zu nennen belieben, mein Arsch der einzige Körperteil, der nicht wehtut. Ich würde es bedauern, wenn ihm etwas zustieße."

Flanagan grinste breit. „Das Leben ist unberechenbar. Jetzt suchen Sie den Mörder. Nehmen Sie Marshall mit."

„Aber mein Partner ist Evans."

„Seit gestern Abend nicht mehr. Sein Vater ist gestorben. Er ist nach Tennessee gefahren. Für mindestens eine Woche."

Butoli stöhnte. „Verdammt, Lieutenant. Nicht Marshall. Er ist ein Angeber."

„Mag sein. Wenigstens ist er nüchtern. Und jetzt an die Arbeit. Reißen Sie sich zusammen, Mann."

Butoli unterdrückte einen Fluch und humpelte an seinen Schreibtisch.

„He, Marshall. Wir haben 'ne neue Leiche. Nehmen Sie Ihr Notizbuch und kommen Sie. Sehen wir uns den Steifen mal etwas genauer an."

„Das nennt man sexuelle Belästigung am Arbeitsplatz", beschwerte sich Marshall. Er griff sich seine Pistole, die auf dem Schreibtisch lag, und schob sie in sein Schulterholster.

„Wollen Sie damit sagen, Sie sind schwul?" fragte Butoli.

Marshalls Nasenflügel bebten. „Nein."

„Dann war das keine sexuelle Belästigung, sondern ein Witz. Übrigens, Sie fahren."

Sie gingen zum Aufzug. Marshall grinste.

„Warum ich? Sind Sie zu betrunken?"

„Noch nicht“, entgegnete Butoli, während er auf das Loch wies, das er vorn in einen seiner besten Slipper geschnitten hatte. „Hab mir gestern Abend den Zeh gebrochen.“

„Zu schade, dass es nicht der Kopf war“, murmelte Marshall vor sich hin. Sie hatten das Gebäude verlassen und waren auf dem Weg zum Parkplatz.

„Das habe ich gehört“, sagte Butoli.

„Gut. Wenigstens sind Ihre Ohren in Ordnung“, erwiderte Marshall, öffnete schwungvoll die Tür auf der Fahrerseite und setzte sich hinter das Steuer. „Wohin fahren wir?“

„Häuserdurchgang hinter *Ivana's Bar and Grill.*“ Butoli ließ sich ächzend in den Sitz fallen und griff nach dem Sicherheitsgurt.

Larry Marshall startete den Wagen und fuhr an. Dabei trat er das Gaspedal bis zum Anschlag durch und freute sich nicht wenig, als er merkte, dass Mike Butolis Gesicht eine grünliche Farbe bekam.

White-Mountain-Friedhof in Braden, Montana – am selben Tag

Ein scharfer Windstoß hob den Saum von Margaret Watsons Kleid und zerrte an der breiten Krempe des schwarzen Hutes, den sie für diesen Anlass gewählt hatte. Mit einer Hand den Rocksaum festhaltend, mit der anderen den Hut, wandte sie sich an ihre beste Freundin Harriet Tyler. Sie senkte die Stimme und richtete den Blick auf die junge in Schwarz gekleidete Frau, die neben dem offenen Grab saß.

„Das arme Ding. Nach dem Tod ihres Vaters hat sie niemanden mehr. Keinen Ehemann. Keine Kinder. Sie steht ganz allein da mit diesem großen Hotel so weit weg von der Stadt.“

Harriet sah zu der Frau hinüber, von der Margaret gesprochen hatte.

„Na, ganz allein ist sie nicht“, antwortete sie, ebenfalls im Flüsterton. „Sie hat noch ihre Onkel, die auch dort wohnen.“

Margaret zog die Nase kraus. „Nun ja, es sind nicht wirklich ihre Onkel.“

Harriet zuckte die Schultern. „Mag sein. Aber ich glaube nicht, dass Blutsverwandtschaft das einzige Familienband ist. Die Männer waren Sam Abbotts Freunde und seine Kollegen. Sie leben in Abbott House, so lange ich zurückdenken kann. Als Isabella, Samuels Frau, starb, haben sie sich um das kleine Mädchen gekümmert, als wäre es die eigene Tochter. Wer könnte ihr verdenken, dass sie diese Männer als ihre Onkel betrachtet?“

Margaret schnaubte abfällig. Ihre ganze Haltung drückte Missbilligung aus. „Es erscheint mir einfach nicht richtig“, raunte sie. „Alle diese allein stehenden Männer. Dass nicht wenigstens einer von ihnen irgendwann mal geheiratet hat!“

Harriet verzog das Gesicht zu einem belustigten Lächeln. „Du bist immer noch sauer, weil Samuel Abbott deine Gefühle nicht erwiderte.“

„Ich weiß überhaupt nicht, was du meinst“, sagte Margaret spitz. „Und jetzt sei still. Der Pfarrer will ein Gebet sprechen.“

Isabella Abbott fühlte sich wie betäubt. Ohne den festen Druck von Onkel Davids Hand auf ihrer Schulter hätte sie glauben können, dass sie träumte. Während der vergangenen Viertelstunde hatte sie den Erdklumpen auf der Schuhspitze des Geistlichen angestarrt, um nicht den glänzenden Bronzesarg über dem offenen Grab sehen zu müssen.

Ihr Vater war tot. Das Ende war so schnell gekommen. Eben noch hatte er gelacht und geredet und in der nächsten Sekunde mit schmerzverzerrtem Gesicht die Hand aufs Herz gepresst. Obwohl zwei Ärzte erste Hilfe geleistet hatten, war er gestorben, bevor der

Rettungswagen eintraf. Während der vergangenen drei Tage hatte er aufgebahrt im Begräbnisinstitut gelegen. Nun waren sie hier, um Abschied zu nehmen und ihn zur letzten Ruhe zu betten.

Isabella hob den Blick von der Schuhspitze des Pfarrers und betrachtete den Berg weißer Rosen auf dem Sarg. Sie atmete tief und zitternd ein. Vor ihre Augen schob sich ein Schleier.

Oh Daddy ... wie soll ich ohne dich weiterleben?

David Schultz starrte auf den mächtigen Bronzesarg. Er spürte seine achtundsiebzig Jahre. Nicht mehr lange und ihn erwartete das gleiche Schicksal. Sie alle würde es treffen. Dann war Isabella allein. Seine Unruhe und seine Besorgnis wuchsen noch, als er den Arm fester um ihre Schulter legte. Samuels Tod war für sie alle ein Schock gewesen. Nun mussten sie sich den neuen Verhältnissen anpassen, und er hasste Veränderungen.

Plötzlich hörte er das Amen des Geistlichen. Die Beerdigungsgäste setzten sich in Bewegung, und Isabella stand von ihrem Sitz auf. David erhob sich ebenfalls. Um sich blickend, suchte er ihre anderen Onkel. Er hätte sich keine Sorgen machen müssen. Alle waren da – und umringten Isabella, sie standen neben ihr und hinter ihr; bereit, sie zu beschützen, wie es immer gewesen war, seit dem Tag ihrer Geburt.

„Geht es, Liebes?"

Isabella blickte hoch in das vertraute Gesicht von Onkel David und nickte.

„Ich denke schon." Sie versuchte, unter Tränen zu lächeln. „Aber ich sorge mich um Onkel Frank. Wenn er bei seiner Heimkehr erfährt, dass Daddy tot ist, wird das ein Schock für ihn sein."

„Es ist seine eigene Schuld. Er hat uns nicht gesagt, wie wir ihn erreichen können", sagte David, noch immer verstimmt über das große Geheimnis, das sein langjähriger Freund um diese Reise gemacht hatte.

„Ich weiß. Aber es ist trotzdem schlimm. Er wird ein schlechtes Gewissen haben", vermutete Isabella.

„Das sollte er auch", beteiligte sich Thomas Mowry an dem Gespräch und schloss Isabella in die Arme.

Sie erlaubte ihrem Onkel Thomas, sie mit seiner Wärme zu umfangen, doch der Augenblick war viel zu kurz. Die anderen Beerdigungsgäste sammelten sich um sie und wollten ihr Beileid aussprechen. Isabella nickte in die Richtung von Onkel David.

David trat rasch vor und hob die Hand.

„Liebe Anwesende", sagte er. „Wir danken Ihnen für Ihr zahlreiches Erscheinen und die große Anteilnahme. Samuel lebte gern in dieser Gemeinde. Er mochte die Menschen hier. Aber jetzt fürchte ich, dass Isabella erschöpft ist, und wir bringen sie besser nach Hause. Sie hat mich gebeten, Ihnen mitzuteilen, dass in Abbott House der Tisch für Sie gedeckt ist. Bitte fühlen Sie sich herzlich eingeladen. Sie sind uns willkommen."

Isabella versuchte zu lächeln. Sie holte tief Luft und ließ sich zu dem wartenden Wagen führen. Augenblicke später waren sie unterwegs. Der Friedhof verschwand hinter ihnen, und sie fuhren auf den White Mountain zu. Dort, am Fuß des Berges, war sie zu Hause.

Sie schloss die Augen und dachte an die Stunden, die vor ihr lagen. Bis sie ihre Pflichten als Gastgeberin erfüllt hatte, würde es dunkel sein. Dann endlich konnte sie sich ihrer Trauer hingeben.

2. KAPITEL

Isabella trat aus ihrem Zimmer. Die Standuhr in der Lobby schlug zur vollen Stunde. Es war Mitternacht, und sie konnte noch immer nicht einschlafen. Zum Glück war das Hotel fast leer. Nur zwei Gäste waren seit dem Begräbnis ihres Vaters eingetroffen, um in Abbott House zu übernachten. Isabella hatte es nicht übers Herz gebracht, sie abzuweisen.

Ihr tat der Kopf weh. Die Augen waren vom Weinen geschwollen. Jedes Mal, wenn sie die Lider schloss, sah sie den Sarg ihres Vaters, wie er in das Grab gesenkt wurde. Es war ihr unmöglich, zur Ruhe zu kommen, während ihr Vater zwei Meter unter der Erde lag.

Aber nicht die Trauer trieb sie aus dem Bett, sondern Hunger. Sie hatte Schuldgefühle und schämte sich fast. Zum ersten Mal seit drei Tagen hatte sie wirklich das Bedürfnis, etwas zu essen.

Die Privaträume der Familie befanden sich im Erdgeschoss, hinter der Halle mit der großen Treppe. Isabella bog aus dem Korridor um die Ecke und verharrte vor den Stufen unter dem Gemälde, das auf halber Höhe im Aufgang hing. Es war ein überlebensgroßes, in Öl gemaltes Porträt, auf das der Blick fiel, sobald man das Hotel betrat. Isabella stand im Halbdunkel und betrachtete nachdenklich die Frau darauf, die auch Isabella geheißen hatte: ihre Mutter, die bei der Geburt ihrer einzigen Tochter gestorben war. Für Isabella war sie kaum mehr als ein Gesicht und ein Name.

Nur die Frisur und die Kleidung müssten anders sein, dann könnte das Bild mich selbst darstellen, dachte sie und starrte nach oben. Dann musste sie seufzen. In der stillen Halle klang das Geräusch wie ein Windhauch.

Bis auf eine undeutliche Sehnsucht nach etwas, das sie nie gekannt hatte, besaß sie keine Gefühlsbindung an diese Frau. Ihr Vater hatte das Bildnis nie ansehen können, ohne dass ihm die Augen feucht wurden. Bei dem Gedanken an ihn schlang Isabella die Arme um ihren Oberkörper, damit sie nicht in Tränen ausbrach. Zumindest etwas Gutes hatte dieser Albtraum. Ihre Eltern waren nun vereint.

Ihr Magen knurrte. Sie löste den Blick von dem Porträt und machte sich auf den Weg in die Küche. Die riesigen Hotelkühlschränke waren voll mit Resten vom Vortag. Sie konnte auswählen, was sie essen wollte. Sie holte einen Teller aus dem Geschirrschrank und füllte ihn mit einem Stück kaltem Brathuhn und einer kleine Portion Nudelsalat. Als sie die Besteckschublade öffnete, um eine Gabel herauszunehmen, quietschte das Scharnier. Bei dem Geräusch fuhr sie zusammen. Die Zimmer der Onkel befanden sich im obersten Stockwerk, zwei Treppen höher, aber es geschähe nicht zum ersten Mal, wenn einer von ihnen sie bei einem Mitternachtsmahl in der Küche ertappte.

Sie lauschte einen Moment, ob sich Schritte näherten, hörte aber nur das Ticken der Standuhr und atmete erleichtert auf. Für heute wollte sie kein Wort mehr reden – nicht einmal mit ihren Onkeln.

Isabella ging hinaus auf die rückwärtige Veranda und setzte sich auf die oberste Stufe der Treppe. Den Teller auf dem Schoß, begann sie zu essen. Die Nudeln im Salat waren al dente gekocht, genau richtig, und die Vinaigrette schmeckte würzig. Isabella schluckte den ersten Bissen hinunter. Das Essen füllte wohlig ihren Magen, und sie atmete langsam ein. Das Schuldgefühl, ein irdisches Bedürfnis zu befriedigen, verflüchtigte sich. Sie gestand sich ein, dass ihr der Salat schmeckte. Während sie weiteraß, ließ sie den Blick zu dem hohen Gipfel schweifen, dessen Silhouette sich jenseits der Gartenanlagen des Hotels in den Himmel erhob.

White Mountain.

So lange sie zurückdenken konnte, war dieser Berg die Kulisse gewesen, vor der sich ihr Leben abgespielt hatte. Irgendwann, in ferner Vorzeit, waren unter gewaltigem Druck und unvorstellbarer Hitze die tektonischen Platten tief in der Erde in Bewegung geraten. Sie hatten sich an die Oberfläche geschoben, und eine Gebirgskette war aufgefaltet worden, zu der auch der White Mountain gehörte.

Isabella hatte sich oft gefragt, wie er zu seinem Namen gekommen war. Das Felsgestein war tiefschwarz, und dunkle Wälder bedeckten die steilen Flanken bis auf halbe Höhe. Die Vermutung ihres Vaters war, der Berg hätte seinen Namen wohl in den Wintermonaten erhalten, weil er dann meist von Schnee bedeckt war.

Nach einer Weile bemerkte Isabella, dass ihr Teller leer war. Beim Aufstehen stellte sie fest, dass auch ihre Traurigkeit nachgelassen hatte. Sie wollte lächeln, aber ihre Lippen mochten die Bewegung nicht mitmachen. Ihren Vater hätte es gefreut, sie essen zu sehen. Er war immer der Meinung gewesen, dass die Welt mit leerem Magen zu düster aussah.

Nach einem letzten Blick auf den Gipfel kehrte sie ins Haus zurück und schloss leise die Verandatür hinter sich. Sie stellte Teller und Gabel in die Spülmaschine und beschloss, in ihr Zimmer zurückzukehren. Ein Leben ohne ihren Vater würde nicht leicht für sie werden, aber sein Tod war eine unabänderliche Tatsache, die sie hinnehmen musste. Die Onkel gehörten alle der Generation ihres Vaters an. Isabella wollte nicht an den Tag denken, an dem sie auch diese ihr nahe stehenden Menschen für immer verlieren würde. Jetzt betrübte sie am meisten, dass Onkel Frank die Nachricht vom Ableben ihres Vaters noch bevorstand. Er würde erschüttert sein und sich schuldig fühlen, dass er ihr bei diesem schweren Schicksalsschlag nicht hilfreich zur Seite gestanden hatte. Isabella wünschte, er würde endlich zurückkommen oder wenigstens anrufen. So lange war er noch nie fort gewesen.

Ein paar Augenblicke später betrat sie ihr Zimmer und legte sich wieder ins Bett. Es dauerte nur wenige Minuten, bis sie, von Erschöpfung überwältigt, einschlief.

Detective Mike Butoli stellte seinen unverletzten Fuß auf die Bordsteinkante und stemmte sich aus dem Autositz hoch. Dann trat er vorsichtig einen Schritt zurück, um die Wagentür zuzuschlagen, und humpelte los zum Labor der Spurensicherung. Die Gerichtsmedizin hatte die Autopsie an dem Getöteten, dessen Fall er bearbeitete, noch immer nicht vorgenommen. Über die Verzögerung ärgerte er sich.

Ein unbekannter Toter in einer Gasse von Brighton Beach wurde nicht mit Vorrang behandelt. Es lagen noch mehr namenlose Leichen in den Kühlkammern. Trotzdem wog für Butoli dieser eine Fall schwerer als andere. Sie hatten die Fingerabdrücke des Toten in den Computer gegeben und gehofft, etwas über ihn zu finden. Auf Vorschlag von Lieutenant Flanagan hatten sie die Daten außerdem an Interpol weitergeleitet. Wegen der hohen Zahl russischer Einwanderer in Brighton Beach konnte man fast immer damit rechnen, fündig zu werden.

Butoli war seit fast zwei Jahrzehnten bei der Polizei, die letzten zwölf Jahre als Detective. Er hatte mehr menschliche Niedertracht und Verdorbenheit zu sehen bekommen, als für einen einzelnen Menschen zumutbar schien. Seine Fälle pflegten ihm schon lange nicht mehr an die Nieren zu gehen.

Dieser jedoch war auf dem besten Wege dazu.

Vielleicht lag es daran, dass sein schmerzender Schädel und der gebrochene Zeh darum wetteiferten, welcher Körperteil ihm die größeren Qualen bereiten konnte. Oder seine Schuldgefühle machten ihn anfällig; immerhin war er sechs Monate trocken gewesen und dann wieder rückfällig geworden. Als er gestern Abend in dem Häuserdurchgang gestanden und in das Gesicht des Alten gesehen hatte, war ihm unwillkürlich die Frage durch den Sinn gegangen, welche Lebensreise hinter diesem Menschen lag, der nun sein Ende in einer schmalen Gasse von Brighton Beach gefunden hatte.

Jedenfalls hatte er wieder eine unbekannte Leiche; das Opfer einer Gewalttat, für die es keine Zeugen gab. Er musste klären, wie der Tote hieß und was ihn nach Brighton Beach geführt hatte. Nachdem er von der Gerichtsmedizin hängen gelassen worden war, betrat er die Räume der Spurensicherung mit größerer Zuversicht. Vielleicht hatte er Glück, und die Analyse der Proben vom Tatort brachte ihn ein Stück weiter.

Da er erwartet wurde, ging er ohne anzuklopfen in das Labor und steuerte geradewegs auf einen kleinen Mann mittleren Alters zu, der an seinem Schreibtisch saß und Daten in den Computer eingab.

„He, Yoda. Was haben Sie für mich?"

Malcolm Wise hatte sich längst an seinen Spitznamen gewöhnt, wenn auch nicht ohne Widerstreben. Schließlich konnte er nichts dafür, dass die Natur ihm mehr Ähnlichkeit mit dem Jedimeister aus dem „Krieg der Sterne" verliehen hatte als mit seinen eigenen Eltern. Wise klickte das Symbol für Speichern an, bevor er Butoli seine Aufmerksamkeit widmete.

„Sie humpeln ja", stellte er fest.

„Mein Zeh ist gebrochen."

Wise grinste. „Ich frage besser nicht, wie das passiert ist."

„Donnerwetter, Mann. Sie enttäuschen mich. Ich dachte, Yoda wüsste die Antwort auf alle Fragen."

„Lassen Sie den Blödsinn", sagte Wise. „Es gibt eine Menge Frauen, die finden, dass kleine Männer mit Glatze sexy sind."

„Dann danke ich Gott, dass ich als Mann zur Welt kam“, gab Butoli zurück. „Was die Leiche betrifft ... gibt es Spuren, die uns weiterhelfen?“

Wise stand auf und ging zu seinem Labortisch. „Das Messer, von dem die tödliche Stichverletzung stammt, lag in einer Mülltonne. Es ist russischer Herkunft.“

Butoli verdrehte die Augen. „Verdammt, Yoda. Die Leiche wurde in Brighton Beach gefunden. Dort wimmelt es von russischen Einwanderern. Geben Sie mir eine vernünftige Spur, mit der ich was anfangen kann.“

„Die Haut unter den Fingernägeln stammt nicht von dem Toten.“

Butoli unterdrückte einen Fluch. Dann warf er sich ein paar Pfefferminzdragees in den Mund.

„Hinweise, die helfen könnten, den Namen des Toten festzustellen?“

Grinsend zog Wise eine Plastiktüte aus einem Karton und stieß sie über die Tischplatte.

Butoli fing die Tüte auf, bevor sie über die Kante rutschen konnte.

„Was ist das?“

„Das Hemd des Opfers.“

„Aha. Was soll daran Besonderes sein?“

„Der Name unter dem Etikett. Könnte vielleicht weiterhelfen.“

Butolis Augen leuchteten auf.

„Sein Name? Auf einem Wäschezeichen?“

„Zumindest sein Nachname“, sagte Wise, „und die Abkürzung seines Vornamens. F. Walton. Jetzt müssen Sie nur noch jemanden finden, der vermisst wird und F. Walton heißt. Dann haben Sie das Rätsel gelöst.“

„Zumindest sein Nachname", wiederholte Butoli und überlegte dabei, wer einem alten Mann ein Messer in die Brust rammen würde. „Noch mehr Hinweise, denen wir nachgehen könnten?"

Wise zuckte mit den Achseln. „Sie sind der Ermittler. Meinen vorläufigen Bericht habe ich eben an Ihr Büro gefaxt. Sie müssten ihn auf Ihrem Schreibtisch finden, wenn Sie zurückkommen. Einige der Tests dauern länger. Sobald alle Laborergebnisse vorliegen, teile ich sie Ihnen mit."

Butoli klopfte dem kleinen Mann auf den Rücken.

„Danke, Yoda. Das ist die erste gute Nachricht seit zwei Tagen."

Wise grinste von einem Ohr zum anderen. „Möge die Kraft mit Ihnen sein. Jetzt hauen Sie ab. Ich habe zu tun."

Butoli verließ das Labor der Spurensicherung und hüpfte beim Gehen. Dieses Mal war nicht sein gebrochener Zeh der Grund. Der Tote hatte endlich einen Namen – wenn er auch unvollständig war. Als Nächstes würde er im Büro vorbeisehen, sich Marshall schnappen und ein Foto des Opfers. Dann würden sie noch einmal nach Brighton Beach fahren. Vielleicht erinnerte sich dort jemand an einen Mann, der Walton hieß. Zum Teufel. Am Ende war dieser Walton mit John Boy Walton verwandt. Wäre wirklich ein Ding!

Fünf Stunden später sank Butoli auf den Beifahrersitz. Larry Marshall setzte sich hinter das Steuer. Sie hatten fünfzehn Häuserblocks um den Fundort der Leiche abgeklappert und in allen Restaurants und Geschäften nachgefragt, ob jemand etwas über den alten Mann wusste. Ohne Ergebnis. Erst in dem kleinen russischen Restaurant neben einem Ramschladen waren sie schließlich fündig geworden.

Der Inhaber hatte stirnrunzelnd ihre Dienstmarken betrachtet, seine selbst gedrehte Zigarette ausgedrückt und einen kurzen Blick auf das Foto des Toten geworfen. Dann hatte er bedauernd den Kopf geschüttelt, ohne wieder aufzusehen.

Butoli war hartnäckig geblieben.

„Los, Mann. Sehen Sie sich das Bild noch einmal an. Jemand hat dem armen Kerl ein Messer ins Herz gerammt. Er ist einsam in einem finsteren Durchgang verreckt. Irgendwo wartet eine Familie, die sich große Sorgen um ihn macht. Ich verlange nicht, dass Sie den Täter identifizieren. Sie sollen mir nur sagen, ob Sie wissen, wer der Tote ist. Das ist das Mindeste, was er verdient. So, schauen Sie genau hin. Kommt Ihnen der Mann bekannt vor?"

Misstrauisch blinzelnd, hatte der Restaurantinhaber den Blick gehoben. Er war siebzehn gewesen, als er seine ersten Erfahrungen mit Vertretern der Staatsgewalt gemacht hatte, eine halbe Weltreise von hier entfernt, in einem Sowjetgefängnis. Er verspürte nicht das geringste Bedürfnis zur Zusammenarbeit. Aber der Polizist zeigte einen weniger bedrohlichen Gesichtsausdruck als die meisten seiner Kollegen. Als Butoli ihm das Foto wieder hinschob, zuckte er mit den Achseln und senkte den Blick darauf.

„Ja-a-a ... vielleicht habe ich ihn doch schon mal gesehen ... zwei- ... dreimal. Er mochte meinen Borschtsch."

„Ist er von hier?"

„*Njet*", sagte der Restaurantinhaber, bestätigte das russische Wort auf Englisch und schüttelte den Kopf.

„Woher wissen Sie das?" fragte Butoli.

„Einmal hat er mit einem Reisescheck bezahlt."

„War jemand bei ihm?"

Wieder schüttelte der Inhaber den Kopf.

Larry Marshall lehnte sich weit über den Bartresen hin zu dem Russen, der nur durch die schmale Barriere aus Holz und Glas von ihm getrennt war. Der Mann wich einen Schritt zurück.

„Haben Sie eine Ahnung, wo er wohnte?“ feuerte Larry seine erste Frage ab.

Wieder schüttelte der Restaurantinhaber den Kopf. „Aber ich nehme an, nicht weit von hier.“

„Wie kommen Sie darauf?“ fragte Marshall.

„Er war alt ... und krank, glaube ich.“

„Woher wollen Sie das wissen?“

Der Russe zuckte ein weiteres Mal mit den Achseln und blickte nervös um sich. Es war nicht gut für das Geschäft, wenn man zu freundlich mit der Polizei verkehrte.

„Seine Haut ... sie hatte eine ungesunde Farbe. Aber nach einem Taxi hat er nicht gefragt. Deshalb dachte ich, sein Hotel wäre vielleicht in der Nähe.“

„Gute Schlussfolgerung“, lobte Butoli und steckte das Foto wieder ein. „Vielen Dank für Ihre Hilfe. Wenn Ihnen noch etwas einfällt ... egal, was es ist, rufen Sie mich an.“

Er hatte dem Russen höflich lächelnd seine Karte gereicht, bevor sie das Lokal verließen.

„Nächster Punkt, Hotels und Pensionen.“ Marshall ließ den Motor an und lenkte den Wagen vom Bordstein weg.

„Vielleicht haben wir ja ein zweites Mal Glück“, sagte Butoli. „Aber einen Rat gebe ich Ihnen. Üben Sie keinen Druck auf diese Leute aus. Die meisten sehen keinen Grund, warum sie einem Vertreter des Gesetzes vertrauen sollten.“

Marshall strich sich übers Haar. Butolis Warnung ließ ihn kalt.

„Wir sind hier in Amerika. Wenn diesen Russen nicht passt, wie wir unsere Angelegenheiten regeln, sollen sie doch zurückgehen.“

Butoli tat der Zeh weh, und seine Geduld war am Ende. Er verspürte den überwältigenden Drang, Marshall einen Schlag auf den

Hinterkopf zu verpassen, nur um zu sehen, was für ein Gesicht er machen würde. Stattdessen nahm er eine Schmerztablette ein und lehnte sich in seinen Sitz zurück.

Weniger als eine halbe Stunde später erfüllte sich Butolis Hoffnung. Der Empfangschef im Hotel *Georgian* erkannte das Gesicht auf dem Foto, bevor Larry Marshall sein Notizbuch herausziehen konnte.

„Ach, du lieber Himmel ... ist er tot?" fragte der Mann hinter dem Tresen.

Butoli nickte.

„Armer Kerl. Trotzdem bin ich froh, dass es nicht hier geschehen ist."

Marshall grinste breit. „Kann ich verstehen. Nicht gut fürs Geschäft, wie?"

Der Angestellte wurde rot. „Entschuldigung. Das hätte ich nicht sagen sollen. Natürlich tut es uns Leid, dass Mr. Walton starb. Er war bestimmt ein netter Mensch. Aber Sie verstehen sicher ..."

Butoli runzelte die Stirn. Bei der Leiche war kein Gepäck gefunden worden. Vielleicht lag hier das Motiv für die Tat. Menschen wurden für weniger als einen Koffer mit Kleidern umgebracht.

„Unter welchem Namen hat er hier gewohnt?" fragte er.

„Walton ... Frank Walton. Ich erinnere mich, dass ich ihn zum Spaß gefragt habe, ob er mit John Boy verwandt sei. Sie wissen ... der aus dem Fernsehen."

„Wann genau hat er sein Hotelzimmer wieder verlassen?" fragte Butoli weiter.

Der Empfangschef wandte sich zum Computer und gab den Namen ein.

„Hier steht es. Gestern Vormittag."

Butolis Stirnrunzeln vertiefte sich. Der Leichenbeschauer hatte mitgeteilt, der alte Mann sei wahrscheinlich zwischen neunzehn und einundzwanzig Uhr gestorben, vorgestern. Am nächsten Tag war die Leiche entdeckt worden. Zu dem Zeitpunkt, als das Zimmer gekündigt wurde, musste Walton also schon tot gewesen sein. Butolis Herz setzte einen Schlag aus.

„Sind Sie sicher? War er persönlich am Empfang, um sich abzumelden?“

Der Angestellte überflog den Bildschirm und hob den Blick.

„Ich war nicht im Dienst. Aber der Schlüssel wurde abgegeben und die Rechnung über die Kreditkarte beglichen, die er bei seiner Ankunft vorgelegt hat.“

„Seine Kreditkartennummer, die brauchen wir“, sagte Marshall.

Der Empfangschef legte die Stirn in Falten. „Ich bin nicht befugt zur Herausgabe ...“

„Es geht darum, die Identität des Besitzers festzustellen und zu überprüfen, ob die Karte gestohlen wurde. Das verstehen Sie doch?“

Nach kurzem Zögern notierte der Angestellte die Nummer vom Bildschirm und reichte Marshall den Zettel.

„Wurde das Bett in seinem Zimmer benutzt?“ fragte Butoli.

Der Mann hinter dem Empfangstresen schüttelte den Kopf. „Keine Ahnung. Diese Frage müssen Sie dem Zimmermädchen stellen.“

„Dann lassen Sie die betreffende Person herkommen.“ Butoli nickte. „Wir warten.“

„Sprechen Sie russisch?“ wollte der Hotelangestellte wissen.

„Nein“, erwiderte Butoli.

„Dann muss ich den Manager dazuholen. Sonst erreichen Sie gar nichts.“

„Sie sprechen nicht russisch?“ fragte Marshall.

„Ich bin kein Russe. Ich bin Slowake."

„Was auch immer der Unterschied sein mag", murmelte Marshall.

Kurze Zeit später befanden sie sich im Büro des Geschäftsführers und hielten mit seiner Hilfe eine ans Lächerliche grenzende Befragung ab. Es war allzu offensichtlich, dass der Mann die beiden Polizisten überall lieber gesehen hätte, nur nicht in seinem Haus. Er gab sich sehr zugeknöpft. Neben dem Manager stand mit eingezogenem Kopf das Zimmermädchen. Der jungen Frau war anzusehen, dass sie sich in großen Schwierigkeiten wähnte. Trotz der Versicherung, sie könne sich beruhigen, alles sei in Ordnung, hatte sie seit dem Betreten des Büros nur geweint.

„Was zum Teufel haben Sie bloß zu ihr gesagt?" brummte Butoli.

Der Manager, der ebenfalls russischer Abstammung war, starrte ihn finster an.

„Gar nichts", erwiderte er gereizt. „Sie zieht ihre eigenen Schlüsse."

„Schön", sagte Butoli. „Dann fragen Sie jetzt, ob sie Mr. Waltons Zimmer jeden Tag gesäubert und aufgeräumt hat."

Der Manager übersetzte die Frage, und das Zimmermädchen nickte beflissen.

„Fragen Sie, ob er jemals Besuch hatte."

Die kleine Frau schrumpfte noch mehr zusammen. Sie zuckte mit den Achseln, und ihre Stimme war sehr leise.

„Sie sagt, sie hätte immer nur ihn allein in dem Zimmer gesehen."

Butoli nickte und lächelte die Hotelmitarbeiterin an. Er hoffte, ihr auf diese Weise begreiflich zu machen, dass sie nichts zu befürchten hatte. Sein Lächeln schien die beabsichtigte Wirkung zu verfehlen. Das Zimmermädchen schlug die Hände vor das Gesicht und weigerte sich, ihm in die Augen zu sehen.

„Allmächtiger“, brummte Butoli. Dann holte er tief Luft und machte weiter. „Hat sie das Zimmer auch an dem Morgen nach Waltons Abreise gereinigt?“

„Sie sagt Ja, aber es hätte nicht viel zu tun gegeben. Das Bett sei unbenutzt gewesen.“

Butoli merkte auf. „Was ist mit seiner Kleidung ... mit seinem Gepäck? Waren die Sachen noch im Zimmer?“

Der Manager gab die Frage weiter und übersetzte die Antwort der Angestellten.

„Sie sagt, alles sei weg gewesen. Am Ende ihrer Schicht hätte sie den Zimmerschlüssel abgegeben, der auf dem Bett lag. So wird das bei uns gehandhabt“, fügte er zur Erklärung hinzu. „Viele Gäste nutzen unser Schnellbuchungssystem und melden sich über den Fernsehbildschirm vom Zimmer aus ab. Modernste Technik. Das *Georgian* ist das erste Haus in Brighton Beach.“

Butoli sah seinen Partner an. Marshalls Gesichtsausdruck sagte deutlich, dass ihm der gleiche Gedanke wie ihm selbst durch den Kopf ging. Jemand war in Frank Waltons Hotelzimmer zurückgekehrt und hatte alle Spuren seines Aufenthalts beseitigt. Aber warum?

Er seufzte. Der Fall war komplizierter als zuerst vermutet. Sie konnten nicht länger davon ausgehen, dass es sich um einen gewöhnlichen Raubüberfall mit Todesfolge handelte. Jemand hatte sich große Mühe gegeben, die baldige Identifizierung der Leiche zu verhindern. Bei dem Toten fehlten die Personalpapiere, das ganze Gepäck war aus dem Hotel geholt worden und das Zimmer gekündigt, wodurch der Eindruck entstand, dass der Gast abgereist war.

Aber warum?

Butoli steckte sein Notizbuch in die Jackentasche und reichte dem Manager seine Visitenkarte.

„Sagen Sie Ihrer Angestellten, wir sind dankbar für ihre Hilfe. Falls ihr noch etwas einfällt, das uns helfen könnte, den Mörder von Mr. Walton zu fassen, soll sie uns bitte anrufen."

Der Geschäftsführer gab die Botschaft weiter.

Das Zimmermädchen sandte den anwesenden Männern einen entsetzten Blick zu, drehte sich auf dem Absatz herum und rannte zur Tür hinaus.

Butoli schüttelte den Kopf. „Wovor hat sie solche Angst?"

Der Manager gab sich keine Mühe, sein Schnauben zu unterdrücken. „Dass sie zurückgeschickt wird, natürlich."

„Wohin zurück?" fragte Butoli.

„Nach Russland."

Marshalls Blick wurde schärfer. „Was? Beschäftigen Sie Illegale? Das ist verboten. Sie müssen die Leute melden bei ..."

„Danke für Ihre Mitarbeit", sagte Butoli, packte seinen Partner beim Arm und zerrte ihn aus dem Büro.

„Was soll das? Was machen Sie da?" protestierte Marshall.

Butoli holte tief Luft und zählte im Geist bis zehn, bevor er sich eine einigermaßen sachliche Antwort zutraute.

„Marshall, tun Sie mir einen Gefallen und halten Sie ausnahmsweise Ihr dämliches Maul." Damit wandte er sich um und steuerte auf den Hoteleingang zu.

Larry Marshalls Gesicht verfärbte sich dunkelrot, aber er kam hinter ihm her nach draußen. „Leute wie Sie gefährden das System."

„Mag sein", brummte Butoli. „Aber Leute wie Sie sind dafür verantwortlich, dass es ein solches System überhaupt gibt. Meine Güte! Wir versuchen mit allen Mitteln, diese Menschen zu überreden, dass sie uns helfen, einen Mörder zu finden, und Sie drohen mit der Einwanderungsbehörde! Was zum Teufel haben Sie sich bloß dabei gedacht?“

Er warf die Hände in die Luft und marschierte zum Wagen.

Marshall folgte ihm und stieg ein. Er ließ den Motor an.

„Wohin?“ fragte er.

Butoli hatte ein finsteres Gesicht aufgesetzt. „Zurück in die Zentrale. Wir haben einen Namen für die Leiche und eine Kreditkartennummer. Das reicht, um die nächsten Angehörigen ausfindig zu machen.“

„Aber glauben Sie nicht, wir sollten ...“

Der Ausdruck in Butolis Gesicht genügte, damit Marshall nicht weitersprach. Er fädelte sich in den Verkehr ein und bog an der nächsten Straßenkreuzung rechts ab.

Isabella reichte dem Paar, das sich eben angemeldet hatte, den Zimmerschlüssel. In den vielen Jahren, seit ihr Vater und Onkel David die *White Mountain Fertility Clinic* gegründet hatten, war sie solchen Paaren zu Hunderten begegnet. Ihre Sehnsucht nach einem eigenen Kind war so groß, dass sie bereit waren, alles nur Erdenkliche über sich ergehen zu lassen, damit ihr Wunsch in Erfüllung ging.

„Rechts neben dem Treppenhaus ist der Aufzug“, erklärte sie.

„Wir nehmen die Treppe“, sagte die Frau. „Bewegung ist gut für mich.“

Isabella lächelte. „Brauchen Sie Hilfe bei Ihrem Gepäck?“

Der Mann schüttelte den Kopf. „Nein. Wir haben nur diese beiden Taschen. Das schaffen wir allein. Ach ... um welche Zeit öffnet die Küche? Wir haben morgen früh einen Termin in der Stadt und möchten nicht zu spät kommen.“

„Das Frühstück wird ab sechs Uhr serviert. Wenn Sie ein Taxi nach Braden brauchen, müssen Sie es telefonisch vorbestellen und eine Wartezeit von fünfzehn bis zwanzig Minuten einrechnen."

Die beiden nickten und gingen Seite an Seite die Treppe hinauf, die Köpfe einander zugeneigt, während sie leise miteinander sprachen.

Isabella spürte schmerzlich die Traurigkeit des Paares, die sich in ihrem Gesichtsausdruck und ihrer Körperhaltung ausdrückte. Es musste entsetzlich sein, wenn man sich verzweifelt nach einem Kind sehnte und keins bekommen konnte. Noch schlimmer war das Schicksal von Kindern, die geboren und verstoßen wurden. Wie sinnlos das alles war.

Warum schenkte Gott nicht einfach den Menschen Kinder, die auch welche haben wollten, und ließ solche Paare unfruchtbar, die als Eltern nichts taugten? Sie wusste, ihre Gedanken waren müßig. Nichts im Leben war fair. Sie dachte an ihren Vater und an seinen plötzlichen Tod. Nicht nur seine Familie war allein zurückgeblieben; er hinterließ auch Patientinnen, die auf seine Hilfe vertraut hatten.

Die Ärzte und das Pflegepersonal der Klinik für künstliche Befruchtung waren gut ausgebildet. Es würde auch ohne ihren Vater weitergehen. In den letzten Jahren hatte Samuel Abbott des Öfteren davon gesprochen, sich zur Ruhe setzen und die Arbeit in die Hände jüngerer Ärzte legen zu wollen. Neben ihrem Vater waren auch Onkel David und Onkel Jasper noch in der Klinik tätig, aber sie nahmen jedes Jahr weniger Patientinnen an.

Geistesabwesend sah sie zu dem Porträt über dem Treppenaufgang. Sie war sich nicht bewusst, dass der sanfte Ausdruck in den braunen Augen der Frau auf dem Gemälde ihrem eigenen Blick exakt glich. Dann klingelte das Telefon und riss sie aus ihrer Gedankenversunkenheit. Isabella hob den Hörer ab.

„Abbott House."

„Hier ist Detective Mike Butoli, Polizeirevier Brighton Beach. Ich würde gern mit Samuel Abbott sprechen."

Sie musste schlucken. Die aufsteigenden Tränen verschleierten ihre Augen, und sie bekam keine Luft mehr. Es geschah zum ersten Mal, seit ihr Vater tot war, und sie würde sich daran gewöhnen müssen. Sich räuspernd, setzte sie zu einer Antwort an.

„Es tut mir Leid, Detective. Samuel Abbott ist vor kurzem gestorben. Ich bin seine Tochter, Isabella Abbott. Vielleicht kann ich Ihnen weiterhelfen."

Mike Butoli runzelte die Stirn. Er hasste diesen Teil seiner Arbeit, mehr noch als den gekochten Spinat, den er als Kind hatte essen müssen – und wie sehr er Spinat verabscheute, wussten nur der liebe Gott und seine Mutter.

„Kannten Sie einen Mann namens Franklin Walton?"

Isabella registrierte, dass der Detective in der Vergangenheitsform sprach. Sie erschrak.

„Onkel Frank? Was ist mit ihm? Hatte er einen Unfall? Ist er verletzt?"

Butoli seufzte. Verdammt. Wie oft hatte er diese Aufgabe hinter sich gebracht? Leichter wurde sie nie.

„Miss Abbott, ich bedaure sehr, aber ich habe eine traurige Nachricht für Sie. Mr. Walton wurde vor wenigen Tagen ermordet in einem Häuserdurchgang aufgefunden."

Der Laut, der aus Isabellas Mund drang, war eine Mischung aus Ungläubigkeit und Verzweiflung.

„Nei...ei...ein", stieß sie hervor und stolperte rückwärts auf einen Stuhl.

Im selben Moment traten zwei der Männer, die sie Onkel nannte, John Michaels und Rufus Toombs, aus dem Aufzug, der sie vom dritten Stockwerk, wo ihre Wohnungen lagen, nach unten gebracht hatte.

„Isabella ... Liebes, was hast du?"

Sie erkannte die Stimmen, war jedoch unfähig, den Blick auf ihre Gesichter zu richten. Alles um sie her wurde von einer sich rasch ausbreitenden Schwärze verschluckt. Bevor sie antworten konnte, glitt sie vom Stuhl auf den Boden und verlor das Bewusstsein.

Rufus kniete neben ihr nieder. John nahm den Telefonhörer, der über die Tresenkante baumelte.

„Hallo? Hallo? Wer ist da? Antworten Sie bitte."

Butoli wusste, dass die Frau seine Nachricht nicht gut aufgenommen hatte.

„Hier ist Detective Butoli vom Polizeirevier in Brighton Beach."

„Was haben Sie zu Isabella gesagt? Was ist passiert?" rief John.

„Gehören Sie zur Familie?" fragte Butoli.

„Ja, schon", brummte John. „Was ist geschehen?"

„Wir haben einen Ermordeten als Franklin Walton aus Braden in Montana identifiziert. Auf der Kreditkarte, die dem Toten gehörte, steht Abbott House als Postanschrift. Stimmt die Adresse?"

John Michaels' Herz wurde schwer. Jetzt fügte sich alles zusammen. Deshalb hatte Frank nicht angerufen.

„Ja", sagte er leise. „Die Anschrift stimmt."

„Ich sage das nur ungern, aber jemand von der Familie muss herkommen und die Leiche identifizieren. Um ganz sicher zu sein. Das verstehen Sie doch?"

Johns Hände begannen zu zittern. Ihm war, als müsste er gleich weinen. Stattdessen zwang er sich, einen Stift zur Hand zu nehmen.

„Ja, ich verstehe. Bitte sagen Sie mir genau, wohin wir kommen sollen."

Während er schrieb, stürzte Rufus zum Haustelefon. Innerhalb von Sekunden hatte er David Schultz in der Leitung.

„Komm sofort runter", rief er. „Isabella ist ohnmächtig geworden."

John legte den Hörer auf, und Rufus trat hinter dem Empfangstresen hervor.

„David ist unterwegs", sagte er.

„Er kann auch nicht mehr helfen", sagte John und schlug die Hände vor das Gesicht.

„Was redest du?" erwiderte Rufus und ging wieder neben Isabella in die Hocke. „Sie ist nur ohnmächtig und wird sich schnell erholen. Ganz bestimmt. Meinst du nicht auch?"

„Ich spreche von Frank."

Rufus riss die Augen auf. Die zahllosen Falten in seinem Gesicht verschoben sich.

„Was ist mit ihm?"

„Er wurde ermordet."

Rufus wurde wachsbleich. Seine Beine gaben nach. Er sank neben Isabella zu Boden. Ohne dass er es merkte, ergriff er ihre Hand und umklammerte sie.

„Gott im Himmel", murmelte er. „Glaubst du ..."

„Sprich es nicht aus", flüsterte John. „Denk nicht einmal daran."

„Was machen wir nun?"

„Wir holen ihn nach Hause, damit wir ihn beerdigen können."

„Aber ..."

Isabella stöhnte.

„Schsch", flüsterte John befehlend.

Rufus schluckte herunter, was er sagen wollte. Sekunden später eilten David und Jasper die Treppe herunter, mit rascheren Schritten, als ihr Alter vermuten ließ.

„Was ist passiert?“ fragte David und stellte seine Arzttasche neben Isabella auf den Boden. Er nahm ein Stethoskop heraus und ließ sich auf die Knie nieder.

„Das brauchst du nicht“, sagte John. „Sie ist nur ohnmächtig. Halte ihr etwas Riechsalz unter die Nase und bring sie auf ihr Zimmer. Wir haben ein schlimmeres Problem.“

David verlagerte sein Gewicht auf die Fersen.

„Was denn?“

„Frank ist tot. Ermordet.“

David wurde blass.

„Mein Gott ... wo ist es passiert?“

„Brighton Beach.“

David runzelte die Stirn. „Den Namen habe ich schon gehört, aber ich kann mich nicht erinnern, wo das ...“

„Gehört zu Brooklyn in New York, glaube ich. Wegen der russischen Einwanderer, die dort leben, wird der Stadtteil auch Little Russia genannt.“

Jasper Arnold rang nach Luft. Das war das einzige Geräusch, das den Schock der vier Männer hörbar machte. Isabella regte sich und versuchte, sich aufzurichten.

„Was ist passiert? Warum bin ich ...“

Schlagartig kehrte die Erinnerung zurück. Ihre Züge erschlafften, während sie sich auf die Beine helfen ließ.

„Onkel Frank ist tot“, sagte sie und schluchzte auf.

Die vier alten Männer umringten sie.

„Ja, wir haben es auch erfahren.“ David nickte. „Komm jetzt, Liebes. Du musst dich hinlegen.“

„Der Empfang“, murmelte sie.

„Ich rufe Delia aus dem Büro. Sie soll sofort in das Hotel kommen und wird sich für den Rest des Tages um die Hotelgäste kümmern. Mach dir darum keine Sorgen, Isabella.“

„Was machen wir jetzt?“ fragte Isabella und schlug die Hände vor das Gesicht.

Stumm sahen die Männer sich an. David brach schließlich das Schweigen.

„Wir holen ihn nach Hause.“

Am Horizont versank die Sonne. Jack Dolan trat aus dem Haus und ging über die Holzplanken zu seinem Whirlpool. Bis auf das Badetuch, das er um die Hüften geschlungen hatte, war er nackt. Sein Haus in einer Kleinstadt in Virginia lag am äußersten Ortsrand; mit dem Wagen brauchte man eine knappe Stunde bis Washington, D.C. Ein drei Meter hoher Zaun um den Garten schirmte ihn vor unerwünschten Blicken ab. Im Übrigen wohnten seine nächsten Nachbarn einen halben Kilometer entfernt und waren öfter auf Reisen als er selbst.

Sein schleppender Gang zeigte Jack, wie erschöpft er war. Als er das Becken mit dem brodelnden Wasser erreichte, ließ er das Handtuch achtlos fallen und stieg hinein. Schamhaftigkeit hatte noch nie zu seinen bezeichnenden Eigenschaften gehört. Noch ein paar Schritte, und er sank auf den eingebauten Unterwassersitz. Seufzend lehnte er sich zurück. Aus den Düsen strömte heißes sprudelndes Wasser und massierte seine Haut.

Sein Rücken wies die Narben von zwei Messerstichen auf. Eine alte Schusswunde zierte seinen Oberschenkel. Als Andenken an seinen letzten Fall hatte er ein paar Rippenbrüche zurückbehalten, die noch nicht gänzlich ausgeheilt waren. Ein Privatleben kannte er nicht. Seit seinem Studienabschluss an der Boston University war er ohne Unterbrechung als Ermittler für das FBI tätig gewesen. Mit achtunddreißig Jahren besaß er als Belohnung für seinen Einsatz ein Haus, in dem er sich kaum aufhielt, und ein paar Geldanlagen, bei denen er nicht wusste, ob er jemals in den Genuss der

Erträge kommen würde. Vor dem Fälligkeitstermin war er vielleicht schon tot.

Das Wasser strömte um seine Arme und Beine. Es linderte den Schmerz in den alten Narben und lockerte seine angespannten Muskeln. Den Kopf an den Beckenrand gelehnt, schloss Dolan die Augen. Doch sofort spürte er, dass es wieder anfing. Seit sechs Monaten kannte er diesen Zustand. Eine Rastlosigkeit, die ihn früher nicht geplagt hatte; dazu die Sehnsucht nach etwas, das er nicht benennen konnte. Woher diese Frustration kam, wusste er nicht, aber eines war klar: So konnte es nicht weitergehen. Etwas musste geschehen mit ihm oder seinem Lebensstil.

Er fuhr sich mit der nassen Hand über das Gesicht und drehte den Kopf vorsichtig mit einem Stöhnen nach rechts und links. Seit Mittag hatten ihn Kopfschmerzen gequält. Jetzt wurden sie langsam schwächer. Ein Eichhörnchen, erbost über den Eindringling in seinem Territorium, schimpfte von einem nahe stehenden Nadelbaum herunter.

„Reg dich ab, Chester. Das ist auch mein Garten", sagte Jack. Dann lächelte er vor sich hin.

Jetzt redete er schon mit Eichhörnchen. Er brauchte wirklich dringend eine Luftveränderung.

Seit über vier Jahren hatte er keinen Urlaub gemacht. Vielleicht litt er einfach an Überarbeitung. Wie die Diagnose auch lautete, die Behandlung würde dieselbe sein; er musste einen Gang zurückschalten.

Der Mond ging auf. Jack Dolan blieb in dem Heißwasserbecken sitzen. Erst als er das Telefon klingeln hörte, erhob er sich ächzend und stieg aus dem Jacuzzi. Er wickelte sich das Handtuch um die Hüften, eilte zum Haus und hob den Hörer ab.

„Dolan."

„Jack, was machen Ihre Rippen?"

Er erkannte die Stimme des FBI-Direktors und straffte sich unwillkürlich.

„Geht so, Sir. Und was wollen Sie von mir?"

Das amüsierte Lachen seines Vorgesetzten klang durch die Leitung.

„Aha. Die Kunst des Gedankenlesens beherrschen Sie jetzt auch?"

Jack grinste schief. „Sir, ehrlich gesagt kann ich mich nicht erinnern, wann Sie das letzte Mal angerufen haben, um mit mir zu plaudern."

„Der Punkt geht an Sie", sagte der Direktor. „Dolan, ich brauche Sie. Packen Sie Ihre Sachen für einen Aufenthalt in den Rocky Mountains. Wie lange Sie dort bleiben, steht noch nicht genau fest. Morgen früh trifft eine Sendung bei Ihnen ein. Darin befindet sich unter anderem ein Flugticket. Ihr Ziel ist Braden, eine kleine Stadt in Montana."

Jack gingen die verschiedensten Möglichkeiten durch den Kopf. Von republikfeindlichen Milizen bis zu Terroristen war alles denkbar.

„Ja, Sir. Worauf muss ich mich einstellen?"

„Oh ... sagen wir, mindestens eine Woche, vielleicht mehr. Sie wohnen in Abbott House. Das ist ein schönes altes Hotel in sauberer Bergluft. Auf Golfplätze und Flüsse zum Angeln müssen Sie leider verzichten, aber die Landschaft soll überwältigend sein."

„Sir?"

Sein Chef schien zu schmunzeln. „Nicht gerade der Auftrag, den Sie erwartet haben, wie?"

„Nein, Sir. Aber ich bin sicher, Sie werden mich über alles Wesentliche unterrichten."

Der FBI-Direktor seufzte. „Nun denn ... kommen wir zum Rest der Geschichte. Vor zwei Tagen bekam das National Crime

Information Center die Fingerabdrücke eines Toten, die sich nicht in Übereinstimmung bringen ließen mit Abdrücken, die wir bereits haben."

„Ich verstehe nicht", sagte Jack. „Wollen Sie, dass ich die Identität dieser Person ermittle? Ich bin Agent, kein Detective."

„Lassen Sie mich ausreden."

„Tut mir Leid, Sir."

„Also, genau an diesem Punkt wird die Geschichte interessant. Die Leiche wurde in Brighton Beach gefunden."

„Gehört das nicht zu Brooklyn und wird auch Little Russia genannt?"

„Ja, so heißt die Gegend auch", bestätigte der FBI-Direktor. „Wegen der vielen russischen Einwanderer lässt das New York Police Department bei bestimmten Fällen die Fingerabdrücke zusätzlich durch Interpol prüfen, um die Identifizierung zu beschleunigen."

Auf dem Boden um ihn herum bildete sich eine Pfütze. Jack ließ das Handtuch von den Hüften rutschen, stellte einen Fuß darauf und begann das Wasser aufzuwischen, während er weiter zuhörte.

„Ja, Sir. Aber ich kann noch immer nicht ..."

„Warten Sie", sagte sein Gesprächspartner. „Die Sache ist ... die Fingerabdrücke haben bei Interpol die Alarmglocken schrillen lassen."

Jacks Nackenhaare sträubten sich.

„Sie gehören einem russischen Wissenschaftler. Er heißt Vaclav Waller."

„Und?"

„Vaclav Waller kam vor über dreißig Jahren bei einem Flugzeugabsturz vor der Küste Floridas ums Leben."

Jack stieß das nasse Handtuch beiseite und ging mit dem Hörer am Ohr in den hinteren Teil des Hauses, um sich etwas zum Anziehen zu holen.

„Aber dieses Mal ist er wirklich tot?“

„Ja, dieses Mal tatsächlich. Nachdem wir die Fingerabdrücke hatten, habe ich einen unserer Leute vor Ort nach Brighton Beach geschickt. Das Dumme ist ... dort wurde der Tote schon als Frank Walton aus Braden in Montana identifiziert. Er besaß eine Kreditkartennummer auf diesen Namen und wohnte ordnungsgemäß angemeldet in einem Hotel.“

Jack nahm Boxershorts und ein Sweatshirt aus der Kommode und eine frische Jeans aus dem Schrank. Dann klemmte er sich den Hörer von einem unter das andere Ohr.

„Aber“, fuhr der FBI-Direktor fort, „dann hat einer meiner Mitarbeiter die Daten des Kartenbesitzers genauer überprüft, und was glauben Sie, was er gefunden hat?“

Jack sank auf die Bettkante.

„Was?“

„Die Sozialversicherungsnummer, die der Tote benutzte, gehörte einem Frank Walton. Aber dieser Frank Walton ist 1955 im Alter von vierundzwanzig Jahren gestorben.“

„Wir haben also einen toten Russen, der, als er noch lebte, vorgab, ein toter Amerikaner zu sein. Kommt das hin?“

Dem FBI-Direktor schien der Sinn für Komik abhanden gekommen zu sein.

„So ist es, Jack. Ich will wissen, was zum Teufel hier vorgeht. Der Mann, der sich Frank Walton nannte, hat viele Jahre in Abbott House gelebt. Ich will Sie in diesem Hotel haben. Finden Sie unbedingt heraus, was der Mann dort gemacht hat. Wallers Hintergrund lässt vermuten, dass sein Verschwinden mehr war als ein einfacher Seitenwechsel. Allerdings werden Sie nicht als FBI-Agent nach Abbott House kommen. Sie sind dort auf Urlaub, sozusagen.“

„Ja, Sir."
„Halten Sie mich über Ihre Erkenntnisse auf dem Laufenden."
„Ja, Sir."
„Oh ... noch was, Jack."
„Sir?"
„Schicken Sie mir eine Postkarte."
Jack grinste.
Auf der anderen Seite wurde aufgelegt.

3. KAPITEL

Es war zwei Uhr fünfzehn nachmittags, als Jack seinen Mietwagen auf den Parkplatz von Abbott House lenkte. Er stellte den Wagen ab, stieg aus und streckte sich. Ein schmerzhaftes Stechen im Brustkorb erinnerte ihn an die noch nicht verheilten Rippenbrüche, aber die frische, vom Regen feuchte Luft fühlte sich gut auf seinem Gesicht an. Er nahm seine Tasche aus dem Kofferraum und machte sich auf den Weg zum Hotel. Das Haus wirkte verlassen. Doch als er die Halle betrat, sah er eine zierliche Frau mittleren Alters hinter dem Empfangstresen stehen. Sie hob den Kopf und lächelte.

„Willkommen in Abbott House."

Jack nickte, stellte die Tasche ab und zog seine Brieftasche heraus.

„Ich hätte gern ein Zimmer."

„Für zwei Personen?" fragte die Frau und blickte an ihm vorbei zur Tür.

„Nein, nur für mich", antwortete er und fragte sich, warum die Angestellte so überrascht wirkte.

„Ja, Sir. Und wie lange werden Sie bleiben?"

„Eine Woche, vielleicht länger. Ich habe einige Recherchen in der Gegend zu machen."

„Recherchen?" fragte die Frau.

„Für ein Buch."

„Ooohh, ein Schriftsteller, wie interessant", sagte sie. „Die meisten unserer Gäste sind wegen der Klinik hier, müssen Sie wissen."

„Um was für eine Einrichtung handelt es sich, wenn ich fragen darf?"

„Die White Mountain Fertility Clinic. Dort hat man sich auf die Behandlung weiblicher Unfruchtbarkeit spezialisiert."

„Ich verstehe.“ Jack wies zum Parkplatz. „Sieht aus, als wäre heute nicht viel los. Als ich hier einbog, dachte ich schon, das Hotel wäre geschlossen.“

Die Gesichtszüge der Empfangsdame sanken ein. „Oh ... das ist, weil alle bei dem Begräbnis sind. Eine schrecklich traurige Geschichte.“

Sein Interesse erwachte. „Jemand von hier, nehme ich an.“

Sie blinzelte die Tränen weg. „Ja, einer der Hotelbewohner. Franklin Walton. Er hat viele Jahre in diesem Haus gelebt, und sein Tod kam völlig unerwartet.“ Sie beugte sich über den Tresen nach vorn und senkte die Stimme: „Er wurde ermordet.“ Dann fügte sie hinzu: „Natürlich nicht hier. Braden ist eine ruhige Kleinstadt. Solche fürchterlichen Dinge geschehen Gott sei Dank immer woanders. Trotzdem ist es eine Tragödie. Vor ein paar Tagen starb Dr. Abbott, und jetzt haben wir den zweiten Todesfall in Abbott House. Isabella ist ganz aufgewühlt, wie wir alle.“

Franklin Walton war Jack ein Begriff. Schließlich war er der Grund für seine Reise nach Montana. Aber er wusste nichts von einer Isabella. Auch der Name Abbott sagte ihm nichts, außer dass das Hotel so hieß.

„Dr. Abbott? Gehörte ihm das Hotel?“

Die Empfangsdame nickte. „Ja. Und er hat zusammen mit Dr. Schultz und Dr. Arnold die White Mountain Fertility Clinic gegründet. Die meisten Leute, die sich dort behandeln lassen, wohnen hier im Hotel.“

„Ich verstehe“, sagte Jack.

„Für die Anmeldung brauche ich eine Kreditkarte von Ihnen, Sir. Wenn Sie so freundlich sein würden.“

Er zog eine Karte aus seiner Brieftasche und legte sie auf den Tresen. Während die Angestellte sie durch das Lesegerät zog, sah er sich in der Lobby um. Wie das Gebäude selbst besaß auch die Halle beträchtliche Ausmaße, wenn man die menschenleere Gegend bedachte, in der das Hotel stand.

„Ein wunderbares Haus mit beeindruckender Architektur", sagte er.

Die Empfangsdame lächelte.

„Ja, nicht wahr? Es wurde um das Jahr 1900 erbaut, von einem wohlhabenden Rancher, der später in der Wirtschaftskrise sein gesamtes Vermögen verlor. Danach hatte das Haus mehrere Besitzer, bis schließlich Samuel Abbott es in den siebziger Jahren kaufte."

„Interessant", sagte Jack. „Ich schließe daraus, dass Dr. Abbott und Franklin Walton miteinander befreundet waren."

Die Empfangsdame blickte auf, ein wenig verwundert über das Interesse des Fremden.

„Ja. Mr. Walton hatte hier sein Zuhause, wie alle anderen Onkel von Isabella."

„Isabella?"

„Dr. Abbotts Tochter."

„Wie alle anderen Onkel? Wollen Sie damit sagen, der Ermordete war Isabellas Onkel?"

„Nein, es bestand keine Blutsverwandtschaft, aber Isabella sagte trotzdem Onkel zu ihm."

Er nickte. „Ich verstehe, was Sie meinen. Als ich noch ein Kind war, unten in Louisiana, sagten wir auch Onkel zu den älteren Männern im Ort. So erwiesen wir ihnen unseren Respekt."

„Ja, genau", sagte die Angestellte und reichte ihm den Schlüssel. „Ihr Zimmer liegt im zweiten Stock, Nummer 200. Es ist die erste Tür rechts neben der Treppe."

„Ich habe gesehen, das Haus verfügt über drei Stockwerke.

Kann man auch ganz oben ein Zimmer mieten? Ich wohne gern hoch."

Sie schüttelte den Kopf.

„Nein, Sir. Tut mir Leid. Im dritten Stock befinden sich die Wohnungen der Onkel."

Wieder ein paar nützliche Einzelheiten in Erfahrung gebracht. „Nun ja." Jack schenkte ihr ein offenes Lächeln. Er wollte nicht, dass sie seine Neugier befremdlich fand. „Hätte ja sein können. Fragen schadet schließlich nicht."

Bezaubert durch das Lächeln, errötete die Empfangsdame. Der hoch gewachsene Gast erinnerte sie an einen Filmschauspieler, für den sie schwärmte, nur war dieser Mann etwas älter und hatte ein ausgeprägteres Kinn. Delia bewunderte Männer mit markanten Gesichtszügen.

„Wenn wir sonst noch etwas für Sie tun können, fragen Sie nur. Das Frühstück wird ab sechs Uhr morgens serviert, und die Küche bleibt bis elf Uhr abends geöffnet. Sie können jederzeit von der Karte bestellen."

„Danke", sagte Jack. Er nahm seine Tasche und ging durch die Halle zur Treppe. Am Aufgang hob er den Kopf und erstarrte. Sein Blick blieb auf dem Gemälde haften.

Die Frau auf dem Porträt sah umwerfend aus. Dichtes schwarzes Haar umrahmte ein herzförmiges Gesicht. Ihre Züge waren fein geschnitten, und die Haut schimmerte wie zartes Porzellan. Aber die Augen drückten eine Traurigkeit aus, die er noch nie bei einem Menschen gesehen hatte.

„Was für eine Schönheit!"

„Ja, nicht wahr?" sagte Delia. „Das ist die verstorbene Isabella Abbott, Dr. Abbotts Frau."

„Sie ist tot?" Der Gedanke löste einen dumpfen Schmerz in ihm aus.

„Ja, seit fast dreißig Jahren. Sie starb bei der Geburt ihres Kindes."

Jack trat einen Schritt näher an das Bild, gebannt durch den rätselhaften Ausdruck auf dem Gesicht der Frau.

Hinter ihm klingelte ein Telefon. Das Geräusch ließ ihn zusammenfahren. Die Empfangsdame begann eine Unterhaltung mit jemandem am anderen Ende der Leitung. Jack stieg weiter die Treppe hinauf. Auf dem Absatz stand er dem Gemälde in Augenhöhe gegenüber. Die Frau sah ihn direkt an, mit einem flehenden Blick, den er nicht zu deuten wusste.

Ihm stockte der Atem. Sein Mund wurde trocken. Nur mit Mühe konnte er sich von dem Bild lösen und ging weiter. Als er im zweiten Stock den Schlüssel ins Schloss seiner Zimmertür steckte, zitterten seine Hände noch immer. Er öffnete, trat in den Raum und verriegelte die Tür von innen. Ohne auf die geschmackvolle Einrichtung mit europäischen Stilmöbeln zu achten, stellte er seine Tasche ab und sank auf die Bettkante.

Im Zimmer roch es wie im Haus seiner Großmutter – nach Lavendel und Rosen; dazu leicht modrig, was nicht auf mangelnde Sauberkeit schließen ließ. Alte Häuser hatten immer diesen Geruch. Sein Nacken begann zu kribbeln. Er drehte den Kopf und warf einen Blick hinter sich. Es meinte fast, Isabella Abbott würde ihn ansehen.

„Nur nicht den Kopf verlieren", murmelte er. „Zuerst packe ich aus, dann erkunde ich das Gelände um das Hotel und erstelle vor dem Dunkelwerden noch einen vorläufigen Bericht."

Seine Erschöpfung siegte über die guten Absichten. Er ließ sich rücklings auf das Bett sinken und nahm sich vor, nur ein paar Minuten zu ruhen.

Als er die Augen wieder öffnete, war es vollständig dunkel im Zimmer. Er rollte zur Seite und richtete sich erschrocken auf. Für einen Moment wusste er nicht, wo er war. Dann wehte ihm ein Hauch von Lavendel in die Nase, und er erinnerte sich wieder. Er war in Abbott House.

Sein Magen knurrte. Er sah auf die Armbanduhr. Fast Mitternacht. Er hatte das Abendessen verpasst, und jetzt war er zu hungrig, um bis zum nächsten Morgen zu warten. Hoffentlich gab es im Hotel oder draußen einen Automaten mit Knabbersachen. Er würde sich jedenfalls auf die Suche begeben.

Er schwang die Beine über die Bettkante. Sein Blick ging hinüber zum Fenster. Die Vorhänge waren noch offen, und er konnte in die Dunkelheit hinaussehen. Hinter dem Hotel zeichnete sich scharf die Silhouette der hohen Bergkette ab – eine dunkle, unverrückbare Formation vor dem tiefblauen Samt des Nachthimmels.

Jack streckte seine müden Glieder, stand auf und trat zum Fenster. Bis auf die Lichtkreise unter den Sicherheitslampen lag der gepflegte Garten um das Hotel in tiefem Schwarz. Eine eigenartige Schönheit zeichnete den Ort aus. Das Haus mit seiner Jugendstilarchitektur schien nicht in diese Berglandschaft zu passen. Sie war noch immer ursprünglich und ließ ahnen, wie die Wildnis früher gewesen sein musste. Jack dachte an den Mann, der heute zu Grabe getragen worden war. Die Gegend eignete sich gut zum spurlosen Verschwinden.

Warum Vaclav Waller untergetaucht war, diese Frage blieb noch zu beantworten. Warum hatte er seinen eigenen Tod vorgetäuscht? Und warum war er ausgerechnet nach Montana gekommen? Es gab auch andere Länder, in denen er sich hätte verstecken können.

Isabella konnte nicht schlafen. Jedes Mal, wenn sie die Augen schloss, sah sie ihren Onkel Frank in seinem Sarg liegen. In seinen erstarrten Zügen meinte sie noch die erschrockene Gewissheit zu erkennen, dass er sterben musste.

Sie hatten Frank Walton neben dem Mann zur letzten Ruhe gebettet, der im Leben sein bester Freund gewesen war. Dann war die erste Schaufel mit Erde auf den Sarg gefallen. Isabella hatte plötzlich daran denken müssen, dass sie überhaupt nichts über Franks Herkunftsfamilie wusste. Er hatte immer nur in Andeutungen von seiner Vergangenheit und von seinen Angehörigen gesprochen. Schließlich war sie zu dem Schluss gelangt, dass sie längst tot sein mussten. Aber was, wenn das nicht stimmte? Wenn irgendwo noch Mitglieder seiner Familie lebten, ein Cousin, ein angeheirateter Verwandter; jemand, der sein Ableben ebenfalls betrauern würde, wenn er davon wüsste?

Bei dem Gedanken hatte sie den Blick gehoben und die anderen Onkel angesehen. Ihr war mit einem Mal klar geworden, dass sie von diesen Männern auch nicht mehr wusste. Sie waren zuverlässige Begleiter in ihrem Leben gewesen, und sie hatte ihre Anwesenheit immer für selbstverständlich genommen. Doch dass ihr Vater und dann auch noch Onkel Frank so plötzlich gestorben waren, hatte sie gewaltsam aus ihrer Selbstgewissheit herausgerissen. Wenn dies alles vorbei war – wenn sie alle wieder nachdenken konnten, ohne das Gefühl zu haben, gleich in Tränen ausbrechen zu müssen –, würde sie ihr Versäumnis nachholen und Fragen stellen. Eine Familie bedeutete alles im Leben. Sie hatte die ihre verloren. Ihr blieben nur die fünf alternden Männer, mit denen sie nicht einmal blutsverwandt war.

Das beleuchtete Zifferblatt ihres Weckers zeigte zehn Minuten nach Mitternacht. Seufzend setzte Isabella sich auf und schwang die Beine über die Bettkante. Vielleicht würde sie leichter einschlafen, wenn sie ein Glas heiße Milch getrunken hatte. Das war nicht gerade ein Feinschmeckergenuss, aber immer noch besser als der

Kater, den sie von Schlaftabletten bekam. In der gewohnten Erwartung, dass sie unbemerkt und ohne jemanden zu wecken in die Küche schlüpfen und auf ihr Zimmer zurückkehren konnte, nahm sie ihren langen weißen Morgenmantel aus dem Schrank, trat in die Pantoletten und ging zur Tür.

Die Sohlen ihrer Hausschuhe glitten leise über das glänzende Parkett im Korridor. Sekunden später war sie am Treppenaufgang und bog in die Hotelhalle ein. Sie hielt kurz am Empfangstresen inne und prüfte, ob die Alarmanlage eingeschaltet war. Befriedigt, dass in dem Hotel, das auch ihr Zuhause war, alles seine Ordnung hatte, ging sie weiter zur Küche. Sie hatte die Mitte der Halle erreicht, als sie aus dem Augenwinkel eine Bewegung wahrnahm. In einer Ecke erkannte sie den Umriss eines menschlichen Körpers, und der Mensch war ein Mann. Ihr Herz setzte einen Schlag aus.

„Hallo ... wer ist da?“ rief sie.

Isabella hörte, wie der Atem des Unbekannten stockte. Als er sprach, hatte seine Stimme einen heiseren Klang, der sie erschauern ließ.

Jack war noch immer auf der Suche nach einem Automaten mit etwas Essbarem. Er hörte, wie eine Tür geöffnet und wieder geschlossen wurde. Instinktiv wich er zurück in den dunklen Schatten an der Wand und wartete ab, wer sich näherte. Im nächsten Moment erlebte er die Begegnung mit einer Erscheinung. Seiner Wahrnehmung misstrauend, blinzelte er und rieb sich die Augen. Das Bild verschwand nicht, sondern blieb klar und deutlich vor ihm stehen. Zum ersten Mal in seinem Leben begriff er, was es bedeutete, sich vor Angst nicht von der Stelle rühren zu können.

Es war die Frau auf dem Bild. Sie trat hinter dem Treppenaufgang hervor, ging in die Hotelhalle und blieb am Empfangstresen stehen, als bemerkte sie einen Feind, den er nicht sehen konnte.

Ihre Züge zeigten Erschöpfung. Obwohl er wusste, dass es unmöglich war, hörte er sie seufzen. Natürlich war das Unsinn. Ein Wesen, das nicht von dieser Welt war, atmete nicht.

Wie war der Name der Frau? Ja, er erinnerte sich. Isabella. Die Hotelangestellte hatte von ihr als Isabella gesprochen.

Sie war auffallend schön, doch was ihn bis ins Mark erschütterte, war der Ausdruck von tiefem Schmerz in ihrem Gesicht. Welche Tragödie musste sie durchlitten haben, dass sich die Spuren noch im Tod abzeichneten? Die Erscheinung schritt durch die Halle, blieb plötzlich stehen und blickte in den Schatten, wo er stand. Jetzt rief sie ihn an. Er hörte ihre Stimme, und ein tödlicher Schreck durchfuhr ihn. Überirdische Wesen redeten nicht mit Menschen, soweit er gelesen hatte. Nach kurzem Zögern näherte er sich ihr, den Blick immer auf das Gesicht gerichtet. Als er auf zwei Meter herangekommen war, blieb er stehen.

„Isabella?"

Der Mann sprach so leise, dass er fast flüsterte; doch Isabella war, als hätte er den Namen in ihr Ohr gebrüllt. Sie hatte jeden Tag mit Fremden zu tun, aber diesen Unbekannten hatte sie noch nie gesehen. Woher wusste er, wie sie hieß?

„Sie kennen mich?" fragte sie.

Jack holte tief Luft und griff nach ihrer Hand.

Sie zuckte bei seiner Berührung zusammen.

Jack erschrak nicht weniger, als er ihre Haut spürte.

„Sie sind ja aus Fleisch und Blut!"

Sie runzelte die Stirn. „Sir ... sind Sie betrunken?"

Er fuhr sich mit zitternden Fingern durch das Haar.

„Nein, aber langsam ist mir nach Alkohol", murmelte er.

„Sind Sie Gast im Haus?"

Er nickte. „Ich bin heute Nachmittag angekommen."

„Aha", sagte sie. „Das muss gewesen sein, als wir alle bei der

Beerdigung waren." Sie zog ihren Morgenmantel fest um sich zusammen und knüpfte den Gürtel enger. „Ich bin Isabella Abbott. Haben Sie eine Beschwerde wegen Ihres Zimmers? Brauchen Sie etwas?"

Jack starrte sie noch immer an. Er wusste jetzt, dass seine erste Wahrnehmung von ihr nur ein nächtlicher Wahn gewesen war. Trotzdem konnte er nicht anders. Er drehte den Kopf und sah hinter sich, zu dem Porträt am Treppenaufgang.

Plötzlich verstand Isabella.

Sie verbarg ein Lächeln. „Haben Sie geglaubt, ich sei ein Geist?"

Er wandte den Blick zu ihr zurück und zuckte mit den Achseln. Er mochte nicht zugeben, wohin seine Gedanken ihn geführt hatten. FBI-Agenten glaubten nicht an Übersinnliches. Sie hielten sich an Tatsachen.

„Eigentlich bin ich nach unten gekommen, weil ich einen Automaten mit etwas Essbarem suche. Wie es scheint, habe ich das Dinner verschlafen. Auch die Küche hat schon geschlossen."

Als sie lächelte, spürte Jack ein Kribbeln im Bauch. Es hatte nichts mit seinem leeren Magen zu tun, da war er ziemlich sicher.

„Ich war unterwegs in die Küche, um mir heiße Milch zu machen. Ich mag Milch nicht besonders gern, aber sie hilft beim Einschlafen. Wenn Sie mit Resten zufrieden sind, kann ich Ihnen ein Sandwich machen. Es ist sicher noch genug von allem da."

„Danke, Ma'am. Das wäre wirklich sehr nett von Ihnen."

Dieses Mal traf ihr Lächeln ihn mitten ins Herz.

„Ich habe versprochen, dass ich Ihnen etwas zu essen mache, aber nur, wenn Sie mich nicht Ma'am nennen." Sie streckte ihm die Hand entgegen. „Bitte ... sagen Sie Isabella zu mir."

Er zögerte, dann umschloss er ihre Finger. Sie fühlten sich warm, weich und zerbrechlich an. Er blickte an ihrem Lächeln vorbei, in ihre Augen. Als er den tiefen Kummer darin sah, hatte er Schuldgefühle. Er war unter Vorspiegelung falscher Tatsachen nach Braden und in dieses Hotel gekommen. Das Anknüpfen freundschaftlicher Beziehungen, vor allem mit dieser Frau, vertrug sich nicht mit seinem Ehrgefühl. Im nächsten Moment holte er tief Luft und ordnete seine Gedanken. Er ging keine Freundschaft ein, sondern sorgte dafür, dass er etwas zu essen bekam.

„In Ordnung ... Isabella. Die Abmachung gilt."

„Hier entlang", sagte sie und führte ihn zur Küche. Beim Eintreten drückte sie auf den Lichtschalter.

Sofort war der Raum in gleißende Helligkeit getaucht. Jack wurde erneut von der Erkenntnis überwältigt, wie schön diese Frau war. Sie hatte dichtes schwarzes Haar, das glatt an den Seiten und nach hinten herunterfiel. Ihre Augen waren braun, wie dunkler Karamell. Bei jedem Lächeln hoben sich ihre Brauen, was ihrem Gesicht einen schelmischen Ausdruck verlieh. Und sie war sehr schlank – beinahe mager. Als sie zum Kühlschrank ging, um die Zutaten für sein Sandwich zu holen, war er versucht, sie aufzufordern, für sich selbst auch ein Brot zu machen. Stattdessen ermahnte er sich, nicht zu vergessen, warum er hier war, und begann eine ruhige, aber zielgerichtete Befragung. Sein Vorgesetzter wäre stolz auf ihn gewesen.

„Vorhin haben Sie gesagt, sie seien bei einer Beerdigung gewesen. Ich hoffe, es ist niemand von Ihrer Familie gestorben."

Ihre Körperhaltung wurde steif. Sie hörte auf, Mayonnaise auf das Brot zu schmieren. Als sie antwortete, verstand er sie nur mit Mühe.

„Doch. Es war ein Angehöriger."

„Oh, das tut mir Leid."

Sie griff noch einmal in den Kühlschrank, nahm eine Platte mit

Aufschnitt heraus und wählte zwei hauchdünne Schinkenscheiben, die sie auf das Sandwich legte.

„Danke. Mögen Sie Käse?" fragte sie.

Er wusste, sie versuchte, das Thema zu wechseln, aber er war noch nicht bereit, ihr den Gefallen zu tun.

„Ja, gern." Seine Gedanken arbeiteten fieberhaft. Er suchte nach einem Anknüpfungspunkt, wie er das Gespräch fortsetzen konnte. Dabei fiel ihm ein, was die Empfangsdame über das Hotel erzählt hatte. „Haben Sie schon immer in Montana gelebt?"

Sie nickte.

„Dieses Hotel ist wirklich beeindruckend. Hat Ihre Familie das Haus gebaut?"

Sie wandte sich zu ihm herum. „Nein. Abbott House ist sehr viel älter. Mein Vater hat es vor über dreißig Jahren gekauft. Seitdem befindet es sich im Besitz der Familie. Ich wurde hier geboren."

„Tatsächlich?"

Sie nickte.

„Und jetzt treten Sie als Hotelmanagerin die Nachfolge Ihres Vaters an."

Ihr Kinn zitterte. In diesem Moment hasste er sich selbst, weil er das falsche Spiel mit ihr weiterführte. Zu seiner großen Erleichterung antwortete sie freimütig. Aber ihre Stimme klang sehr leise.

„Das Hotel diente zum Nebenerwerb. Mein Vater war Arzt. Er, Onkel David und Onkel Jasper haben gemeinsam die White Mountain Fertility Clinic in Braden gegründet."

Jack hakte sofort nach, als sie von ihrem Vater in der Vergangenheitsform sprach.

„Ihr Vater lebt nicht mehr?"

Isabella sog die Wangen ein und presste die Backenzähne in die Haut, um ihre Tränen zurückzuhalten. Sie musste lernen, ruhig über dieses Thema zu sprechen. Der Tod ihres Vaters war eine Tatsache, mit der sie von nun an zu leben hatte.

„Nein. Er ist vor etwas über einer Woche gestorben."

„Das Begräbnis heute war also für ihn?"

Sie schüttelte den Kopf. Jetzt füllten sich ihre Augen doch mit Tränen. „Nein, heute haben wir Onkel Frank beerdigt. Er war im Urlaub. Jemand hat ihn ermordet." Sie machte einen kurzen Atemzug und drehte sich um.

„Das tut mir wirklich Leid", sagte Jack. „Es muss schwer für Sie sein ... so schnell hintereinander zwei Familienmitglieder zu verlieren."

„Ja. Danke für Ihr Mitgefühl."

Die anschließende Stille dauerte lange. Isabella belegte weiter das Brot. Er sah schweigend ihren geübten Handbewegungen zu. Schließlich teilte sie das Sandwich in einem schrägen Schnitt, legte die beiden Dreiecke auf einen Teller und fügte sauer eingelegtes Gemüse, Oliven und eine Hand voll Kartoffelchips hinzu. Dann stellte sie den Teller auf ein Tablett. Mit einem schnellen Handgriff legte sie eine weiße Leinenserviette daneben, nahm ein Glas aus dem Schrank und wandte sich an Jack. Sie sah ihn eindringlich an. Er hatte ein Gefühl, als würde er durchbohrt.

„Was möchten Sie trinken?"

„Was haben Sie denn da?" fragte er zurück.

„Wir sind in einem Hotel. Sie können so ziemlich alles bekommen, was Sie wollen."

„Etwas Alkoholfreies genügt."

Sie holte eine Dose Coca-Cola aus dem Kühlschrank, gab Eiswürfel in das Glas und stellte beides zu den anderen Sachen. Dann reichte sie ihm das Tablett.

„Hier ist Ihr Essen. Ich hoffe, das reicht bis zum Morgen. Wir servieren das Frühstück ab sechs Uhr ..."

Er nickte lächelnd. „Das sieht wunderbar aus. Danke, dass Sie sich so viel Mühe gemacht haben."

Sie verschränkte die Hände vor der Brust und neigte den Kopf zur Seite. Für einen Moment sah er das Bild einer Lehrerin vor sich, die ihn als Kind gescholten hatte, wenn er zu langsam war.

„Keine Ursache", sagte sie. „Schlafen Sie gut."

Er war entlassen. Für einen weiteren Aufenthalt in der Küche bestand kein Grund mehr. Das Tablett in der Hand, wandte er sich zum Gehen. Er war schon fast an der Tür, da hörte er Isabellas Stimme.

„Verzeihen Sie meinen Gefühlsausbruch", sagte sie leise. „Die Wunde ist noch so frisch."

Er drehte sich zu ihr um. „Da gibt es nichts zu verzeihen", antwortete er und bemerkte dann die Anspannung in ihrem Gesicht. „Ist alles in Ordnung? Ich meine ... ich bleibe gerne bei Ihnen und begleite Sie durch die Halle zurück."

Das Angebot kam unaufgefordert, aus diesem Grund schätzte sie es noch mehr.

„Nein, nicht nötig. Aber ich danke Ihnen trotzdem, Mr. ..."

„Dolan. Jack Dolan."

Sie neigte den Kopf zur anderen Seite, als wollte sie den Namen und den Mann zusammenfügen. Dann nickte sie, wie zu sich selbst.

„Gute Nacht, Jack Dolan."

Er zögerte. Dann nickte er auch.

„Gute Nacht, Miss Abbott."

Isabella wandte ihm den Rücken zu, goss Milch in einen Topf und stellte ihn auf die Herdplatte zum Erhitzen. Jetzt fiel Jack wieder ein, dass sie gesagt hatte, sie sei unten, weil sie nicht einschlafen konnte.

Auf der Treppe blieb er mit dem Tablett in den Händen stehen und betrachtete das Porträt. Die Ähnlichkeit zwischen Mutter und Tochter war verblüffend, geradezu unheimlich. Kein Wunder, dass er geglaubt hatte, einem Geist zu begegnen. Er senkte den Blick auf den Teller mit seinem verspäteten Abendessen und verzog das Gesicht. Wenn er dieses Riesensandwich aufaß, würde er auch nicht schlafen können. Falls doch, dann sicher nicht traumlos – dafür sorgte die Begegnung von vorhin.

Er schüttelte den Kopf und ging weiter die Treppe hinauf.

Geistererscheinungen, das hatte gerade noch gefehlt.

4. KAPITEL

Den Feldstecher an die Augen gepresst, stand Wasili Rostow auf seinem Beobachtungsposten und sah ins Tal. Die Lichter im Erdgeschoss des Hotels erloschen. Er wartete, bis im zweiten Stock ein Fenster hell wurde. Dann legte er das Fernglas auf seine Reisetasche und kroch in den Schlafsack. Was immer da unten im Hotel vor sich gegangen war, hatte aufgehört.

Er fluchte leise auf Russisch. Das gewohnte Zungenrollen, mit dem er die Worte aussprach, tröstete ihn. Bevor er aus seinem zurückgezogenen Leben wieder an die Arbeit gerufen worden war, hatte er sich leicht einreden können, dass die Jahre ihm nichts von seinen Fähigkeiten genommen hatten und er noch immer so gut wie früher war. Jetzt befand er sich seit zwei Wochen im Einsatz und musste sich eingestehen, dass er zu alt wurde. Er vermisste sein Bett und den Lehnstuhl, bei dem die Polster an genau den richtigen Stellen eingesessen waren. Und ihm fehlte der Wodka. Vor dem Einschlafen trank er immer ein paar Gläser. Seit er in Montana war, musste er im Freien übernachten und von Trockennahrung leben. Das erregende Gefühl, wieder im Einsatz zu sein, hatte sich bald verflüchtigt. Hinzu kam die Versuchung, einfach zu vergessen, warum er nach Amerika geschickt worden war, und die eigene Spur hier enden zu lassen, wie Vaclav Waller es getan hatte. Das Zusammentreffen all dessen sorgte dafür, dass Wasili Rostow sich unglücklich fühlte.

Wieder ließ er den Blick ins Tal schweifen, auf das Dach des großen dreistöckigen Hauses. Er verzog das Gesicht zu einer Grimasse. Ihm musste eine Möglichkeit einfallen, unbemerkt in das Hotel zu kommen. Dort unten war der einzige Ort, wo sich eine Suche lohnte, wenn er Antworten auf seine Fragen wollte. Aber wie sollte er sich Zugang verschaffen, ohne Verdacht zu erregen? Im Augenblick hatte er nicht die geringste Ahnung.

Die Nacht war klar, und es wurde empfindlich kalt. Trotz der Schönheit des Sternenhimmels über seinem Lager hätte er lieber in einem behaglichen Bett geschlafen. Auf einer Anhöhe in der Nähe begannen Kojoten zu heulen. Unwillkürlich fuhr er zusammen und griff nach seiner Pistole. Er verfluchte sein Schicksal. In dieser Einöde war ausgerechnet das Hotel unter ihm der einzige Ort, wo er ein Zimmer bekommen könnte.

Gegenwärtig wohnte nur ein zahlender Gast in Abbott House. Der Mann war am Nachmittag eingetroffen. Wasili hatte darüber nachgedacht, ob es klug wäre, wenn er auch dort einzog, und den Gedanken wieder verworfen. Frank Walton hatte in den ersten Sekunden ihrer Begegnung begriffen, wer er war. Noch einen Fehlschlag dieser Art konnte er sich nicht leisten.

Er wurde den Verdacht nicht los, dass er die ganze Sache längst hinter sich hätte, wäre Waller berechenbarer gewesen. Hätten seine Auftraggeber ihm die näheren Gründe mitgeteilt, warum der Mann nach Russland zurückgebracht werden sollte, hätte er die drastische Reaktion vielleicht vorhersehen und verhindern können. Der alte Mann war lieber gestorben, statt sich von Rostow entführen zu lassen. Das war höchst verdächtig. Dann verwarf er den Gedanken wieder. Vielleicht hatte Waller den Freitod gewählt, weil er Angst hatte, man könnte ihn foltern und er würde Wissen preisgeben, das er für sich behalten wollte.

Seufzend schloss Rostow die Augen. Als das Sowjetreich zerbrach, hatte er gelernt, dass es besser war, die Vergangenheit ruhen zu lassen.

Er rutschte in seinem Schlafsack hin und her und überlegte, ob er Feuer machen sollte. Er entschied sich dagegen. Ein Lagerfeuer war zu auffällig. Es könnte ihm unerwünschten Besuch einbringen.

Wieder hörte er das Geheul der Kojoten. Es wurde schwächer. Die Tiere bewegten sich in eine Richtung, die von seinem Lagerplatz wegführte. Erleichtert verschränkte er die Hände vor der Brust, tätschelte noch einmal die Pistole, die auf seinem Bauch lag, und schlief ein.

Süditalien – drei Uhr nachts

Die drei Männer huschten über den kleinen Marktplatz, sorgfältig darauf bedacht, sich in den dunklen Häuserschatten zu halten. Sie waren nicht zum ersten Mal als Diebe unterwegs, doch noch nie hatten sie einen Auftrag angenommen, bei dem sie Gott beraubten. Die Nacht war kühl. Einer der Männer – er war kleinwüchsig und wurde Paulo genannt – schwitzte trotzdem. Bei jedem Schritt, den sie sich der kleinen Dorfkirche näherten, meinte er zu spüren, dass sich die Hand des Teufels fester um seine Kehle krallte.

„Für diese Sünde werden wir sterben", murmelte er.

Antonio, der Älteste und Anführer der Bande, wandte sich um und schob Paulo gegen die Hauswand.

„Sei still", zischte er.

Francesco, Paulos Cousin, teilte gewöhnlich die Meinung seines Verwandten, aber vor Antonio hatte er Angst. Er vermied jeden Streit mit ihm.

In der Hoffnung, Paulos Ängste zu beschwichtigen, zwinkerte Francesco seinem Vetter zu.

„Denk an die Kohle, die wir für diesen Einbruch kriegen. Es ist mehr, als wir für die gesamte Beute vom letzten Jahr bekommen haben."

Paulo ließ sich nicht beruhigen.

„Wer tot ist, braucht kein Geld mehr", sagte er.

Antonio warf den Cousins einen wütenden Blick zu. „Dann

steigt aus! Ich ziehe das Ding allein durch. Feiglinge kann ich nicht gebrauchen.“

Keiner der beiden besaß den Mut, einen Mann zu verärgern, der seinen eigenen Vater umgebracht hatte. Francesco setzte ein Lächeln auf und versuchte, die Spannung zu mildern.

„Paulo wird seine Sache gut machen. Sei unbesorgt.“

„Ich bin nicht derjenige, der sich Sorgen macht“, sagte Antonio. „Gehen wir endlich?“

Mit zögerndem Nicken folgten die zwei ihm zur Kirche. Als Antonio die schwere Tür aufmachte, quietschte sie in ihren altertümlichen Angeln. Paulo zuckte zusammen. Er blieb hinter dem Eingang stehen, erneut von Schuldgefühlen wegen ihrer bevorstehenden Tat überwältigt.

„Schnell, macht schon“, befahl Antonio halblaut und scheuchte seine beiden Helfer mit einer Handbewegung vorwärts.

Im Mittelgang zwischen den Bänken ließ Paulo sich auf ein Knie nieder und murmelte ein Gebet, in dem er um Vergebung bat. Dann ging er weiter nach vorn, auf den schwachen Lichtschein zu, der über dem Altar schimmerte.

„Dort ist es“, sagte Antonio. „Francesco, du hast den Glasschneider. Paulo, du gehst ihm zur Hand. Ich passe auf, dass keiner kommt. Und beeilt euch. Sonst lastet am Ende auch noch ein toter Priester auf eurem Gewissen.“

Paulo bekreuzigte sich ein weiteres Mal und folgte unter Gemurmel seinem Cousin die Stufen hinter dem Altar hinauf zu einem länglichen Kasten, der fast vollständig aus Glas bestand. Der Behälter war ungefähr siebzig Zentimeter breit, siebzig Zentimeter tief und knapp einen Meter dreißig lang. Er stand in einer Nische, die in die dicke Steinwand der Kirche geschlagen war. Francesco beugte sich vor und spähte auf die Messingplatte, die man unter dem Glaskasten angebracht hatte.

St. Bartholomeo, 1705-1735

Ein Schauer, wie bei einer bösen Vorahnung, rieselte über Francescos Rückgrat. Er schüttelte die Empfindung ab und gab Paulos albernen Reden die Schuld. Für den Diebstahl von ein paar Knochen würden sie nicht verflucht werden, wenigstens nicht mehr als für ihre vergangenen Taten.

„Hilf mir", befahl er. Mit vereinten Kräften wuchteten sie den Glassarg aus der Nische und stellten ihn auf den Kirchenboden.

„Halt mal", sagte Francesco und reichte seinem Cousin seine Taschenlampe.

Paulo nahm sie in Empfang. Seine Hände zitterten. Als der Lichtstrahl den alten, gelblich verfärbten Knochenschädel im Innern des Glaskastens traf, drehte sich sein Magen um.

„Heilige Mutter Gottes, Jungfrau Maria, vergib mir diese Sünde."

Sekunden später war das schwache Knirschen von Metall auf Glas zu hören. Francesco kniete an der Rückseite des Sarges und schnitt ein sauberes Rechteck heraus.

Eine Minute verging, dann noch eine und wieder eine. Obwohl der Abend kühl war, tropfte Schweiß von seiner Stirn auf das Glas. Das Zittern von Paulos Händen war so stark, dass er einmal fast die Taschenlampe fallen ließ. Es brauchte ein scharfes Wort von Antonio und einen Schlag auf den Hinterkopf, damit er sich zusammennahm.

Plötzlich wippte Francesco auf den Fersen nach hinten. In der Hand hielt er ein längliches kleines Rechteck aus altem Glas.

„Ich bin durch", flüsterte er.

Antonio fuhr herum. Seine Augen glitzerten begierig. Er nahm Francesco das Glas aus der Hand und legte es vorsichtig auf den Altar. Dann zog er einen Jutesack unter seiner Jacke hervor und warf ihn Francesco hin.

„Hier. Du weißt, weshalb wir da sind. Hol es jetzt heraus."

Francesco starrte in den kleinen Sarg und betrachtete die mürbe wirkenden Knochen. Er kannte Menschen, die zu St. Bartholomeo beteten, um gesund zu werden – und er kannte welche, die Heilung gefunden hatten. Gebeine, die so heilig waren, konnte er nicht entweihen. Das brachte er nicht über sich, nicht einmal für so viel Geld.

„Ich kann nicht." Er erhob sich und reichte den Sack an Antonio zurück.

Antonio fluchte. Er schob die beiden Männer beiseite und ging in die Knie.

„Die Lampe", flüsterte er. „Halte die Taschenlampe so, dass ich etwas sehen kann."

Paulo neigte den Winkel, sodass die Überreste des heiligen Mannes hell angestrahlt wurden.

Antonio schob die Hand durch das Loch, das Francesco geschnitten hatte, und befingerte die Gebeine, als wären es Holzscheite, unter denen er die passenden auswählte. Schließlich entschied er sich für einen Knochen vom Unterarm und einen vom Handgelenk, an dem noch ein Lederrest haftete.

Er warf beide in den Sack und kam eilig wieder auf die Füße.

„Hast du den Kleber?" fragte er.

Francesco nickte.

„Dann setz das Glas wieder ein und stellt den Kasten an seinen Platz zurück. Wir sind schon viel zu lange hier."

„Man wird die Beschädigung sehen können", sagte Francesco.

Antonio schnaubte. „Aber nicht so leicht. Wenn sie entdeckt wird, sind wir längst weg."

Innerhalb von Minuten befanden sich abzüglich zweier Knochen die sterblichen Überreste von St. Bartholomeo wieder in der Nische. Das Trio schlüpfte aus der Kirche und kehrte auf die Straße zurück. Niemand hatte sie gesehen – nur Gott. Hastig begaben sie sich zu einem Weg, der aus dem Dorf führte. Als keine Häuserdächer mehr zu sehen waren, vollführte Antonio einen Freudentanz.

„Wir haben es geschafft!“ rief er. „Bald sind wir reich!“

„Bald sind wir tot“, stöhnte Paulo.

„Wann bekommen wir unser Geld?“ fragte Francesco.

Antonio lächelte. Seine Zähne glänzten hell im Mondlicht.

„Wir nehmen die linke Straßengabelung und folgen dem Pfad, der hoch zu Grimaldis Wiese führt. Dort wartet er auf uns.“

„Wer ist er?“ wollte Francesco wissen.

Antonio zuckte mit den Achseln. „Seinen Namen kenne ich auch nicht ... ich weiß nur, dass er für die gelieferte Ware gut bezahlt.“

„Wie viel?“ fragte Francesco.

Antonio lächelte. „Jeder von uns bekommt fünftausend amerikanische Dollar.“

Die Summe war gewaltig für Männer, die keinen Beruf erlernt hatten und von gelegentlichen Betrügereien und Diebstählen lebten. Trotzdem war Francesco noch immer besorgt.

„Hast du schon mal Geschäfte mit ihm gemacht?“

Antonio zögerte. „Nein. Aber ich weiß Bescheid. Er trägt teure Anzüge und hat manikürte Fingernägel. Jemand wie er hat Lügen nicht nötig.“

Paulo schnaubte verhalten. Er war sicher, am Ende seines Lebens angelangt zu sein. Auch sauber gewaschene und gut gekleidete Männer konnten kaltblütige Mörder sein. Er behielt seine Gedanken für sich. Wäre er nicht überzeugt gewesen, dass ihn das Schicksal überall einholte, wohin er auch ging, hätte er sich in diesem Augenblick aus dem Staub gemacht. Aber er wollte nicht allein sterben und folgte den beiden anderen den steilen Pfad zum Treffpunkt.

Auf der Wiese angekommen, blieb ihnen keine Zeit, zu Atem zu kommen. Hinter einem Felsen trat ein Mann hervor. Paulo erschrak, schnappte nach Luft und stolperte. Francesco blieb starr stehen. Antonio schwankte gegen ihn.

„Hast du das Zeug?“ fragte der Unbekannte.

Antonio hob ihm lächelnd den Sack entgegen. „Unseren Teil der Abmachung haben wir erfüllt. Wie ist es mit Ihnen?“

„Zuerst will ich die Ware sehen“, sagte der Mann.

„Und ich das Geld“, entgegnete Antonio.

Der Mann stellte eine Aktentasche auf den Boden, öffnete sie und gab den Blick auf drei dicke Bündel mit amerikanischen Zwanzigdollarscheinen frei.

Antonio überreichte den Sack. Dann sank er auf die Knie, schob lachend die Hände in die Aktentasche und holte das Geld heraus.

„Sehr ihr?“ schrie er. „Was habe ich euch gesagt? Wir sind reich!“

Francesco grinste seinen Cousin an und ging ebenfalls in die Hocke. Die Gier ließ ihn jede Zurückhaltung vergessen.

Paulo konnte sich nicht überwinden, das Geld in die Hand zu nehmen; so wenig, wie er die Knochen des Heiligen hatte berühren wollen. Da er zögerte, war er der Erste, der die Waffe in der Hand des Unbekannten sah.

„Er hat eine Pistole!“ schrie er.

Er war auch der Erste, der erschossen wurde. Paulo prallte mit einem dumpfen Geräusch auf den Boden und spürte einen scharfen, brennenden Schmerz, der sich in seinem Bauch ausbreitete.

Der Mann feuerte noch zweimal rasch hintereinander. Antonio und Francesco waren beide tot, bevor sie den Kopf heben konnten. Dann nahm der Unbekannte die mit Geld gefüllte Aktentasche wieder an sich und verstreute ein paar wertlose Schmuckstücke auf dem Gelände, zusammen mit einer Hand voll unbedeutender Münzen, die er vor einer Woche in Cannes gestohlen hatte. Er zog eine zweite Pistole desselben Fabrikats aus seinem Mantel, feuerte in die Luft und legte die Waffe neben die Männer. Er wusste, in welchem Ruf sie standen. Wenn man die Leichen fand, würde man annehmen, sie wären über Diebesgut in Streit geraten und hätten sich gegenseitig erschossen. Ohne einen Blick zurück verschwand der Unbekannte in der Dunkelheit.

Paulo presste beide Hände gegen seinen Bauch und versuchte, das ausströmende Blut zurückzuhalten, aber er wurde zunehmend schwächer. Francesco lag mit dem Gesicht – oder was noch davon übrig war – am Boden neben seinen Schuhen. Antonios Hinterkopf war vollständig weggeschossen. Nun konnten die beiden anderen nicht mehr erkennen, dass er mit seiner Vorhersage Recht behalten hatte. Das war sein einziges Bedauern.

Seine Stimme war sehr leise, und er atmete fast nicht mehr. Er sagte es dennoch, und sei es nur zu sich selbst.

„Seht ihr ... ich habe doch gesagt, dass wir alle draufgehen."

Als die Leichen zwei Tage später entdeckt wurden, lag der Gewinn des Mörders sicher auf dem Nummernkonto einer namhaften Schweizer Bank. Die Ware befand sich auf dem Weg zum Besteller.

Jack wachte auf und fuhr erschrocken hoch, für einen Augenblick verwirrt, weil er sich in einem fremden Raum befand. Dann sah er das schmutzige Geschirr auf dem Tablett und erinnerte sich an die nächtliche Mahlzeit, die er beinahe mit Isabella Abbott geteilt hätte. Er dachte noch immer daran, wie traurig sie ausgesehen hatte und wie schön ihr Gesicht war. Persönliches darf sich nicht in meine Arbeit mischen, schalt er sich und schüttelte das Erinnerungsbild ab. Er konnte es sich nicht leisten, Mitgefühl für eine Person zu empfinden, über die er Nachforschungen anstellte. Nur die Fakten zählten.

In dem alten Haus herrschte eine wohltuende Stille, während er im Geist eine Liste der Dinge erstellte, die heute zu erledigen waren. Als Erstes musste er sich mit dem FBI-Direktor in Verbindung setzen und ihn von seiner Ankunft in Kenntnis setzen. Mit einem widerwilligen Stöhnen warf er die Bettdecke zurück und stand auf. Eine Viertelstunde später sank er, frisch geduscht und halb angekleidet, auf die Bettkante. Er nahm sein Handy, tippte die Nummer ein, und die Verbindung kam zu Stande.

„Sir ... hier spricht Dolan. Ich bin vor Ort."

„Gut. Denken Sie daran, unauffällig vorzugehen. Es ist durchaus möglich, dass niemand etwas über die Vergangenheit des alten Mannes weiß. Sollte das der Fall sein, hat er die Gründe für sein Handeln mit ins Grab genommen."

Jack seufzte. „Ja, Sir. Ich verstehe. Aber in unserem Geschäft haben wir die Verpflichtung, immer die Augen offen zu halten und zu prüfen, ob nicht doch mehr hinter der Sache steckt."

„Höre ich da einen Zweifel heraus?"

„Möglich. Vielleicht bin ich auch nur erschöpfter, als ich dachte."

„Was machen Ihre Verletzungen?" fragte der FBI-Direktor.

Jack spannte probeweise die Bauchmuskeln an und stellte fest, dass er sich mit jedem Tag besser fühlte.

„Geht so. Ich spüre fast keine Schmerzen mehr."

„Das ist gut. Sie dürfen sich nicht unnötig anstrengen", sagte sein Vorgesetzter. „Übrigens", fügte er hinzu, „was ist Ihr erster Eindruck?"

Abgesehen von der Tatsache, dass er geglaubt hatte, eine Erscheinung zu haben? „Bis hierher nichts Besonderes. Ich habe nur die Empfangsdame angetroffen. Alle anderen waren bei Frank

Waltons Begräbnis. Abends habe ich kurz die Hotelleitung gesehen, aber ich hatte noch keine Zeit, näheren Kontakt aufzunehmen."

„Hat der Inhaber etwas zu Waltons Tod gesagt?"

„Das Haus wird von einer Frau geführt. Sie nannte den alten Mann ihren Onkel Frank. Außerdem erwähnte sie, ihr Vater sei vor weniger als zwei Wochen gestorben. Verständlicherweise geht es ihr nicht besonders gut. Ich habe keinen Druck gemacht."

„Hm, das ist ein merkwürdiger Zufall – zwei Menschen, die unter dem gleichen Dach leben und die so kurz nacheinander der Tod ereilt. Überprüfen Sie die Umstände, unter denen der Vater starb."

Jacks Puls beschleunigte sich. „Haben wir Grund, nicht von einer natürlichen Ursache auszugehen?"

„Unsere Späher glauben, wir haben Besuch."

Jack hielt inne. „Russischen Besuch?"

„Ja."

„Wie lange schon?"

„Zwei Wochen etwa."

„Verfügen wir über irgendwelche Hintergrundinformationen über Walton, oder sollte ich sagen ... Waller? Worin war er ausgebildet? Was war sein Fachgebiet? Atomphysik ...? Biologische Forschung ...? Was zum Teufel wusste dieser alte Mann, dass nach so langen Jahren noch Interesse an ihm bestand?"

„Er war Arzt. Falls es ein spezielles Projekt gab, an dem er arbeitete, wissen wir nichts davon."

„Verstehe, Sir."

„Dolan?"

„Sir?"

„Passen Sie auf Ihren Rücken auf."

„Ja, Sir."

Am anderen Ende war aufgelegt worden. Jack ließ das Telefon aufs Bett fallen und griff nach seinem Hemd. Die Hoffnung auf eine erholsame Woche hatte sich soeben in Luft aufgelöst.

Ein Stockwerk höher hatten sich die Onkel im Zimmer von David Schultz versammelt. Sie wirkten niedergeschlagen. Jasper Arnold kratzte sich den kahlen Schädel und blickte sich im Zimmer um.

„Was ist mit der Klinik?" fragte er.

„Was soll damit sein?" erwiderte Thomas.

„Samuel war die Seele des Unternehmens", erklärte er. „David und ich wollen schon seit fünf Jahren aussteigen. Das Personal ist gut ausgebildet. Wir haben unser Ziel erreicht. Ich würde sagen, wir geben die Leitung vollständig ab und ziehen uns offiziell ins Privatleben zurück."

Rufus Toombs strich mit den Händen über seinen Bauch, legte die Hände auf die Knie und beugte sich nach vorn.

„Samuel hatte Pläne, erinnert ihr euch nicht? Er schwor, er hätte das Verfahren noch weiter perfektioniert, und es liefen gewisse Vorbereitungen für einen neuen Versuch."

Jasper wischte die Bemerkung beiseite. „Das ist genau, was ich sage. Samuel hatte Pläne ... aber er ist tot." Er zog sein Taschentuch heraus und tupfte sich den Schweiß von der Stirn. „Ich habe auch Pläne. Ermordet zu werden gehört nicht dazu."

„Ich glaube, ihr reagiert ein bisschen übertrieben", mischte sich David ein.

Thomas Mowry hatte ruhig zugehört. Jetzt meinte er, so etwas wie Belustigung in Davids Stimme wahrzunehmen, und musste sich zu Wort melden.

„Es gibt Fakten, die wir nicht übergehen können. Ich bitte euch. Darauf sollten wir unsere Aufmerksamkeit richten, statt

Amok zu laufen, uns gegenseitig Vorwürfe zu machen und für etwas zu beschuldigen, das letztendlich unvermeidbar war."

„Wovon redest du eigentlich?" fragte Jasper entrüstet.

„Das Alter hat uns eingeholt", erklärte Thomas. „Und ... vielleicht auch die Vergangenheit. Wir wussten, dass dieses Spiel nicht ewig weitergehen konnte. Außerdem haben wir Isabella, die wir beschützen müssen."

Die anderen vier Männer sahen sich an. Dann richteten sie den Blick wieder geradeaus und nickten unter Gemurmel, jeder für sich.

„Ja. Isabella", sagte David. „An unser kostbares Mädchen müssen wir denken."

„Richtig", bestätigte Thomas.

Für einen Moment herrschte Schweigen. „Also, wie wollen wir mit dem letzten Projekt verfahren?" fragte Jasper dann. „Ihr wisst, welche großen Hoffnungen Samuel darauf gesetzt hat. Er war sicher, die letzte Schwachstelle beseitigt zu haben, die bei unseren früheren Schöpfungen auftrat."

Rufus seufzte. „Da wir von unseren Schöpfungen sprechen ... ich habe eine Neuigkeit."

Die anderen wurden still. Sie hatten ihre Befürchtungen, was nun kommen würde, aber zur Kenntnis nehmen mussten sie es. Und wenn es nur geschah, weil sie den Lauf der Ereignisse in Gang gesetzt hatten.

„Wir haben einen neuen Fall von Selbstzerstörung."

Ein kollektiver Seufzer des Bedauerns und der Enttäuschung erfüllte den Raum. Augenblicke später sprach Thomas.

„Wer?" stieß er hervor.

„Norma Jean Bailey."

„Die Blondine?"

Rufus nickte.

„In ihrem Fall hatte ich so große Hoffnungen“, erklärte Thomas. Seine Stimme zitterte. „Sie war bereits mehrfach als Model aufgetreten und hatte sich bei einer Schauspielschule angemeldet. Erinnert ihr euch?“

Die Männer im Raum vermieden es, einander anzusehen, als hätten sie Angst, in den Augen der anderen einem Vorwurf zu begegnen. David Schultz senkte den Kopf und bedeckte sein Gesicht mit den Händen.

Thomas Mowry stand jäh auf. „Damit sind nur noch zwei der anfänglich zwanzig am Leben – ein untragbar hoher Verlust und für mich Grund genug, keinen weiteren Versuch durchzuführen.“ Er ging zum Fenster, starrte nach draußen in das Tal und auf den White Mountain, der sich dahinter erhob.

John Michaels hatte bis dahin nichts gesagt. Jetzt fluchte er halblaut und begann schließlich zu weinen, was ihm sonst völlig fremd war.

Die anderen waren still. Was hätten sie noch sagen sollen, wenn alles längst ausgesprochen war? Schließlich brach Jasper das Schweigen.

„Heißt das, wir lassen Samuels letztes Projekt fallen?“

„Ich schlage vor, wir stimmen ab“, sagte David.

Die fünf alten Männer sahen einander an. Schließlich gaben sie mit einem Nicken ihre Zustimmung.

„Also“, begann Jasper, griff neben das Telefon und nahm Stift und Schreibblock zur Hand, „ein Ja bedeutet, dass wir einen letzten Versuch machen, das Projekt erfolgreich zu Ende zu bringen. Ein Nein bedeutet, wir geben auf. Los jetzt. Keine falschen Rücksichten.“

„In Ordnung“, stimmten die anderen zu. Jeder schrieb seine Entscheidung auf das oberste Blatt, riss es ab und reichte den Block zusammen mit dem Stift an den Nächsten weiter.

David holte eine kleine Porzellanschale aus dem Bücherregal, faltete seinen Stimmzettel und legte ihn in das Gefäß. Dann reichte er die Schale weiter.

Nacheinander gaben die Männer ihre Stimmen ab. Jasper Arnold war der Letzte. Er warf seinen Zettel zu den anderen und stellte die Porzellanschale zur Seite, als enthielte sie stinkenden Abfall.

„Es ist deine. Du zählst die Stimmen“, sagte John und reichte die Schale an David.

David Schultz nahm sie entgegen. Er spürte jedes einzelne seiner achtundsiebzig Jahre, als er mit der Schale zum Schreibtisch ging.

„Sobald das Ergebnis feststeht, gibt es kein Zurück mehr. Das ist euch klar, oder?“

Die anderen nickten.

Er entfaltete das erste Papier.

„Ja. Es steht ein Ja darauf.“

Er legte das Blatt zur Seite, nahm das nächste und faltete es sorgfältig auf.

„Nein.“

Er nahm wieder ein Papier, dann noch eines. Zwei Jastimmen standen gegen zwei Neinstimmen. Im Zimmer herrschte vollkommene Ruhe, nur gelegentlich unterbrochen durch ein scharfes Einatmen und das Geräusch von knisterndem Papier.

„Dies ist die letzte und entscheidende Stimme. Was immer auf dem Zettel steht ...“

„Nun mach schon!“ rief Jasper.

David nickte und entfaltete das Blatt. Seine Nasenflügel bebten, und sein Gesicht wurde ausdruckslos. Er sah hoch.

Die Männer hielten den Atem an.

„Ja.“

Lautes Luftholen war zu hören. Es zeugte ebenso sehr von Verblüffung wie von einem Sich-Ergeben in das Unvermeidliche.

„Das hätten wir", sagte David. „Unternehmen wir einen letzten Versuch."

„Für Samuel", fügte Jasper hinzu.

„Und für Frank", sagte Rufus.

Sie nickten und standen auf. Wortlos verließen sie das Zimmer und gingen in ihre eigenen Räume, um sich für das Frühstück anzukleiden. Es lag Arbeit vor ihnen.

Isabella reichte dem Paar, das sich eben angemeldet hatte, den Zimmerschlüssel, wies den Weg zum Aufzug und sah ihnen nach, als sie davongingen. Sie musste keine Fragen stellen. Die beiden waren wegen der Klinik hier. Im Laufe der Jahre hatte sie zahllose Paare wie dieses gesehen und kannte den stummen Ausdruck der Verzweiflung in den Gesichtern bereits. Isabella sprach ein stilles Gebet, dass ihnen Erfolg beschieden sein mochte, und speicherte die Daten der Kreditkarte ab. Das Telefon läutete. Sie griff nach dem Hörer. Dadurch sah sie nicht, dass Jack Dolan die Treppe herunterkam.

Er hatte ihre Stimme schon oben gehört. Obwohl er es kaum erwarten konnte, ein kräftiges Frühstück zu bekommen, hatte er sie vorher unbedingt wiedersehen müssen – bei hellem Tageslicht, um ganz sicher zu sein, dass sie kein Geist war, wie er zuerst fast geglaubt hatte.

„Guten Morgen."

Isabella drehte sich um. Vor ihr stand der Mann, dem sie letzte Nacht in der Halle begegnet war. Das Erste, was sie bei seinem Erscheinen empfand, war Überraschung. Gestern Abend war sie so sehr in ihrem eigenen Kummer gefangen gewesen, dass sie Jack Dolan kaum Beachtung geschenkt hatte. Für sie war er ein hungriger Gast gewesen, der sich in dem großen Haus verirrt hatte. Sie hatte ihm ein Sandwich gemacht und ihn wieder weggeschickt. Jetzt schien die frühe Morgensonne durch die Sprossenfenster der Eingangstür, und die Helligkeit erlaubte ihr, ihn genauer zu betrachten. Isabella holte tief Luft. Der Anblick lohnte sich.

Jack Dolan war groß – sogar größer als ihr Onkel David mit seinen ein Meter neunzig. Sein dichtes glattes Haar, das er sehr kurz geschnitten trug, war von einem warmen Schokoladenbraun. Seine Augen waren blau. Anscheinend kniff er sie oft zusammen. Die Fältchen in den Augenwinkeln deuteten darauf hin. Er hatte den Körperbau eines Läufers, schlank und drahtig; an ihm war kein Gramm Fett zu viel. Seine Schultern waren breit, und breit war auch das Lächeln, das er ihr schenkte, als er sich über den Empfangstresen zu ihr beugte.

„Einen guten Morgen auch für Sie", erwiderte Isabella. „Ich nehme an, nach Ihrem Mitternachtsimbiss haben Sie gut geschlafen?"

Jacks Blick glitt über ihre hohen Wangenknochen und die anmutige Kurve ihres Halses. Dann sah er wieder in ihr Gesicht und suchte nach Anzeichen der Erschöpfung, die er gestern an ihr wahrgenommen hatte. Sie waren noch zu erkennen hinter ihrem Lächeln.

„Vermutlich habe ich besser geschlafen als Sie", sagte er. „Und ich möchte noch einmal betonen, wie Leid es mir tut, dass Sie diese Verluste ertragen mussten."

Der dumpfe Schmerz, der ihr Herz zusammenpresste, ließ nach. Sein Mitgefühl verschaffte ihr für einen Augenblick Erleichterung.

„Danke." Sie wechselte das Thema. „Ich nehme an, Sie wollen frühstücken. Der Speisesaal liegt hinter der Halle. Die Glastür links."

Sie hatte ihn höflich abgefertigt und entlassen. Jack dankte ihr mit einem Nicken und wandte sich vom Empfang weg. In diesem Moment verließ eine merkwürdige Gruppe älterer Herren den Aufzug und bewegte sich auf den Tresen zu.

„Isabella ... Liebes ... du musst doch nicht um diese Zeit schon arbeiten. Wo ist Delia?“

Isabella hauchte dem alten Herrn, der gesprochen hatte, einen Kuss auf die Wange. „Guten Morgen, Onkel Thomas. Und hör auf, dir Sorgen um mich zu machen. Delia wird gleich hier sein, da bin ich sicher.“

Jack nickte höflich zurück, als die Männer ihn einer nach dem anderen mit einem prüfenden Blick bedachten.

„Guten Morgen“, sagte er.

Sie nickten ebenfalls und lächelten, doch Jack konnte sehen, dass es nur aus Höflichkeit geschah.

„Ich bin Jack Dolan“, sagte er und streckte dem am nächsten stehenden Mann die Hand hin.

Der alte Herr zögerte, aber nur kurz. Dann nahm er die dargebotene Rechte.

„Dr. David Schultz“, sagte er. „Der Herr hier neben mir ist Dr. Jasper Arnold. Das dort sind Rufus Toombs und John Michaels, und der Letzte, zu meiner Rechten, ist Thomas Mowry. Wir sind Isabellas Onkel. Besuchen Sie Familienangehörige in der Gegend?“

„Nein“, antwortete Jack. „Meine Familie lebt in Louisiana. Ich bin hier, um Material für ein Buch zu sammeln.“

John Michaels schlug entzückt die Hände gegeneinander.

„Ein Schriftsteller! Ich wollte auch immer schreiben, nicht wahr, Thomas?“

Thomas Mowry schob seine Brille auf der knollenförmigen Nase zurecht und begutachtete Jack genauer.

„So, Sie sind also Schriftsteller? Haben Sie schon etwas veröffentlicht?“

„Noch nicht.“

„Aha ... ich verstehe.“

Jack fühlte sich beinahe wie früher als Junge, wenn sein Vater einen Blick auf das Zeugnis warf. Die Enttäuschung war immer zu spüren gewesen, auch wenn sein Vater sich bemühte, sie zu verbergen.

„Und was ... Mr. Dolan ... haben Sie gemacht, bevor Sie Schriftsteller wurden? Ich meine, mit welcher Tätigkeit haben Sie Ihr Geld verdient?“

Jack grinste. „Die gleiche, mit der ich noch heute mein Geld verdiene. Ich betreibe ein Geschäft für Computer-Software in Washington, D.C.“

„Das reicht“, verkündete Isabella. „Es tut mir Leid, Mr. Dolan. Wir unterziehen unsere Gäste keiner Vernehmung. Glauben Sie mir, das ist normalerweise bei uns nicht üblich. Oh, ich sehe, Delia fährt gerade auf den Parkplatz. Wollen Sie nicht gemeinsam mit uns frühstücken? Ich verspreche Ihnen auch, dass Sie keine Fragen mehr beantworten müssen.“

Jack nahm die Entschuldigung an, indem er ihr seinen Arm anbot.

„Ich bin jederzeit bereit, mich einem Kreuzverhör durch Ihre Onkel zu stellen, wenn ich dadurch die Gelegenheit erhalte, mit Ihnen zu essen.“

Isabella zögerte. Seine Komplimente kamen unerwartet, aber sie missfielen ihr nicht. Ein Blick auf ihre Onkel zeigte ihr, dass diese auf eine Entscheidung ihrerseits zu warten schienen. Die alten Herren und sich selbst überraschend, trat sie hinter dem Tresen hervor und schob die Hand in Jacks Armbeuge.

„Mein Vater hat mich immer in das Speisezimmer begleitet“,

erklärte sie. Dabei bebte ihre Stimme leicht, aber ihr Blick war fest.

Jack drückte kurz ihre Finger. Dann wandte er den Blick zu den fünf Männern, die dastanden und sie anstarrten.

„Meine Herren ... wollen Sie sich uns anschließen?“

Es war richtig, dass er die Einladung ausgesprochen hatte. Allein hätten sie Isabella nicht mit diesem gut aussehenden Fremden davongehen lassen.

5. KAPITEL

Leonardo Silvia stand mit unerschütterlicher Ruhe hinter seiner Ehefrau Maria, als der Arzt ihnen die Nachricht überbrachte. Nicht, dass sie die Worte zum ersten Mal hörten, aber das herzzerreißende Gefühl, das sie hervorriefen, war immer das gleiche.

„Es tut mir Leid, Mrs. Silvia. Die Behandlung ist fehlgeschlagen. Sie sind nicht schwanger. Offen gesagt, kann ich Ihnen keine großen Hoffnungen machen, dass Sie es jemals sein werden. Zu viele Faktoren sprechen dagegen."

Maria Silvia nahm die Nachricht äußerlich gefasst auf. In Wahrheit war sie zornig – auf Gott, dass er sie nicht erhörte, ihr das Einzige zu schenken, um das sie ihn jemals ernsthaft angefleht hatte. Sicher, sie hatte auch früher viel gebetet, um die albernsten Dinge, wie eine Gehaltserhöhung für Leonardo oder dass Gott ihr nichtige und lächerliche Sünden vergab. Aber die Bitte, mit der sie sich an Gott gewandt hatte, er möge ihr ein Kind gewähren, kam aus dem tiefsten Grund ihrer Seele; mehr als fünf Jahre hatte sie sie ihm voller Demut vorgetragen. Für einen Moment fühlte sie sich niedergeschlagen, doch dann hob sie das Kinn.

„Vielen Dank für die Zeit, die Sie uns gewidmet haben, Dr. Worth. Aber ich werde nicht aufgeben."

Der Arzt seufzte. In den dreißig Jahren seiner Tätigkeit war er noch nie einer Frau von solcher Entschlossenheit begegnet. Ganz gleich, wie oft sie enttäuscht worden war, hatte sie weder Vorwürfe geäußert noch war sie zusammengebrochen. Der Gynäkologe sah von Leonardo zu Maria und wieder zurück. Er tippte mit seinem Stift auf die Schreibtischplatte und kämpfte mit sich selbst, ob er diesem Paar irgendwelche Hoffnungen machen durfte, die sich als falsch erweisen könnten. Andererseits war er Mediziner und sah sich verpflichtet, sein ganzes Wissen zur Verfügung zu stellen.

„Ich persönlich habe alles in meiner Macht Stehende für Sie getan. Aber ich kann Ihnen eine Klinik nennen, die sich auf Paare wie Sie spezialisiert hat. Die Erfolgsquote ist recht ermutigend. Jedoch ... weiß ich nicht, was eine Behandlung dort kostet. Es könnte sein, dass die Summe Ihre Mittel übersteigt."

Leonardo sah, wie für einen flüchtigen Moment ein hoffnungsvoller Ausdruck im Gesicht seiner Frau aufleuchtete. Mehr brauchte er nicht. Er legte die Hand auf ihre Schulter und drückte sie sanft.

„Es wird nicht schaden, wenn wir uns erkundigen. Falls sich die Behandlung als zu teuer erweist, können wir uns immer noch anders entscheiden. Wir sind einen so weiten Weg gegangen. Ich sehe keinen Grund, warum wir nicht auch die letzten Möglichkeiten ausschöpfen sollten."

Tränen traten in Marias Augen, als sie den Blick des Arztes erwiderte, doch ihre Stimme klang fest.

„Diese Klinik ... wo ist sie?"

„In Braden, Montana."

Leonardo riss die Augen auf. „So weit weg?"

Dr. Worth nickte. „Ich weiß, es ist ein langer Weg von Queens in New York nach Montana. Aber wenn Sie noch immer bereit sind, alles für Ihr Glück zu versuchen, sollten Sie diese Reise in den Westen unternehmen."

„Brauchen wir eine Empfehlung?" fragte Maria.

„Darüber bin ich nicht informiert. Aber ich rufe gern in Braden an und vereinbare einen Termin für Sie. Teilen Sie meiner Sprechstundenhilfe mit, wann Sie reisen können. Ach, noch eines ... stellen Sie sich auf einen längeren Aufenthalt ein. Es werden die verschiedensten Untersuchungen notwendig sein."

Die Handtasche an sich pressend, erhob sich Maria Silvia und blickte ihren Mann an. Er lächelte und nickte. Sie wandte sich wieder an den Arzt. Ihre Stimme klang kraftvoll und entschlossen.

„Wir werden Ihnen morgen im Laufe des Tages Bescheid geben“, sagte sie.

„Schön. Sobald ich weiß, wann Sie reisefertig sind, kann ich alles für Sie arrangieren.“

Leonardo schüttelte Dr. Worth die Hand. „Danke, Doktor.“

„Noch gibt es nichts, wofür Sie mir danken können“, erinnerte der Arzt ihn.

Leonardo lächelte. „Das stimmt nicht. Sie haben uns neue Hoffnung geschenkt.“

Der folgende Tag war ein Sonntag. Leonardo musste arbeiten, aber Maria war schon seit Tagesanbruch mit ihm zusammen auf den Beinen, richtete ihre Frisur und bügelte ihr bestes Kleid.

„Was machst du so früh, Maria *mia?* Willst du zu deiner Mamma?“

Sie schüttelte den Kopf. „Nein. Ich gehe in die Kirche.“

„Wir waren doch gestern in der Messe.“

Sie nickte, hängte das Kleid an den Schrank und zog den Stecker des Bügeleisens ab.

„Ja, ich weiß. Aber ich gehe heute Morgen noch einmal hin. Es gibt etwas, das ich Gott sagen muss.“

Leonardo nahm seine Frau seufzend in die Arme.

„Maria ... wir haben darum gebetet, Gott möge uns mit der Fruchtbarkeitsklinik den richtigen Weg weisen, und wir haben gelobt, dass wir annehmen, was immer kommen mag. Meinst du nicht, er hat uns verstanden?“

Mit aufeinander gepressten Lippen wandte sie sich zur Kommode und suchte in der Wäsche.

„Das hat er“, sagte sie, nahm ein Unterkleid heraus und

streifte es sich über den Kopf. „Aber ich habe vergessen, ihm etwas zu sagen."

Leonardo lächelte in sich hinein und beobachtete seine Frau, wie sie in den begehbaren Kleiderschrank trat und ein Paar Schuhe suchte. Maria unterhielt sich mit Gott auf die gleiche selbstverständliche Art, wie sie miteinander sprachen. Der einzige Unterschied war, dass sie die Stimme des Herrn nicht mit den Ohren wahrnahm, sondern seine Antworten aus den Ereignissen in ihrem Leben herauslas.

„Welche wichtige Einzelheit könnte das sein?" fragte er.

Maria trat aus dem Schrank, ein Paar schwarze Lederpumps in der Hand. Sie bückte sich, umgriff Halt suchend den Türknauf und zog die Schuhe an. Dann richtete sie sich wieder auf und hielt ihren Ehemann mit einem eindringlichen Blick fest. „Ich habe vergessen, ihm zu sagen, dass wir, wenn er uns erhört, dieses Kind seinem Dienst weihen und in seinem Sinn erziehen werden."

Leonardos Herz setzte einen Schlag aus. „Wovon redest du?"

Maria hob die Schultern. „Ganz einfach. Ob Junge oder Mädchen ... was immer er uns in seiner Gnade schenkt ... das Kind wird Gott sein Leben widmen. Dafür werden wir sorgen."

Leonardo wurde blass. „Maria! Du kannst mit Gott nicht handeln! Außerdem ... wenn wir wirklich ein Kind bekommen, woher willst du wissen, dass es bereit sein wird, dieses Opfer zu bringen und nur für andere da zu sein? Ehe, Kinder, auf alles soll es verzichten, zu Gunsten eines Lebens für Gott und die Nächstenliebe?"

Maria kniff die Lippen zusammen. Sie griff nach ihrem Kleid.

„Ich schließe keinen Handel mit Gott ab. Ich leiste ein Gelübde, und das ist meine Sache. Sag, was du willst, Leonardo. In meinen Augen ist das nur ein kleines Opfer, damit ich endlich dein Kind unter dem Herzen tragen kann."

Leonardos Widerstand erlahmte. Wie immer, wenn es um den Krieg ging, den seine Frau gegen ihre Unfruchtbarkeit führte, siegte seine Liebe über alle Vorbehalte, die er noch haben mochte.

„Also gut“, sagte er leise.

Maria zog das Kleid über den Kopf. Es fiel an ihr herunter und legte sich um ihre Körperformen. Sie drehte sich um und hob ihr Haar von den Schultern.

„Würdest du mir bitte den Reißverschluss schließen, Liebster?“

Leonardo schob seinen Schmerz beiseite. „Natürlich, Maria *mia*. Ich tue alles, was du willst.“

Isabella betrachtete sich im Spiegel und überprüfte zum letzten Mal, ob ihr Haar richtig saß. Zufrieden, dass alles in Ordnung war, wandte sie sich ab und ließ den Blick durch die Fünfzimmersuite wandern, die sie in Abbott House bewohnte. Die Tür zum Schlafzimmer ihres Vaters war geschlossen, und das seit dem Tag seiner Beerdigung. Zum letzten Mal war sie hineingegangen, als sie die Kleider geholt hatte, in denen er begraben werden sollte. Um den Raum erneut betreten zu können, fehlte ihr noch die Kraft. Sie seufzte und wandte sich zur Bibliothek. Sie würde später entscheiden, was mit den Sachen ihres Vaters geschehen sollte.

Die Wohnungseinrichtung stammte aus den zwanziger und dreißiger Jahren, aber sie hatte nie den Wunsch gehabt, etwas an der Ausstattung zu verändern. Sie war mit den fransenverzierten Lampen aufgewachsen, mit den Stofftapeten an den Wänden und den Orientteppichen auf den glänzenden Holzböden. Sie fühlte sich mit den Dingen aus der Vergangenheit verbunden, obwohl sie im einundzwanzigsten Jahrhundert lebte. Die sieben Männer, von denen sie aufgezogen worden war, sorgten dafür, dass die Einflüsse aus ihrer Kindheit lebendig blieben. Worin ihre Onkel sich wohl fühlten und was ihnen Vergnügen bereitete, gehörte auch zu ihren Vorlieben. Sie war mit dem Bigband-Sound der dreißiger und vierziger Jahre groß geworden, statt die Musik ihrer Generation zu verehren. In der Schule hatte sie gute Noten gehabt und war beliebt gewesen. Und mütterliche Zuwendung hatte sie nie vermisst.

Aber ihr Leben hatte angefangen, sich zu verändern. Die jüngsten Ereignisse machten ihr immer mehr klar, dass ihr nur noch wenige Jahre blieben, dann würde sie völlig allein auf der Welt stehen. Ein Gefühl der Leere befiel sie. Ihr Herz fühlte sich an wie in einer eisernen Klammer, wenn sie daran dachte, dass sie ihren Vaters niemals wieder sehen würde. Sie litt immer noch unter dem Schock, den dieser Verlust ihr bereitet hatte. Wie sie es schaffen sollte, nun auch noch um Onkel Frank zu trauern, wusste sie nicht. Sie hatte die Zimmermädchen reden gehört, wie tapfer sie sei. Unten in Braden dachten die Leute genauso. Wovon sie nichts ahnten, das war die Angst, die sie empfand. Nachts lag sie wach und dachte voller Schrecken an die Zukunft.

Isabella ging vor dem Tresor in die Hocke. Sie wählte die Ziffernkombination, öffnete die Tür und nahm eine Mappe heraus. Dann schloss sie den Safe wieder und kam auf die Füße. Am liebsten hätte sie sich für den Rest des Tages ihrem Elend überlassen, aber es gab zu viel zu tun. Sie strich die Falten aus ihrer Hose und machte sich auf den Weg in die Lobby.

Durch die Oberlichter über dem Hoteleingang fiel die Morgensonne herein und malte ein gelbes Mosaik auf den Fußboden der Halle. Das Muster erinnerte sie an die butterblumenfarbenen Rechtecke auf dem alten Quilt, der auf dem Bett ihres Vaters lag. Vor vielen Jahren hatte er die Decke als Dankgeschenk erhalten; von einem Paar, dem er geholfen hatte, nach vielen vergeblichen Versuchen endlich ein Kind zu bekommen. Isabella hatte die Geschichte unzählige Male in ihrem Leben gehört. Nun war er nicht mehr da, um sie zu erzählen. Nur die Decke auf seinem Bett erinnerte daran. Sie holte zittrig Luft und richtete ihre Aufmerksamkeit auf die alltäglichen Dinge, die zu erledigen waren. Zuerst musste sie sich um die Unterlagen aus dem Tresor kümmern.

Sie steuerte auf den Tresen zu, wo Delia sich mit einem recht ungepflegt wirkenden Fremden unterhielt. Sobald die Empfangsdame Isabella sah, winkte sie sie herbei.

„Brauchen Sie mich?" fragte Isabella.

„Miss Abbott, dieser Herr fragt, ob er hier Arbeit bekommen kann."

Isabella wandte sich höflich lächelnd dem Fremden zu. Sie schätzte ihn auf Mitte sechzig. Nach den Bartstoppeln zu urteilen, hatte er sich seit mindestens einer Woche nicht mehr rasiert, und seine Schuhe waren staubig. Die Kleidung, die er trug, war gediegen, aber nicht sehr sauber, und der Ausdruck in seinen Augen zeigte, dass er nicht immer so heruntergekommen ausgesehen hatte. Als sie seinem Blick begegnete, straffte der Fremde sofort die Schultern; verteidigungsbereit, als erwartete er, abgewiesen zu werden, bevor er sein Anliegen vortragen konnte. Isabella streckte ihm ihre Rechte entgegen. Die Geste schien ihn so zu überraschen, dass er die Hand nicht nahm. Aber sie hatte gelernt, einen Menschen niemals vorschnell zu beurteilen.

„Ich bin Isabella Abbott."

Der Mann zögerte, dann wischte er sich die Hand am Hosenbein ab und reichte sie Isabella.

„Es ist mir eine Ehre, Sie kennen zu lernen, Miss Abbott. Mein Name ist Victor Ross."

„Was für eine Arbeit suchen Sie?" fragte sie.

„Mir ist jede körperliche Arbeit recht. Ich suche einen Platz, wo ich schlafen kann, und Geld brauche ich auch. Ich mache alles, was Sie mir auftragen."

Eigentlich benötigten sie keine zusätzliche Arbeitskraft, aber Isabella hätte es nicht über sich gebracht, einen Menschen abzuweisen, der womöglich Hunger litt.

„Schön, Mr. Ross. Einen festen Angestellten brauche ich für die Gartenpflege nicht, aber Sie können eine Woche bleiben und aushelfen, wenn Sie wollen. Ich nehme an, mit einer Heckenschere und mit dem Rasenmäher können Sie umgehen?"

„Ich erledige alles, was Sie mir auftragen", wiederholte er.

Etwas an seiner Redeweise war ungewöhnlich. Die harte Aussprache und die übergenaue Betonung ließen den Eindruck entstehen, dass Englisch ihm fremd war. Aber um den Rasenmäher zu bedienen, musste er nicht akzentfrei sprechen.

„Also gut. Sind Sie mit acht Dollar die Stunde, zuzüglich Unterkunft und Verpflegung, einverstanden?"

Die Augen des Mannes weiteten sich. Er schien im Geist einige Berechnungen anzustellen, dann nickte er.

„Schön. Das wäre abgemacht", sagte Isabella. „Haben Sie persönliche Gegenstände bei sich?"

Er zog den Kopf ein und sah zu Boden. „Draußen vor der Tür steht eine kleine Tasche."

„Gut. Hinten auf dem Grundstück befindet sich ein Schuppen, in dem die Gartengeräte aufbewahrt werden. Dort gibt es auch ein kleines Zimmer und eine Dusche. Ihre Mahlzeiten nehmen Sie mit den anderen Angestellten in der Küche ein."

Victor Ross hob den Blick wieder und sah Isabella an. Die Freundlichkeit in ihren Augen zeigte, dass diese Frau ein mitfühlendes Herz hatte.

„Danke, Miss Abbott. Ich werde Sie ganz sicher nicht enttäuschen."

Sie lächelte. „Holen Sie Ihre Tasche und gehen Sie durch den Hintereingang in die Küche. Wenn Sie etwas gegessen haben, können Sie mit der Arbeit anfangen. Ich sage der Köchin Bescheid, dass Sie kommen."

„Ja, Miss. Vielen Dank." Er verließ die Halle, bevor sie ihre Meinung ändern konnte.

Delia runzelte die Stirn und zog verblüfft eine Braue hoch. Sie sah ihre Chefin an.

„Miss Abbott, und was sagen Sie Harve Mosely, wenn er nächste Woche zum Rasenmähen kommt?"

„Warum rufen Sie ihn nicht an und teilen ihm mit, dass er erst übernächste Woche kommen soll?"

Delia seufzte. „In Ordnung, Ma'am. Aber Sie haben ein zu weiches Herz, wenn Sie mich fragen."

Isabella hob die Schultern. „Mag sein. Wenigstens kann ich heute Abend mit der ruhigen Gewissheit einschlafen, einem hungrigen Menschen nicht die Tür gewiesen zu haben. Ach, noch etwas. Rufen Sie in der Küche an und teilen Sie Sarah mit, dass Mr. Ross bis zum Ende der Woche bei uns verpflegt wird. Ich muss jetzt in die Stadt und zur Bank. Es dauert nicht lange."

„In Ordnung, Ma'am. Geben Sie auf sich Acht und fahren Sie vorsichtig."

„Mache ich", erwiderte Isabella und war zur Tür hinaus, bevor jemand sie dazu bringen konnte, ihre Pläne zu ändern.

Wasili Rostow betrat den geräumigen Schuppen, blieb im Eingang stehen und betrachtete die Staubkörner, die im Licht der hereinfallenden Morgensonne wirbelten. Dann schloss er die Tür und ging in den hinteren Teil des Gebäudes, um das Zimmer in Augenschein zu nehmen, in dem er während der nächsten Tage seine müden Knochen ausruhen würde.

Die Tür quietschte beim Öffnen. In dem Raum, der dahinter lag, stand ein Bett, gerade groß genug für eine Person. Außerdem gab es einen Sekretär, einen kleinen Tisch und eine Lampe. Bis auf den fehlenden Fernseher erinnerte ihn alles an seine Wohnung in St. Petersburg. Die Einrichtung war karg, bot aber genug Bequemlichkeit und war allemal besser als ein Nachtlager im Freien, wo er mit dem Schlafsack und dem harten Boden vorlieb nehmen musste.

Er warf seine Tasche auf das Bett, ohne auf die Staubwolke zu achten, die bei dem Aufprall hochwirbelte. Dann drehte er sich um, ging wieder nach draußen und machte sich auf den Weg zur Hotelküche. Seit er aus dem Flugzeug nach Montana gestiegen war, hatte er nichts Warmes mehr gegessen. Immerhin war er nun vor Ort. Er hatte Zutritt zu dem Anwesen, auf dem sich Vaclav Waller in den letzten dreißig Jahren versteckt hatte. Beim Rasenmähen und beim Beschneiden der Hecken würde er genügend Zeit haben, um über seine nächsten Schritte nachzudenken.

Als Isabella die Bank verließ, hörte sie jemanden ihren Namen rufen. Sie blieb stehen und drehte sich um, ohne sich darüber bewusst zu sein, welchen Anblick sie bot mit ihrem Lächeln und ihrem in der Sonne glänzenden Haar.

Bobby Joe Cage hingegen war sich sehr wohl darüber im Klaren, was er zu sehen bekam. Isabella Abbott war unbestritten eine Augenweide. Diese Meinung teilte er mit reichlich einem halben Dutzend heiratsfähiger junger Männer in Braden, die ihr, wie er, seit einigen Jahren erfolglos den Hof machten. Nachdem Isabellas Vater und einer der alten Männer, die sie mit Onkel anredete, gestorben waren, rechnete Bobby Joe sich bessere Chancen aus. Er schlenderte über die Straße und verließ sich auf sein Glück, wenn er schon arbeitslos war und kein Geld hatte.

Er nahm seinen Stetson ab, damit die Sonne eine Chance bekam, sein blondes Haar golden aufleuchten zu lassen. Dazu entblößte er die Zähne zu einem, wie er hoffte, freundlichen Lächeln.

„Isabella ... ich bin froh, Sie zu treffen. Ich wäre längst nach Abbott House hinausgefahren, um Ihnen mein Beileid auszusprechen, wollte Sie aber in Ihrer Trauer nicht stören."

„Schon gut. Vielen Dank", erwiderte sie. „Waren Sie verreist? Ich habe Sie seit Monaten nicht in der Stadt gesehen."

Er hatte eine Nachtclub-Tänzerin aus Las Vegas kennen gelernt. Die Geschichte war vorbei, aber Isabella Abbott davon zu erzählen wäre das Letzte gewesen, was er vorhatte.

„Ja. Seit gestern bin ich wieder zu Hause und musste erfahren, dass es in Abbott House zwei Trauerfälle gibt. Ich kann Ihnen gar nicht sagen, wie Leid mir das tut. Ihr Vater war ein wirklich guter Arzt. Ohne ihn hätten meine Schwester Lucy und ihr Mann nie ein Kind haben können."

Für Isabella war diese Tatsache nicht neu, aber das Lob zu hören, das jemand ihrem Vater für seine hingebungsvolle Arbeit aussprach, tat gut.

„Danke, dass Sie das sagen", erwiderte sie. „Gerade im Augenblick bedeutet es mir sehr viel, wenn ich etwas Aufmunterndes höre. Die vergangenen zwei Wochen war sehr schwer."

Bobby Joe runzelte die Stirn. „Ja, ich habe gehört, dass der alte Frank ermordet wurde. New York ist ein schlimmes Pflaster. Ich würde da nicht leben wollen."

Isabella ging nicht auf die respektlose Art ein, in der er von ihrem Onkel sprach. Sie nickte kurz und hängte ihre Tasche über die andere Schulter.

„Ich muss noch eine Besorgung machen, bevor ich zum Hotel zurückfahre. Deshalb beeile ich mich besser", erklärte sie. „Es war nett, Sie zu treffen. Grüßen Sie Ihre Eltern von mir."

Bobby Joe fasste sie beim Arm. „Warten Sie!"

Unter dem Druck seiner Finger zuckte Isabella zusammen. Sie entwand sich ihm.

„Entschuldigung", sagte Bobby Joe. „Ich wollte nur ... ich dachte bloß, wir könnten ..."

Mit einem Mal wurde ihr klar, in welche Richtung das Gespräch führte, und sie unterbrach ihn.

„Bobby Joe, im Augenblick liegt mir nichts an Verabredungen. Aber danke für das Angebot."

Sie ließ Bobby Joe stehen und musste sich zwingen, mit ruhigen Schritten zur Post weiterzugehen. Als sie in der Schlange vor dem Schalter stand, kribbelte ihre Haut noch immer. Bobby Joes Benehmen weckte ein Unbehagen in ihr, das sie sich nicht erklären konnte. Immerhin kannte sie ihn seit ihrer Kindheit.

Während sie darauf wartete, dass sie ihre Briefmarken bekam, arbeitete Bobby Joe weiter an seinem Plan. Als sie in das Postgebäude gegangen war, huschte er zwischen ihren Wagen und einen Pick-up-Truck, der daneben parkte. Mit einem raschen Blick in alle Richtungen vergewisserte er sich, dass ihn niemand beobachtete, dann zog er sein Messer und ging am Heck von Isabellas Wagen in die Hocke. Ohne zu zögern, stieß er das Messer in einen Reifen, kam sofort wieder hoch und tat so, als hätte er etwas aufgehoben, das ihm heruntergefallen war. Er sah sich noch einmal nach möglichen Zeugen um, trat auf den Gehsteig zurück und ging weiter die Straße entlang. Der Reifen würde platt sein, bevor sie Abbott House erreicht hatte, was ihm die Gelegenheit gab, sich ihr noch einmal zu nähern. Wenn er als Retter in der Not auftrat, war sie vielleicht freundlicher gestimmt und verabredete sich doch mit ihm.

Jack Dolan stand im Friseurgeschäft und blickte aus dem Fenster. Er sah Isabella aus der Bank kommen und überlegte, ob er nach draußen gehen und ihr einen guten Tag wünschen sollte. Dann entdeckte er den jungen Mann, der von der anderen Straßenseite her in ihre Richtung strebte, und verfolgte neugierig, wie der Mann losrannte, um sie noch einzuholen. Jack fragte sich, wie Isabella ihn begrüßen würde. Bei der Vorstellung, aus der Ferne sehen zu müssen, wie ein anderer Mann sie umarmte und womöglich küsste, fühlte er ein seltsames Unbehagen. Er wurde zornig auf sich selbst. Das war ihre persönliche Angelegenheit, um die er sich nicht zu kümmern hatte.

Der Mann nahm vor Isabella seinen Hut ab und entblößte die Zähne zu einem blitzenden Lächeln. Augenblicklich wusste Jack, dass er den Burschen nicht ausstehen konnte.

Das Gespräch war kurz, was ihn beruhigte. Dann wandte sich Isabella zum Gehen, und der Kerl packte ihren Arm. Jack verspürte den Drang, ihr zu Hilfe zu eilen. Doch bevor er handeln konnte, hatte Isabella sich höflich dem Griff entwunden und ging weiter.

Das Gesicht des jungen Mannes verzerrte sich wutentbrannt. Jacks Augen wurden schmal. Er lächelte. Offensichtlich hatte sie ihm eine Abfuhr erteilt. Im nächsten Moment erkannte er, dass die Geschichte nicht zu Ende war. Der stämmige, hoch gewachsene Hinterwäldler näherte sich mit verstohlenen Blicken Isabellas Wagen. Was mochte er vorhaben? Jack sah, wie er einen Gegenstand aus der Tasche zog und ihn fallen ließ.

„Hallo, Mister. Sie wollten einen Haarschnitt. Sind Sie so weit?“ fragte die Friseuse.

Jack zögerte kurz, dann schüttelte er den Kopf. „Mir ist etwas Wichtiges eingefallen, das ich erledigen muss. Ich komme morgen wieder. Geht das?“

„Sicher. Kein Problem“, antwortete die junge Frau, während sie sich bereits dem nächsten Kunden widmete.

Als er aus dem Geschäft trat, war der junge Mann verschwunden. Für einen Moment unentschlossen, blieb Jack stehen. Dann überquerte er die Fahrbahn, ging in den Fotoladen und holte den Film ab, den er zur Entwicklung gegeben hatte. Noch hatte er nicht vor, sich als Ermittler des FBI zu erkennen zu geben; das Fotografieren der Umgebung war Teil seiner Tarnung. Anschließend ging er weiter die Straße hinunter in die Richtung, wo sein Wagen stand. Er wusste nicht, was als Nächstes geschah, aber er würde in der Nähe sein.

Um kurz vor elf Uhr verließ Isabella mit den Briefmarken das Postamt. Es blieb Zeit genug, um vor dem Mittagessen wieder zu Hause zu sein und beim Eindecken der Gästetische im Speisesaal zu helfen. Leute aus Braden und der Umgebung übernachteten selten im Hotel, aber viele kamen zum Essen. Neben Abbott House gab es nur ein paar kleine Cafés und eine in die Jahre gekommene Milchbar, die auch warme Mahlzeiten anboten.

Als Isabella aus der Stadt hinausfuhr, wünschte sie sich, ihr Vater säße neben ihr. Er hatte den Herbst in Montana immer geliebt. Heute war erst der zehnte September, aber die Nächte wurden schon kühl, und das Laub der Zitterpappeln begann sich zu verfärben. Bald würde das leuchtende Gelb der Blätter in den dunkelgrünen Nadelwäldern herausstechen. Auf den Berggipfeln zeigte sich der erste Schnee, und die sanft gewellten Wiesentäler waren von Raureif überzogen.

Hoch am Himmel kreiste ein Adler. Die mächtigen Schwingen ausgebreitet und von der Luftströmung getragen, spähte er nach Beute. Zu ihrer Rechten stand in einiger Entfernung am Rand einer Lichtung eine Elchherde und graste. Isabella holte tief Luft und ließ sie langsam wieder ausströmen. Sie nahm die friedliche Stimmung in sich auf. Dies war der Ort, an den sie gehörte.

Sie hatte den halben Weg nach Hause zurückgelegt, als sie feststellte, dass der Wagen sich nicht mehr richtig in der Spur halten ließ. Besorgt trat sie auf die Bremse, fuhr an den rechten Straßenrand und hielt. Beim Aussteigen sah sie, dass der linke hintere Reifen sich ganz nach unten senkte.

„Das hat noch gefehlt“, brummte sie und trat gegen das Hinterrad.

Sie wusste, wie man einen Reifen wechselte. Zu ihren Lieblingsbeschäftigungen gehörte diese Arbeit nicht. Halblaut fluchend, öffnete sie den Kofferraum, holte den Wagenheber heraus und das deutlich kleinere Notrad. Diese Panne bedeutete, dass sie in die Stadt zurückfahren musste, nur um den Reifen instand setzen zu lassen. Sie warf ihre marineblaue Jacke auf den Fahrersitz, rollte die Blusenärmel hoch und nahm das Radkreuz in die Hand. Zuerst würde sie die Muttern lösen, dann den Wagenheber ansetzen und das Auto hochkurbeln.

Isabella überlegte kurz, ob sie Delia anrufen und ihr Bescheid geben sollte. Sie entschied sich anders. Delia würde den Onkeln von ihrem Anruf berichten; das hätte zur Folge, dass die alten Herren zu ihr hinausfahren und ihr jeden Handgriff abnehmen würden. Was sie nicht einsah. Sie war jünger und kräftiger als jeder von ihnen, mit Ausnahme von Onkel David vielleicht, der immer noch eine imposante Erscheinung war.

Sie hatte gerade zwei der Radmuttern gelöst, da hörte sie, wie ein anderer Wagen sich näherte. Ihre Erleichterung über die zu erwartende Hilfe erhielt einen Dämpfer, als sie erkannte, wer hinter dem Steuer des Pick-ups saß, der gleich darauf hinter ihrem Auto anhielt.

Mit einer lässigen Hüftbewegung schwang sich Bobby Joe Cage aus seinem Truck und kam lächelnd auf sie zu.

„Na, Schätzchen ... sieht aus, als könnten Sie zwei Hände zum Zupacken brauchen.“

Isabella richtete sich auf. „Ja, scheint so."

Er nahm ihr das Radkreuz ab. „Geben Sie das Ding her und lassen Sie mich den Reifen wechseln. Das ist Männerarbeit."

Trotz seines chauvinistischen Auftretens war Isabella froh über die angebotene Hilfe und reichte ihm das Werkzeug. Sie trat einen Schritt vom Wagen zurück. Bobby Joe Cage ging neben dem platten Reifen in die Hocke und löste die restlichen Schrauben.

Innerhalb von fünf Minuten hatte er das Notrad angebracht. Den beschädigten Reifen lud er zusammen mit dem Wagenheber in den Kofferraum.

„Das hätten wir", sagte er großspurig und wischte sich die Hände an seiner Jeans sauber. Er bedachte Isabella mit einem breiten einschmeichelnden Lächeln.

Sie trat an den Wagen, um ihre Handtasche zu holen. „Vielen Dank, dass Sie mir geholfen haben, Bobby Joe. Ich bin wirklich froh darüber und würde Sie gern für Ihre Mühe bezahlen."

Mit einem Sprung war er neben ihr. Bevor sie begriff, was geschah, hatte er sie gegen die Autotür gepresst. Er schob eine Hand in ihren Nacken und zog ihren Kopf zu sich heran.

„Als Bezahlung brauche ich nur einen süßen Kuss von Ihnen", sagte er leise und neigte sich mit dem Gesicht über sie.

In Isabella mischten sich Zorn und Erschrecken. Sie drückte mit beiden Händen gegen seinen Brustkorb und versuchte, ihn von sich wegzuschieben.

„Nein, Bobby Joe! Ich habe Ihnen schon einmal gesagt, dass ich nicht in der Stimmung bin für ..."

Noch immer lächelnd, nahm er ihre Hände und hielt sie hinter ihrem Rücken fest, während er mit dem Mund immer näher kam.

„Sicher sind Sie das, Süße. Sie wissen es nur nicht. Vertrauen Sie mir. Ich sorge dafür, dass es Ihnen besser geht."

Isabella meinte, ihr Herzschlag würde stocken. Bobby Joe ließ sich nicht aufhalten. Für ihn war Nein keine Antwort. Sie wand sich in seinem Klammergriff und versuchte, sich loszumachen, ohne Erfolg.

„Bitte, Bobby Joe ... ich dachte, wir wären Freunde. Hören Sie auf, mir ...“

„Schätzchen, ich habe noch nichts mit Ihnen gemacht“, raunte er. Dabei schob er seine Hüften gegen ihren Bauch und küsste sie hart auf den Mund.

Schockiert durch sein Verhalten, kämpfte Isabella, um sich zu befreien, aber der Griff seiner Hände war zu fest. Sie konnte sich unter dem Gewicht seines Körpers kaum rühren. Angst schoss in ihr hoch. In ihrem Mund war plötzlich der Geschmack von Blut. Sie stöhnte auf.

Bobby Joe nahm das Geräusch als Zeichen der Leidenschaft und griff an ihre Brust.

Dann wurde er plötzlich von ihr weggerissen und lag im nächsten Moment am Boden. Jack Dolan stand über ihm.

Bobby Joe fasste sich an das Gesicht. Zwischen seinen Fingern quoll Blut hervor.

„Sie haben mir die Nase gebrochen.“

„Dann mache ich gleich weiter“, knurrte Jack. „Ich hatte es auf Ihr Genick abgesehen.“

Isabella stürzte sich dazwischen und packte Jacks Arm. „Jack, warten Sie! Es ist alles in Ordnung. Er hat mir nicht wirklich wehgetan.“

Jack wandte sich um. Ihm war sein eisiger Gesichtsausdruck nicht bewusst, und er merkte auch nicht, dass seine Nasenflügel vor Zorn bebten. Er hatte nur den Wunsch, dass der Kerl die gleichen Schmerzen litt, die er Isabella zugefügt hatte. Aus ihrer Unterlippe quoll Blut. Sein Magen drehte sich um, als er das rote Rinnsal sah. Hätte er weniger lange gewartet, bis er ihr mit seinem

Wagen gefolgt war, wäre dieses Vorkommnis zu verhindern gewesen.

Bobby Joe regte sich im Straßenstaub und versuchte, wieder auf die Füße zu kommen. Jack hörte es, drehte sich zu ihm herum und wies mit dem Zeigefinger nach unten. Das genügte, um Bobby Joe am Boden zu halten. Jack wandte sich wieder zu Isabella herum, nahm ein Taschentuch und betupfte die Platzwunde an ihrer Lippe. Als sie zusammenzuckte, spürte er den Schmerz bis in die Zehenspitzen.

„Es tut mir Leid", sagte er ruhig. „Aber Sie bluten."

Sie wurde rot und wandte den Blick ab. Die Angelegenheit war widerwärtig und peinlich.

„Seine Zähne, ich glaube ... ich habe mir die Lippe daran aufgerissen, als er versucht hat, mich zu ..."

„Hat er Ihnen aufgelauert?" fragte Jack.

Isabella sah ihn mit großen Augen an. „Nein, nein. Ich hatte eine Reifenpanne. Er hielt an und ..."

„Ich habe ihn vom Friseur aus beobachtet, konnte jedoch nicht genau erkennen, was er gemacht hat. Aber er war an Ihrem Auto. Wo ist der beschädigte Reifen?"

Isabella wies zum Kofferraum.

Jack warf Bobby Joe einen drohenden Blick zu und ging zum Heck von Isabellas Wagen. Er brauchte nur wenige Sekunden, dann hatte er gefunden, wonach er suchte.

„Der Reifen wurde aufgeschlitzt."

Isabella rang nach Luft. Sie stieß Jack beiseite und trat zu dem blutend am Boden liegenden jungen Mann.

„Stimmt das?" fragte sie.

Bobby Joe stöhnte. „Ich wollte Ihnen nicht wehtun ... wollte nur etwas ..."

„Halten Sie den Mund", herrschte Jack ihn an. „Es ist verdammt offensichtlich, was Sie wollten. Aber Sie bekommen etwas anderes. Den Rest Ihrer Entschuldigung können Sie sich aufsparen für die Vernehmung bei der Polizei. Wie schnell hätte durch das, was Sie getan haben, ein schwerer Unfall ausgelöst werden können."

Isabella holte stöhnend Luft. Diese Geschichte wurde mit jeder Minute schlimmer. Wenn auch nur ein Teil davon an die Öffentlichkeit drang, hätte das demütigende Folgen für sie.

„Nein", bat sie. „Lassen Sie ihn laufen."

Jack fuhr zornig herum. „Er hätte Sie umbringen können."

Sie sah zu Bobby Joe, der auf das Straßenpflaster starrte.

„Er ist ein Dummkopf, kein Mörder. Lassen Sie ihn gehen, Jack. Ich möchte diese Geschichte ganz schnell vergessen."

Ihre Lippen bebten beim Sprechen. In dem flehenden Blick, den sie ihm zuwarf, lag die gleiche Leidenschaft wie in ihren Worten. Gegen seine Überzeugung nickte er schließlich, wandte sich um und trat gegen Bobby Joes Schuhferse.

„Stehen Sie auf, Sie elender Mistkerl. Und lassen Sie Miss Abbott zukünftig in Ruhe. Sonst kriegen Sie Ärger mit mir. Was Ihnen nicht gut bekommen würde, das verspreche ich Ihnen. Haben wir uns verstanden?"

Bobby Joe war bereits aufgesprungen. Ein Taschentuch an die Nase gepresst, rannte er los zu seinem Truck. An der Tür blieb er stehen und blickte über die Schulter zurück.

„Es tut mir wirklich Leid, Isabella. Ich wollte nicht ..."

„Hauen Sie ab", brüllte Jack.

Bobby Joe sprang in seinen Wagen und brauste davon, ohne sich ein einziges Mal umzusehen.

Als Jack den Blick zurückwandte, saß Isabella am Boden, den Kopf zwischen die Knie gelegt. Ihre Schultern zitterten. Vermutlich, weil sie weinte.

„Verdammt“, sagte er leise. Er zog sie hoch und schlang die Arme um sie. Halb in der Erwartung, sie würde sich gegen eine solche Vertraulichkeit zur Wehr setzen, war er überrascht, als sie sich gegen ihn sinken ließ. „Nicht weinen, Isabella. Es ist vorbei. Hören Sie? Vorbei.“

„Es wird niemals vorbei sein.“ Jetzt begann sie tatsächlich zu weinen.

Jack hielt sie fest. Ihm war bewusst, dass die Tränen nichts mit Bobby Joe zu tun hatten. Nach einer Reihe schlimmer Ereignisse hatte dieser letzte Zwischenfall sie endgültig erschüttert.

6. KAPITEL

Jack musste seine ganze Kraft aufbieten, um Isabella loszulassen.

„Steigen Sie bei mir ein. Ich fahre Sie nach Hause."

Die Tränen quollen ihr aus den Augen. Sie wandte sich verwirrt ab.

„Aber mein Wagen ... ich kann ihn nicht einfach ..."

„Darum kümmern wir uns später. Jetzt müssen Sie nach Hause."

Das Bedürfnis, in ihr Bett zu kriechen und die Decke über den Kopf zu ziehen, war groß. Aber sie hatte Angst, wenn sie diesem Drang nachgab, würde sie nie wieder aufstehen.

„Ich komme schon zurecht. So schlimm ist es nicht."

„Sie zittern noch immer", wandte Jack ein.

Isabella runzelte die Stirn. „Also gut. Ja. Die Sache hat mich mitgenommen. Aber ich bin erwachsen. Ich kann allein auf mich aufpassen."

Während sie dastanden und redeten, schwoll ihre Lippe weiter an. Die Vorstellungen, die ihm bei diesem Anblick durch den Kopf schossen, mochte er lieber nicht näher untersuchen.

„Miss Abbott, sicher haben Sie vollkommen Recht. Sie können mir Machogehabe nachsagen oder mich für übertrieben höflich halten, aber nach Hause fahre ich Sie trotzdem, ob es Ihnen passt oder nicht."

Plötzlich war Isabellas Widerstand gebrochen. Sie konnte nur den Kopf senken und nicken.

Jack fasste sie am Ellenbogen und führte sie zu seinem Wagen. Wortlos ließ sie sich auf dem Beifahrersitz nieder, lehnte den Kopf gegen die Nackenstütze und schloss die Augen. Pfefferminzduft und der Geruch nach Holz wehten ihr in die Nase. Jack stieg ein, und die Gerüche verschwanden. Er drehte den Zündschlüssel herum und schaltete die Klimaanlage ein.

„Schnallen Sie sich an“, sagte er ruhig.

Isabella befolgte seine Aufforderung. Dann fuhr sie sich mit den Fingern durch die Haare. Sie war ärgerlich auf sich selbst.

„Ich verstehe das nicht. Wie konnte die Situation mir so entgleiten?“

Jack fuhr an ihrem Wagen vorbei und folgte der Straße zum Hotel. Er warf Isabella einen Blick zu.

„Dieser Mann, der Ihren Reifen aufgeschlitzt hat ... kennen Sie ihn schon lange?“

„Mein ganzes Leben.“

„Sind Sie früher mit ihm ausgegangen?“

Isabella warf ihm einen entrüsteten Blick zu. „Nein. Bis jetzt hatte ich das nicht nötig.“

Jack unterdrückte ein Grinsen. „Da wir schon bei den persönlichen Dingen sind, erlauben Sie mir vielleicht auch die erstaunte Frage, warum eine Frau wie Sie unverheiratet ist.“

Isabella drehte sich zu ihm herum und sah ihn von der Seite an. Ihr fiel auf, dass sein Profil von einer kompromisslosen Kantigkeit war, wie die Berge, die sie umgaben.

„Was genau verstehen Sie unter einer Frau wie mir?“ Es kam ihr vor, als ob seine Wangen sich bei der Frage plötzlich dunkler färbten.

„Ihnen sollte bewusst sein, wie schön Sie sind“, antwortete er und trat auf die Bremse. Fünfzig Meter vor ihnen setzte ein Hirsch über die Fahrbahn.

„Wildwechsel. Kommt hier häufig vor“, sagte sie. „Und danke für das Kompliment.“

Er nickte. „Keine Ursache. Also ... warum sind Sie nicht verheiratet?“

Sie lächelte. „Sie sind hartnäckig, wissen Sie das?“

„Berufskrankheit“, sagte er unbedacht. Als ihm im selben Augenblick auffiel, dass er von Jack Dolan, dem FBI-Agenten, gesprochen hatte, hätte er sich am liebsten die Zunge abgebissen.

„Ja, ich nehme an, Schriftsteller müssen neugierig sein, wenn sie Erfolg haben wollen."

„Richtig." Seine Anspannung ließ nach. Er ermahnte sich, in Zukunft aufmerksamer zu sein, wenn er etwas sagte. „Aber Sie haben noch immer nicht meine Frage beantwortet", hakte er dann nach.

Isabella lachte laut und zuckte im nächsten Moment zusammen.

„Autsch", murmelte sie und presste zwei Finger auf die Platzwunde an ihrer Lippe. „Die Onkel werden einen furchtbaren Schreck bekommen, fürchte ich."

„Zu Recht", sagte Jack.

Sie verzog die Lippen zu einem Lächeln. „Und Sie sind mein Held." Dieses Mal war sie sicher. Die dunkle Färbung in seinem Gesicht trog nicht. Er wurde tatsächlich rot. „Ich bin nicht verheiratet, weil ich nie verliebt war. Zufällig gehören für mich diese beiden Dinge zusammen."

„Nie?"

„Mit einer Ausnahme. Phillip Hanson."

Er musste Phillip Hanson nicht kennen, um zu wissen, dass er ihn nicht ausstehen konnte.

„Wer ist das?"

„Der Junge in der Bank vor mir, als ich in der zweiten Klasse war. Zwei Wochen lang hat er mir jeden Tag einen Kaugummi geschenkt. Ich war wirklich in ihn verliebt. Dann zog Margaret Bailey in die Stadt, und er schenkte ihr die Kaugummis, als deren rechtmäßige Empfängerin ich längst mich sah. Unsere Liebe war so rasch zu Ende, wie sie begonnen hatte."

Dieses Mal musste Jack lachen. „Pech für ihn."

Isabella seufzte und faltete die Hände auf dem Schoß. Sie spürte, wie das hässliche Erlebnis von vorhin langsam in den Hintergrund trat, was sie allein Jack Dolan und seiner Freundlichkeit zu verdanken hatte.

„Jack?“

„Ja?“

„Danke.“

Er runzelte die Stirn. „Wäre ich früher da gewesen, wäre das alles nicht geschehen.“

„Nein, das meine ich nicht. Danke, dass Sie mich zum Lachen bringen.“

Er grinste. „Keine Ursache.“

„Wir sind fast da“, sagte sie und wies mit der Hand nach vorn zur Windschutzscheibe.

Jack sah die Straße entlang und hob den Blick zu dem Berg, der hinter dem Hotel emporragte.

„Eine beeindruckende Kulisse“, sagte er.

„White Mountain?“

Er nickte.

Isabella ließ den Blick von dem dreistöckigen Hotel zu dem gewaltigen Felsmassiv wandern. Sie fröstelte. „Ja, imposant, nicht wahr? Als ich noch ein Kind war, bekam ich jedes Mal eine Gänsehaut, wenn ich den Berg betrachtete.“

Diese Antwort hätte er am wenigsten von ihr erwartet.

„Warum?“

„Ich weiß nicht“, sagte sie. „Ich hatte immer das Gefühl, dass dort oben etwas Böses war.“

„Und heute?“

„Nun ja, das Böse kann einem überall begegnen. Sagen wir, ich habe gelernt, damit zu rechnen.“

Jack wusste, dass sie auch von dem gewaltsamen Tod Frank

Waltons sprach. Eine gute Gelegenheit, um ein paar Fragen einzustreuen.

„Sie meinen den Mord an Ihrem Onkel?"

Isabella zögerte einen Moment, dann nickte sie. „Ja, auch."

„War er in Urlaub, als es passierte?"

Sie runzelte die Stirn. „Kann sein. Alles kam so plötzlich. Eines Morgens verkündete er beim Frühstück, er würde eine Reise antreten. Onkel Rufus bot an, ihn zu begleiten. Onkel Frank lehnte ab. Er sagte, er müsse allein fahren."

„Wohin wollte er?" fragte Jack, obwohl er längst wusste, an welchem Ort Frank Walton umgebracht worden war.

„Das erfuhren wir später. New York ... genauer gesagt, Brighton Beach. Ich nehme an, er hatte dort geschäftliche Angelegenheiten zu erledigen. Aber ich wüsste nicht, was das gewesen sein könnte. Onkel Frank war studierter Botaniker und lebte im Ruhestand, müssen Sie wissen."

„Ah, interessant", sagte Jack. Sie hatte also keine Ahnung, wer er wirklich war – oder es ging ihr darum, diesen Eindruck zu erwecken. „Frank Walton soll nicht Ihr richtiger Onkel gewesen sein."

Isabellas Schultern sackten herunter. „Keiner der Onkel ist blutsverwandt mit mir. Der einzige lebende Verwandte, den ich noch hatte, war mein Vater."

„Ich verstehe. Trotzdem fühlen Sie sich als Familie", sagte Jack. „Kennen Sie die Onkel, seit Ihr Vater das Hotel leitete?"

Sie schüttelte den Kopf. „Die Onkel waren schon immer da, so lange ich zurückdenken kann. Sie lebten bereits hier, bevor ich geboren wurde."

„Ach?" sagte er. „Dann müssen Ihre Onkel noch ziemlich jung gewesen sein, damals, als sie herkamen. Höchstens um die vierzig. Bemerkenswert, dass sie sich hier fanden und gemeinsam ihre unterschiedlichen Berufe ausüben konnten, meinen Sie nicht auch?"

Sie runzelte die Stirn. Sicher war es ein ungewöhnlicher Zufall, aber über diese Dinge hatte sie nie nachgedacht.

„Vermutlich", murmelte sie und löste ihren Sicherheitsgurt, während Jack den Wagen parkte. „Und nun werde ich ihnen erzählen müssen, was geschehen ist."

„Aber nicht allein." Er stieg aus und ging um das Auto herum.

Nicht allein. Isabella überlief ein Schauer. Durch die Windschutzscheibe verfolgte sie, wie er zur Beifahrerseite kam. Er öffnete die Tür, schob eine Hand unter ihren Ellenbogen und half ihr beim Aussteigen. Ihr Herz machte einen seltsamen Hüpfer; dann beruhigte es sich wieder.

Sie gingen gemeinsam in die Hotelhalle. Als sie beim Empfangstresen angekommen waren, kam David Schultz in die Lobby. Er winkte ihnen zu. Erst beim Näherkommen bemerkte er, dass etwas nicht in Ordnung war.

„Du hast geweint", sagte er und warf Jack einen strafenden Blick zu.

„Es ist nicht seine Schuld", beeilte sich Isabella zu erklären. „Du kannst aufhören, so ein böses Gesicht zu ziehen."

Der alte Mann umschloss mit der Hand ihre Wange. Er besah sich die Platzwunde und die geschwollene Lippe und sog entsetzt den Atem ein.

„Isabella! Liebes! Was hast du da?"

„Ach ... es ist nicht schlimm. Ich bin nur ..."

Jack unterbrach sie. „Ein Kerl aus der Gegend hat versucht, mehr von ihr zu bekommen, als sie zu geben bereit war."

Obwohl David Schultz in fortgeschrittenem Alter war, verwandelte sich sein Blick und wurde gefährlich.

„Wer?" fragte er mit harter und tonloser Stimme.

Isabella seufzte. „Bobby Joe Cage. Ich hatte eine Reifenpanne Er hielt an, um mir zu helfen. Dann ..."

Wieder unterbrach Jack. Seine Nasenflügel bebten, so zornig war er. „Verdammt, Isabella. Hören Sie auf, diesen Mistkerl noch in Schutz zu nehmen. Er hat den Reifen aufgeschlitzt, weil er wollte, dass Sie unterwegs eine Panne haben."

Er wandte sich an David, um zu erklären, wie knapp Isabella einer Vergewaltigung entkommen war.

„Sie ist dem Kerl in der Stadt begegnet. Dann hat er alles so eingerichtet, dass sie ihm ausgeliefert war. Es war reiner Zufall, dass ich gesehen habe, wie er sich an ihrem Wagen zu schaffen machte. Ich wurde misstrauisch und bin ihr nachgefahren, war aber nicht schnell genug da, um zu verhindern, dass er ihr wehtun konnte."

Die Schultern des alten Mannes sanken herab. Hätte Samuel noch gelebt, wäre so etwas nicht vorgekommen. Die Leute hatten zu viel Hochachtung vor ihm. Niemand hätte gewagt, seine Tochter auch nur anzurühren. Aber Samuel war nicht mehr da. Die anderen mussten sich um ihren Schutz kümmern. Langsam straffte er sich wieder, reckte das Kinn vor und umarmte Isabella.

„Liebes, mach dir keine Gedanken. Wir sorgen dafür, dass so etwas nicht noch einmal passiert."

Wieder wollte Isabella in Tränen ausbrechen. Dieses Mal war jedoch nicht die Erinnerung an die erlebte Gewalt der Auslöser. Sie schmiegte die Wange an die Brust ihres Onkels und hörte den unregelmäßigen Takt, in dem sein Herz schlug; eine allzu deutliche Mahnung, dass seine Jahre gezählt waren. Sie schüttelte den Kopf und blickte zu ihm auf.

„Nein, Onkel David. Die Sache ist vorbei und erledigt." Sie warf einen Blick zu Jack und lächelte. „Außerdem hat Mr. Dolan ihn bereits zur Rechenschaft gezogen."

David sah Jack an. In diesem Moment begriff er, dass mehr an der Geschichte war, als er zu hören bekam.

„Und wie?"

Jack zuckte mit den Schultern. „Ich fürchte, ich habe ihm das Nasenbein gebrochen."

David Schultz verzog das Gesicht zu einem Grinsen und klopfte Jack auf den Rücken. „Gut gemacht, junger Mann. Im Namen der anderen spreche ich Ihnen meinen Dank aus."

Jack nickte knapp. „Isabellas Wagen steht noch an der Straße. Das Notrad ist montiert, aber sie benötigt einen neuen Reifen."

„Jasper und ich kümmern uns gleich darum", sagte David. „Ich brauche nur den Wagenschlüssel."

Isabella zog den Schlüsselring aus ihrer Handtasche und reichte ihn David. „Gut, hol du den Reifen in der Werkstatt, und sag ihnen, die Rechnung geht an mich."

„Auf keinen Fall", widersprach David. „Die Rechnung geht an Lawton Cage. Ihn trifft die Schuld für die Wildheit und Unbeherrschtheit seines Sohnes. Er bezahlt diesen Schaden wie bei allen anderen Übergriffen, die auf das Konto seines Jungen gehen."

Isabella seufzte. Es hatte keinen Sinn, dass sie weiterstritten.

„Schön", sagte sie. „Aber eine Anzeige bei der Polizei will ich nicht. Je weniger ich mit diesem Mann zu tun habe, desto besser."

David nickte zustimmend und strich ihr übers Haar, als wäre sie noch ein Kind.

„Du gehst jetzt ins Bett und ruhst dich aus, Liebes. Wir kümmern uns um alles."

Überzeugt, dass sie tun würde, was er vorgeschlagen hatte, ließ er sie in der Halle stehen.

Isabella sah Jack an. „Täusche ich mich, oder bin ich eben auf mein Zimmer geschickt worden?"

Er wünschte sich einen Vorwand, sie wieder berühren zu dürfen. So wie draußen auf der Straße nach dem Vorfall mit Bobby Joe, als sie neben ihrem Wagen gestanden hatten.

„Es wäre nicht falsch, wenn Sie täten, was er sagt", meinte er. „Und Sie sollten die geplatzte Lippe mit Eis kühlen, damit sie nicht noch mehr anschwillt."

„Wahrscheinlich haben Sie Recht", sagte Isabella. Sie sah auf ihre Armbanduhr. „Fast Mittag. Normalerweise helfe ich im Speisesaal, wenn die Essensgäste ..."

„Das Personal schafft die Arbeit auch ohne Sie. Wenn Sie mit einer dicken Lippe herumlaufen, werden Sie außerdem erklären müssen, was geschehen ist, und das mindestens ein Dutzend Mal."

Sie verzog das Gesicht. „Das stimmt. So weit habe ich noch nicht gedacht. Dann gehe ich jetzt in die Küche, hole mir etwas Eis und lege mich hin. Zumindest für eine Weile."

„Ich besorge das Eis gern für Sie, wenn Sie einverstanden ..."

Isabella legte die Hand auf seinen Arm. „Sie haben heute genug für mich getan. Ich hole es selbst. Sie gehen und essen zu Mittag. Das haben Sie sich verdient."

Jack verlagerte das Gewicht von einem Fuß auf den anderen. Ihm fiel kein Grund mehr ein, mit dem er sie weiter aufhalten konnte.

„Ja ... in Ordnung. Ich muss zugeben, dass ich tatsächlich eine Kleinigkeit essen könnte."

„Guten Appetit", sagte sie und drückte leicht seinen Arm. Dann verließ sie ihn.

Er blieb reglos stehen und sah ihr nach, wie sie mit gestrafftem Rücken und schwingenden Hüften durch die Halle ging und durch eine Tür verschwand. Er hatte die ganze Zeit den Atem angehalten, wie er nun feststellte. Langsam die Luft ausstoßend, ließ er den Blick zu dem Gemälde über der Treppe wandern.

Die Frau sah zu ihm herunter, verhalten lächelnd, als wüsste sie um ein Geheimnis, das niemand sonst kannte. Jack seufzte und machte sich auf den Weg in den Speisesaal. Er war viel zu sehr an einer Person interessiert, die Gegenstand seiner Nachforschungen war.

Schon fast bei der Glastür angekommen, machte er kehrt und ging zur Treppe. Besser, er wusch sich zuerst und zog ein frisches Hemd an. Mit Bobby Joe Cages Blut am Ärmel beim Mittagessen zu sitzen schien ihm keine verlockende Aussicht.

Wasili Rostow alias Victor Ross war damit beschäftigt, die Hecke vor dem Hotel zu schneiden, als zwei der alten Männer nach draußen kamen. Da er nicht wollte, dass sie sein Gesicht sahen, drehte er sich um und senkte den Kopf. Er schnappte genug Gesprächsfetzen auf, um zu begreifen, dass sie sich über etwas, das Isabella Abbott zugestoßen war, entrüsteten. Offensichtlich hatten die Männer vor, die Sache ins Reine zu bringen, während Isabella sich zum Ausruhen auf ihr Zimmer zurückgezogen hatte.

Er ließ den Vormittag Revue passieren. Sein Gehirn arbeitete fieberhaft. Einer der Männer, sie nannten ihn Thomas, hatte vor einiger Zeit mit einer Aktenmappe unter dem Arm das Hotel verlassen. Er war noch nicht zurückgekehrt. Jetzt hatten sich auch David Schultz und Jasper Arnold außer Haus begeben. Nur John Michaels und Rufus Toombs stellten noch ein Risiko dar. Rostow wusste, dass die alten Männer das gesamte Obergeschoss bewohnten. Zum ersten Mal, seit er hier war, bot sich die Gelegenheit, Frank Waltons Zimmer zu durchsuchen. Er machte ein paar letzte Schnitte mit der Heckenschere. Dann ging er um das Hotel herum zur rückwärtigen Hausseite. Die Feuerleiter war alt, aber in gutem Zustand und bestens geeignet für sein Vorhaben.

Er brachte die Gartengeräte in den Schuppen zurück und wusch sich hastig, damit er möglichst schnell in die Küche kam und seine Mittagsmahlzeit einnehmen konnte. Wenn die beiden

Männer, die noch im Haus waren, zum Essen nach unten kamen, würde er sie sehen. Dann hatte er mindestens eine halbe Stunde Zeit, um sich ungestört im oberen Stockwerk aufzuhalten. Das genügte. Falls sich in Frank Waltons Zimmer Dokumente oder andere Hinweise befanden, die für seine Regierung von Bedeutung waren, würde er nicht lange brauchen, bis er sie gefunden hatte. Für den Fall, dass er mit leeren Händen herauskam, würde er mit seinem Vorgesetzten Verbindung aufnehmen, ihm mitteilen, dass der Alte tot war, und die Sache als erledigt betrachten. Sein Bett und seine Freunde begannen ihm zu fehlen, und langsam wuchs in ihm die Einsicht, dass er für das Spionagegeschäft zu alt wurde. Über welches Wissen könnte ein einzelner alter Mann verfügen, dass sein Land noch heute daran Interesse hatte?

Die Sache war einfacher als erwartet. Wasili Rostow hatte gesehen, wie die beiden zu Hause gebliebenen Bewohner des dritten Stockwerks den Speisesaal betraten und sich an einen Tisch zu anderen Gästen setzten. Sie gaben ihre Bestellungen auf und waren bald in ein Gespräch mit ihren Tischnachbarn vertieft. Nun konnte er sicher sein, dass er während der Zeit des Mittagessens in der obersten Etage von Abbott House allein sein würde.

Er hatte den letzten Bissen seines Sandwichs in sich hineingestopft und die Küche durch die Hintertür verlassen mit dem Kommentar, er müsse an die Arbeit zurück. Er holte seine Heckenschere, ging wieder um das Haus herum und kletterte über die Feuerleiter bis zum dritten Stock. Dort öffnete er den Notausgang mit einem Dietrich und trat ein. Die Heckenschere ließ er draußen liegen, um seinen Aufenthalt in Hausnähe zu erklären, falls er auf dem Rückweg gesehen wurde. Die Möglichkeit, das Hotel könnte mit einer Alarmanlage gesichert sein, kam ihm erst in den Sinn, als er den langen düsteren Korridor vor sich sah. Er hielt die Luft an und wartete auf das Geräusch einer losschrillenden Sirene. Nichts geschah. Erleichtert atmete er aus.

Es gab sechs Türen. Drei auf der linken Seite des Flurs, drei rechts. Er wusste nicht, welche von ihnen zu dem Zimmer führte, das Frank Walton bewohnt hatte, und versuchte die, der er am nächsten stand. Sie war abgeschlossen. Genau wie die zweite und dritte Tür und die auf der gegenüberliegenden Seite. Die sechs Männer teilten sich seit dreißig Jahren die dritte Etage dieses Hauses und schlossen noch immer ihre Zimmer ab, wenn sie nicht da waren. Das kam ihm seltsam vor. Andererseits wohnten sie in einem Hotel. Fremde Menschen gingen ein und aus. Sie versperrten die Zimmer wohl, weil sie ihre Privatsphäre vor Neugierigen schützen wollten.

Rostow verlor keine Zeit. Mit dem Nachschlüssel öffnete er die erste Tür und trat ein. Kaffeegeruch hing in der Luft. Auf einem Beistelltisch stand eine benutzte Tasse mit einem Kaffeerest darin. Rostow sah das aufgeschlagene Buch, die Pantoffeln neben einem Sessel, und wusste, dies war nicht Frank Waltons Zimmer.

Ohne etwas angerührt zu haben, ging er lautlos rückwärts wieder hinaus. Er sperrte ab und versuchte die nächste Tür.
Bei der dritten Tür, die er öffnete, hatte er Erfolg.

In dem Augenblick, als er eintrat, wusste er, dass er richtig war. Die Luft in dem Raum roch dumpf. Auf dem Kaffeetisch neben dem Fenster lag eine feine, aber viel sagende Staubschicht. Das Zimmer war aufgeräumt, wie vor dem Antritt einer Reise. Rostow erinnerte sich daran, wie seine Mutter jeden Abend die kleine Bauernkate, in der er aufgewachsen war, geputzt und in Ordnung gebracht hatte, als würde der kommende entbehrungsreiche Tag in einer sauberen Umgebung leichter zu ertragen sein. Dieser Raum jedenfalls war seit Wochen nicht mehr benutzt worden. Deshalb war zu erwarten, dass sich eine Staubschicht gebildet hatte. Und deshalb musste es sich um Waltons Zimmer handeln.

Er spähte zurück in den Korridor. Es war niemand zu sehen und kein Geräusch zu hören. Rasch schloss er sich ein. Wenn nicht der unwahrscheinliche Fall eintrat, dass jemand ausgerechnet jetzt von dem Drang gepackt wurde, die Sachen des Toten auszuräumen, stand ihm genügend Zeit zur Verfügung.

Er hielt einen Moment inne und blickte sich in der Suite um, die Frank Waltons Zuhause gewesen war. Dabei dachte er an den alten Mann, wie er ihn in dem Häuserdurchgang gesehen hatte. Angst hatte in seinen Augen gestanden, aber auch Erkenntnis. Wenn Walton sich lieber selbst tötete, als nach Russland zurückgebracht zu werden, musste er einen schwerwiegenden Grund dafür gehabt haben.

Das Wohnzimmer war in düstersten Farben gehalten. Die schweren schwarzblauen Samtvorhänge waren an manchen Stellen stark ausgeblichen. Auf dem Boden lag ein unechter Perserteppich; die durchgesessenen Sitzpolster wiesen auf einen langjährigen Gebrauch der Ohrensessel und des Sofas hin.

Als Erstes ging Rostow zu einer breiten Kommode, die offensichtlich als Schreibtisch gedient hatte, und zog die Schubladen heraus. Er fand nichts Verdächtiges, nur einige alte Tankquittungen und zwei unbezahlte Rechnungen. Als Nächstes wechselte er zu der kleinen Küchenzeile. Fünf Minuten genügten, und die Durchsuchung war beendet. Erfolglos. Es blieben noch zwei Räume übrig: ein kleines Bad und das angrenzende Schlafzimmer.

Obwohl Rostow den Schlafraum gewohnt leise durchquerte, knarrte eine Diele unter seinem Schritt. Typisch für alte Häuser, dachte er und ging zum Bad weiter. Wenige Minuten später kam er wieder heraus, nicht klüger als vorher. Er fühlte sich nur bestätigt, dass sein erster Eindruck von Frank Walton richtig gewesen war. Auf der Ablage hatte er ein Röhrchen mit Tabletten gefunden, zusammen mit dem Beipackzettel, aus dem hervorging, dass es sich um ein Krebsmedikament handelte. Vor diesem Hintergrund wurde Waltons Verhalten plötzlich nachvollziehbar. Die Selbsttötung war keine so drastische Tat gewesen, wie Rostow zuerst geglaubt hatte. Der alte Mann musste gewusst haben, dass er bald sterben würde, und hatte wohl den Entschluss gefasst, sein Ende an diesem Ort und zu dieser Stunde zu finden.

Frustriert und nicht wenig beunruhigt darüber, was seine Auftraggeber sagen würden, wenn er sich mit dem Eingeständnis seines Scheiterns bei ihnen meldete, durchquerte Rostow das Schlafzimmer. Wieder knarrte der Holzboden unter seinen Füßen. Er sah nach unten und runzelte die Stirn über seine Sorglosigkeit. Es war die gleiche Diele wie vorhin. Wenn sich doch jemand in dieser Etage aufhielt, war das Geräusch vielleicht gehört worden. Sollte er ertappt werden, galt er als gewöhnlicher Dieb; aber er würde verhaftet werden, und seine Anstellung als Hilfsgärtner wäre er auch los. Er konnte sich nicht leisten, dass seine wahre Identität ans Licht kam. Sorgfältig die gefährliche Stelle meidend, begann er mit der Durchsuchung. Im Schrank fand er außer Kleidungsstücken nichts. Er ging weiter zum Bett, hob die Matratze an und sah nach, ob darunter etwas versteckt lag.

Wieder war das Ergebnis seiner Suche negativ. Er ging noch einmal durch alle Zimmer, sah hinter Heizkörper und Fotorahmen und hob Gemälde von der Wand, um festzustellen, ob irgendwo ein Safe dahinter verborgen war. Ärgerlich, dass er nichts Verwertbares entdeckt hatte, blieb er in der Tür zum Schlafzimmer stehen und ließ einen letzten Blick durch den Raum schweifen.

„Warum das Ganze, Alter? Was wusstest du so Wertvolles, dass es sich dafür zu sterben lohnte?"

Frank Walton antwortete nicht.

Rostow starrte in das Zimmer. Je länger er hinsah, desto mehr drängte sich ihm der Eindruck auf, dass etwas nicht stimmte. Die Einrichtung war alt. Sie stammte aus der gleichen Zeit wie die Möbel im angrenzenden Wohnzimmer. Ein hohes Bett mit vier Pfosten; ein Schrank aus dunklem Kirschholz; Vorhänge, die schon beinahe schäbig zu nennen waren. Sein Blick glitt zu dem Flechtteppich am Fußende, und er dachte an die quietschende Holzdiele darunter.

Dann musterte er den Boden links und rechts neben dem Bett und kehrte mit dem Blick zum Fußende zurück. Das war es. Niemand kroch ans Fußende, wenn er aus dem Bett aufstand. Warum lag der Läufer dort und nicht an einer der Längsseiten?

Rostow hatte die vielen Jahre in seinem Metier überlebt, weil er seinen Instinkt und seine Neugier immer beachtet hatte. An dieser Gewohnheit würde er jetzt nichts ändern. Er ging zum Bett und zog den Läufer beiseite.

Zuerst glaubte er, der Teppich hätte wirklich nur an einer unpassenden Stelle gelegen und er hätte sich geirrt. Dann stellte er fest, dass das Muster, in dem der Holzboden verlegt war, an einer Stelle nicht stimmte. Er bückte sich und fuhr mit den Fingern an den Nahtstellen entlang. Augenblicklich wusste er Bescheid. Zwei der Bretter waren durchgesägt und nur lose wieder eingepasst worden.

Ein Lächeln breitete sich auf seinem Gesicht aus, und er spürte, wie sein Herz schneller schlug. Er zog sein Messer heraus, bohrte die Spitze in eine offene Fuge und versuchte, das erste Bodenbrett herauszulösen. Nach wenigen Sekunden hatte er Erfolg.

Unter den Dielen sah er nur einen dunklen Hohlraum. Seine

Hoffnung schwand wieder. Trotzdem schob er eine Hand hinein – und traf auf Widerstand. Zuerst ertastete er Stoff, dann etwas Hartes, das von dem Tuch umhüllt war. Er schloss die Finger um das Päckchen und zog es hervor.

Es war ein Stoffbeutel mit einem fest gebundenen Heft darin. Rostow brauchte nicht lange, um zu erkennen, dass er ein Tagebuch gefunden hatte. Er wollte einen Blick hineinwerfen, da hörte er, wie draußen auf dem Gang Stimmen laut wurden.

Leise fluchend, weil er sich zu lange in der Suite aufgehalten hatte, passte er die Bodendielen wieder ein und schob den Läufer an die alte Stelle. Das Buch steckte er zusammen mit der Stoffhülle in die Tasche. Dann eilte er zur Tür, die zum Flur führte, und lauschte. Offenbar kehrten die beiden alten Männer gerade vom Essen zurück. Er hörte, wie einer von ihnen sagte, dass er sich für ein Schläfchen hinlegen wollte, und der andere antwortete, er würde ein Buch zu Ende lesen. Rostow lächelte. Er brauchte nur zu warten.

Es dauerte nicht lange, und das Öffnen und Schließen von Türen war zu vernehmen, anschließend die Schritte der Männer, die in ihren Zimmern umhergingen. Kurze Zeit darauf war alles ruhig. Jetzt war der Moment gekommen, sich aus dem Staub zu machen.

Rostow öffnete die Tür und spähte in den Korridor. Zufrieden stellte er fest, dass niemand in Sicht war, schlüpfte aus Waltons Suite und schloss sorgfältig wieder ab. Dann eilte er zur Feuerleiter. Aber erst draußen, als ihm die Sonne ins Gesicht schien und nachdem er den Notausgang verschlossen hatte, ging sein Atem leichter. Ohne einen Blick zurück packte er die Heckenschere und kletterte die Feuerleiter nach unten. Am Boden angelangt, wagte er einen Blick an der Hausfassade hoch. Niemand war zu sehen. Die Vorhänge an den Fenstern waren zugezogen und bewegten sich nicht. Rostow tätschelte das Päckchen in seiner Tasche, während er durch den Garten zum Schuppen ging.

Eine der Köchinnen trat vor die Tür und warf Gemüseabfälle auf den Kompost. Als sie Rostow sah, winkte sie. Er nickte freundlich und winkte zurück, in der Hand die Heckenschere.

Im Schuppen warf er das Arbeitsgerät beiseite und eilte nach hinten in sein Zimmer. Die Tür hatte kein Schloss. Um sie abzusperren, schob er einen Stuhl unter die Klinke. Dann setzte er sich auf sein Bett, holte den Stoffbeutel hervor und schlug das Heft auf.

Als er zu lesen begann, erschien ein kleines zufriedenes Lächeln auf seinem Gesicht. Er hatte Recht gehabt. Es handelte sich um ein Tagebuch, und es hatte Vaclav Waller gehört.

12. Juli 1970
Heute bin ich gestorben, und aus mir wurde Frank Walton. Ich bin sehr traurig über mein Ableben und frage mich, ob wir wirklich richtig gehandelt haben. Aber für Zweifel ist es nun zu spät. Was geschehen ist, lässt sich nicht mehr rückgängig machen.

Rostow runzelte die Stirn und las den ersten Eintrag noch einmal. Wir? Wer war „wir"? Etwas sagte ihm, dass er mehr über die Tätigkeit von Waller alias Walton in Erfahrung bringen musste. Außerdem war es wichtig herauszufinden, warum der Mann damals die Erlaubnis erhalten hatte, aus der Sowjetunion auszureisen. Aber noch mehr verwirrte Rostow die Entdeckung, dass Waller nicht allein gehandelt hatte.

Er sah sich um. Sein Blick fiel auf den staubigen Fußboden und das ungeputzte Fenster, vor dem ein Vorhang hing und durch das die Sonne hereinschien. Er war fern der Heimat und stand vor einem Rätsel, das er vielleicht nicht lösen konnte. Das machte ihm Angst. Nicht zum ersten Mal, seit er in diesem fremden Land war, stellte er sich die Frage, ob er diesen Auftrag erhalten hatte, weil er entbehrlich war. Schließlich zuckte er die Achseln. Ein Spion war immer entbehrlich. Das lag in der Natur seiner Tätigkeit.

Rostow richtete den Blick wieder auf das Heft und begann zu lesen.

7. KAPITEL

Rostow stand auf, um sich etwas zum Trinken zu holen. Im Gehen las er weiter. Den Einträgen, die Vaclav Waller gemacht hatte, entnahm er, dass eine große Sache im Gange war. Aber es ließ sich nicht klar erkennen, um was es sich handelte. Rostow goss sich ein Glas Wasser ein und leerte es mit einem Zug. Dann kehrte er zum Bett zurück. Er legte sich auf die Matratze und hielt das Buch ins einfallende Licht. Der Tag neigte sich, doch Rostow war so in seine Lektüre vertieft, dass er die nachlassende Helligkeit kaum bemerkte.

11. September 1971
Wir haben es geschafft. Recht oder Unrecht, die erste Probe befindet sich am geplanten Ort, dieses Mal ohne Abstoßungsreaktion. Jetzt heißt es, das Ergebnis abzuwarten. Sollten wir Erfolg haben, wird der Mensch als Art nie mehr wie früher sein.

Handeln wir richtig? Erweisen wir der Menschheit einen Dienst, oder spielen wir unerlaubt Gott?

Plötzlich hörte Rostow, wie die Tür zum Gärtnerschuppen unter Quietschen geöffnet wurde. Näher kommende Schritte hallten auf dem Betonboden. Mit einer raschen Bewegung ließ er das Buch unter der Matratze verschwinden. Schnell nahm er den Stuhl von der Türklinke weg, legte sich wieder aufs Bett und schloss die Augen.

„Hallo, Mr. Ross! Sind Sie da?"

Rostow täuschte eine geschwächte Stimme vor.

„Ja. Kommen Sie herein."

Er richtete den Blick zur Tür und tat, als sei er krank. Thomas Mowry spähte herein.

„Ich wollte sehen, ob alles mit Ihnen in Ordnung ist.“

Rostow setzte sich auf. Dann schwankte er, wie von plötzlichem Schwindel ergriffen.

„Tut mir Leid, Sir“, sagte er. „Ich kehre gleich an die Arbeit zurück.“

Thomas eilte ans Bett. „Nein, nein. Deshalb bin ich nicht hier. Isabella hat sich Sorgen gemacht. Sie hat Sie draußen nicht mehr gesehen und wollte, dass ich nach Ihnen schaue. Sind Sie krank?“

Rostow presste die Handfläche auf den Magen und hob die Achseln. „Mir ist etwas übel.“

Thomas schob seine Brille höher auf den Nasenrücken und legte Rostow eine Hand auf die Stirn.

„Fieber haben Sie nicht“, sagte er, mehr zu sich selbst. Dann umfasste er Rostows Handgelenk und nahm den Puls.

„Bitte, Sir“, murmelte Rostow. „Ich bin einsatzfähig. Sagen Sie Miss Abbott, es geht mir gut. Ich will den Job nicht verlieren.“

Thomas Mowry schüttelte den Kopf und klopfte Rostow auf den Rücken.

„Legen Sie sich wieder hin, mein Bester. Sie verlieren Ihre Arbeit nicht, nur weil Sie krank sind.“ Er drückte ihm sanft die Schulter, bis er gehorchte. „Gut so“, sagte Thomas. „David ist aus der Stadt zurück. Er ist Arzt und kann Sie untersuchen. Ich schicke ihn her.“

Rostows Puls beschleunigte sich. „Nein, nein, Sir. Das ist nicht nötig. Ich habe bestimmt nur etwas Falsches gegessen ... oder vielleicht ist mir zu heiß geworden. Das geht wieder vorbei.“

„Unsinn“, sagte Thomas. „Wozu haben wir das Haus voller Mediziner? Es wäre doch gelacht, wenn wir Ihnen keine kostenlose Behandlung geben könnten. Sie brauchen einen Arzt.“

Ob seiner Überredungskunst schmunzelnd, verließ Mowry den bettlägrigen Mr. Ross.

Rostow seufzte. Das Tagebuch musste warten, bis er sich der Untersuchung durch einen Arzt unterzogen hatte, der normalerweise unfruchtbare Frauen behandelte. Er schnaubte leise und schloss die Augen. Wenn er den Kranken spielte, konnte er sich auch eine zusätzliche Mütze Schlaf genehmigen.

Während er dalag, stießen seine Gedanken sich an einer Bemerkung, die Mowry vorhin gemacht hatte. Das Haus voller Mediziner? Welche Übertreibung. Oder hatte der Mann sich versprochen? Frank Walton, so hatte man ihm gesagt, sei ein Botaniker im Ruhestand; aber er wusste auch, dass Vaclav Waller in Russland als Arzt in der medizinischen Forschung tätig gewesen war. Außerdem wurden in dem Tagebuch immer wieder Mitarbeiter an einem großen Projekt erwähnt.

Rostow setzte sich auf. Die Köchin von Abbott House war eine redselige Person. Mehr als einmal hatte er sie prahlen hören, in früheren Jahren hätten die Onkel wichtige Tätigkeiten ausgeübt. Thomas Mowry sei Chemiker gewesen; John Michaels Geologe; Rufus Toombs hätte als Archäologe gearbeitet, für ein berühmtes Museum irgendwo im Osten. Er wusste, Jasper Arnold und David Schultz waren Ärzte; sie hatten zusammen mit dem kürzlich verstorbenen Samuel Abbott die Fruchtbarkeitsklinik in Braden gegründet. Die Tagebucheinträge, so vermutete er, waren zu einer anderen Zeit und an einem anderen Ort entstanden, und Waller war noch jünger gewesen. Rostow hatte angenommen, die Wissenschaftler hätten sich in Braden zur Ruhe gesetzt. Wenn er sich nun geirrt hatte? Wenn die Bemerkung über die Mediziner, mit denen das Haus voll sei, sich auf die anderen Personen bezog, die Walton alias Waller in seinen Einträgen erwähnte?

Rostow verwarf den Gedanken gleich wieder. Er schien zu weit hergeholt. Dabei war ihm klar, dass er Nachforschungen anstellen musste, wenn er Antworten finden wollte. Wenn es ihm nur gelingen würde, die Einzelheiten über Wallers angeblichen Tod herauszufinden. Wie hatte Waller in eine neue Identität schlüpfen und über diese langen Jahre unentdeckt bleiben können? Rostow steckte in Schwierigkeiten. Meldete er sich bei seinen Auftraggebern und stellte zu viele Fragen, würden sie glauben, er sei gescheitert. Selbstständig arbeitend in einem anderen Land, fern der Macht, die ihn geschickt hatte, war er nicht bereit, sich schon geschlagen zu geben.

Während er auf das Erscheinen von David Schultz wartete, nahm eine neue Idee in seinem Kopf Gestalt an. Sie war gewagter als alles, was ihm bisher durch den Kopf gegangen war. Die Entdeckung des Tagebuchs hatte seine letzten Erwartungen zunichte gemacht, etwas zu finden, das für seine Regierung wichtig war. Immerhin könnten seine Erkenntnisse auch an anderer Stelle auf Interesse stoßen. Bei der ersten Gelegenheit, die sich bot, würde er seinem Verbindungsmann mitteilen, dass der Alte tot war.

Sein Verstand arbeitete auf Hochtouren. Er lächelte. Nicht nur Vaclav Waller wusste, wie man sein Ableben vortäuschte. Rostow liebte sein Land, aber er wurde langsam alt, und er war kein Dummkopf. Er hatte Russland viele Jahre gedient und dafür nur wenige Gegenleistungen erhalten. Sein Ruhegehalt war erbärmlich, und das Zimmer, in dem er hauste, war kaum besser als der Gärtnerschuppen hier. In Brighton Beach hatte er gesehen, welche Möglichkeiten sich einem Mann mit seinen Fähigkeiten boten. Es würde leicht sein, unter anderem Namen neu anzufangen. Dafür brauchte er nur die notwendigen Mittel. Das Tagebuch ließ sich nutzen. Vielleicht fand er Einzelheiten, die sich für eine Erpressung eigneten. Er würde nicht maßlos sein. Eine kleine Wohnung in Brighton Beach, weiter musste das Geld nicht reichen. Es kostete ihn nur einen Anruf.

Rostow lächelte noch immer, als er die näher kommenden Schritte hörte. Er legte sich wieder in der Haltung eines Kranken auf das Bett zurück und schloss die Augen. Dann klopfte es, und David Schultz trat ein.

Isabella verschlief das Mittagessen. Anschließend ging sie ins Büro und erledigte die liegen gebliebene Buchhaltung, was ihr neugierige Blicke ersparte. Die Schwellung an der Lippe war zurückgegangen, aber da war noch die Platzwunde und auch die Prellung, die sich langsam dunkler färbte. Bobby Joe hatte ganze Arbeit geleistet. Die Panik, die sie bei der Erkenntnis überfallen hatte, die Situation nicht mehr im Griff zu haben, würde sie noch lange in Erinnerung behalten. Sie unterbrach ihre Arbeit am Computer und ließ die Finger auf der Tastatur ruhen. Beinahe im selben Moment erschien Jack Dolans zornrotes Gesicht vor ihrem inneren Auge. Er war scheinbar aus dem Nichts aufgetaucht, wie ein rächender Engel. Ohne ihn hätte dieser Tag sicher einen völlig anderen Verlauf genommen.

Isabella verzog ärgerlich das Gesicht. Musste eine Frau durch diese Hölle gehen, wenn sie mit einem Mal allein in der Welt dastand? Vor dem Tod ihres Vaters war das Gefühl von Sicherheit und Geborgenheit selbstverständlich für sie gewesen. Der heutige Vorfall hatte diese ruhige Gewissheit zerstört. Mutlos stützte sie die Ellenbogen auf die Tischkante und schlug die Hände vor das Gesicht.

„Oh, Daddy. Warum musstest du sterben? Ich war nicht darauf vorbereitet, dich loszulassen."

Die Worte waren kaum mehr als ein Flüstern, aber sie sprach sie aus. Ihre Augen füllten sich mit Tränen. Sie schob die Tastatur zur Seite, stand jäh von ihrem Stuhl auf und ging zu der Fensterfront, die auf das Vordergrundstück wies. Auf dem Parkplatz standen mehrere Autos, die sie noch nie gesehen hatte. Wahrscheinlich gehörten sie Paaren, die vorhatten, sich in der Klinik ihres Vaters behandeln zu lassen. Aber es war nicht mehr die Klinik ihres Vaters.

Ein Gefühl grenzenloser Einsamkeit überwältigte sie, und sie schlang schützend die Arme um ihren Oberkörper. Sicher, diese Paare sehnten sich nach einem eigenen Kind. Sie wollte ihnen dieses Recht nicht absprechen und auch die Leidenschaft nicht tadeln, mit der sie nach der Verwirklichung dieses Wunsches strebten. Aber sie fragte sich, ob diese Menschen wussten, mit wie viel Glück sie gesegnet waren. Zumindest hatten sie einander. Sie hatte niemanden. Isabella wusste, es war albern, aber ihr Herz sehnte sich nach einer Nähe, die sie nie gekannt hatte.

Brighton Beach, Police Department, am selben Tag

Detective Mike Butolis gebrochener Zeh tat nicht mehr weh, aber seine Laune hatte sich nicht gebessert. Auch wenn der Kerl, der in dem Häuserdurchgang hinter *Ivana's Bar and Grill* ermordet aufgefunden worden war, mittlerweile einen Namen hatte. Auf den Täter gab es noch immer keinen Hinweis. Ein Polizeispitzel behauptete, in Brighton Beach flüstere man, dass der Mord mit der Russenmafia und der Vergangenheit des Toten zu tun habe. Was nicht auszuschließen war, vor allem, nachdem Interpol die Analyseergebnisse der Fingerabdrücke geschickt hatte. Mit dem Nachweis, dass diese Fingerabdrücke einem russischen Arzt gehörten, der angeblich Ende der Siebziger gestorben war, wurde die Geschichte wirklich kompliziert. Die Autopsie hatte einen weiteren merkwürdigen, aber wichtigen Befund ergeben. Wie vermutet, war der Messerstich tödlich gewesen, aber der alte Mann hatte ohnehin keine lange Lebenserwartung mehr gehabt. Er litt an Magenkrebs in fortgeschrittenem Stadium. In seinem Körper waren Spuren einer Substanz gefunden worden, die in der modernen Krebsmedizin Verwendung fand.

Zu diesem Zeitpunkt hatte sich das FBI in die Ermittlungen eingeschaltet. Butoli war von Lieutenant Flanagan befohlen worden, sich aus dem Fall zurückzuziehen, was ihm nicht in den Kram passte. Der alte Mann war im Zuständigkeitsbereich der Polizei von Brighton Beach umgekommen, und Butoli wollte den Mörder dingfest machen. Er verfolgte die Sache weiter. Nach dem Telefongespräch, das er eben geführt hatte, versuchte er, aus den zusammengetragenen Merkwürdigkeiten seine Schlussfolgerungen zu ziehen.

Erstens: Walton alias Waller war ohne Zweifel tot. Er war an einem Samstagabend gestorben, kurz bevor das Sturmtief aufzog und der Wind am Strand den alten Beobachtungsturm der Rettungsschwimmer umwarf. Zweitens: Butoli war in der Gerichtsmedizin zugegen gewesen, als der Leichenbeschauer den alten Mann von oben bis unten aufgeschnitten hatte. Drittens: Nachdem diese beiden Tatsachen feststanden, blieb die Frage offen, wie Frank Waltons Name am Tag nach dem Mord auf die Passagierliste für einen Flug der American Airlines nach Braden in Montana geraten konnte.

Butoli stand von seinem Stuhl auf, trat hinter dem Schreibtisch hervor und ging in Flanagans Büro.

„Lieutenant, haben Sie eine Minute Zeit?"

„Wenn's sein muss", sagte Barney Flanagan und winkte ihn näher. „Was gibt's?"

„Sie wissen doch, dass wir diesen toten Russen gefunden haben."

Flanagan runzelte die Stirn. „Verdammt, Butoli. Ich dachte, ich hätte Ihnen klar und deutlich ..."

Butoli hob beschwichtigend die Hände. „Ich weiß, ich weiß. Lassen Sie mich trotzdem ausreden."

Flanagans Gesicht war hochrot wie seine Haare, aber er schwieg und wartete, was sein Detective zu sagen hatte.

„In Ordnung", setzte Butoli an. „Die Sache ist doch, dass unsere Ermittlungen schon in vollem Gang waren, als das FBI sich plötzlich einmischte. Richtig?"

Die Arme vor dem Bauch verschränkt und ohne ein bestätigendes Lächeln für Butoli, hörte Flanagan zu.

Der achtete nicht auf das gelangweilte Gesicht seines Vorgesetzten und sprach weiter.

„Also, was sollte ich tun? Ich meine ... Sie können eine laufende Ermittlung nicht einfach abblasen. Na ja ... die Anfrage beim Flughafen in New York hatte ich schon gemacht, auch bei den Bus-Terminals und bei den Bahnhöfen. Sie verstehen ... wegen der Überprüfung, wann der Mann nach Brighton Beach gekommen ist. Immerhin konnte er vor seinem Einzug ins *Georgian* schon woanders gewohnt haben. Um sicherzugehen, musste ich herausfinden, wie lange er schon in der Stadt war. Klar, oder?"

Flanagan zuckte mit den Achseln. Butoli war ein guter Mann, gewissenhaft und aufrichtig wie der Beichtvater seiner Mutter. Was er sagte, konnte nicht einfach abgetan werden.

„Ja, und weiter?"

Butoli grinste. „Gerade habe ich einen Rückruf vom Flughafen erhalten. Nach den Aufzeichnungen ist ein Frank Walton ungefähr zwei Wochen vor dem Mord in La Guardia gelandet."

„Damit erfahren wir nichts wirklich Neues", wandte Flanagan ein.

„Nein, aber das Beste kommt noch. Entweder hat Frank Walton seine lästige Angewohnheit, von den Toten wieder aufzuerstehen, noch immer nicht abgelegt, oder wir haben ein Problem."

„Wovon zum Teufel reden Sie?“ brummte Flanagan.

„Einen Tag, nachdem die Leiche in dem Häuserdurchgang gefunden wurde, hat jemand ein Rückflugticket der American Airlines nach Braden in Montana benutzt. Es war auf den Namen von Frank Walton ausgestellt.“

Flanagan erhob sich von seinem Stuhl und riss ungläubig die Augen auf.

„Sind Sie sicher?“

„Todsicher ... Entschuldigung, ich wollte nicht geschmacklos werden.“

„Um Gottes willen! Und das FBI hat womöglich keine Ahnung! Nach meinen Informationen haben die schon einen Mann in Braden. Er muss gewarnt werden, dass der Mörder ebenfalls dort sein könnte.“

Butoli seufzte. „Dachte ich mir, dass Sie das sagen.“

Flanagan nahm den Telefonhörer ab und wählte.

„Setzen Sie sich“, befahl er. „Dem FBI erzählen Sie das Gleiche wie mir eben. Danach schließen Sie diese Akte und kümmern sich um Fälle, die Sie allein lösen können. Haben wir uns verstanden?“

Butoli zögerte, dann zuckte er mit den Schultern. „Ja, Lieutenant. Haben wir.“

Und das stimmte wirklich. Es sprach eine Menge dafür, dass der Mann, der als Frank Walton das Flugzeug bestiegen hatte, auch der Mörder war. Und sofern das zutraf, steckte mehr hinter dieser Reise nach Brighton Beach, als sie vermutet hatten.

Flanagan reichte ihm den Hörer herüber. Butoli holte tief Luft, stellte sich dem FBI-Agenten am anderen Ende der Leitung vor und berichtete ihm, was er herausgefunden hatte.

Jack trat aus dem Friseurgeschäft. Er rieb sich den Nacken und betastete den Haaransatz. Gut, dass er darum gebeten hatte, nur wenig zu kürzen, sonst hätte die Friseuse ihm einen Stoppelschnitt verpasst.

Während er dem Drugstore zustrebte, der ein paar Blocks weiter auf der anderen Straßenseite lag, musste er an seinen letzten Besuch in Braden denken und an Isabella. Hitze durchzuckte ihn. Er stellte sich vor, sie würde auf ihn zukommen mit ihrem geschmeidigen Gang. Das dunkle Haar würde bei jeder Bewegung mitschwingen. Dann würde sie ihn sehen; ein Leuchten träte in ihre Augen, ein Lächeln auf ihre Lippen ... Sie würde die Arme um seinen Nacken schlingen und sich an ihn lehnen ...

Plötzlich hupte jemand neben ihm. Als habe ihn ein Schuss getroffen, schnellte Jack zurück und starrte dem Halbwüchsigen hinter dem Steuer ärgerlich nach. Dämlicher Bursche ... wenigstens hätte er warten können, bis sein Tagtraum vorüber war.

Missmutig überquerte er die Fahrbahn. Bei jeder Begegnung mit den Menschen hier erfuhr er neue Einzelheiten über die ständigen Bewohner von Abbott House. Er wusste jetzt, dass die sieben Männer gemeinsam nach Braden gekommen waren, eine Tatsache, die er äußerst auffällig fand. Samuel Abbott war als Einziger verheiratet gewesen. Einige ältere Leute konnten sich an seine Frau Isabella erinnern und erzählten, wie sie unter tragischen Umständen bei der Geburt ihres einzigen Kindes gestorben war.

Jack musste an Isabella denken, die ohne Mutter aufgewachsen war. Andererseits hatten die Liebe und Fürsorge, die sie durch die alten Männer erfuhr, den frühen Verlust sicherlich ausgeglichen.

Er war nicht mehr weit von dem Drugstore entfernt, als ein hoch gewachsener vierschrötiger Mann mit dunklem Haarschopf aus einer Seitengasse kam und geradewegs auf ihn zuhielt. Sein Aussehen war ungewöhnlich und mehr noch sein Benehmen. Als er vor ihm stand, begann der Mann zu sprechen. Er gestikulierte hektisch mit den Händen, wobei ihm das lange Haar ins Gesicht fiel.

„Ich nehme meine Gitarre und gehe nach Memphis", verkündete er.

Jack spürte Sympathie für den Burschen. Er schien einen Lebenstraum zu haben, trotz seiner offensichtlichen Behinderung.

„Hört sich gut an. Machen Sie das", sagte er und wollte weitergehen. Zu seinem Ärger kam der Mann ihm nach.

„Ich kann singen", erklärte er. „Richtig gut kann ich singen. Ich singe immer für meine Momma."

Plötzlich packte er ein Büschel seiner langen schwarzen Haare und riss daran. Das muss doch wehtun, dachte Jack. Der Mann war gewalttätig gegen sich selbst.

„He, Junge", sagte er. „Immer locker bleiben."

Der Mann seufzte. „Ich kann meine Momma nicht finden. Ist das hier nicht Memphis? Ich muss meine Momma finden."

„Nein, Junge, hier ist nicht Memphis. Wir sind in Montana, in Braden. Ist auch eine hübsche Gegend, finden Sie nicht?"

Der Mann hob den Kopf. Noch immer hingen ihm die Haare wie ein Schleier über den Augen, und Jack konnte sein Gesicht nicht deutlich erkennen.

„Sehen Sie den Laden da drüben?" begann der Mann nun. „Da kann man Gitarren kaufen. Ich hole mir eine, und dann gehe ich nach Memphis."

Jack war klar, jede Fortsetzung des Gesprächs würde aus Wiederholungen bestehen, und er versuchte sich loszueisen.

„Ja, machen Sie das. Und viel Glück."

Er ging weiter. Der Mann blieb stehen und redete unentwegt.

„Ich kann singen! Richtig gut kann ich singen. Ich singe immer für meine Momma. Sie mag es, wenn ich singe."

Unter dem Geläute der Türglocke betrat Jack den Drugstore.

Die Frau hinter dem Ladentisch warf ihm einen prüfenden Blick zu. Das tat fast jeder hier bei der ersten Begegnung. Die Leute waren nicht unfreundlich, nur vorsichtig, wie in Kleinstädten üblich.

„Tag", sagte die Frau. „Ich sehe, Sie haben John kennen gelernt."

Jack warf einen Blick aus dem Schaufenster und sah, wie der schwarzhaarige Mann in eine Nebenstraße schlurfte.

„Heißt er so?"

„Ja, das ist John Running Horse."

„Indianer?" fragte Jack. „Ist mir gar nicht aufgefallen."

„Das Reservat der Blackfeet liegt nicht weit von hier. Aber er wandert die ganze Zeit hier in der Gegend rum."

„Er sagte, er würde seine Mutter suchen."

Die Frau schüttelte den Kopf. „Seine Mutter ist tot. Seit mehr als zehn Jahren, wenn ich mich recht entsinne."

„Was ist mit seinem Vater?"

„Tot. Ein Autounfall vor ungefähr einem Jahr. Seitdem wirkt John irgendwie verloren."

„Gibt es niemanden, der sich um ihn kümmert?"

„Oh, er hat eine Familie, das schon. Aber ich glaube, die eigenen Leute haben Angst vor ihm."

Jack wandte sich um und starrte die Frau ungläubig an.

„Angst? Wegen seines seltsamen Benehmens?"

„Nein ... sie behaupten, er wäre keiner von ihnen. Sein Geist gehöre woanders hin."

Jack runzelte die Stirn. Die Frau sprach weiter.

„Wer weiß das schon?" murmelte sie. „Jedenfalls stimmt etwas nicht mit seinem Kopf. So viel ist sicher."

„Er redete die ganze Zeit, dass er sich eine Gitarre besorgen will."

Sie nickte.

„Davon ... und dass er seine Mutter sucht. Verrückt, nicht? Sein ganzes Leben ist er nie über Montana hinausgekommen, und er glaubt, seine Mutter wäre in Memphis. Armer Kerl."

Der verlorene Klang in der Stimme des Mannes verfolgte Jack. Plötzlich mochte er nicht länger über John Running Horse reden. Er machte seine Einkäufe und verließ den Laden, so schnell es ging.

Kurze Zeit später, auf dem Weg aus der Stadt, sah er den Mann wieder. Er kam ihm zu Fuß am Straßenrand entgegen. Jack überlegte, ob er wenden und ihn mitnehmen sollte, und entschied anders. Etwas sagte ihm, dass John Running Horse nach Memphis wollte und sonst nirgendwo hin.

Zurück in Abbott House, ging er auf sein Zimmer. Er wollte die Einträge in seinem Notizbuch durchsehen und die Einzelheiten, die er von den Einwohnern Bradens über Frank Waltons Leben erfahren hatte, zu einem schlüssigen Bild zusammenfügen. Als gesichert konnte nur gelten, dass Walton seit vielen Jahren hier gelebt hatte und von sich behauptete, er sei Botaniker. Während niemand Näheres über seine berufliche Tätigkeit zu wissen schien, wurde übereinstimmend bestätigt, dass Frank Walton der Nennonkel von Isabella Abbott gewesen war. Das war immerhin ein Ergebnis.

Offen blieb weiterhin, warum Walton seinen eigenen Tod vorgetäuscht und sich hier versteckt hatte. War er allein gewesen, oder hatte er Komplizen? Wie war es ihm gelungen, sich eine neue Identität zu verschaffen? Wer hatte ihm die Papiere besorgt? Aus irgendeinem Grund hatte Jack bei seinem Vorgesetzten den Eindruck gewonnen, dass Vaclav Waller zum Zeitpunkt seines Verschwindens an einer sehr wichtigen Sache beteiligt gewesen sein musste. Forschungen, die bedeutsam genug waren, um heute noch von Interesse zu sein.

Jack schüttelte den Kopf. Ihm fiel nichts ein, das in den vergangenen dreißig Jahren nicht bereits von anderen Ärzten und Wissenschaftlern entdeckt und verbessert worden war. Über welches Wissen könnte der alte Mann verfügt haben, dass er sogar dafür ermordet wurde?

Jack konnte sich keine Antwort vorstellen. Außerdem störte ihn noch immer, dass er Isabella Abbott hinterging, indem er seine wahre Identität verheimlichte. Was sie über ihn dachte, sollte ihm gleichgültig sein. Er war nicht für sie verantwortlich. Trotzdem hatte er Schwierigkeiten, mit der Lüge zu leben.

Er war noch in dem moralischen Zwiespalt gefangen, als sein Handy klingelte. Er sah auf das Display und runzelte die Stirn. Das Anzeigefeld blieb leer. Er meldete sich, hörte die Stimme seines Vorgesetzten und begriff, dass das Gespräch zerhackt wurde.

„Sir?“

„Dolan, wir haben ein paar interessante Neuigkeiten, die Sie erfahren sollten.“

„Ja, Sir?“

„Es gibt Grund zu der Annahme, dass der Mann, auf dessen Konto der Mord an Walton geht, auch sein Rückflugticket nach Braden benutzt hat.“

Jack hörte die Worte. Dann breitete sich langsam der Schock in seinem Körper aus.

„Sind Sie sicher, Sir?“

„So sicher wir sein können, so lange keiner weiß, wer der Mann ist.“

„Wissen wir wenigstens, wie der Kerl aussieht, der das Ticket benutzt hat?“

„Nein.“

„Gehen wir noch immer davon aus, dass es sich um eine Tat handelt, die von einer fremden Macht veranlasst wurde?“

„Ja.“

„Verdammte Sch...“

Am anderen Ende der Leitung war ein leises Lachen zu hören.

„Das denke ich auch“, sagte der FBI-Direktor und wurde gleich wieder sachlich. „Wie die Fakten liegen, rate ich Ihnen zu äußerster Vorsicht. Wir können nicht im Geringsten abschätzen, was der Verdächtige vorhat.“

„Gut, Sir. Wissen wir wenigstens, wer zum Kreis der gefährdeten Personen gehört?“

„Nein.“

Jack schwieg für einen Moment, dann seufzte er.

„Danke, Sir. Dadurch erübrigt sich eine Reihe von Fragen, die ich noch stellen wollte.“

„Haben Sie Ihren Laptop und einen Drucker dabei?“ wollte der Direktor wissen.

„Ja. Ein Schriftsteller, der Wert darauf legt, dass man ihn ernst nimmt, kann auf diese Hilfsmittel nicht verzichten.“

„In Ordnung. Dann sende ich Ihnen alles, was bei uns über Vaclav Waller bekannt ist, einschließlich der Fotos, die wir von ihm im Archiv haben. Dummerweise existieren nur drei Bilder; das letzte zeigt ihn, wie er das Flugzeug besteigt, bei dessen Absturz er angeblich ums Leben kam. Ich weiß nicht, ob Ihnen das Material viel nützt. Zumindest haben Sie den gleichen Wissensstand wie wir.“

„Danke, Sir. Falls Sie auch Aufnahmen von russischen Auftragsmördern auftreiben, dürfen Sie die gern mitschicken. Für eine kleine Nachtlektüre bin ich immer dankbar. Ich vermute“, setzte er hinzu, „dass meine Tätigkeit als verdeckter Ermittler hier weitergeht?“

„Ja, so lange die Situation nichts anderes erfordert. Lesen Sie ein gutes Buch, wenn Sie kein Fotoalbum von uns bekommen. Wir bleiben in Verbindung.“

In seinem Ohr summte der Wählton. Jack legte auf. Er sank in einen Sessel und fuhr sich mit den Fingern durchs Haar.

Verdammt. Bei diesem Fall griff er ins Leere wie ein Blinder, der versuchte, sich in einem Raum ohne Wände zurechtzufinden. Ganz gleich, in welche Richtung er ermittelte, er fand weder brauchbare Anhaltspunkte noch konnte er sich ein klares Bild von der Tragweite der Tat machen.

Um Viertel vor sieben kam Leonardo Silvia von der Arbeit nach Hause. Sein Rücken tat weh, und kurz vor Mittag hatte er sich den Daumen an einer Maschine gequetscht. Jetzt freute er sich auf ein einfaches Abendessen. Dann wollte er früh zu Bett gehen. Als er ins Zimmer trat, sah er auf den ersten Blick, dass daraus nichts wurde.

Maria zündete Kerzen auf dem Esstisch an. Auf der Anrichte stand eine Flasche Wein in einem Kühler, und er konnte den Duft der Pastasauce riechen, die auf dem Herd in der Küche vor sich hin köchelte. Davon überzeugt, ein wichtiges Datum vergessen zu haben, ging er im Geist alle Jahrestage und Geburtstage durch, die infrage kamen.

Maria hatte gehört, dass die Tür aufging. Sie blickte hoch und sah Leonardo. Ein strahlendes Lächeln erschien auf ihrem Gesicht. Sie breitete die Arme aus. Er kam zu ihr, zog sie an sich und schloss die Augen. Für wenige Momente waren seine Müdigkeit und sein Schmerz verflogen.

„Mir ist etwas Wichtiges durch die Lappen gegangen, *cara mia* nicht wahr?“

Maria sah den schuldbewussten Gesichtsausdruck ihres Ehemanns und lachte.

„Nein, nein. Du hast nichts vergessen. Ich habe ein Festessen für uns gekocht, weil der Arzt heute angerufen hat.“

Leonardo wurde matt vor Erleichterung. Wenigstens war er nicht in Schwierigkeiten. Sein Verstand schaltete um. Er begriff, was sie gesagt hatte.

„Du meinst, aus der Klinik in Montana?"

„Ja!" rief Maria und schlang die Arme um seinen Nacken. „Wir haben für nächsten Dienstag einen Termin. Passt dir das? Du hast gesagt, wenn du Urlaub willst, musst du nur ein paar Tage vorher in deiner Firma Bescheid geben."

Er drückte sie fest an sich und spürte, wie sie zitterte.

„Ja, das geht in Ordnung. Ich habe schon mit Gus geredet. Er sagte, ich könnte bis zu zwei Wochen freinehmen, falls das nötig sein sollte."

Maria küsste ihn auf den Mund, löste sich schwungvoll aus seinen Armen und wirbelte durch das Zimmer.

„Oh, Leonardo." Sie hob die Arme über den Kopf und drehte Pirouetten. „Ich spüre es. Dieses Mal wird es klappen."

Leonardo zwang sich zu einem Lächeln, obwohl ihm zum Weinen zu Mute war. Sie hatten so viele Enttäuschungen erlebt. Er war nicht sicher, ob er den Anblick ertragen würde, wenn Maria dieses Mal wieder das Herz brach.

„Hoffe lieber nicht zu sehr", sagte er leise.

Sie hielt abrupt inne, ihre Arme sanken langsam herab.

„Du verstehst nicht, Leonardo. Dieses Mal wird es geschehen."

„Wie kannst du so sicher sein?"

„Weil ich Gott mein Versprechen gegeben habe. Weißt du nicht mehr?"

„Doch, sicher."

„Dann ist es gut!" sagte sie und eilte in die Küche. Auf halbem Weg drehte sie sich zu ihm um. „Mach dich frisch und leg die Beine ein bisschen hoch. Ich rufe dich, sobald das Essen fertig ist."

Leonardo sandte ihr ein Lächeln, aber als er das Zimmer verließ, war sein Gang schleppend.

Es war fast dunkel. Die Sonne war untergegangen und hinter dem Horizont verschwunden. Von der Terrasse von Abbott House aus sah man nur die Silhouette des White Mountain. Sie zeichnete sich scharf gegen den schwarzblauen Himmel ab. Alle anderen Konturen schienen von der hereinbrechenden Nacht verschluckt.

Isabella schlang die Arme um den Oberkörper und fröstelte, als die Abendluft ihren Nacken streifte. Sie trug eine Hose aus Wollstoff und einen dicken Norwegerpullover. Trotzdem spürte sie, wie die Kälte durch ihre Kleidung drang.

Hinter ihr im Speisesaal wurde das Dinner serviert. Aus den Nachbarorten kamen oft Gäste nach Abbott House, wegen des guten Essens und um eine stilvolle Umgebung zu genießen. Wäre nicht der Computer am Empfang und hörte man nicht gelegentlich, wie das Handy eines Gastes klingelte, hätte man glauben können, in eine frühere Epoche zurückversetzt zu sein. Samuel Abbott hatte seine Liebe zur unaufdringlichen Eleganz der Alten Welt auf sein Hotel und auf seine einzige Tochter übertragen. Isabella mochte die neueste Mode tragen, doch besaß sie eine Zurückhaltung und strahlte eine ruhige Würde aus, die den meisten jungen Frauen ihres Alters fehlte. Man hätte glauben können, sie wäre eine Generation zu spät geboren.

Sie fuhr mit der Zunge prüfend über die Platzwunde an ihrer Unterlippe. Dabei fragte sie sich, wie Bobby Joe seinem Vater das gebrochene Nasenbein erklärt hatte. Dank der Hilfe von Onkel David und Onkel Jasper stand ihr Wagen wieder in der Garage, versehen mit einem neuen Reifen. Und Jack Dolan war zu verdanken, dass sie bei dem Vorfall mit einer geschwollenen Lippe und ein paar blauen Flecken davongekommen war.

Plötzlich sah sie eine Sternschnuppe am Himmel.

„Daddy? Bist du das?“ flüsterte Isabella. „Ich weiß nicht, was ich tun soll. Meine sichere kleine Welt scheint mit einem Mal in tausend Stücke zerbrochen zu sein.“

Sie begann, stumm zu weinen. Dicke Tränen rollten über ihre Wangen. Dennoch sprach sie weiter, als würde ihr Vater in seiner gewohnten Weise neben ihr stehen, den Kopf leicht zur Seite geneigt und ein verhaltenes Lächeln auf den Lippen.

„Onkel Frank ist auch tot, weißt du. Ich nehme an, ihr beide grübelt jetzt im Jenseits über eurem Schachbrett.“ Sie fuhr sich mit den Fingern unter den Augen entlang und wischte die Tränen weg. Als sie an die langen Winterabende dachte und an die hitzigen Debatten der beiden, wenn es um Schachprobleme ging, musste sie lächeln. „Kann man im Himmel streiten? Falls nicht, werdet ihr euch bestimmt ganz schön langweilen, wie?“

Sie blickte nach oben, wie auf eine Antwort wartend, die aber nicht kam. Schließlich ließ sie den Kopf sinken. Ihre Schultern bebten, als sie die Hände vor das Gesicht hielt und ein Schluchzen unterdrückte.

In dieser Haltung entdeckte Jack Dolan sie; am Ende der Terrasse im Mondlicht stehend und mit traurig geneigtem Kopf. Außer ihm war der einzige Zeuge ihres Kummers ein Nachtvogel, der von einem Baum in der Nähe rief. Jack zögerte und überlegte, ob er ins Haus zurückkehren sollte. In diesem Augenblick fuhr Isabella zusammen und drehte sich um.

Er fluchte leise, zornig auf sich selbst, weil er zu lange gewartet hatte. Sie in Verlegenheit zu bringen, war keineswegs seine Absicht. Der heutige Tag war belastend genug für sie gewesen.

„Tut mir Leid“, sagte er. „Ich bin nur nach draußen gekommen, um Luft zu schnappen. Ich kann wieder ins Haus ...“

„Nein", erwiderte sie knapp. „Kein Grund für eine Entschuldigung. Sie sind Gast und haben Zutritt zu allen Bereichen des Hotels."

Der Schmerz, der in ihrer Stimme mitschwang, traf ihn körperlich. Wie eine Flamme, die das trockene Holz suchte, fühlte er sich zu Isabella hingezogen. Trotz des schwachen Lichts sah er, dass ihre Unterlippe bebte und ihre Wangen tränenfeucht waren. Etwas tief in ihm schien sich zu lösen.

„Miss Abbott ..."

Sie verzog ein wenig spöttisch die Lippen. „Ich dachte, diese Förmlichkeit hätten wir hinter uns."

Jack betrachtete ihr Gesicht, die Tränenspuren auf ihren Wangen.

„Ich weiß, es gibt keine Worte, die Ihre Trauer mildern können. Wenn ich doch etwas für Sie tun kann, zögern Sie nicht und sagen Sie es."

Isabella durchdrang mit ihrem Blick das Halbdunkel und sah dem hoch gewachsenen Mann in die Augen. Ihr Vater hatte immer behauptet, sie sei eine gute Menschenkennerin. Hoffentlich hatte er Recht gehabt. Sie war im Begriff, etwas zu tun, das sonst nicht ihrem Charakter entsprach.

„Ja, Sie können tatsächlich etwas für mich tun."

Jack war überrascht und freute sich gleichzeitig.

„Was?"

Sie trat auf ihn zu.

„Halten Sie mich."

Verdammt. Sie musste seine Gedanken gelesen haben. Im nächsten Moment war sie bei ihm und lehnte sich an ihn. Sie schmiegte ihre Wange fest an seinen Oberkörper, sodass er den Zitrusduft ihres Shampoos riechen konnte. Er schloss sie in die Arme und hielt sie fest.

8. KAPITEL

Die Zeit stand still. Jacks Bewusstsein kreiste um die Frau in seinen Armen. Nicht einmal der dicke Pullover konnte verbergen, wie zerbrechlich sie war. Er zog Isabella näher an sich heran. Bei der Bewegung streifte ihr Haar seine Hände. Es fühlte sich an wie weiche, fließende Seide. Isabella seufzte, dann erschauerte sie. Unwillkürlich stählte er sich, bereit, sie aufzufangen. Doch der Zusammenbruch kam nicht.

Sie legte ihm die Arme um die Taille und ergriff im Rücken Halt suchend seinen Pullover. Ihre Brüste berührten seinen Oberkörper. Dann tat sie einen tiefen Atemzug und hielt die Luft an. Jack merkte, dass auch er zu atmen aufhörte, und wartete, bis sie die Luft wieder herausließ. Ihre Atemströme wurden eins.

„Es tut mir so Leid“, sagte er, die Wange an ihren Scheitel geschmiegt.

Schließlich antwortete sie. Ihre Stimme war so leise, dass er den Kopf tiefer neigen musste, um sie zu verstehen.

„Alles droht aus den Fugen zu gehen.“

Zum Glück konnte sie sein Gesicht nicht sehen. Jack legte ihr eine Hand in den Nacken und streichelte sanft den Hautstreifen zwischen Haaransatz und Pulloverkragen. Wüsste sie Bescheid über das, was tatsächlich vor sich ging, wäre ihr klar, dass alles längst aus den Fugen war. Es blieb nur zu hoffen, dass etwas von ihrem Leben übrig blieb, das sich neu zusammenfügen ließ, wenn er mit seinen Ermittlungen fertig war.

„Nicht wirklich“, sagte Jack. „Die Dinge ändern sich nur.“

Isabella wurde still, dann hob sie langsam den Kopf.

„Sie ändern sich nur? Das ist eine Untertreibung, oder?“

Er widerstand der Versuchung, ihr das Haar aus der Stirn zu

streichen, und gab sich damit zufrieden, den Duft ihres Parfüms einzuatmen.

„Nichts bleibt, wie es ist, Isabella. Wir werden geboren und leben unser Leben. Dann sterben wir. Denkt man darüber nach, sind das die schmerzlichen Erlebnisse, mit denen wir uns auseinander setzen müssen. Wir verlassen die Bequemlichkeit und Sicherheit des Mutterleibs und werden in die Welt gesetzt, ohne gefragt zu werden. Dann kämpfen wir uns durchs Dasein, genießen die Höhen und weinen an den Tiefpunkten. Wenn wir glauben, jetzt wüssten wir, wie die Sache läuft, stellen wir fest, dass wir schon am Ende angelangt sind. Wir blicken zurück auf die Jahre, die hinter uns liegen, und fragen, wo nur die Zeit geblieben ist. Mein Motto lautet, die Frist zu nutzen, die ich habe; umso weniger gibt es zu bedauern, wenn dann das Ende kommt."

Isabella starrte ihn an. Das Mondlicht ließ sein Gesicht weicher erscheinen. Und sie hörte den zärtlichen, mitfühlenden Ton, in dem er sprach.

„Wie alt sind Sie?" brach sie schließlich ihr Schweigen.

Die Frage überraschte ihn, aber er antwortete ohne Zögern. „Achtunddreißig."

Sie nickte gedankenvoll. „Achtunddreißig. Ihre Weisheit scheint besser zu einem Mann aus der Generation meines Vaters zu passen." Sie lächelte. „Was ich sagen will ... er hätte Sie gemocht. Sogar sehr."

Bevor Jack zu Wort kommen konnte, hatte sie sich auf die Zehenspitzen gestellt und hauchte ihm einen Kuss auf die Lippen.

„Danke", sagte sie und ließ ihn los. „Für alles."

Sie ging ins Haus, und er blieb im Mondlicht zurück. Nur ihr Geschmack haftete noch auf seinen Lippen. Jack wollte nicht, dass der Augenblick schon vorüber war. Gegen die gemauerte Terrassenbrüstung gelehnt, ließ er die Schultern sinken. Bereits jetzt hatte er sich mehr auf diese Frau eingelassen, als gut war. Er war in Schwierigkeiten, wenn er nicht sicher sein konnte, wie er sich entscheiden würde, wenn er zwischen seiner Pflichterfüllung und ihrem Wohlergehen wählen musste.

Ein letztes Mal ließ er seinen Blick über das Hotelgelände schweifen und nahm beiläufig wahr, dass Licht aus einem Wirtschaftsgebäude an der Grundstücksgrenze schimmerte. Er starrte einen Moment länger in die Richtung. Dann schüttelte er die aufkeimende Besorgnis ab, trat von der Terrasse in den dunklen Garten und begann einen Rundgang um das Hotel, in Gedanken bei dem Mörder, der das Flugticket seines Opfers benutzt hatte, um nach Braden zu kommen. Jack machte mehrere Runden und vergrößerte jedes Mal den Radius und damit den abgesuchten Bereich. Mehr ließ sich im Augenblick nicht tun. Wenn nur herauszubekommen wäre, warum Frank Walton umgebracht worden war. Das Motiv könnte für weitere Ermittlungen den Weg weisen. Wie der Fall jetzt lag, gab es nichts, an das er sich halten konnte, nur gefälschte Identitäten und Vermutungen.

Beruhigt, dass auf dem Gelände um Abbott House alles in Ordnung war, kehrte er einige Zeit später ins Haus zurück und ging auf sein Zimmer. Er musste die E-Mail lesen, die der FBI-Direktor angekündigt hatte. Dann würde er noch einmal die Notizen durchgehen, die er sich heute zu den Gesprächen mit einigen Einwohnern Bradens gemacht hatte. Das zumindest stand fest. Es gab Arbeit zu erledigen. Je eher er damit anfing, desto besser für den Fall und seine Aufklärung.

Rostow hockte im Schneidersitz auf seinem Bett, das Tagebuch auf den Oberschenkeln. Auf dem Tisch stand eine leere Suppentasse, außerdem ein halb volles Glas mit Eistee, der sicher inzwischen lauwarm war. Seine List, den Kranken zu spielen, war so erfolgreich gewesen, dass man ihm das Abendessen ans Bett serviert hatte. Nach der Mahlzeit hatte er sofort in dem Tagebuch weitergelesen, überzeugt, dass der Inhalt für ihn die Eintrittskarte zu einem neuen Leben in den Vereinigten Staaten von Amerika sein würde.

Er blätterte zur nächsten Seite um, sah das Datum und las stirnrunzelnd den kurzen Eintrag.

31. Januar 1973
Eine Isabella stirbt. Eine andere Isabella wurde geboren.

Das Geburtsdatum konnte auf Isabella Abbott zutreffen; auf die Frau, die ihm die Arbeit gegeben hatte. Rostow hatte das Gemälde in der Hotelhalle gesehen und angenommen, es würde sie darstellen. Die Frau konnte aber auch ihre Mutter sein, die bei der Geburt des Kindes gestorben war. Er zuckte mit den Achseln. Ein Tod im Kindbett war nichts Außergewöhnliches, zumindest in seiner Heimat, wo es schlecht um die medizinische Versorgung stand.

3. Februar 1973
Heute wurde Isabella begraben. Samuel ist völlig verzweifelt. Er gibt sich selbst die Schuld an ihrem Tod, obwohl er keinen Grund dazu hat. Niemand konnte die Komplikationen bei der Geburt vorhersehen. Aber er lässt sich nicht beruhigen. Er verbringt Tage und Nächte in seinem Labor und überlässt anderen Menschen die Sorge um seine kleine Tochter. Es ist eine Tragödie.

Rostow blätterte weiter und hoffte, noch mehr zu finden, nicht nur die wehmütigen Gedanken eines trauernden Mannes. Erst bei einem Eintrag, der ungefähr sechs Monate später datiert war, wurde die Lektüre wieder interessant.

29. Juli 1973
Wir haben es geschafft. Samuel ist ganz euphorisch. Das sind wir alle. Die Frau ist schwanger, durch die neue Implantationsmethode. Natürlich verfolgen wir die Fortschritte weiter, aber unser Teil der Arbeit ist mit der Bereitstellung der Technik getan. Mit der Geburt des Kindes wird auch unser neues Projekt das Licht der Welt erblicken. Wenn die Sache weiter so erfolgreich verläuft, wie wir erwarten, haben wir die Welt verändert.

Sein Herz stockte. Ja, langsam bekam die Geschichte einen Sinn. Waller war Arzt gewesen und leitete mit seinen Kollegen eine Klinik für künstliche Befruchtung. Rostows Gedanken rasten. Womit genau hatten diese Ärzte gemeint, die Welt zu verändern, wenn sie einer Frau zur Schwangerschaft verhalfen? Schließlich waren sie nicht die Ersten, die auf diesem Gebiet arbeiteten. Aber der Eintrag ließ keinen Zweifel zu. Waller und seine Kollegen implantierten Frauen die befruchtete Eizelle mit einer Methode, die anscheinend auf revolutionäre Weise in die Fortpflanzung eingriff.

Aus den wenigen Informationen, die man ihm über Waller gegeben hatte, ging hervor, dass er in der genetischen Forschung gearbeitet hatte. Was war, wenn er und seine Kollegen entdeckt hatten, wie die DNA-Zusammensetzung manipuliert werden konnte? Vielleicht hatten sie der Frau auf üblichem Weg die eigenen befruchteten Eizellen eingepflanzt, diese aber vorher irgendwie verändert, um ein vollkommenes Kind zu erzeugen? Auf diese Weise würde alles zusammenpassen, dachte er. Kein Wunder, dass die Mächtigen in seinem Land einen Mann mit diesen Fähigkeiten auch heute noch zurückhaben wollten. Nur, warum war nichts über diese Entwicklung an die Öffentlichkeit gelangt? Mittlerweile waren viele Jahre vergangen. Wenn das Kind überlebt hatte, war es heute erwachsen; genug Zeit, um als außergewöhnliche Persönlichkeit in der Welt von sich reden zu machen.

Er runzelte die Stirn. Vielleicht war dies längst geschehen? Genies gab es haufenweise. Männer und Frauen, für die das Programmieren eines Computers oder der Bau einer Weltraumrakete ein Kinderspiel war.

Und wenn die Väter dieser Intelligenz nicht nur nach geistiger Überlegenheit gestrebt hatten? Olympiasieger, Künstler und Profis auf vielen anderen Gebieten vollbrachten Einzigartiges. Waren die Forscher auch nur zum Teil an der Erzeugung solcher Genies beteiligt, eröffneten sich grenzenlose Möglichkeiten.

Rostows Stirnrunzeln vertiefte sich. Stimmte das alles tatsächlich – und bis jetzt war es nur eine Vermutung, die zu beweisen blieb –, musste er sich überlegen, wie er dieses Wissen zu Geld machen konnte.

Rasch überflog er die Tagebucheinträge bis zum Ende und fand Hinweise auf mindestens neunzehn andere „Projekte“, wie Waller sich ausdrückte. 1992 endeten die Notizen.

Er blätterte weiter in der Hoffnung, auf etwas zu stoßen, das erklärte, warum keine Einträge mehr erfolgt waren, fand aber nichts; nur eine einzelne Notiz auf der allerletzten Seite.

Dezember 2000
Bei dem Versuch, Gott zu spielen, haben wir die Hölle erschaffen. Niemand kann den Grund dafür nennen, aber Isabella ist der Schlüssel.

Rostow klappte das Tagebuch zu und schob es wieder unter seine Matratze. Ohne sich die Mühe zu machen, seine Kleider auszuziehen, legte er sich hin und löschte das Licht. Dann drehte er sich auf die Seite und schloss die Augen. Er wusste nicht, was die ganze Geschichte bedeutete, aber je länger er darüber nachdachte, desto mehr wuchs in ihm die Überzeugung, dass seine Zeit zum Handeln gekommen war. Morgen würde er mit seinem Auftraggeber in Verbindung treten und den Tod des alten Mannes melden. Danach gehörte die Welt ihm, und er würde nehmen, so viel er bekommen konnte. Isabella Abbott war – um mit den Worten von Vaclav Waller zu sprechen – der Schlüssel zu seinem Erfolg.

Isabella lag eingerollt auf der Seite und schlief, das Gesicht zum Fenster gekehrt, durch das der Mond schien. In ihrem Traum war sie in London; sie irrte eine dunkle Straße entlang, deren Ende sie nicht erkennen konnte. Beim Gehen waberten dünne Nebelschwaden um ihre Füße. Sie hatte Angst, widerstand aber dem Impuls zum Wegrennen. Plötzlich hörte sie Schritte auf dem Kopfsteinpflaster. Sie wandte sich um, von panischem Schreck erfüllt, wer hinter ihr her kam.

Jemand rief ihren Namen! Ihr stockte der Atem. Sie konnte weder schreien noch ein anderes Geräusch von sich geben. Die Gestalt löste sich aus den Schatten. Isabellas Glieder wurden schlaff vor Erleichterung.

„Oh, mein Gott, Daddy! Du bist das! Ich wusste den Weg nicht mehr und hatte solche Angst."

Samuel Abbott blieb unter einer Gaslaterne stehen. Die Nebelfeuchte haftete an seinen Kleidern, und sein Atem ging in kurzen Stößen, als wäre er gerannt.

„Du hast dich nicht verlaufen, Isabella. Sieh nach oben."

Sie hob den Blick. Direkt über ihrem Kopf hing ein Straßenschild. Braden, Montana? Das ergab keinen Sinn.

„Aber Daddy. Ich dachte, ich sei in London."

Samuel schüttelte den Kopf. „Du bist nie in London gewesen."

„Doch, das bin ich wohl", beharrte sie. „Ich kann mich genau erinnern."

Samuel lächelte. „Das ist nicht deine Erinnerung", sagte er leise. „Lass sie los. Denk nicht mehr daran."

Isabella erwachte und fuhr hoch. Halb erwartete sie, den Raum von Nebel erfüllt zu sehen. Stattdessen schien ihr das Mondlicht ins Gesicht. Stöhnend ließ sie sich auf das Bett zurückfallen und schloss die Augen mit dem festen Vorsatz, einfach nur zu schlafen. Für diese Nacht war ihr Bedarf an Albträumen gedeckt.

Jack lag im Bett und konnte nicht einschlafen. Er versuchte zu verstehen, was er eben gelesen hatte. Frank Walton alias Vaclav Waller war vor seinem angeblichen Ableben in der DNA-Forschung tätig gewesen. Damals gingen Gerüchte, dass die russische Regierung die Unterstützung für das als gescheitert geltende Projekt einstellen und Waller in ein Labor abkommandieren wollte, das an der Entwicklung von Waffen zur chemischen Kriegsführung arbeitete. Irgendwie war es Waller gelungen, stattdessen an Bord eines Privatflugzeugs zu gelangen, das zu einem Medizinerkongress auf die Bahamas fliegen sollte. Etwa eine Stunde vor der Landung war der Flieger abgestürzt, und keiner der Insassen hatte überlebt.

Jack veränderte seine Lage und schob sich mehrere Kissen unter den Kopf, um noch einmal genau nachzudenken.

Dieser Flugzeugabsturz hatte etwas Mysteriöses. Neben Waller waren noch sechs weitere Ärzte an Bord gewesen, einer in Begleitung seiner Frau, dazu kamen die beiden Piloten. Es wurden weder Leichen noch Wrackteile gefunden – nur eine Ölspur auf den blauen Weiten des Ozeans deutete auf das Unglück hin.

Waller jedenfalls war damals nicht umgekommen. Das stand jetzt fest. Hatte er vorgetäuscht, als Passagier an Bord gegangen zu sein, und war dann auf dem Flughafen verschwunden, bevor die Maschine abhob? Jack schob seine Unterlippe zwischen die Zähne und spielte eine andere Version durch. Da man weder Wrack noch Leichen gefunden hatte, war nicht auszuschließen, dass gar kein Flugzeugabsturz stattgefunden hatte. Wenn das stimmte, was war dann mit den anderen Ärzten geschehen?

Das FBI-Büro hatte ihm drei Fotos von Vaclav Waller gemailt, aber im Internet waren die Bilder zu grobkörnig aufgelöst, sodass er nicht viel mit ihnen anfangen konnte. Was er brauchte, waren richtige Fotos, und die hatte er in seiner E-Mail-Antwort angefordert. Er kannte die Zentrale. Morgen früh würde die Sendung am Empfang bereitliegen. Für die Nacht blieb er mit Mutmaßungen beschäftigt.

Schließlich schloss Jack die Augen. Sofort überflutete ihn die Erinnerung an Isabella Abbott und an die Umarmung, die sie von ihm gewollt hatte. Er spürte ihren Körper, wie sie sich an ihn presste, und er dachte an den Kuss, den sie ihm beim Weggehen gegeben hatte. Sich selbst und sein schwaches Fleisch verfluchend, kroch er aus dem Bett und machte sich auf den Weg ins Badezimmer. Beim Gehen streifte er sein Sweatshirt ab. Er hatte heute schon geduscht, aber ein zweites Mal war nötig, zur Abwechslung kurz und kalt. Anders wurde er die schmerzhafte Erregung nicht los.

Er trat unter die Brause und presste die Zähne aufeinander, als das kalte Wasser wie Nadelstiche auf seine Haut traf.

„Verfluchter Mistkerl“, murmelte er und ließ das Wasser auf seinen Kopf prasseln.

Minuten später lag er wieder auf dem Bett, Arme und Beine von sich gestreckt, und versuchte zu schlafen. Etwas hinderte ihn am Abschalten. Er musste nicht sehr scharf nachdenken, um zu wissen, was ihn verfolgte. Es war der Gedanke an Isabella. Obwohl sie in einem anderen Stockwerk wahrscheinlich in tiefem Schlummer lag, meinte er, ihr Parfüm riechen zu können.

Isabella trat aus dem Speisesaal auf die Terrasse, stieg die Stufen hinab und folgte dem Geräusch des Rasenkantenschneiders an der Südseite des Hauses. Onkel David hatte ihr gesagt, dass der Gärtner wieder gesund war, aber sie wollte sich selbst vergewissern. Beim Gang über das Grundstück stellte sie anerkennend fest, wie sauber der Mann die Anlagen hielt, und fragte sich, ob er an einer Festanstellung interessiert war. Sie bog eben um die Ecke, da drehte Victor Ross sich in ihre Richtung. Er begriff, dass Isabella mit ihm reden wollte, und schaltete den Motor des Kantenschneiders ab.

Isabella lächelte. „Es tut mir Leid, wenn ich Sie bei der Arbeit störe, Mr. Ross. Ich wollte mich persönlich überzeugen, ob es Ihnen heute besser geht. Falls Sie sich noch nicht wieder wohl fühlen, dürfen Sie gern einen weiteren Tag ausruhen."

Rostow spürte einen feinen Stich, als er begriff, was sie ihm vorschlug. In diesem Land herrschten eindeutig andere Verhältnisse als dort, woher er kam, und Isabella Abbott war immer freundlich zu ihm gewesen. Das Schuldgefühl dauerte nur kurz und konnte ihn nicht von seinen Plänen abbringen.

„Danke, Miss Abbott. Mir geht es gut."

Isabella hob ein Herbstblatt von der sauber geschnittenen Hecke und schnippte es weg. Dann warf sie dem Aushilfsgärtner einen nachdenklichen Blick zu.

Rostow wartete ab, was sie sagen würde.

„Mr. Ross ... ich habe mir etwas überlegt. Haben Sie schon Pläne für die nähere Zukunft?"

Die Ironie ihrer Frage entging dem kräftigen Russen nicht. Isabella Abbott war ein Teil seiner Zukunft; sie wusste es nur noch nicht.

„Nicht wirklich, Miss.“

Isabella nickte. „Dann möchte ich Ihnen einen Vorschlag machen ... das heißt, wenn Sie Interesse haben.“

„Ja?“

„Sie machen Ihre Arbeit sehr ordentlich.“

Ein eigentümliches Gefühl von Zufriedenheit kam und ging wieder. „Mir bereitet die Beschäftigung hier durchaus Vergnügen.“

Isabella zögerte. Nicht zum ersten Mal fiel ihr seine leicht gespreizte Ausdrucksweise auf. Sie fragte sich, ob Englisch seine Muttersprache war.

„Ja, das sieht man“, sagte sie. „Und damit sind wir auch bei dem Thema, über das ich mit Ihnen sprechen wollte. Falls Sie Interesse haben, würde ich Sie dauerhaft einstellen, bei höherer Bezahlung. Außer Schneeräumen ist während der Wintermonate im Garten nichts zu tun. Sie wären im Hotel als Gehilfe beschäftigt. Wohnen würden Sie natürlich auch hier, aber nicht im Schuppen. Sie bekämen eins der Zimmer im Haupthaus, wo früher die Zimmermädchen gewohnt haben. Heute werden die Räume nicht mehr benutzt, weil unser Personal außerhalb des Hotels eigene Wohnungen hat. Vielleicht könnten wir eine Wand herausbrechen oder zwei der Zimmer durch eine Tür miteinander verbinden. Dann hätten Sie ein kleines Apartment ganz für sich allein.“

Rostow war verblüfft. Er nahm seinen Hut ab und wischte sich über die Stirn, um Zeit zu gewinnen. Für einen Moment überlegte er, das Angebot anzunehmen. Die Arbeit war leicht. Er hätte einen Ort, an dem er bleiben konnte. Dann dachte er an das Tagebuch und an die Möglichkeit, dass seine wahre Identität ans Licht kam. Frank Walton hatte gewusst, wer er war; dabei waren sie sich vorher nie begegnet. Ohne seinen Bart, den er sich hatte wachsen lassen, und ohne die Vorsichtsmaßnahme, den alten Männern weiträumig auszuweichen, wäre er vielleicht auch hier längst enttarnt worden. Außerdem besaß Isabella Abbott einen größeren Wert für ihn, wenn sie seine Geisel war und nicht seine Chefin.

„Das kommt überraschend für mich", sagte er und lächelte zögernd, um Freude anzudeuten. „Ich hatte schon lange kein festes Zuhause mehr. Könnte ich ein paar Tage darüber nachdenken?"

Isabella nickte. „Sicher. Dann lasse ich Sie jetzt an Ihre Arbeit zurückkehren."

„Danke, Miss. Ich weiß das Angebot zu schätzen."

Er machte eine Verbeugung, ohne über sein Tun nachzudenken. Im nächsten Moment straffte er sich und schob den Hut in den Nacken. In Amerika war es nicht üblich, sich vor Höhergestellten zu verneigen. Das wusste er. Trotzdem war ihm die Geste unterlaufen. Erzürnt über sich selbst, dass ihm wieder ein Ausrutscher passiert war, ließ er den Motor des Kantenschneiders an und bearbeitete ein Grasbüschel, das den Schermessern des Rasenmähers entgangen war.

Isabella sah ihm einen Augenblick lang zu. Dann wandte sie sich ab. Sie hatte den halben Weg zur Terrasse zurückgelegt, als ihr bewusst wurde, dass sich der Mann tatsächlich verneigt hatte, als wäre sie eine königliche Hoheit. Die Sache war unbedeutend, aber sie hätte wetten können, dass Victor Ross kein gebürtiger Amerikaner war.

Jack stand am Empfang, als sie in die Hotelhalle kam. Die Fotos aus der Zentrale waren eingetroffen, wie er erwartet hatte. Trotz seiner Ungeduld, die Bilder anzusehen, zögerte er. Er suchte eine Gelegenheit, wieder mit Isabella zu sprechen. Sich selbst mit der Begründung beruhigend, dass der Umgang mit ihr und dem Personal seiner Tarnung diente, blieb er stehen.

Isabella trat hinter den Tresen. „Ich übernehme für eine Weile,

Delia. Machen Sie währenddessen die Abrechung auf meinem Schreibtisch fertig?“

„Ja, Ma’am“, antwortete die Angestellte und ging in das Büro. Isabella blieb mit Jack allein. Sie zwang sich zur Ruhe. In Wahrheit war sie mehr als verwirrt durch seine Nähe.

„Guten Morgen, Jack.“

Ihr Lächeln ging ihm unter die Haut, aber er verbarg seine Nervosität ebenso wie sie.

Über Isabellas Wangen breitete sich ein leichtes Rot. Sie musste daran denken, dass sie ihn nicht nur gebeten hatte, sie in die Arme zu nehmen. Sie hatte diesen Mann auch ohne Hemmungen geküsst. Auf der Suche nach einem unverfänglichen Gesprächsthema wies sie auf den Umschlag in seiner Hand.

„Ich sehe, Sie haben Post. Eine Sendung von Ihrem Verleger?“

Für einen Moment begriff Jack nicht, wovon Sie sprach. Dann fiel ihm wieder ein, dass er sich als Schriftsteller ausgegeben hatte.

„Oh. Nein, das sind Rechercheergebnisse“, sagte er.

Bevor sie zu einer Antwort ansetzen konnte, wurden die beiden Flügel der Eingangstür aufgestoßen. Als Isabella sah, wer hereinkam, stöhnte sie halblaut.

„Na großartig“, murmelte sie. „Das hat gerade noch gefehlt.“

„Wer ist das?“ fragte Jack und musterte den übergewichtigen grauhaarigen Cowboy, der mit schweren Schritten die Lobby durchquerte.

„Lawton Cage. Bobby Joes Vater.“

„Meinen Sie, er macht Ärger?“

„Höchstwahrscheinlich“, erwiderte Isabella.

Lawton Cage war herangekommen und setzte dem Gespräch ein Ende.

„Tag, Isabella.“

Isabella hob das Kinn und gewährte ihm einen freien Blick auf die Verletzungen, die sein Sohn ihrem Gesicht zugefügt hatte.

„Tag, Lawton. Sie sind schon länger nicht mehr hier gewesen. Wollen Sie bei uns essen?"

Lawton Cage wies mit dem Finger auf Isabellas Gesicht. „Sie wissen, warum ich hier bin, junge Frau. Ich will hören, was gestern zwischen Ihnen und meinem Sohn vorgefallen ist. Und ich will mit dem elenden Mistkerl reden, der Bobby Joe das Nasenbein gebrochen hat."

Jack trat zwischen Cage und den Tresen.

„Das bin ich." Er setzte ein humorloses Lächeln auf und schob wie beiläufig Lawtons Arm weg. „Hat Ihre Mutter versäumt, Sie zu lehren, dass man nicht mit Fingern auf andere Leute zeigt?"

Seit seinem einundzwanzigsten Lebensjahr hatte Lawton Cage jeden, der sich ihm in den Weg stellte, rücksichtslos niedergemacht. Milde ausgedrückt, kam ihm bei Jacks Verhalten die Galle hoch.

„Wer zum Teufel sind Sie?" knurrte er.

„Ich bin der elende Mistkerl. Freut mich, Ihre Bekanntschaft zu machen."

Jack hörte hinter sich ein Prusten und wusste nicht, ob Isabella ihr Gelächter oder einen erschrockenen Aufschrei unterdrückte.

Lawton ballte die Hände. Sein Gesicht bekam die gleiche Farbe wie sein rotes Hemd.

„Sie werden bezahlen, für das, was Sie ..."

„Nein. Ich bin nicht derjenige, der Miss Abbott etwas schuldet. Wenn Sie schon hier sind, um Ihrem Sohn aus der Patsche zu helfen, können Sie gleich selbst die Rechnung zahlen."

„Wovon zum Teufel reden Sie?" Cage stieß Jack beiseite und lehnte sich über den Tresen nach vorn. „Isabella! Ich kenne Sie seit dem Tag Ihrer Geburt und habe immer viel von Ihrem Vater gehalten. Aber ich werde nicht tatenlos zusehen, wenn Bobby Joe einen Schaden erleidet, nur weil ..."

Wieder trat Jack dazwischen und bewahrte Isabella davor, einem Mann Rede und Antwort stehen zu müssen, der sich allem Anschein nach nicht mehr in der Gewalt hatte.

„Sie sollten Isabella lieber dankbar sein", sagte er. „Ohne ihre Fürsprache säße Ihr Sohn jetzt in Untersuchungshaft. Dafür hätte ich gesorgt."

Lawton riss die Augen auf. Seine Nasenflügel bebten. Ungläubig starrte er Isabella an.

„Ist das wahr?"

„Ja, Lawton. Das ist wahr. Und nun möchte ich, dass Sie gehen, bevor Sie etwas sagen, über das wir beide unglücklich sein würden."

„Ich gehe nicht, bevor ich Antwort auf meine Fragen bekommen habe."

„Also gut", sagte Jack. „Ich habe durch das Fenster des Friseurladens gesehen, wie Ihr Sohn einen Reifen an Miss Abbotts Wagen durchstochen hat. Dann ist er ihr gefolgt, als sie aus der Stadt fuhr. Als ich ihm später auf der Landstraße wieder begegnete, sah ich auch Miss Abbott, die sich verzweifelt gegen seinen körperlichen Angriff wehrte. Ihre Lippe blutete, und sie bettelte ihn an, er möge von ihr ablassen. Da habe ich seiner Entscheidung nachgeholfen."

„Sie haben ihm das Nasenbein gebrochen", sagte Lawton. Seine Stimme klang bereits deutlich kleinmütiger.

„Er hat Glück gehabt, dass es nicht sein Genick war", entgegnete Jack.

Der Zorn färbte Hals und Gesicht des bulligen Mannes rot.

„Es gab Zeiten in diesem Land, da hätte man kurzen Prozess gemacht und Sie für diese Tat erschossen."

„Ach? Was Sie nicht sagen."

Lawton nickte. „Oh ja. Allerdings."

„Nun, in der Gegend, aus der ich stamme, gab es eine Zeit, da wäre ein Kerl wie Bobby Joe Cage für seine Tat den Alligatoren zum Fraß vorgeworfen worden. So waren die Sitten in Louisiana."

Lawton Cage starrte seinen Gegner an, studierte ihn sorgfältig.

Jack erwiderte den Blick und wartete auf Cages nächsten Schritt.

Plötzlich wandelte sich dessen Haltung. Cage machte einen tiefen Atemzug, und zum ersten Mal, seit er das Hotel betreten hatte, nahm er seinen Stetson ab und nickte in Isabellas Richtung.

„Miss Abbott, ich entschuldige mich für das, was geschehen ist. Selbstverständlich übernehme ich auch die Kosten für den Reifen. Schicken Sie mir einfach die Rechnung."

„Ich denke, das hat Onkel David bereits getan", erwiderte sie

In Lawtons Mundwinkel zuckte ein Muskel, aber er beherrschte sich.

„Dann hat sich der Grund für meinen Besuch erledigt." Er setzte zum Gehen an und wandte sich noch einmal nach Jack um.

„Und Sie? Wie ist Ihr Name?"

„Sie meinen, außer elender Mistkerl?"

„Jack, um Himmels willen", murmelte Isabella. Sie wollte, dass die Geschichte zu einem Ende kam.

Jack hörte sie und grinste. Trotzdem wartete er, dass Lawton die Frage bestätigte.

„Ja, genau", sagte Lawton.

„Ich heiße John Jacob Dolan, aber alle nennen mich Jack."

Lawton holte tief Luft. Dann nickte er, setzte den Hut wieder auf und bewegte sich schwerfällig, wie er gekommen war, zum Ausgang.

„Gütiger Gott“, flüsterte Isabella, nachdem die Tür sich hinter ihm geschlossen hatte.

Jack wandte sich zu ihr zurück und zwinkerte.

Sie musste lachen, aber in diesem Augenblick trat Delia aus dem Büro und unterbrach sie.

„Miss Abbott, vorhin ist ein Paket für Mr. Rufus abgegeben worden, aber ich kann ihn nirgends finden. Was soll ich mit dem Kasten machen? Es steht ‚zerbrechlich‘ darauf. Ich fürchte, wenn er am Tresen stehen bleibt, könnte der Inhalt Schaden nehmen.“

Delia wies mit dem Finger unter den Empfangstisch. Isabella folgte mit ihrem Blick der Richtung, in die sie deutete. Jetzt sah sie die längliche Holzkiste, auf der ausländische Briefmarken klebten.

„Wahrscheinlich wieder eine Sendung mit archäologischen Fundstücken. Ich sollte den Kasten wohl besser auf sein Zimmer bringen.“

„Das übernehme ich gern für Sie“, sagte Jack.

Sie zögerte. „Wirklich? Ich möchte Sie nicht von Ihrer Arbeit abhalten.“

„Das gehört zu meiner Arbeit“, entgegnete er.

„Wie meinen Sie das?“

Sein Blick glitt von ihrem Mund zu den Augen und verharrte dort. „Sagen wir so ... wenn Sie mir erlauben, die Kiste für Sie hoch zu tragen, gibt mir das einen guten Grund, mehr Zeit mit Ihnen zu verbringen.“

Sie errötete, aber sie lachte. „Wie könnte ich meinem edlen Ritter verweigern, was sein einziges Begehren ist?“

„Oh ... ich habe nicht nur ein Begehren, aber ich dachte, dieses wäre ein guter Anfang“, sagte er leise und reichte ihr seine Sendung von Federal Express. „Wenn Sie nichts dagegen haben, natürlich.“

Sie nahm den Umschlag an sich. Er trat hinter den Tresen und hob die längliche Holzkiste hoch.

„Nach Ihnen“, sagte er. Isabella ging voran.

„Wir nehmen den Aufzug“, sagte sie. „Das ist besser, als die Kiste über drei Treppen nach oben zu tragen.“

Er wartete, bis sie den Fahrstuhl geholt hatte; dann kippte er die Kiste leicht zur Seite und betrat hinter Isabella die Kabine. Sobald sich die Türen geschlossen hatten, kletterte die kleine Kabine unter Quietschen und Stöhnen nach oben. In der letzten Etage hielt sie. Jack war mehr als froh, wieder aussteigen zu können.

„Wissen Sie genau, dass dieses Ding sicher ist?“ fragte er, als Isabella in den Korridor einbog.

„Klar. Sonst würden wir nicht damit fahren.“

„Der Aufzug macht komische Geräusche.“

„Genau wie Sie gerade.“

Isabella sah sein Grinsen nicht. Sie war vor der zweiten Tür auf der linken Seite stehen geblieben und klopfte. Niemand antwortete.

„Onkel Rufus. Hier ist Isabella. Bist du in deinem Zimmer?“

Noch immer erhielt sie keine Antwort. Zufrieden, dass sie ihren Onkel nicht stören würde, suchte sie nach ihrem Generalschlüssel. Sie wollte ihn eben ins Schloss stecken, als am Korridorende eine Tür aufging und David Schultz den Kopf herausstreckte.

„Ich dachte, ich hätte jemanden auf dem Gang gehört“, sagte er. „Suchst du Rufus?“

„Ja. Für ihn ist ein Paket angekommen. Es steht ‚zerbrechlich‘ darauf. Delia hatte Angst, der Inhalt könnte Schaden nehmen. Deshalb war Mr. Dolan so freundlich und hat es für mich nach oben getragen.“

Die Neugier im Gesicht ihres Onkels war nicht zu übersehen.

„Eine ziemlich große Kiste ist das", sagte er und schlenderte aus seinem Zimmer.

„Ja. Ich wollte sie gerade bei ihm hineinstellen. Er wird doch nichts dagegen haben, was meinst du?"

„Bestimmt nicht", entgegnete David. „Komm, ich halte die Tür auf." Isabella sperrte auf, und die Tür schwang nach innen. David lächelte Jack an. „Ziemlich sperriges Ding. Passen Sie auf, dass Sie sich nicht die Hand am Türrahmen schrammen."

„Stimmt", sagte Jack und trug die Kiste hinein. „Wo soll ich sie abstellen?"

Isabella zögerte. „Ich bin nicht ..."

„Stellen Sie sie hier hin", sagte David. Er wies auf eine Stelle neben einem kleinen Esstisch. „Sonst zerkratzen wir noch die Möbel."

„Du hast Recht", sagte Isabella. „Warten Sie, Jack. Ich helfe Ihnen."

Sie legte den Umschlag, den Jack ihr gegeben hatte, auf den Tisch, und zu zweit senkten sie die Kiste zu Boden, ließen los und hoben wie auf ein Zeichen die Köpfe. Ihre Nasen waren auf gleicher Höhe und stießen fast zusammen.

Jack spürte ein Ziehen in den Lenden. Noch zwei Zentimeter näher, und er würde Isabella küssen.

Sie sah ihr Bild in Jack Dolans Augen. Für einen Moment war ihr zu Mute, als hätte er ihre Seele geraubt.

„Nun denn", sagte David. „Ich frage mich, wohin Rufus um diese Zeit verschwunden ist."

Die Frage brach die Verzauberung zwischen Jack und Isabella. Jäh erhoben sie sich. Wieder war Jack von den Gefühlen überwältigt, die ihn in der Nähe dieser Frau befielen. Isabella kämpfte mit ihrer eigenen Verwirrung. Sie wusste nicht, ob das, was sie empfand, nur Dankbarkeit war, weil er sie gerettet hatte, oder ob mehr dahinter steckte.

Bevor Jack etwas einfiel, das er hätte sagen können, kam Rufus Toombs herein, ein joviales Lächeln auf den Lippen.

„Habe ich eine Party in meinem Zimmer verpasst?“

Isabella lachte und fragte sich anschließend, ob ihr Lachen in den Ohren der anderen den gleichen falschen Klang hatte wie für sie selbst.

„Beinahe“, sagte sie. „Du hast eine Sonderzustellung erhalten, Onkel Rufus. Ich habe Jack gebeten, das Paket für mich hoch zu tragen.“

Rufus sah an Jack, Isabella und David vorbei auf die längliche Holzkiste am Boden.

Jack meinte zu erkennen, wie ein merkwürdiger Ausdruck über sein Gesicht huschte. Dann klatschte der alte Mann in die Hände, als hätte man ihm ein Geschenk gemacht.

„Wunderbar! Ganz wunderbar! Sicher ist das der Fund, den ein Kollege mir schicken wollte.“

„Was für ein Fund, Onkel Rufus?“

„Aber Isabella, wie um alles in der Welt kannst du eine solche Frage stellen? Du kennst mich doch. Es werden wieder bedeutende Artefakte alter Kulturen sein.“ Rufus berührte mit der Hand ihren Rücken und drängte sie sanft zur Tür. Dabei schmunzelte er.

Jack hatte keine Wahl. Er griff nach dem Umschlag mit den Fotos, den Isabella auf dem Tisch abgelegt hatte, und folgte ihr. Dann standen sie draußen auf dem Korridor. Die beiden alten Männer waren im Zimmer geblieben.

Isabella hob eine Braue und lächelte schief. „Täusche ich mich, oder sind wir gerade vor die Tür gesetzt worden?“

Er teilte diese Einschätzung, war aber weniger humorvoll, was den vermuteten Grund für die Abfuhr betraf.

„Passiert so etwas häufiger?“ fragte er, als sie zum Aufzug gingen.

„Was meinen Sie mit ‚so etwas‘?“

„Nun ... Pakete mit irgendwelchen Altertümern.“

„Als ich klein war, kamen oft Sendungen für ihn. Aber wenn ich jetzt darüber nachdenke, ist seit einer Ewigkeit kein solches Paket mehr gekommen. Natürlich, Onkel Rufus ist älter geworden. Da ist es ganz normal, dass er bei seiner Arbeit kürzer tritt.“

„Was genau macht er damit ... mit dem Inhalt, meine ich?“

Isabella betrat vor ihm den Lift und warf ihm über die Schulter einen beinahe vorwurfsvollen Blick zu. Jack fürchtete schon, er hätte zu viel gefragt. Dann schien sie sich zu besinnen und mögliche Bedenken beiseite zu schieben.

„Im Keller haben die Onkel ein Labor, oder einen Arbeitsraum, wie man das nennen mag. Onkel Frank hat dort seine botanischen Funde skizziert, katalogisiert und aufbewahrt. Onkel Rufus ist Spezialist für Ägyptologie. Er erhielt viele Fundstücke, die andere Forscher nicht zuordnen konnten. Oder er wurde um Bestätigung gebeten, wenn sich Kollegen bei ihren Vermutungen nicht sicher waren. Onkel John arbeitete früher als Geologe. Sie haben sich zwar längst zur Ruhe gesetzt, aber er benutzt seine Scheuertrommel noch, um Steine zu polieren, die er gefunden hat.“

„Interessant“, sagte er. „Und die anderen?“

„Ihre Fruchtbarkeitsforschungen haben sie im Labor meines Vaters in der Klinik durchgeführt. Der Raum hier im Haus ist nur für die Tüfteleien der anderen gedacht. Die richtige Arbeit haben sie früher fast immer vor Ort erledigt.“

Der Aufzug hielt an. Die Tür ging auf. Jack wartete, um Isabella den Vortritt zu lassen. Als sie keine Anstalten machte auszusteigen, sah er sie an. Sie blieb bewegungslos stehen und betrachtete sein Gesicht. Verdammt, er hatte zu viele Fragen gestellt.

„Ist alles in Ordnung?“

Sie starrte ihn weiter an. Nach einem Augenblick nickte sie.

„Ich hoffe“, sagte sie ruhig, trat aus dem Fahrstuhl und verharrte kurz, um ihm noch einmal zu danken.

„Keine Ursache“, erwiderte er und verfluchte sich stumm für seine Ungeschicklichkeit. „Ach ... Isabella!“

Sie blieb stehen. „Ja?“

„Ich habe vor, heute die weitere Umgebung zu erkunden. Können Sie mir eine Empfehlung geben, welche Sehenswürdigkeiten ich nicht auslassen darf?“

Die nagende Empfindung in ihrem Innern, dass etwas nicht stimmte, wurde schwächer. Ein Schriftsteller musste neugierig sein. Das gehörte zu seinem Beruf. Bevor sie ihm antworten konnte, stellte er noch eine Frage. Ihr Herz setzte einen Schlag aus.

„Wie wäre es, wenn Sie mitkommen?“ fragte er. „Wir könnten ein Picknick einpacken, durch die Gegend fahren, und Sie zeigen mir alles, was sehenswert ist.“

Sie wollte ablehnen, dann fiel ihr ein, wie zärtlich er sie gestern Abend gehalten hatte und wie es gewesen war, seinen Mund auf ihren Lippen zu spüren, als sie ihn küsste.

„Ich werde mein bestes Benehmen an den Tag legen“, versprach er.

Sie dachte darüber nach, wie sie ihm absagen konnte. Gleichzeitig fragte sie sich, was geschehen würde, wenn er sein bestes Benehmen einmal vergaß. Als er Bobby Joe Cage niederwarf, hatte sie für einen kurzen Moment etwas von der Leidenschaft gesehen, zu der er fähig war; und eben wieder, als er sich zwischen sie und Lawton Cage gestellt hatte. Gutes Benehmen war für Isabella ein Leben lang wichtig gewesen; jetzt merkte sie, dass ihre Wertvorstellungen sich veränderten. Vielleicht wäre dieser Wandel in jedem Fall eingetreten, doch seit dem Tod ihres Vaters nahm sie bewusster wahr, was in ihr vorging. Sie wollte lieben – und geliebt werden. Wie sollte das geschehen, wenn sie kein Risiko einging?

„Gleich?" fragte sie.

„Ja."

„Ich muss mich zuerst umziehen."

„Dann warte ich."

„Und ich muss in der Küche Bescheid sagen, dass sie Sandwiches machen."

„Das kann ich erledigen."

Isabellas Augen verengten sich. Ihr Ausdruck wurde nachdenklich. „Kriegen Sie immer, was Sie wollen?"

Jack klemmte sich seinen Umschlag unter den Arm und schob die Hände in die Taschen.

„Sie kommen also mit?"

Sie zögerte. Dann nickte sie.

Er lächelte und sah sie lange an. Es war ein tiefer Blick. Isabella durchrieselte ein Schauer. Sie spürte das Kribbeln bis in die Zehenspitzen und wusste im selben Augenblick, dass dieser Mann in ihrem Leben eine Rolle spielen könnte – eine überaus wichtige Rolle.

Bisher war sie ein einziges Mal verliebt gewesen oder hatte es zumindest geglaubt. Damals war sie ungefähr zwanzig gewesen. Nach vier Monaten schliefen sie und ihr Freund miteinander; eine Woche später ließ der Junge sie fallen. Das war ihre erste und einzige romantische Erfahrung geblieben. Damals hatte sie sich für die unpassende Leidenschaft geschämt und so lange in panischer Angst gelebt, bis ihre Periode endlich einsetzte. Sie hatte geschworen, sich nie wieder auf eine Beziehung einzulassen, es sei denn, dass mehr daraus werden konnte.

Nun war Jack Dolan in ihr Leben getreten.

Sie war keine zwanzig mehr, aber die Risiken blieben die gleichen.

„Warten Sie in der Hotelhalle auf mich. Ich brauche nicht lange."

„Ich werde da sein."

Isabella erschauerte. Die ruhige Gewissheit in seiner Stimme wirkte erregend. Beim Weggehen stellte sie sich die Frage, ob sie es, bis sie ihn gleich wieder sah, wohl schaffte, die Gewissheit zu verdrängen, dass sie eines Tages nackt in seinen Armen liegen würde.

9. KAPITEL

Sie waren fast zwei Stunden gefahren, und Isabella wurde lockerer. Jack hatte höfliches Interesse an den landschaftlichen Besonderheiten gezeigt und sie mit Scherzen zu unterhalten versucht. Langsam wich die Spannung zwischen ihnen, und es gelang ihr beinahe, sich einzureden, dass sie sich die erotische Anziehung nur eingebildet hatte.

Beinahe.

Aber nicht ganz.

Jack stand an der Steilkante und blickte in das enge Cañontal tief unter ihm. Das üppig wachsende hohe Gras färbte sich schon braun; ein Zeichen, dass die herbstlichen Nachtfröste eingesetzt hatten. Die Ponderosakiefern, unter denen sie parkten, reckten sich hoch und gerade in den Himmel, als wollten sie dem ständig wehenden Wind hier oben trotzen. Auf der anderen Seite des Cañons türmten sich steile Berge, deren Gipfel schon eine weiße Haube trugen. In einigen Hochtälern hatten sich Schneewehen gesammelt. Fichten, Tannen und Kiefern sprenkelten die tiefer liegenden Hänge; weiter oben gab es als einzige Abwechslung im grauen Gestein zerklüftete Felsnasen, auf denen Adler ihre Horste bauten.

Die großartige Weite dieser Bergwelt überwältigte Jack, der in den feuchtwarmen Niederungen Louisianas aufgewachsen war. Hier fühlte er sich, als stände er auf dem Dach der Welt. Er drehte sich dem Wind entgegen, tat einen tiefen Atemzug und genoss es zu spüren, wie die prickelnd frische Luft ihn belebte.

Neben ihm stand Isabella und sagte nichts. Sie kämpfte mit ihren eigenen Empfindungen. Zu Beginn ihres Ausflugs war sie angespannt gewesen, doch je länger die Fahrt dauerte, desto leichter war ihr zu Mute. Jack spürte, dass die Landschaft auch sie zur Ruhe kommen ließ.

„Alles in Ordnung?“ fragte er.

Sie nickte.

„Sind Sie froh, mitgefahren zu sein?“

Sie wandte ihm das Gesicht zu, doch er konnte den Ausdruck darin nicht deuten.

„Ja, ich bin froh.“

„Wie hoch sind wir, was schätzen Sie?“ fragte er.

Sie ließ den Blick zu den Gipfeln jenseits des Cañons schweifen.

„Ich weiß nicht. Zweitausend, vielleicht auch zweitausendfünfhundert Meter. Warum fragen Sie?“

„Meine Ohren klingen.“

Sie verzog den Mund zu einem spitzbübischen Grinsen. „Ich kann nichts hören.“

Überrascht, dass sie ihn neckte, zupfte er an einer ihrer langen Haarsträhnen und lächelte.

„Das ist nicht witzig, Tinkerbell.“

„Was haben Sie zu mir gesagt?“

Nun grinste er. „Wie? Wollen Sie behaupten, Sie hätten keinen Spitznamen?“

„Nein, habe ich nicht.“

„In der Schule gab es keinen kleinen Frechdachs, der Issy oder Bella zu Ihnen gesagt hätte?“

„Nein, nie.“

Er schüttelte den Kopf. „Ich glaube, Ihr Leben war sehr behütet.“

Isabella wandte sich jäh ab, ging zum Wagen und öffnete den Kofferraum. Sie begann, die mitgebrachten Picknicksachen herauszuholen. Jack begriff beinahe sofort, dass er etwas Falsches gesagt hatte. Er kam hinterher und strich ihr sanft mit der Hand über den Rücken.

„Isabella ... es tut mir Leid. Das war dumm von mir ... so etwas hätte ich nicht sagen sollen."

Sie straffte sich, drehte sich zu ihm um und sah ihn an. In ihren Augen schimmerten Tränen.

„Sie müssen sich nicht entschuldigen", entgegnete sie. „Es ist nur alles so neu für mich. Mein Leben war tatsächlich behütet, aber bis vor wenigen Wochen wusste ich das nicht einmal." Sie versuchte, durch den Tränenschleier zu lächeln. „Übrigens, ich habe die Geschichte von Peter Pan und Tinkerbell immer geliebt. Sie war ein Mädchen ... äh, eine Fee ... die wusste, was sie wollte. Kein schlechtes Vorbild, finde ich."

„Isabella ..."

„Ja?"

„Ich möchte Sie unbedingt küssen."

Oh Gott. So schnell schon.

Sie sah auf seinen Mund und stellte sich vor, wie es sein würde, ihn auf ihren Lippen zu spüren. Jack kam näher, und Isabella verspannte sich. Sie dachte krampfhaft darüber nach, was sie sagen sollte. Nein? Bitte, ja? Im nächsten Moment umschlossen seine Hände ihre Wangen. Jack zeichnete mit dem Daumen ihre Unterlippe nach. Sie senkte die zitternden Lider und nahm seinen Atem auf ihrem Gesicht wahr. Dann spürte sie ihn. Seine Lippen berührten ihren Mund, zuerst zärtlich und forschend, dann immer drängender.

Wie eine Schockwelle durchbrach das, was sie empfand, ihre Reserviertheit. Sie hatte das Gefühl zu vergehen, und ein sehnsuchtsvolles Verlangen, das sie nie gekannt hatte, breitete sich in ihr aus. Bevor sie gezwungen war, eine neue Entscheidung zu treffen, ließ er von ihr ab und schloss sie in die Arme.

„Ganz ruhig", sagte er leise. „Man nennt das ‚jemanden an sich drücken'."

Den Kopf an seine Brust gelehnt, verbarg sie ein Lächeln.

„Ich würde es als einen Annäherungsversuch bezeichnen."

Er schob ihr die Finger ins Haar, küsste sie auf den Scheitel; dann ließ er sie widerwillig los.

„Ja, ich fürchte, so kann man es auch sehen. Und, was haben wir zu essen dabei?"

Isabella zog eine Braue hoch und lächelte. „Typisch Mann."

Die Spannung zwischen ihnen verschwand vollständig. Isabella lächelte noch immer, als sie eine alte Decke aus dem Kofferraum holte und sie unter dem schützenden Dach der Kiefern ausbreitete. Jack folgte mit dem Picknickkorb. Bald hockten sie, in eine angeregte Unterhaltung vertieft, nebeneinander im Schneidersitz auf der Decke und packten das Essen aus, das die Köchin für sie vorbereitet hatte.

„Es gibt Sandwiches mit Bacon und Tomate, Sandwiches mit Käse oder mit gekochtem Schinken."

„Wie viele Brote haben wir?" fragte Jack.

Isabella sah hoch, um zu prüfen, ob er Spaß machte. Sein Gesicht war ernst. Sie lächelte.

„Reichlich."

„Dann will ich von jeder Sorte eines", antwortete er und hielt ihr seinen Pappteller hin.

Sie stapelte die Sandwiches darauf, fügte sauer eingelegtes Gemüse hinzu und eine große Portion Kartoffelsalat.

„Na, wie ist das?" fragte sie.

„Könnte ein, zwei Stunden vorhalten."

Ihre Augen wurden groß. „Meinst du das ernst?"

„Nein."

Er aß die erste Gabel voll Kartoffelsalat und hörte ihr helles

Lachen. Es ging ihm unter die Haut wie alles an ihr. Diesen Augenblick voller Fröhlichkeit würde er nie vergessen. Das wusste er.

Sie redeten über alles, angefangen bei unvergesslichen Weihnachtsfesten bis zu Schülerstreichen. Irgendwann zwischen dem letzten Sandwichbissen und dem ersten Keks wusste Isabella, dass sich zwischen ihnen etwas entwickelte. Nach dem Kuss hatte er sie nicht mehr berührt, aber sie bemerkte das Verlangen in seinen Augen und spürte, dass er ihr Gesicht betrachtete, wenn er sich unbeobachtet glaubte. Sie fühlte sich schuldig, so glücklich zu sein, wo doch ihr Vater und Onkel Frank gerade erst begraben waren. Aber sie war nicht erzogen, die Märtyrerin zu spielen. Die sieben Männer, mit ihrer logischen und präzisen Art zu denken, hatten jeder Neigung zu weiblicher Koketterie, falls sie vorhanden gewesen war, erfolgreich entgegengewirkt. Isabella verabscheute Versteckspiele mit Gefühlen. Sie war geradeheraus, vor allem, wenn es um sie selbst ging. Jetzt war sie dabei, sich in Jack Dolan zu verlieben. Schlicht und einfach.

„Noch einen Keks?“ fragte sie, während sie die Picknickreste zusammenpackte.

„Kein Platz mehr“, sagte er und rieb sich den Bauch.

„Diese Antwort hätte ich nicht von dir erwartet.“

Jack grinste und warf mit einer zerknüllten Serviette nach ihr. Dann streckte er sich auf der Decke aus.

„Wenn du Hilfe brauchst, musst du Bescheid sagen.“ Er gähnte, faltete die Hände hinter dem Kopf und schloss die Augen.

Isabella schnaubte leise. „Dazu müsstest du erst einmal wach sein und aufstehen.“

Er rollte zur Seite, ohne ein Auge aufzumachen.

„Du bist eine gute Hausfrau, Tinkerbell. Verdirb nicht den Spaß, indem du es darauf anlegst, mir ein schlechtes Gewissen zu machen. Das haben schon andere Leute versucht, ohne Erfolg.“

In sich hineinlächelnd, warf Isabella die letzten Picknick-Utensilien in den Korb und stellte ihn in den Kofferraum zurück. Sie warf einen Blick auf ihre Armbanduhr. Es war zwei Uhr nachmittags. Genug Zeit, um vor Einbruch der Dunkelheit wieder im Tal zu sein. Sie wandte den Kopf und sah hinter sich. Jack lag verdächtig still.

„Jack?"

Er antwortete nicht.

Sie schloss die Kofferraumklappe und ging wieder zu der Stelle, wo die Decke lag. Jack war tief eingeschlafen. Sie blieb einen Augenblick stehen und betrachtete sein Gesicht mit der kräftigen Kinnpartie, den Körper in seiner ganzen Länge. Er war ein hoch gewachsener Mann. Und fast noch ein Fremder. Sie kannte ihn erst seit einer Woche. Das Wenige, das sie über ihn wusste, hatte er ihr selbst erzählt. Alles davon konnte Lüge sein. Der gesunde Menschenverstand sagte ihr, dass sie bei diesem Mann langsam und vorsichtig sein sollte, aber ihr Herz verlangte etwas anderes. In den letzten Wochen war ihr bewusst geworden, wie kurz ein Menschenleben war und wie plötzlich es zu Ende sein konnte. Sie war jetzt fast dreißig und hatte nie erfahren, was es hieß, wirklich zu lieben. Wenn Jack Dolan lange genug in ihrer Nähe blieb, würde sich das vielleicht ändern.

Sie zögerte nur kurz. Dann kniete sie auf der Decke nieder. Was war schon dabei? Sie hatten während ihrer Mahlzeit nebeneinander gesessen. Jetzt fehlten die Picknick-Sachen, sonst war alles gleich geblieben. Das reichliche Essen und die Bergluft machten auch sie schläfrig. Sie würde sich für ein paar Minuten hinlegen und die Augen schließen. Dann würde sie Jack wecken und mit ihm die Heimfahrt antreten.

Sie streckte sich auf der Decke aus und drehte sich auf die Seite, mit dem Rücken zu Jack. Hoch über ihr schrie hell ein Adler, der auf Beute aus war, und sie hörte den Wind in den Kronen der Kiefern. Sie atmete tief ein, dann schloss sie die Augen.

Jack erwachte jäh. Eine Reihe verwirrender Fragen gingen ihm durch den Kopf, auf die er angestrengt eine Antwort suchte. Wo war er eigentlich? Wie war er an diesen Ort gekommen? Und warum zum Teufel hatte er kaum noch Gefühl im linken Bein? In diesem Moment wehte der Wind eine Haarsträhne von Isabella an seine Lippen, und alles fiel ihm wieder ein: Er selber an der Cañonkante, ihr Atem an seinem Gesicht, Isabella in seinen Armen, ihr Picknick und das Versprechen von sehr viel mehr zwischen ihnen. Er veränderte seine Lage und senkte den Blick. Isabella lag in seinen Armen. Sie war fest eingeschlafen. Ein Bein lag auf seinem Oberschenkel, ihre Wange ruhte an seiner Brust.

Jack sah auf die Armbanduhr. Es war gleich vier Uhr. Sie hatten fast zwei Stunden geschlafen. Am Himmel waren Wolken aufgezogen. Es würde sicher bald regnen. Er stemmte sich mit dem Ellenbogen hoch, Isabella glitt von seinem Oberkörper und schlug die Augen auf. Auf ihrem Gesicht zeichnete sich Schreck ab. Er konnte ihn nicht verhindern, so wenig wie den Kuss, den er im Begriff war, ihr zu geben.

„Du bist so schön“, flüsterte er.

Isabellas war noch nicht völlig wach, doch was geschehen würde, wusste sie sofort. Am meisten verwirrte sie, wie sehr sie sich danach sehnte, in Jacks Armen zu liegen, mit nichts zwischen ihnen als ihrer Leidenschaft. Sie hob die Hand an sein Gesicht. Seine Wange war rau vom frischen Bartwuchs, und sie spürte einen zuckenden Muskel am Unterkiefer.

„Ich bin nicht sehr erfahren in diesen Dingen“, sagte sie leise.

Er hauchte einen Kuss auf ihr Kinn und zeichnete mit der Zunge den Umriss nach.

„Aber ich“, erwiderte er.

„Ich bin ungeschützt.“

Jack schüttelte den Kopf, küsste ein Augenlid, dann das andere.

„Du bist geschützt. Du hast mich.“

„Ich habe gemeint ...“

Er legte einen Finger auf ihre Lippen und hinderte sie, die Erklärung auszusprechen.

„Ich weiß, was du gemeint hast.“ Er küsste ihren Nasenrücken. Dann nahm er ihr Gesicht zwischen beide Hände. „So weit wird es nicht gehen.“

Isabella seufzte. „Bring mich irgendwohin, wo ich noch nie war.“

Er schlang die Arme um sie und rollte mit ihr herum, bis sie auf ihm lag. Dann barg er sein Gesicht an ihrer Schulter. Als Isabella den Kopf hob und ihn ansah, überwältigte ihn ein Gefühl der Zärtlichkeit. Er meinte, sein Herz müsse bersten. Er wollte sie halten, sie liebkosen und nie wieder gehen lassen.

„Du fühlst dich so himmlisch an in meinen Armen.“

„Kann ich dir vertrauen?“ fragte sie.

Schuldgefühle beschlichen ihn. Er wollte die Augen abwenden vor diesem offenen, ahnungslosen Blick. Der innerliche Zwiespalt war nicht mehr zu leugnen.

Sein Zögern kam unerwartet. Plötzlich wurde Isabella nervös.

„Jack?“

„Ich kann es nicht“, murmelte er halblaut. „Nicht so. Nicht ohne die Wahrheit.“

Hätte er sie geschlagen, wäre der Schock kaum größer gewesen. Befangen und verletzt, sprang sie auf die Füße und wandte ihr Gesicht dem Wind entgegen.

„Wir müssen los“, sagte sie. „Es ist spät.“

Innerhalb von Sekundenbruchteilen war Jack ebenfalls auf den Beinen und stand hinter ihr. Die Verletztheit in ihrer Stimme war unüberhörbar. Er hasste sich dafür, dass er zu weit gegangen war. Als er die Hände nach Isabella ausstreckte, wehrte sie ihn ab. Sie riss die Decke vom Boden und ging mit großen Schritten entschlossen zum Wagen.

„Isabella ... bitte, nicht."

Sie warf die Decke in den Kofferraum und drehte sich um. Der Wind war schärfer geworden. Er fuhr unter ihr Haar und wirbelte es wie lange seidige Schwingen hoch.

„Was nicht? Soll ich mir nicht dumm und albern vorkommen? Dafür ist es zu spät. Jetzt komm, bevor wir hier oben im Schnee festsitzen."

Ohne darauf zu warten, dass er ihrer Aufforderung nachkam, stieg sie in den Wagen und schlug die Tür zu.

Jack war verdutzt. Er warf einen beunruhigten Blick zum Himmel und stieg ebenfalls ein.

„Würdest du mir erlauben, dass ich etwas erkläre?"

Sie sah ihn kurz an und drehte den Kopf wieder weg.

„Da gibt es nichts zu erklären", sagte sie. „Du bist hier, um Eindrücke von Land und Leuten zu sammeln. Offensichtlich hast du bekommen, was du brauchst. Willst du lieber, dass ich fahre?"

Jack stieß einen halblauten Fluch aus. Er ließ den Wagen an, wendete und fuhr auf die Straße zurück, über die sie gekommen waren. Draußen dämmerte es, und keiner von beiden redete. Nur einmal hielten sie unterwegs an einer Tankstelle an. Als sie Abbott House erreichten, war es bereits dunkel. Die erleuchteten Fenster ließen das Hotel wie einen Zufluchtsort wirken.

Jack parkte und stellte den Motor ab. „Wir sind zu Hause."

„Nein", sagte Isabella. „Ich bin zu Hause. Du bist nur auf der Durchreise."

Sie stieg aus, holte den Korb und die Decke aus dem Kofferraum und ging zum Eingang, ohne einen Blick zurückzuwerfen.

Er blieb im Wagen sitzen. An der Länge ihrer Schritte konnte er sehen, wie verärgert sie war. Besser, er lief nicht hinter ihr her. Vielleicht wusste er morgen, wie er ihr erklären sollte, warum sie nicht miteinander geschlafen hatten. Oder er sagte nichts. Wenn er seine Motive preisgab, war er als verdeckter Ermittler enttarnt. Das konnte die Lösung nicht sein. Er war hier, um einen Mord aufzuklären; stattdessen hatte er sich in das Ebenbild einer Toten verliebt. Schlimmer war, dass der Mörder, nach dem er suchte, sich wahrscheinlich irgendwo in der Nähe aufhielt und er keine Ahnung hatte, wie er ihn finden sollte. Er musste dringend Verbindung mit seinem Vorgesetzten aufnehmen.

Jack griff sich seine Fedex-Sendung vom Rücksitz und machte sich auf den Weg zu seinem Zimmer. War das Päckchen wirklich erst heute Morgen angekommen? Ihm schien, dass seitdem ein ganzes Leben vergangen war.

Hinter dem Empfangstisch stand ein Mann. Er hatte ihn noch nie gesehen. Der Angestellte grüßte mit einem Nicken, als Jack die Treppe nach oben nahm. Aus dem Speisesaal wehte Essensduft herüber, aber er hatte keinen Appetit. Er sah noch immer Isabellas Gesicht vor sich. Sie hatte sich mit einer Kälte von ihm abgewendet, als hätte er einen Schalter betätigt. Er konnte nur hoffen, dass sie ihm, wenn das alles hier vorbei war, eine zweite Chance gewährte. Andererseits musste er mit der Möglichkeit rechnen, dass sie sein Gesicht nach Beendigung des Auftrags in Braden am allerwenigsten sehen wollte. Wenn er ihren geliebten Onkel Frank oder ein anderes Mitglied ihrer Ersatzfamilie einer Straftat überführte, war er bei ihr erledigt.

Er schloss seine Zimmertür auf und trat ein. Das Bett war gemacht worden, und auf dem Tisch am Fenster stand eine Vase mit frischen Blumen. Jack warf sein Jackett auf einen Sessel und ging ins Bad, um zu duschen. Wenige Minuten später kam er wieder heraus, barfuß, mit bloßem Oberkörper und nur in eine ausgebeulte graue Trainingshose gekleidet, die in Knöchelhöhe ein winziges FBI-Logo trug.

Jack nahm sich den Umschlag, riss ihn auf und leerte den Inhalt auf sein Bett. Es waren nur drei Bilder dabei. Eines war die Aufnahme eines Porträt-Fotografen und zeigte Vaclav Waller um die dreißig. Das Bild hatte Ähnlichkeit mit einem Bewerbungsfoto. Das zweite Foto war dunkel und sehr grobkörnig und stammte aus einer russischen Zeitung. Die Übersetzung des dazugehörigen Artikels war beigefügt. Jack überflog den Text und stellte fest, dass es im Wesentlichen um die Fortschritte ging, die Waller in der DNA-Forschung machte. Das letzte Bild war die Fotokopie eines Fotos. Jack drehte das Blatt um und las die kurze Notiz auf der Rückseite. Die Aufnahme war im Juli 1970 von einem Agence-Presse-Reporter gemacht worden. Auf dem Bild sah man sieben Männer, alles Ärzte, die ein Flugzeug bestiegen, das sie zu einem Medizinersymposium auf die Bahamas bringen sollte. Zu den Passagieren gehörte auch eine Frau, deren Gesicht Jack nicht erkennen konnte. Die beiden Piloten standen rechts und links neben der Gangway.

Jack sah wieder auf die Vorderseite und betrachtete sorgfältig jeden der Abgebildeten. Drei der Männer trugen Bärte, einer hatte eine Sonnenbrille aufgesetzt, der fünfte wandte sein Gesicht zur Seite, die zwei anderen winkten in die Kamera. Der Mann mit der Sonnenbrille wurde als Vaclav Waller bezeichnet. Jack sah ihn sich nur kurz an. Die Gesichter neben seinem interessierten ihn mehr. Waller war jetzt wirklich tot, das stand eindeutig fest. Aber was war mit den anderen geschehen? Waren sie tatsächlich bei dem Flugzeugabsturz ums Leben gekommen? Oder handelte es sich nur um ein Täuschungsmanöver? Jack konnte sich vorstellen, dass Waller nach einem ausgeklügelten Plan vorgegangen war. Wenn er die Seite gewechselt hätte, wäre er für die Sowjets ein Verräter gewesen und hätte damit rechnen müssen, dass der KGB sich um ihn kümmerte. Dieser Gefahr könnte er durch seinen vorgetäuschten Tod vorgebeugt haben. Aber die anderen Ärzte kamen nicht aus kommunistisch regierten Ländern. Jack drehte die Fotokopie wieder um und las die Namen. Dr. John Rhodes und Dr. Mary Rhodes, Vereinigte Staaten von Amerika. Dr. Vaclav Waller, Sowjetunion. Dr. Anton Spicer, Großbritannien. Dr. Henry Jamison, Vereinigte Staaten von Amerika. Dr. Conrad Garner, Belgien. Dr. Sonner Craner, Belgien. Dr. Orman Rhinehold, Frankreich. Nur bei Waller kam der Wunsch nach Freiheit in einem anderen politischen System als Handlungsgrund infrage. Die anderen hätten keine Veranlassung gehabt, spurlos zu verschwinden.

Jack griff nach seinem Handy und tippte eine Nummer in Quantico ein. Ein Freund von ihm arbeitete an der FBI-Academy und konnte vielleicht helfen. Das Telefon klingelte siebenmal. Jack fiel ein, wie spät es war. Er wollte schon aufgeben, als er Steven Randolphs Stimme in der Leitung hörte.

„Hallo?"

„Steve? Ich bin's, Jack Dolan."

„Es ist fast acht Uhr abends. Sie hören eine Bandaufnahme. Rufen Sie während der Geschäftszeiten zurück."

Jack grinste. „Halt den Mund und hör mir eine Minute zu. In Ordnung?"

„Was zum Teufel willst du, Dolan?"

Jack hob das Foto hoch, das er betrachtet hatte. „Einen Gefallen."

„Das war mir leider sofort klar, als ich deine Stimme hörte. Möchte bloß wissen, was es diesmal sein soll."

„Hol dir einen Stift zum Schreiben."

Zum ersten Mal, seit Steven Randolph ans Telefon gegangen war, hörte er ihn lachen.

„Mann, Dolan. Wusstest du nicht, dass mir diese Dinger aus den Fingerspitzen wachsen? Ich bin bereit. Leg los."

„John Rhodes, Vaclav Waller, Anton Spicer, Henry Jamison, Conrad Garner, Somner Crane und Orman Rhinehold."

„Hab ich. Und jetzt?" fragte Steven.

„Zunächst mal das: Alle sind 1970 bei einem Flugzeugabsturz ums Leben gekommen ... zumindest war das die Version, die wir glauben sollten."

„Und weiter?"

„Vor einigen Wochen wurde Vaclav Waller ermordet in einer Sackgasse in Brighton Beach aufgefunden. Eine ziemliche Leistung für jemanden, der angeblich vor über dreißig Jahren umgekommen ist."

„Was ist an diesem Waller interessant?" fragte Steven.

„Er war Russe und Arzt. Wir haben Hinweise, dass wir Besuch aus der ehemaligen Sowjetunion haben. Unser Gast ist eingereist, kurz bevor der alte Mann ermordet wurde. Das Ganze ist eine lange Geschichte, aber wir haben Grund zur Annahme, dass die Russen nicht bekommen haben, was sie von Waller wollten."

„Woher weißt du das?"

„Es gibt eindeutige Indizien, dass der Mörder sich jetzt in der Gegend aufhält, wo Waller seinen Wohnsitz hatte. Wir wissen nicht, was er dort sucht oder wer sich in Gefahr befinden könnte. Je mehr ich über Waller herausfinden kann, desto besser für meine weitere Arbeit."

„Verstehe. Aber was ist mit den anderen Namen?"

„Das waren ebenfalls Ärzte, die in dem angeblich abgestürzten Flugzeug gesessen haben. Ich will alles wissen, was über ihre Tätigkeit in Erfahrung zu bringen ist. Ach ja, bis auf John Rhodes und Henry Jamison sind alle Europäer, also erweitere deine Suche entsprechend."

„Gibt es eine Telefonnummer, unter der du zu erreichen bist?"

„Ja, aber du kannst mir die Informationen auch über das Internet schicken." Er gab Steven Randolph seine E-Mail-Adresse. Wenige Minuten später beendete er das Gespräch.

Körperlich und seelisch erschöpft, warf er die Fotos auf den Tisch und kroch ins Bett. Mit dem Gedanken an Isabella schlief er ein.

Als Isabella in ihrem Zimmer ankam, hatte sie nur einen Wunsch: eine Dusche. Rasch entkleidete sie sich und trat unter den heißen Wasserstrahl. Sie griff nach der Seife, die ihr jedoch entglitt und in das Duschbecken fiel.

Sie starrte auf das rosafarbene Seifenstück zwischen ihren Füßen, beobachtete, wie der sich ablösende Schaum in den Abfluss rann. Mit ihrem Leben schien es sich ähnlich zu verhalten. Die Kontrolle darüber war ihr entglitten wie die Seife, und die Grundfesten ihres Daseins lösten sich auf. Sosehr sie sich bemühte, nach vorn zu schauen, konnte sie nicht erkennen, wie es weitergehen sollte.

Der logisch denkende Teil in ihr erklärte ihr, dass sie nicht wirklich etwas für Jack Dolan empfand; sie übertrug ihre Gefühle nur deshalb auf ihn, weil die Männer, die ihre Familie gewesen waren, einer nach dem anderen starben – während Jack Dolan lebendig und gesund war. Die andere Seite wusste, wenn Jack Dolan bereit wäre, ihre Gefühle anzunehmen, könnte sie ihm sehr leicht ihr Herz schenken. Aber als er es abgelehnt hatte, mit ihr zu schlafen, hatte er sie auch als Frau zurückgewiesen. Und das tat weh.

Isabella versuchte zu lachen. Heraus kam eher ein Schluchzen.

Tief verzweifelt sank sie auf die Knie, schlug die Hände vor das Gesicht und weinte. Das Wasser prasselte auf ihren Kopf, lief über ihr Gesicht und vermischte sich mit den Tränen. Mit geschwollenen Augen und schmerzendem Kopf richtete sie sich endlich wieder auf und schrubbte ihre Haut, bis sie rot war. Noch während sie aus der Dusche trat, wurde ihr bewusst, dass ihre Handlung symbolisch gewesen war und weniger der Reinigung gedient hatte.

Beim Abtrocknen hörte sie das Läuten des Telefons im Wohnzimmer. Sie wollte losgehen und abheben, dann dachte sie an Jack und änderte ihren Entschluss. Nach einer Weile hörte das Klingeln wieder auf. Sie rubbelte ihr Haar trocken, wickelte sich in einen Bademantel aus dickem Frottee und stieg in ihre Lieblingshausschuhe. Dann ging sie in die winzige Küche.

Als sie Wasser zum Kaffeekochen aufsetzte, traf ein Windstoß das Fenster und rüttelte an den Läden. Isabella blickte nach draußen. Sie erschauerte. Die dunklen Wolken, die sich oben in den Bergen zusammengebraut hatten, waren herangenaht. Für Schneefall bis in die Täler war es noch zu früh, aber der Regen würde kalt sein. Morgen war mit schlechtem Wetter zu rechnen. Es passte gut zu ihrer Stimmung.

Kurz vor Sonnenaufgang stand Wasili Rostow auf. Er wühlte in seinem Gepäck nach dem Telefon und warf einen Blick nach draußen zum heller werdenden Horizont, um die Uhrzeit zu schätzen. Dann zuckte er mit den Achseln. Es spielte keine Rolle, wie spät es in Montana war. Er wollte zu Hause anrufen und war inzwischen so lange fort, dass er den Zeitunterschied vergessen hatte.

Er setzte sich aufs Bett, tastete eine Ziffernfolge ein und wartete, dass jemand abnahm. Zu seiner Erleichterung dauerte es nicht lange. Weil er verhindern wollte, dass man ihn in seiner Muttersprache reden hörte, sprach er mit gedämpfter Stimme.

„Hier ist Rostow.“

„Haben Sie Neuigkeiten?“

Rostow räusperte sich. „Er ist tot.“

Es folgte eine lange Pause – beredetes Schweigen, das seine Furcht nicht beschwichtigte.

„Sind Sie noch da?“ fragte er.

„Das wollten wir nicht hören.“

Rostow seufzte. „Meinen Erwartungen hat es auch nicht entsprochen.“

„Wie ist es passiert?“

Wieder zögerte Rostow. Er war nicht sicher, wie er erklären sollte, was schief gegangen war. Schließlich entschied er sich für die Wahrheit.

„Er hat sich umgebracht, als wir miteinander sprachen.“

„Erklären Sie das!“

Die Stimme seines Vorgesetzten bekam einen zornigen Beiklang, aber die große Entfernung verlieh Rostow einen gewissen Mut.

„Er warf einen Blick in mein Gesicht und wusste Bescheid.“

„Hat er Sie erkannt?“

„Er begriff, in welcher Mission ich unterwegs war.“

„Und deshalb hat er den Freitod gewählt?“

„Er wusste, ich würde ihn nach Russland zurückbringen. Seine Entscheidung war, nicht mitzukommen. Ganz einfach.“

„Wann ist das passiert?“

„Vor einer Woche. Jetzt bin ich in der Stadt, in der er gelebt hat. Ich habe seine Wohnung durchsucht, aber außer der Tatsache, dass er ein alter sterbenskranker Mann war, nichts gefunden.“

„Sterbenskrank? Ich dachte, Sie hätten gesagt, er sei tot.“

„Ich habe Grund zu der Annahme, dass er Krebs hatte. In seinem Gepäck befanden sich entsprechende Medikamente. Deshalb bin ich zu dem Schluss gekommen, dass er lieber hier durch eigene Hand gestorben ist, statt sein Ende in einem Verhörzimmer in Russland zu finden."

„Hat er mit anderen Personen in einem Haushalt gelebt?"

Rostows Puls überschlug sich. Die Frage konnte alles Mögliche beinhalten, doch eine Ahnung sagte ihm, dass sein Vorgesetzter nicht von einer Ehefrau sprach.

„Es gibt dort ein etwas merkwürdiges Hotel, in dem die unterschiedlichsten Leute wohnen. Er hatte im obersten Stockwerk eine Suite für sich allein. Ich war dort und habe nichts von Bedeutung finden können."

„Dann ist die Sache abgeblasen. Sie wissen, was Sie als Nächstes zu tun haben?"

„Ja", antwortete er. „Das weiß ich."

„Nach Ihrer Rückkehr melden Sie sich in meinem Büro."

„Nach meiner Rückkehr", wiederholte Rostow und war sich klar bewusst, dass dieser Fall nie eintreten würde. Er hatte versagt und das gewünschte Ergebnis nicht geliefert. Das würde ihm wenig Lorbeeren eintragen. Noch ein Grund, seinen eigenen Plan in die Tat umzusetzen. Er beendete das Gespräch und versteckte das Handy wieder in seinem Gepäck. Ein Vagabund wie er hatte keine Verwendung für ein Telefon. Im Augenblick war es besser, diese Tarnung beizubehalten.

David Schultz erhob sich von dem Platz, an dem er gefrühstückt hatte, und ging zu Isabella hinüber, die an einem anderen Tisch saß. Er beugte sich zu ihr, küsste sie auf die Stirn und setzte sich auf den Stuhl ihr gegenüber. Isabellas Augen umgaben dunkle Ringe, die Ränder waren rot und geschwollen. Sie in diesem Zustand zu sehen gab ihm das Gefühl, gebrechlich und hilflos zu sein. Er suchte nach Worten, die ihr halfen, ihren Kummer zu überwinden.

„Guten Morgen, Liebes. Wir haben dich schon vermisst“, begann er und wies auf die anderen Onkel, die noch beim Essen waren.

Isabella schob ein Obststück an den Tellerrand und legte die Gabel hin.

„Ich weiß, und es tut mir Leid. Ich hätte ...“

„Du brauchst dich nicht zu entschuldigen. Wir haben uns nur Sorgen gemacht.“

„Mir geht es gut“, sagte sie und trank einen Schluck Kaffee.

David Schultz legte eine Hand auf ihren Arm und drückte ihn.

„Du siehst nicht so aus.“

Er meinte zu sehen, dass ihr Kinn zitterte. Als sie sich brüsk abwandte, wusste er, dass er Recht gehabt hatte. Ihre Augen waren feucht von ungeweinten Tränen.

„Isabella ... Liebes ... du brichst mir das Herz. Ich weiß, du vermisst Samuel genau wie deinen Onkel Frank. Aber du musst wissen, sie sind jetzt an einem besseren Ort. Samuels Herzinfarkt kam überraschend, doch er war schwer. Es gab nichts, was ihn noch hätte retten können. Auch Franks Tod konnte niemand verhindern. Er wurde ein Opfer der Umstände. Das weißt du doch, oder?“

Sie seufzte und schämte sich, weil sie nicht zugeben mochte, dass sie die meisten Tränen aus egoistischer Enttäuschung vergoss und nicht, weil sie ihren Vater und Onkel Frank verloren hatte.

„Ja, Onkel David. Ich weiß. Mach dir keine Sorgen, ich komme darüber hinweg.“

David runzelte die Stirn. „Warum bist du dann so niedergeschlagen?“

Sie hob die Schultern und blickte zur Seite. In diesem Augenblick sah sie Jack in den Speisesaal kommen. Sie fuhr zusammen

David merkte es. Plötzlich konnte er sich einen Reim auf ihr Verhalten machen.

„Wie war dein Ausflug gestern?"

Isabella machte ein verblüfftes Gesicht. „Welcher Ausflug?"

„Ich habe gestern Nachmittag nach dir gesucht. Delia sagte, du seist weggefahren. Mit diesem Schriftsteller, Jack Dolan. Zu einer Besichtigungstour. Deshalb fragte ich. Hat Dolan gefunden, was er suchte ... für sein Buch?"

In ihren Augen blitzte Ärger auf, doch sie beherrschte sich. Onkel David konnte nichts dafür, dass sie eine Enttäuschung erlebt hatte.

„Vermutlich. Ich habe ihn in den *Lewin and Clark National Forest* mitgenommen."

Ihr Onkel lächelte. „Zu dieser Jahreszeit muss es dort oben herrlich sein."

„Es war kalt." Sie schenkte sich frischen Kaffee nach, fügte einen Löffel Zucker hinzu und rührte eifrig in der Tasse.

„Ihr müsst spät zurückgekommen sein. Ich habe dich beim Abendessen nicht gesehen."

„So spät war es gar nicht. Ich hatte nur keinen Hunger", erklärte sie.

„Liebes ..."

Sie sah hoch. Die Besorgnis in Davids Gesicht entwaffnete sie. Außerdem hatte sie nie lügen können.

„Er hat nichts Unrechtes getan, wenn du dir deswegen Sorgen machst", sagte sie leise.

„Wenn er keinen Annäherungsversuch gemacht hast, warum bist du dann wütend?"

Verblüfft über seine Beobachtungsgabe, suchte sie verzweifelt nach einer passenden Antwort.

„Magst du ihn?" fragte David.

„Natürlich. Er ist ein netter Mann, aber ich kenne ihn kaum", murmelte sie.

„Ach, weißt du ... in der Liebe wurden Schlachten schon schneller gewonnen und wieder verloren als in der Zeit, die du Jack Dolan kennst."

Isabella quittierte die Bemerkung mit einem Schulterzucken.

In diesem Augenblick wünschte sich David, Samuel wäre noch am Leben. Das Gespräch, das jetzt anstand, sollte ein Vater mit seiner Tochter führen, nicht der Onkel – schon gar nicht, wenn er nur ein Nennonkel war.

„Du bist nie viel herausgekommen. Wir, das heißt, die anderen Onkel und ich, haben uns oft Gedanken gemacht, das Leben in diesem Hotel könnte zu einsam für dich sein und dir nicht die Gelegenheiten zum Ausgehen bieten, die eine junge Frau haben sollte."

„Ich bin so oft ausgegangen, wie ich wollte. Außerdem ist in dieser Gegend die Auswahl an passenden Männern beschränkt. Von den sechstausend Einwohnern, die Braden zählt, hat mehr als die Hälfte das Rentenalter erreicht. Die Männer meiner Generation sind meist verlobt oder verheiratet. Und was den Rest angeht, sind diese Kerle das bisschen Erde nicht wert, unter dem sie einmal begraben sein werden, wenn ich mich so hart ausdrücken darf."

David runzelte die Stirn. Er dachte an den Vorfall mit dem Autoreifen.

„Bobby Joe Cage gehört eindeutig in die letzte Kategorie."

„Genau das meine ich", sagte sie.

„Jack Dolan ist nicht von hier."

„Was bedeutet, dass er auch wieder abreist." Sie erhob sich unvermittelt. „Es tut mir Leid, Onkel David. Mir ist gerade etwas eingefallen, das ich unbedingt erledigen muss."

Isabella verließ ihren Onkel, ohne ihm die Gelegenheit zu geben, noch ein Wort zu sagen. David saß da und beobachtete, wie sie mit hoch erhobenem Kopf an Jack Dolan vorbeihastete. Der Ausdruck im Gesicht des Schriftstellers ließ die gleiche schlechte Stimmung erkennen, die Isabella zur Schau trug.

David seufzte bei dem Gedanken an die Zukunft, wenn er und die anderen Onkel nicht mehr lebten. Zu wissen, dass Isabella jemanden gefunden hatte, den sie lieben konnte, wäre eine große Erleichterung. Er warf einen letzten Blick in Jack Dolans Richtung und kehrte zurück an den Tisch, wo die anderen saßen.

Die Zeit war reif, mit dem letzten Projekt zu beginnen.

10. KAPITEL

Isabella stand schon am Empfangstresen und begrüßte neue Gäste, als David den Restaurantbereich verließ. Thomas und Jasper waren im Saal geblieben. Sie wollten später einen Bekannten in Braden besuchen. John und Rufus hatten sich an Davids Fersen geheftet. Die beiden alten Männer steckten ihre Köpfe zusammen und unterhielten sich angeregt beim Gehen. Mit seiner mageren schlaksigen Gestalt stellte John Michaels das Gegenteil des breitschultrigen, hoch gewachsenen Rufus dar. Samuel Abbott hatte das Paar oft liebevoll als Zweitausgabe von Laurel und Hardy bezeichnet.

Isabella sah die drei Männer herannahen und zog den Kopf ein. Eine Fortsetzung des unangenehmen Verhörs durch Onkel David war das Letzte, was sie sich wünschte.

„Miss?“

Rasch wandte sie ihre Aufmerksamkeit wieder dem Paar zu, das gerade eincheckte.

„Tut mir Leid, Mr. Silvia. Worum ging es?“

„Hätten Sie ein Telefonbuch, das Sie uns leihen könnten?“ wiederholte Leonardo seine Frage. „Ich muss die Nummer der White Mountain Fertility Clinic heraussuchen. Wir haben dort heute Nachmittag einen Termin. Ich möchte mich noch einmal über die genaue Uhrzeit vergewissern.“

„In Ihrem Zimmer liegt ein Telefonbuch. Aber ich weiß die Nummer auswendig: 555-1212.“

„Sind Sie sicher?“ fragte Leonardo.

Isabella lächelte. „Ich habe dort, so lange ich zurückdenken kann, fast jeden Tag angerufen.“

Maria Silvia beugte sich über den Tresen nach vorn und bedachte Isabella mit einem warmherzigen Blick.

„Versuchen Sie auch, ein Kind zu bekommen?"

„Nein, mein Vater, Dr. Samuel Abbott, hat die Klinik gegründet."

Marias Augen wurden groß. „Ach! Dann müssen Sie sehr stolz auf ihn sein, dass er sein Leben der Aufgabe widmet, Paaren wie Leonardo und mir zu helfen."

„Ja. Ich war immer sehr stolz auf meinen Vater. Leider ist er kürzlich verstorben."

Marias wurde blass, dann sagte sie kaum hörbar: „Um Gottes willen ... Sind wir zu spät gekommen?"

„Nein, nein", beeilte Isabella sich zu erklären, als sie den Ausdruck des Entsetzens auf dem Gesicht der kleinen Frau sah, „deshalb habe ich das nicht gesagt. Die Klinik gibt es noch. Sie wird von einem kompetenten Ärzteteam weitergeführt." Sie winkte ihren Onkel zum Empfang, damit er die Frau beruhigen konnte, bevor sie einen hysterischen Anfall erlitt. „Onkel David, darf ich dir Maria und Leonardo Silvia vorstellen. Sie haben einen Termin in der Klinik. Genauer gesagt, heute Nachmittag. Mrs. Silvia, das ist Dr. Schultz. Er ist auch einer der Klinikgründer."

David Schultz sah die Verzweiflung im Gesicht der Frau und fasste sanft ihre Hand.

„Maria Silvia, richtig?"

Sie nickte eifrig, doch ihr Herz pochte noch immer sehr unregelmäßig.

„Ja, Doktor. Ich bin Maria Silvia. Und das ist mein Ehemann Leonardo. Können Sie uns helfen, ein Kind zu bekommen?"

David lächelte. „Wir können es auf jeden Fall versuchen."

Sie entspannte sich leicht. „Oh ... der Versuch wird erfolgreich sein. Ich weiß es."

Es war gut zu hören, wie groß ihr Vertrauen in seine ärztliche Kunst war, doch David befürchtete, dass sie nicht weniger als ein

Wunder erwartete. Er wollte Mrs. Silvia die Hoffnung nicht nehmen, hielt es aber für richtig, sie etwas zu dämpfen.

„Ich verspreche Ihnen, wir werden alles Menschenmögliche tun und dazu ein paar Gebete gen Himmel schicken. Dann entscheidet eine höhere Macht."

Marias Lächeln wurde klarer. „Ich habe schon so oft zu Gott gebetet. Aber dieses Mal weiß ich, dass mein Flehen erhört wird."

Leonardo legte den Arm um seine Frau und versuchte sie wegzuziehen.

„Bitte ... Maria *mia*, du darfst den Doktor nicht so lange aufhalten. Heute Nachmittag bei dem Termin haben wir alle Zeit der Welt, unser Anliegen zu erklären."

„Es liegt mir fern, Sie zu belästigen", erklärte Maria. „Ich wollte Ihnen nur sagen, dass ich Gott ein Versprechen gegeben habe. Dieses Kind wird ihm gehören. Deshalb weiß ich auch, dass ich schwanger werde."

David sah in das Gesicht der Frau. Seine Nackenhaare sträubten sich.

„Sie haben Gott das Recht an Ihrem Kind abgetreten?"

Sie nickte. „Sohn oder Tochter ... das spielt keine Rolle. Es zählt nur mein Versprechen, dass ich unser Kind für ein Leben der Hingabe an den Herrn erziehe."

„Das ist ein sehr edles Ziel", sagte David. „Aber was ist, wenn Ihr Kind sich anders entscheidet?"

Maria schüttelte den Kopf. „Das wird nicht geschehen."

Neugierig geworden, wollten die anderen zwei Onkel mehr über die seltsame Theorie der kleinen dunkelhaarigen Frau hören und kamen näher.

„Was macht Sie so sicher?" fragte David.

„Wenn Gott mir dieses Kind gewährt, wird er ihm auch die Berufung geben."

David starrte die Frau an und sah einen Glauben, der ihn beinahe beschämte. Angesichts des letztes Projektes, das sie noch immer nicht in Angriff genommen hatten, erschien ihm die Begegnung mit dieser Frau wie ein Wink des Schicksals.

„Sie haben einen höchst bemerkenswerten Glauben", sagte er.

Sie lächelte. „Mein Gott ist ein höchst bemerkenswerter Gott." Sie tätschelte Leonardos Hand. „Mein Ehemann hat schon einen Namen ausgewählt, falls es ein Junge wird."

David schmunzelte. „Das nenne ich Planung."

Maria nickte. „Der Junge soll nach seinem Großvater heißen. Sag es ihm, Leonardo."

Leonardo schickte David einen entschuldigenden Blick.

„Es stimmt", begann er dann. „Ich habe vor langer Zeit beschlossen, dass ich unserem ersten Sohn den Namen meines Großvaters geben werde. Seine Mutter war Engländerin, sein Vater Sizilianer. Er hat noch sein ganzes Leben in Italien verbracht. Als meine ganze Familie nach Amerika ging, blieb er zurück, weil er meinte, er sei zu alt zum Auswandern."

„Wie hieß Ihr Großvater?" fragte David.

Leonardo hob die Schultern. „Bartholomeo Silvia; in der Familie wurde er Barto genannt. Ich habe meinen Großvater sehr geliebt."

David nickte freundlich, während sein Verstand zu arbeiten begann.

„Sie haben für heute Nachmittag einen Termin?"

„Ja, und das ist keinen Moment zu früh. Nicht wahr, Leonardo?"

„Allerdings", sagte er und nickte grüßend in die Runde, bevor er die Koffer anhob und seine Ehefrau zum Aufzug führte.

David tauschte einen Blick mit John und Rufus, die ihn beide neugierig ansahen. Dann schaute er wieder zu der Frau hinüber.

Seine Augen verengten sich, als er das Paar die Halle durchqueren sah. „Maria!“ rief er aus einem plötzlichen Entschluss heraus.

Maria Silvia blieb stehen und drehte sich um. Sie wusste es nicht, aber das Licht, das durch die Sprossenfenster über dem Eingang schien, hüllte ihren Kopf in einen Strahlenkranz.

„Ja, Doktor?“

Jetzt sah David die Lichterscheinung und deutete sie als Omen für sich und seine Kollegen, die Arbeit fortzusetzen.

„Wie heißt der Arzt, bei dem Sie einen Termin haben?“

„Dr. Bennett, glaube ich.“

„Ah ja, Aaron Bennett. Ein guter Arzt mit einer hohen Erfolgsquote. Aber wie würde es Ihnen gefallen, wenn Sie stattdessen zu mir kämen?“

Maria strahlte. „Es wäre wunderbar ... wenn ich mit jemandem sprechen könnte, den ich bereits kenne. Dazu mit einem der Klinikgründer! Das ist mehr, als wir erwartet haben.“

David nickte. „Das wäre also abgemacht. Ich rufe selbst in der Klinik an, um die Änderung mitzuteilen. Sie beide gehen jetzt in Ihr Zimmer und gewöhnen sich ein. Gönnen Sie sich etwas Ruhe. Und genießen Sie das Mittagessen. Wir sehen uns dann um drei.“

„Danke, Dr. Schultz. Vielen herzlichen Dank.“

„Nicht doch, Mrs. Silvia. Eher sind wir zu Dank verpflichtet.“

Seine geheimnisvolle Erwiderung überraschte Isabella nicht weniger als das Angebot davor. Seit mehr als fünf Jahren nahmen die Klinikgründer nur noch wenige Patientinnen an. Isabella fragte sich, was diese Frau so besonders machte, dass ihr Onkel für sie seinen Ruhestand unterbrach. Sie warf einen Blick auf das alternde Trio. In ihrer vergnügten Stimmung schien keiner der Männer zu bemerken, wie erstaunt sie war.

Die drei Onkel gingen zur Treppe und hatten bereits die ersten

Stufen erklommen, als Onkel David plötzlich stehen blieb und sich umdrehte.

„Isabella, ich denke, du solltest dir den Rest des Tages freinehmen."

„Wozu, um alles auf der Welt? Ich nehme mir nie frei."

„Genau deshalb", sagte er. „Du solltest auch zum Friseur gehen und dir die Haare machen lassen. Geh zur Maniküre, gönn dir eine Massage, bei ... dieser ... du weißt schon, in diesem Schönheitssalon."

„Du meinst den Salon von Lola Bryan? Glaub mir, diesen Luxus werde ich mir nicht leisten, ohne einen guten Grund zu haben."

In dem Augenblick, als David zu einer Antwort ansetzte, trat Jack Dolan aus dem Speisesaal. David warf Jack einen nachdenklichen Blick zu und wandte sich wieder an Isabella.

„Du hast einen Grund, und du weißt, welchen."

Verärgert über seine Einmischung in Dinge, die sie als ihre eigene Angelegenheit betrachtete, sagte Isabella nichts mehr. Die drei Männer gingen weiter die Treppe hinauf und waren kurz darauf aus ihrem Blickfeld verschwunden. Isabella drehte sich zum Empfangstisch zurück. Dort stand Jack Dolan. Der Tumult, den sein Anblick in ihr auslöste, war unbeschreiblich. Sie wusste nicht, ob sie ihn küssen oder schlagen sollte. Dann atmete sie tief durch.

„Wie kann ich dir helfen?"

Die Kühle in ihrer Stimme traf Jack mitten ins Herz. Er weigerte sich, auf den versteckten Vorwurf einzugehen.

„Gibt es Wanderwege in der Umgebung?"

Die Frage kam überraschend für Isabella. Ihre Antwort verriet, woran sie dachte.

„Hast du gestern nicht genug Landschaft zu sehen bekommen?"

In dem Augenblick, als die Entgegnung heraus war, hätte sie sich die Zunge abbeißen mögen. Sie hob den Blick zur Decke und holte tief Luft.

„Entschuldige, ich muss wohl noch einmal ansetzen."

Jacks Mundwinkel zuckten, aber er schaffte es, weiterhin ruhig dreinzublicken. Eine Ahnung sagte ihm, dass es besser war, wenn er jetzt nicht in Gelächter ausbrach.

„Ja, es gibt ein paar Wanderwege." Sie griff unter den Tresen und reichte ihm eine Karte. „Die Routen sind rot markiert und leicht zu finden. Bist du erfahren als Rucksackwanderer?" fragte sie und fügte hinzu: „Wir hatten schon ungeübte Gäste, die sich im Hochgebirge verirrt haben. Ich möchte nur verhindern, dass so etwas noch einmal passiert."

Jack nahm die Karte. „Ich weiß, was ich tue."

Prima. Für sich selber konnte sie das nämlich nicht behaupten. „Sorg dafür, dass du genügend Trinkwasser dabeihast", sagte sie. „Übernachten wirst du nicht draußen, oder?"

Er schüttelte den Kopf. „Ich mache nur eine Tagestour."

„Dann viel Spaß. Und zieh dich warm an."

Jack seufzte. Wie er das Gefühl verabscheute, das er in diesem Augenblick hatte.

„Isabella?"

Ihr flammender Blick hätte einen Wald in Brand setzen können.

„Was ist?"

„Gestern habe ich ..."

„Du musst nichts erklären. Deine Botschaft war klar und deutlich. Sie ist angekommen."

Er seufzte abermals. „Es ist nicht, wie du glaubst."

„Das ist es nie."

„Verdammt, so habe ich das nicht gemeint."

Sie beugte sich vor und senkte ihre Stimme, damit niemand die Unterhaltung mithörte.

„Ich habe nicht die Absicht, über dieses Thema noch einmal zu sprechen. War das deutlich genug?"

Jack beugte sich ebenfalls vor. Seine Stimme bebte vor unterdrücktem Ärger.

„Ich habe gehört, was du gesagt hast, was nicht bedeutet, dass ich mich danach richte. War das ebenfalls deutlich genug?"

Isabella starrte ihn wütend an.

Er starrte zurück.

Das Telefon klingelte. Sie wandte sich zur Seite und hob den Hörer ab. Als sie den Kopf wieder nach vorn drehte, starrte Jack aus dem Fenster. Kaum hatte sie aufgelegt, wies er mit dem Finger nach draußen.

„Wer ist dieser Mann?"

Sie beugte sich über den Tresen, um zu sehen, wen er meinte.

„Ach ... das ist der Gärtner. Warum fragst du?"

„Das Gesicht kommt mir bekannt vor."

„Wahrscheinlich hast du ihn beim Rasenmähen gesehen."

„Nein."

Sie zuckte mit den Achseln. „Dann verstehe ich nicht, warum du so sicher sein kannst."

Jack drehte sich wieder um und betrachtete Isabella mit kaltem, eindringlichem Blick.

„Ich vergesse nie ein Gesicht."

„Gut zu wissen", fuhr sie ihn an. „Dann kann ich sicher sein, dass du noch weißt, wie ich aussehe, wenn du abgereist bist."

Jack starrte sie hitzig an. Er schwankte zwischen dem Verlangen, sie zu schütteln oder bis zur Besinnungslosigkeit zu küssen. Ganz in ihrer Nähe hielt sich ein Mörder auf – noch dazu ein russischer Spion, wenn die Vermutungen stimmten. Dieses Wissen machte ihn reizbar. Seine Arbeit wurde erschwert, weil er nicht einfach mit der Wahrheit herausrücken konnte. Konfrontierte er die Bewohner von Abbott House mit Frank Waltons Täuschungsmanöver, war dies das Ende seiner verdeckten Ermittlungen. Die schlimmsten Qualen bereitete ihm der Verdacht, dass Isabella in all das verstrickt war. Sie könnte sich in großer Gefahr befinden. Seine Sorge um sie war jedoch in den Hintergrund gedrängt worden, als er den Mann draußen gesehen hatte und ein warnender Gedanke ihn durchzuckte.

„Wie heißt er?“ fragte Jack.

„Wen meinst du?“

„Den Gärtner.“

„Sein Name ist Victor Ross. Er ist ein guter Mitarbeiter, der sich um seine eigenen Angelegenheiten kümmert, was ich auch dir empfehle.“

Nach diesen Worten stürmte Isabella ins Büro und schlug die Tür hinter sich zu. Einen leicht verwirrtem Ausdruck in den Augen und etwas nervös, kam Delia wenige Sekunden später durch die gleiche Tür und nahm den Platz hinter dem Empfangstisch ein.

„Guten Morgen, Mr. Dolan. Kann ich Ihnen behilflich sein?“

„Das bezweifle ich“, brummte Jack unhöflich und stapfte zum Ausgang.

Trotz Isabellas Versicherung wollte er sich diesen Victor Ross genauer ansehen. Als er vor die Tür trat, war der Gärtner von der Bildfläche verschwunden.

Frustriert von Frauen und von der Welt im Allgemeinen, kehrte Jack zurück in die Lobby. Vor der Bürotür blieb er einen Augenblick unentschlossen stehen. Dann ging er auf sein Zimmer. Später würde auch noch Zeit sein, mit Isabella zu sprechen, denn er war ziemlich sicher, dass er den Mann, der sich Victor Ross nannte, schon einmal gesehen hatte. Wenn er nur wüsste, woher er das Gesicht kannte. Aber vielleicht fiel es ihm ja wieder ein.

Hinter seiner Frage nach den Wanderwegen in der Gegend hatte kein touristisches Interesse gestanden. Jack war überzeugt, dass der Mörder von Frank Walton sich irgendwo in der Umgebung des Hotels aufhielt. Wegen der Klinik herrschte ein ständiges Kommen und Gehen von Fremden. Es könnte schwierig werden, vielleicht sogar unmöglich, den Kreis der Verdächtigen auf eine einzige Person einzuengen. Zudem bestand die Möglichkeit, dass der Mörder sich irgendwo in den Bergen versteckt hielt und auf Zeit spielte. Jack hatte vor, einen Teil der Gegend um das Hotel abzusuchen. Das ganze Gebiet des White Mountain zu durchkämmen, schaffte er nicht allein, aber zumindest konnte er die tauglichsten Stellen für einen Unterschlupf überprüfen.

Isabella starrte die Papiere auf ihrem Schreibtisch volle zwei Minuten an. Dann hob sie den Telefonhörer ab und tippte die Ziffernfolge ein. In dem Moment, als die Verbindung zu Stande kam, wusste sie, dass ihr Vorhaben nichts anderes als ein Davonlaufen war. Aber sie brauchte den Abstand. Mit ihrem Leben weiterzumachen, wie es jetzt war, ertrug sie nicht.

„Marcy, hier ist Isabella Abbott. Haben Sie heute Zeit, mir einen neuen Haarschnitt zu machen? Ja? Sehr schön. Noch etwas. Arbeitet Lola heute? Gut. Wäre es möglich, von ihr eine Massage zu bekommen, bevor Sie meine Haare schneiden? Wunderbar! Dann bis um elf.“

Isabella legte auf, holte tief Luft und verließ das Büro.

„Delia, ich fahre nach Braden. Im Laufe des Nachmittags bin ich zurück.“

„Alles klar“, sagte Delia.

Ein grimmiges Lächeln auf den Lippen, schritt Isabella durch die Hotelhalle zu ihren Privaträumen. Alles klar, in der Tat. Delias gute Laune sollte auf sie abfärben. Eine Aufmunterung könnte nicht schaden. Zur Hölle mit Jack Dolan. Die Welt drehte sich weiter, auch wenn die Grundfesten ihres Lebens erschüttert waren.

Die Onkel hatten sich in Davids Zimmer versammelt, um mit den Vorbereitungen für ihr letztes Projekt zu beginnen. Während sie auf Johns Eintreffen warteten, tranken sie Kaffee und sahen sich die Nachrichten im Fernsehen an.

„Seht mal", sagte Rufus und wies auf den Bildschirm. „In Florida hat ein Mann mit einem Alligator gerungen. Bei dem Kampf hat das Biest ihm die Nase abgebissen. Welcher Mensch denkt sich so einen Blödsinn aus?"

Jasper schmunzelte. „Nicht gerade ein geeigneter Genlieferant."

Die anderen lachten. Augenblicke später wechselte der Moderator vom nationalen Nachrichtenteil zu den Ereignissen in aller Welt. Davids Stimme erhob sich plötzlich über dem angeregten Geplauder.

„Hört zu!" Er nahm die Fernbedienung und stellte den Ton lauter.

„Noch ein seltsames Vorkommnis ... heute Morgen wurde in einem abgelegenen italienischen Dorf ein Diebstahl entdeckt. Am Skelett des heiligen Bartholomeo, einem lange verstorbenen Mönch, fehlen ein paar Knochen. Bartholomeo wurde vor ungefähr achtzig Jahren vom Papst in Rom heilig gesprochen. Nach seinem Tod strömten die Menschen zu den sterblichen Überresten, um davor zu beten. Viele behaupteten, durch die Hilfe von Bartholomeo geheilt worden zu sein.

Der Diebstahl kam ans Licht, als eine Putzfrau gegen den Glaskasten stieß, in dem die Knochen ausgestellt sind, und ein Stück der Scheibe herausfiel. Es ist nicht bekannt, wie viele Knochen entwendet wurden. Man weiß nur, dass einige Teile des Skeletts fehlen.

In der vergangenen Woche wurden auf einem Feld in Dorfnähe die Leichen von drei Männern gefunden. Sie stammten aus der Gegend, und man weiß, dass sie ihren Lebensunterhalt als Kleinkriminelle verdienten. Zunächst nahm man an, die drei seien in Streit geraten und hätten sich gegenseitig umgebracht. Nachdem der Reliquiendiebstahl entdeckt wurde, gehen die Vermutungen in die Richtung, dass es einen Zusammenhang zwischen den Todesfällen und den fehlenden Knochen gibt.

Mehr davon später."

„Mein Gott", sagte David und schaltete den Fernseher aus. „Was hat Samuel getan?"

Die anderen zeigten den gleichen entsetzten Gesichtsausdruck. Niemals in den vielen Jahren ihrer Zusammenarbeit hatten sie eine derartige Grenze überschritten.

„Hast du das gewusst?" fragte Jasper.

David rang nach Atem. „Nein! Natürlich nicht. Und ihr?"

Die anderen verneinten ebenfalls. Sie waren fassungslos, wie weit Samuel Abbott zu gehen bereit gewesen war in dem Bestreben, seine Arbeit erfolgreich zu Ende zu führen.

„Was sollen wir jetzt tun?" fragte David.

„Wir können sie nicht zurückgeben", sagte Rufus. „Dann müssten wir erklären, woher wir sie haben. Was die Frage nach dem Warum aufwirft, und dann ... ihr wisst, was das bedeuten würde."

„Hast du gehört, wie der Mönch hieß?" fragte John.

David runzelte die Stirn. „Ja. Warum?"

„Erinnerst du dich an Mrs. Silvia?"

David nickte. „Diese Frau vergesse ich nicht so leicht."

„Der Name, den sie für ihr Kind ausgewählt haben, wenn es ein Junge wird ... hat der Ehemann nicht gesagt, sie wollten das Kind Bartolomeo nennen, nach dem Urgroßvater?“

„Ja. Was ist mit dem Namen?“

„Die Knochen. Der Heilige, dem sie gehören, heißt Bartholomeo.“

Sie erschraken, und es wurde still im Raum. Dann begannen die Männer wild durcheinander zu reden.

„Schsch!“ unterbrach David und sah John an. „Was denkst du darüber?“

„Das ist ein Zeichen, dass wir weitermachen sollen.“

Obwohl die Abstimmung bereits ergeben hatte, dass sie das Projekt durchführen würden, spürte David die zwiespältigen Gefühle in der Gruppe.

„Rufus ... ich merke, dass du Vorbehalte hast.“

Rufus nickte. Er ging im Zimmer umher und strich mit den Händen geistesabwesend über seinen vorstehenden Bauch.

„Mehr als einen, mehr als einen.“

Thomas Mowry nahm seine Brille ab und putzte sich die Nase. „Er ist nicht der Einzige mit Vorbehalten“, sagte er und sank in einen Sessel. „Ich kann nicht daran glauben, dass wir noch einmal einen Versuch machen sollten – noch dazu nach so vielen Jahren. Mir ist egal, ob dieser Name ein Zeichen ist. Wenn wir eine Erkenntnis aus früheren Arbeiten gewonnen haben, dann die, dass alle unsere Projekte gescheitert sind.“

„Nicht ganz“, wandte David ein.

Die anderen sahen sich an, dann nickten sie.

„Ein Projekt war anders“, sagte Jasper.

Thomas schüttelte den Kopf. „Genau da liegt das Problem. Diese eine erfolgreiche Implantation verlief anders, und wir kennen den Grund dafür nicht.“

„Samuel sagte ..."

„Samuel ist tot", schnitt Thomas ihm das Wort ab. „Frank auch. Ich glaube, die Natur versucht uns hier etwas mitzuteilen, und wir hören nicht hin. Bei zwanzig Versuchen waren wir einmal erfolgreich. Das ist kein gutes Ergebnis."

„Aber Samuel hat behauptet, er hätte das Verfahren verbessert. Erinnerst du dich?"

Thomas schlug sich mit der Hand auf das Knie. „Wie oft muss ich es sagen? Samuel ist nicht hier. Wisst ihr genug über seine Methoden, um sie zu wiederholen?"

David nickte. „Ja ... und wir haben bereits eine geeignete weibliche Person gefunden. Es ist die Frau, von der John gerade sprach."

Jasper und Thomas machten ein verblüfftes Gesicht. „Aber wie ..."

„Es war Schicksal", sagte David. „Fragt John und Rufus."

Die beiden Männer blickten sich an, dann sahen sie in die Gruppe.

„Es stimmt", bestätigte John. „Wir haben gerade mit dieser Frau gesprochen. Heute Nachmittag um drei hat sie einen Termin bei David. Wenn sie körperlich in der Lage ist, ein Kind auszutragen, bin ich dafür, dass wir das Projekt durchführen."

Auch Rufus gab mit einem Nicken seine Zustimmung und beugte sich vor.

„Sie hat Gott ihr Kind versprochen", sagte er mit gesenkter Stimme.

Jasper runzelte die Stirn. „Was hat sie?"

„Sie sagt, sie hat zu Gott gebetet, er möge ihr ein Kind schenken. Als Gegenleistung will sie es zu seinem Diener erziehen ... es soll sein Werk weiterführen, wie die Jünger, die Jesus folgten."

„Ist sie verrückt?" fragte Thomas.

David lächelte. „Nein. Nur entschlossen."

Die Männer saßen da. Sie verdauten die Nachricht und erwogen die letzten Bedenken. Rufus erhob sich schließlich. Auf die Holzkiste am Boden starrend, dachte er an den Inhalt und daran, was sie erfahren hatten. Endlich wandte er sich an die anderen.

„Es wird Zeit, dass wir uns an die Arbeit machen, wenn wir Erfolg haben wollen. John, du fasst das eine Ende der Kiste, und Jasper, du nimmst das andere. Und seid vorsichtig. Wir haben nur wenig Material zur Verfügung."

David verschloss die Tür zu seiner Zimmerflucht von innen, legte zusätzlich die Sicherheitskette ein und schob den Riegel vor. Dann packte er einen Stapel mit Labormänteln auf den Unterarm und ging ins Schlafzimmer. Seine Kollegen folgten ihm. David öffnete die Tür zu dem begehbaren Kleiderschrank, schob einen großen Pulloverstapel beiseite und drückte auf das Regalbrett. Sofort löste sich eine breite Holzplatte aus der Rückwand und glitt in eine Maueraussparung.

„Nach euch", sagte David ruhig.

Einer nach dem anderen traten die Männer durch die Öffnung. David ging als Letzter und drückte einen Knopf. Die Rückwand schloss sich wieder, während der hinter dem Schrank verborgene Aufzug, in dem sie standen, beinahe geräuschlos zu sinken begann. Wenige Augenblicke später hielt er an. Die fünf Männer stiegen aus und gingen in einen Tunnel, auf die Elektrowagen zu, die in einer Reihe hintereinander an der Wand standen.

Wortlos stiegen sie ein, sich zu zweit ein Fahrzeug teilend. Nur David nahm allein im ersten Wagen Platz. Er drehte den Schlüssel um, und der Wagen rollte tiefer in den Tunnel hinein. Eingelassene Lampen in der Decke säumten den durch viele Fahrten vertrauten Weg. Die anderen Männer fuhren hinterher, in Schweigen versunken. Ihre Gedanken waren bei der Aufgabe, die vor ihnen lag.

Die Fahrt endete einen knappen Kilometer hinter dem Aufzug, tief im Bauch des White Mountain. Die fünf Männer stiegen aus und gingen weiter bis vor eine schwere Stahltür. Die Tür war fensterlos und glatt, ohne Knauf oder Klinke zum Öffnen. An der Wand daneben befand sich ein kleiner schwarzer Kasten mit einem Tastenfeld. David tippte den Zugangscode ein. Sofort sprang die Tür nach innen auf. Gleichzeitig schaltete sich die Beleuchtung ein. Aus den zahllosen Leuchtstoffröhren an der Decke flutete Licht in den Raum.

Die Männer blieben für einen Moment stehen. Ihr Blick ging zu den unterschiedlichen Laborbereichen, die sie vor langer Zeit eingerichtet hatten. Sie betrachteten die ultramoderne Ausrüstung auf den glänzenden Edelstahltischen.

David bewegte sich als Erster. Er legte einen Schalter um. Bildschirme und Displays flackerten auf. Dann reichte er jedem seiner Kollegen einen Labormantel.

„Ihr wisst, was zu tun ist", sagte er. „Ich komme später wieder, nach meinem Treffen mit Maria Silvia."

„Was ist, wenn sie ..."

„Für Zweifel und Bedenken ist es jetzt zu spät", sagte David. „Fangt einfach an. Meine innere Stimme sagt, wir haben nicht mehr viel Zeit zur Verfügung, in mehr als nur einer Hinsicht."

Er verließ das Großraumlabor, während die anderen sich über einen der Arbeitstische beugten und zusahen, wie Rufus zwei Skelettteile aus der Holzkiste hob. David schloss die Tür hinter sich und fuhr mit einem der Elektrowagen zurück zum Hotel. Er wollte zu der Verabredung mit Maria nicht zu spät kommen.

Es war nachmittags um achtzehn Minuten nach drei, als Jack auf eine kleine Hochfläche an der Steilseite des White Mountain traf. Er war seit fünf Stunden unterwegs. Noch immer hatte er keine

Spuren gefunden, die darauf hingewiesen hätten, dass der Mann, nach dem er suchte, sich hier oben versteckte. Außerdem machte ihm die große Höhe zu schaffen. Sein Herz hämmerte, und immer wieder wurde ihm schwindlig, sodass die Landschaft vor seinen Augen verschwamm. Der Wille zum Durchhalten war da, aber er musste einsehen, dass er weiter hinauf nicht gelangen würde. Er schalt sich, keine Sauerstoffflasche mitgenommen zu haben. Die Arme aus den Trageriemen seines Rucksacks ziehend, hockte er sich auf einen Felsvorsprung und ließ den Kopf zwischen die Knie sinken.

Langsam beruhigte sich sein Herzschlag wieder, und die Schlieren vor seinen Augen verschwanden. Während er dasaß, hörte er hoch am Himmel einen schrillen Schrei. Er hob den Blick und sah einen Adler seine Kreise ziehen. Der Vogel nutzte die Luftströmung aus und schraubte sich, mit seinen gewaltigen Schwingen gleichmäßig schlagend, immer höher hinauf.

„Ich bin also nicht der einzige Jäger", sagte Jack zu sich selbst, nahm seinen Rucksack auf die Knie und zog eine Wasserflasche heraus.

Er trank lange und reichlich. Dann stellte er die Flasche neben sich ab, steckte ein paar Nüsse in den Mund und begann zu kauen. Langsam normalisierte sich sein Stoffwechsel wieder. Zufrieden, den Abstieg antreten zu können, packte er seine Sachen zusammen und schulterte den Rucksack. Er wollte den Weg einschlagen, über den er gekommen war, und blieb stehen. Jetzt war er bis hierher hinaufgestiegen, ohne die geringste Spur zu finden. Einfach umzukehren und zu wissen, dass er nichts mehr finden würde, war eine Zeitverschwendung, die er sich nicht leisten könnte. Er entfaltete die Wanderkarte, die Isabella ihm gegeben hatte, und suchte seinen ungefähren Standort. Wenn er fünfhundert Meter weiter nach Osten ging, kreuzte er den anderen Weg, von dem sie gesprochen hatte. Sollten sie in der Zentrale falsch liegen mit ihrer Vermutung, dass der Mörder sich in den Wäldern des White Mountain versteckt haben könnte, hatte er zumindest alles getan und auf dem Weg nach unten noch mehr Gelände erkundet.

Jack überprüfte die Richtung mit seinem Kompass und ging los. Innerhalb von dreißig Minuten hatte er den anderen gekennzeichneten Weg gefunden und marschierte talwärts. Er erwartete, kurz vor Einbruch der Dunkelheit wieder am Hotel zu sein.

Ungefähr eine Stunde später hatte er wieder Durst und machte Halt. Während er trank, fiel ihm auf, dass er von seinem Standpunkt aus das Hoteldach erkennen konnte. Neugierig zog er sein Fernglas heraus, stellte die Schärfe ein und suchte die nähere Umgebung des Hauses ab. Nach wenigen Minuten sah er, wie eine Gestalt aus dem Schuppen trat. Das musste Victor Ross sein, der Gärtner. Stirnrunzelnd verfolgte er den Weg des Mannes, bis er durch eine Hintertür ins Hotel verschwand. Jack steckte das Fernglas wieder ein und setzte seine Wanderung fort.

Später dachte er, wäre sein Schnürsenkel nicht offen gewesen, hätte er nie das längliche Metallstück entdeckt, das zwischen heruntergefallenen Blättern am Boden glänzte. Er schob Erde und Laub beiseite und sah ein kleines Taschenmesser, das Ähnlichkeit mit dem Schweizer Armeemesser hatte. Es besaß viele kleine Schneiden für unterschiedlichste Zwecke; ein Instrument diente als kombinierter Dosenöffner und Korkenzieher. Erst als Jack die Schneiden wieder zusammenschob, entdeckte er das seltsame Zeichen am Griff. Er hielt das Messer schräg, um die Gravur besser erkennen zu können. Sekunden später riss er den Kopf hoch und blickte um sich. Nichts war zu sehen oder zu hören, das darauf hindeutete, er könnte beobachtet werden – was keine Beruhigung für ihn war. Das Messer, das er gefunden hatte, war nichts Besonderes, wohl aber die Herkunft. Es stammte aus sowjetischer Fabrikation. Die Wahrscheinlichkeit, dass es nicht dem Mann gehörte, nach dem er suchte, war verschwindend gering. Jack Dolan ging gern auf Nummer sicher. Ihm gefielen die Fakten nicht. Durch diesen Fund änderte sich alles. Aus einer Vermutung war ein begründeter Verdacht geworden. Was bedeutete, dass er Washington benachrichtigen musste.

Jack zog das Handy aus der Tasche. Zu seinem Ärger bekam er kein Netz. Im Geist ging er die Einzelheiten durch, die er bisher hatte herausfinden können. Viele waren es nicht. Er hastete weiter den White Mountain hinunter und hoffte, dass er seine vorgesetzte Dienststelle bald erreichte.

Als er unter einem Dach aus Baumkronen hervortrat, stieß unmittelbar vor ihm ein Vogel in steilem Flug nach unten. Er erkannte nicht, was es für einer war, aber die Geschwindigkeit und die Größe ließen auf einen Falken schließen. Falken waren gute Jäger.

Jack warf einen Blick auf seine Armbanduhr. Es war beinahe fünf Uhr. In ungefähr einer Stunde würde die Dunkelheit hereinbrechen. Er hatte keine Lust, auf dem White Mountain von der Nacht überrascht zu werden, und schritt kräftiger aus.

Zu seiner Linken sah er einen Federhaufen. Der Falke hatte seine Beute gemacht. Sekunden nach diesem Gedanken war die Erinnerung da. Sein Herz stockte.

Habicht! Nicht Falke. Oh Gott ... das war das Wort, das ihm nicht hatte einfallen wollen, seit er Victor Ross gesehen hatte.

In den sechziger Jahren hatte es einen berüchtigten sowjetischen Spion gegeben, bekannt als der Habicht. Der Mann war skrupellos. Im Rahmen einer Säuberungskampagne seiner Regierung waren ihm viele Menschen zum Opfer gefallen, auch zehn amerikanische Geheimagenten. Wie er zu dem Beinamen gekommen war, blieb bis heute eine ungelöste Frage. Damals hatte es nur ein Foto von ihm gegeben, aufgenommen auf einem französischen

Flughafen. Die Aufnahme war unscharf und körnig, aber seine slawischen Gesichtszüge mit den hervortretenden Wangenknochen waren auffallend und wie Fingerabdrücke unverwechselbar.

Jacks Magen drehte sich um. Hatte er Recht, und Victor Ross war tatsächlich der Habicht, besaß dieser Fall eine Größenordnung, mit der niemand bei den an der Aufklärung beteiligten Stellen gerechnet hatte. Jack zurrte die Rucksackträger fester und begann zu rennen.

David Schultz trank einen Schluck Kaffee, dann nahm er die Ergebnisse ihrer letzten Labortests und die Liste der Blutwerte zur Hand, die sie eben bei den Silvias bestimmt hatten. Die Erstuntersuchung war viel versprechend verlaufen, besser als erwartet. Vor Jahren hatte Maria an Endiometriose gelitten, aber die Vernarbungen waren nur geringfügig und stellten kein Hindernis für eine Implantation dar. David lehnte sich in seinem Sessel zurück und lächelte beim Weiterlesen in sich hinein. Die Sache lief immer besser. Maria war neununddreißig Jahre alt, erfreute sich bester Gesundheit und achtete auf eine vernünftige Lebensweise, falls stimmte, was sie über ausgewogene Ernährung und regelmäßige Gymnastik sagte. Die Familiengeschichte überzeugte weniger. Beide Eltern waren früh gestorben, an einem Herzinfarkt. Maria jedoch schien dafür Sorge zu tragen, dass ihr dieses Schicksal erspart blieb.

Er trank noch einen Schluck aus seiner Kaffeetasse, lehnte sich bequem in seinem Sessel zurück und überdachte noch einmal die Vorgehensweise. Er würde vorschlagen, dass Maria sich übermorgen in die Klinik begab, wo die Tätigkeit ihrer Eierstöcke angeregt und die reifen Eizellen geerntet würden. Leonardo würde sein Sperma abgeben, und dann konnte die Arbeit beginnen. Heute Abend wusste er, ob Rufus aus den Knochen eine ausreichende Menge an verwertbarer DNA gewinnen konnte. Was Maria und Leonardo Silvia bis dahin taten, war ihre Sache.

Auf dem Weg nach Hause betrachtete sich Isabella immer wieder im Rückspiegel. Die neue Frisur hatte sie deutlich verändert, auch wenn ihr Gesicht gleich geblieben war. Ihre langen glatten Haare, die sie seit dem Eintritt ins Erwachsenenalter schwungvoll nach hinten gekämmt trug, waren in unregelmäßigen Stufen auf Kinnlänge gekürzt. Das ergab einen frechen und zerwühlt aussehenden Look, von dem Isabella noch nicht wusste, ob er ihr gefiel. Irgendwie sah sie aus, als hätte sie nach dem Aufstehen vergessen, sich zu kämmen. Durch die halb geöffnete Scheibe wehte der Fahrtwind, fuhr zwischen die Haarsträhnen und verwirbelte sie zu einer wilden Mähne. Je weiter Isabella fuhr, desto freier fühlte sie sich. Der neue Schnitt bedeutete auch, dass die Vergangenheit hinter ihr lag. Ein Teil ihrer früheren Persönlichkeit war mit ihrem Vater und mit Onkel Frank begraben worden. Einen anderen Teil hatte sie auf dem Fußboden des Friseursalons gelassen. Jetzt musste sie entdecken, was von ihr übrig geblieben war. Noch einen Blick in den Rückspiegel werfend, gab sie Gas und ließ eine Staubwolke hinter sich.

Ungefähr vier Kilometer vom Hotel entfernt sah sie einen Mann am Straßenrand, der ihr entgegenkam.

John Running Horse. Du liebe Güte, was trieb er hier draußen, mitten in der Einöde? Sie bremste ab und hielt neben ihm an.

„John ... ich bin es, Isabella. Soll ich Sie in die Stadt zurückfahren?“

John schüttelte den Kopf, langsam, wie in Zeitlupe. Er spähte sie durch den Vorhang seiner Haare an, die ihm ins Gesicht gefallen waren.

„Kann nicht mitfahren. Bin unterwegs nach Memphis. Muss meine Momma finden."

„Die Fahrt würde nicht lange dauern", sagte Isabella.

„Kann nicht mitfahren", wiederholte er. „Haben Sie eine Gitarre?"

„Nein, John. Leider nicht."

„Ich kann singen", beteuerte er. „Hätte ich eine Gitarre, könnte ich singen. Meine Momma hört mich gern singen."

„Ja, dann", sagte Isabella. „Auf Wiedersehen. Machen Sie's gut."

Sie beschleunigte langsam, um keinen Staub aufzuwirbeln, bis sie weit genug von John entfernt war. Vor der nächsten Kurve warf sie einen Blick in den Rückspiegel. John war nur ein kleiner Punkt in der Landschaft, aber sie konnte sehen, dass er beständig weiterging.

Ihr Herz tat weh bei dem Gedanken, dass dieser Mann, obwohl er groß und kräftig war, den Verstand eines Kindes hatte – und den schien er jetzt auch verloren zu haben.

11. KAPITEL

Isabella bog auf den Parkplatz von Abbott House ein und fuhr hinter das Hotel, wo sie den Wagen in der frei stehenden Garage abstellte. Beim Aussteigen nahm sie ihre Handtasche und hängte sie sich mit dem Tragegurt um den Hals, damit sie die Hände für die Einkaufstüten frei behielt. Sie hatte die Wagentür geschlossen und drehte sich um, als plötzlich Victor Ross im Garagentor stand.

„Victor! Haben Sie mich erschreckt", sagte Isabella.

„Tut mir Leid. Kann ich Ihnen helfen, die Tüten ins Haus zu tragen, Miss Abbott?"

Isabella lächelte. „Ja, das wäre eine große Hilfe. Vielen Dank."

Sie reichte ihm die schwerere der beiden Tüten. Dann machten sie sich zusammen zum Lieferanteneingang auf den Weg.

„Nun, wie ist es, Victor? Haben Sie sich überlegt, ob Sie bleiben wollen?"

„Ich denke noch darüber nach. Das Angebot ist wirklich großzügig."

Wieder lächelte Isabella. „Sie leisten gute Arbeit."

Er nickte. „Vielen Dank."

Sie betraten den Hotelbereich über die Küche und gingen durch die Halle weiter. Am Empfang blieben sie stehen.

„Wo soll ich das abstellen?" fragte Victor.

„Macht es Ihnen etwas aus, die Tüte noch etwas länger zu tragen? Meine Wohnung befindet sich im Erdgeschoss, gleich hinter dem Treppenhaus."

„Ich würde mich geehrt fühlen."

Isabella lachte, und sie gingen weiter. „Ich fürchte, eine Tüte mit Toilettenartikeln zu tragen bringt nicht viel Ehre ein, aber ich weiß Ihre Hilfe zu schätzen."

Beinahe hätte er gelächelt. Sie hatte den Eindruck, ein Lächeln war keine Selbstverständlichkeit für ihn.

„Da sind wir." Sie holte ihr Schlüsselbund heraus und suchte den passenden Schlüssel. Das Schlüsselbund fiel herunter.

„Erlauben Sie." Victor trat vor und hielt den Ring mit den Schlüsseln in der Hand, bevor Isabella begriff, was geschah.

Zu ihrer Überraschung fand er sofort den richtigen Schlüssel. Er schob ihn ins Schloss und drehte um. Der Schließmechanismus klickte, und die Tür schwang nach innen auf.

Victor zog den Schlüssel ab und machte Isabella Platz.

„Nach Ihnen, Miss."

Verblüfft über seine guten Manieren, betrat sie die Wohnung und vergaß, den Schlüsselring zurückzufordern. Auf dem Weg in die kleine Küche bemerkte sie, dass er ihr nicht gefolgt war. Sie wandte sich um. Er stand noch immer an der Tür, die Einkaufstüte in der Hand.

„Stellen Sie sie auf den Stuhl dort drüben", sagte sie. „Und nochmals vielen Dank für Ihre Hilfe."

„Gern geschehen, Miss Abbott", sagte er und wollte gehen.

„Warten Sie!" rief Isabella.

Victor blieb stehen und verfluchte sein Pech. Er hatte nicht die Zeit gehabt, den Wohnungsschlüssel vom Ring zu schieben.

„Da Sie gerade hier sind", sagte Isabella, „kann ich Ihnen gleich den Lohn auszahlen, wenn es Ihnen recht ist. Ich nehme an, Sie haben kein Konto bei einer Bank in der Gegend, sondern bevorzugen Bargeld?"

Er drehte sich herum. „Ja, Miss."

In dem Augenblick, als sie ihm den Rücken zuwandte und zum Schreibtisch ging, löste er den Wohnungsschlüssel vom Ring und ließ ihn in seine Tasche gleiten. Die restlichen Schlüssel legte er auf einen kleinen Tisch neben der Tür. Während sie das Geld abzählte, ließ er den Blick durch die Wohnung schweifen und nahm sorgfältig die Einzelheiten in sich auf.

Als sie sich wieder zu ihm herumdrehte, betrachtete er das Gemälde neben der Tür.

„Gefällt Ihnen das Bild?“ fragte sie.

Er nickte. „Es erinnert mich an meine Heimat.“

„Sie sind auf einer Farm aufgewachsen?“

Nach kurzem Zögern nickte er. Diese Aufrichtigkeit konnte er sich leisten, ohne in Bedrängnis zu kommen.

„Was haben Sie angebaut?“

„Nichts, was zum Sattwerden gereicht hätte“, sagte er und streckte seine Hand nach dem Geld aus.

Verwirrt durch die barsche Entgegnung, drückte Isabella ihm die Scheine in die Handfläche und tätschelte seinen Arm.

„Überlegen Sie sich die Sache mit der Arbeit. Ich würde mich freuen.“

„Ich denke noch einmal darüber nach.“

Er war schon fast an der Tür, als sie ihn erneut zurückrief:

„Ach, Victor?“

Ärgerlich, weil er endlich gehen wollte, presste er die Zähne zusammen und wandte sich wieder um.

„Diese Farm war nicht in Louisiana, nehme ich an?“

„Nein, Miss. Warum fragen Sie?“

Sie zuckte mit den Achseln. „Einer unserer Gäste hat gemeint, er würde Sie kennen. Er stammt aus Louisiana; da dachte ich, es gäbe vielleicht eine Verbindung zwischen Ihnen.“

Rostow spürte, wie das Blut aus seinem Gesicht wich. Trotzdem blieb er stehen und verriet mit keiner Miene, dass die Bemerkung ihn erschüttert hatte.

„Dort war ich noch nie“, sagte er mürrisch. „Ist das alles, Miss Abbott?“

Isabella spürte, dass sie ihn durcheinander gebracht hatte, und bedauerte die arglose Frage. Viele Menschen, die heimatlos waren, schwiegen lieber, wenn es um ihre Lebensgeschichte ging. Dass er nicht ausgefragt werden mochte, verstand sie.

„Ja, Victor. Das ist alles. Ich wünsche Ihnen noch einen schönen Tag."

Er nickte knapp, dann war er verschwunden.

„Seltsamer Mensch", murmelte Isabella und schloss die Tür. Dann sah sie den Ring mit ihren Schlüsseln auf dem Tisch liegen und warf ihn in ihre Handtasche.

Victor schaffte den Weg bis zum Gärtnerschuppen ohne übertriebene Hast, obwohl er bei jedem Schritt erwartete, dass jemand ihn beim Namen rufen würde. Er sah keine Möglichkeit, wie er herausfinden sollte, von welchem Gast sie gesprochen hatte oder ob sie einen der alten Männer meinte. Das spielte keine Rolle mehr. Seine Zeit in Abbott House war vorbei. Er musste von der Bildfläche verschwinden, bevor er von Angesicht zu Angesicht einem Rächer aus der Vergangenheit gegenüberstand.

Er betastete das Geld, das Isabella ihm gegeben hatte, und schob die Scheine tiefer in seine Tasche. Der Gärtnerlohn war nichts gegen die Summe, die er besitzen würde, wenn er sie erst entführt hatte. Er war sicher, dass sie ihren Vater mit seinem Anteil an der Klinik beerbt hatte, hinzu kamen das Hotel und das Grundstück. Die alten Männer würden sofort bereit sein, für ihre Freiheit die geforderte Summe zu zahlen – nicht nur, weil Isabella ihre geliebte Ziehtochter war. Die Einträge in Frank Waltons Tagebuch besagten, dass sie der Schlüssel zu ihrem Erfolg gewesen war.

Immer der Reihe nach. Er warf seine Habseligkeiten in die Reisetasche, sorgfältig darauf achtend, nichts liegen zu lassen, was verraten könnte, dass er nicht der Mann war, für den er sich ausgab.

Dann musste er einen Ort finden, an dem er sich mit Isabella verstecken konnte, bis das Lösegeld gezahlt war. Sobald er das Geld hatte, würde er ebenso unbemerkt verschwinden, wie er aufgetaucht war. Zu seiner Zeit war er der Beste gewesen. Es gab keinen Grund, von sich zu glauben, dass er seinen Biss verloren hatte. Zu dumm für Isabella Abbott, dass ihr Leben für seine Zwecke geopfert werden musste. In seinem Handwerk lautete der oberste Grundsatz: keine Spuren und keine Zeugen.

Mit seiner Tasche in der Hand schlüpfte Rostow aus dem Schuppen, drückte sich am Haus vorbei und schlich zu den Bäumen an der westlichen Grundstücksgrenze. Er blickte nur einmal zurück und vergewisserte sich, dass niemand ihn gesehen hatte. Als er im Wald verschwand, versank die Sonne eben hinter einer Felsenspitze des White Mountain.

Die Dämmerung war hereingebrochen. Jack hatte endlich den Abstieg geschafft. Ein zwei Kilometer langes Wiesental trennte ihn noch vom Hotel. Er wollte sein Lauftempo mäßigen. Jeder Muskel schmerzte, auch die Lunge tat ihm weh. Seit über einer Stunde, seit er wusste, wen die Russen als ihren Handlanger geschickt hatten, trieb ihn das Adrenalin in seinem Körper vorwärts.

Selbst als er das Hotelgelände erreicht hatte, verlangten seine Nerven, dass er weiterrannte, aber die Beine gehorchten nicht mehr. Entweder er wurde langsamer, oder er fiel um. Wenn er einmal am Boden lag, würde er nicht wieder aufstehen können.

Jack erreichte die Terrasse. Seine Angst steigerte sich. Was war, wenn er zu spät kam? Was, wenn der Habicht schon zugegriffen hatte? Er hastete die Treppe hinauf, geriet auf der zweitletzten Stufe ins Stolpern und stützte sich mit beiden Händen ab, um nicht auf dem Bauch zu landen.

Einige Gäste standen draußen und bewunderten den Sonnenuntergang. Sie sahen ihn befremdet an, als er an ihnen vorbeimarschierte. Er konnte sich vorstellen, wie er auf sie wirken musste – ein verschwitzter Wilder, der in ihre Welt eindrang. Aber wenn sein Verdacht richtig war, sollten sie weniger auf ihn achten und lieber den Gärtner fürchten. Er war der Mörder.

Jack stürmte in den Speisesaal und ließ den Blick suchend über die Gäste schweifen. Isabella war nicht da. Auch ihre Onkel fehlten. Es kann viele Gründe geben, warum sie nicht anwesend sind, versuchte er sich einzureden, während er sich seinen Weg zwischen den Tischen hindurch bahnte.

Am Empfangstresen war niemand. Nur zwei Frauen saßen in der Halle und unterhielten sich ruhig.

„Haben Sie Miss Abbott gesehen?" fragte er atemlos.

Erschrocken durch sein plötzliches Erscheinen, blieben die Frauen stumm.

„Jack?"

Er fuhr herum. Isabella trat aus dem Büro. Zumindest glaubte er, dass sie es war. Sie sah irgendwie anders aus – frecher und verführerischer.

„Isabella?"

Sie waren beide verblüfft über das veränderte Erscheinungsbild, das sie einander boten. Isabella warf einen Blick auf seine Kleidung, dann in sein Gesicht. Es war etwas geschehen. Das wusste sie sofort.

„Was ist los?" fragte sie und rannte zu ihm in dem Glauben, er hätte einen Unfall gehabt. „Bist du verletzt? Setz dich in den Sessel dort. Ich hole Onkel David."

Jack fasste sie bei den Schultern. „Mir fehlt nichts. Wo ist Victor Ross?"

„Ich weiß nicht. Wahrscheinlich in seinem Zimmer."

Er nahm seinen Rucksack ab und zog eine Pistole aus der Innentasche seiner Jacke.

„Jack! Hast du den Verstand verloren? Steck die Waffe weg, oder ich sehe mich gezwungen, die Polizei zu rufen."

„Nein, Isabella! Du musst mir vertrauen." Er ließ den Rucksack auf den Boden fallen. „Schließ die Terrassentüren hinter mir und halte dich von den Fenstern fern, solange ich weg bin."

„Bist du verrückt? Ich werde nicht zulassen, dass ein bewaffneter Gast durch mein Hotel läuft. Steck die Pistole weg, oder ich hole die Polizei, das schwöre ich."

„Die Polizei bin ich, Isabella. Ich bin vom FBI. Jetzt tust du, was ich sage, damit niemand zu Schaden kommt."

Wie vom Blitz getroffen, erstarrte Isabella. Als sie wieder zu sich kam, war Jack schon im Speisesaal und auf dem Weg zur Terrasse. Sie sah zu den Frauen in der Halle, die offensichtlich alles mit angehört hatten.

„Bleiben Sie, wo Sie sind", sagte sie. „Und verhalten Sie sich ruhig."

Die beiden nickten rasch und fassten sich bei den Händen. Isabella lief in den Speisesaal. Der Raum war mehr als zur Hälfte mit Gästen gefüllt, die beim Abendessen saßen. Es war ihr unangenehm, ihnen Angst zu machen, aber noch weniger hätte sie sich verziehen, wäre einer von ihnen zu Schaden gekommen, weil sie Jacks Anweisungen nicht befolgte.

„Meine Damen und Herren, darf ich für einen Moment um Ihre Aufmerksamkeit bitten", rief sie.

Die ungewohnte Aufforderung ließ die gleichmäßig raunenden Gespräche verstummen.

Jemand kicherte. Aus dem hintersten Saalende kam eine Stimme und fragte: „Was ist los, Isabella? Hat die Köchin den Backofen in Brand gesetzt?"

Isabella hob beide Hände und zwang sich zu einem Lächeln. Mit raschen Schritten ging sie zur Terrasse. Zum Glück war sie leer. Sie schloss die Fenstertüren und wandte sich den Gästen zu.

„Es ist notwendig, dass Sie sich alle für ein paar Minuten in die Eingangshalle begeben. Dort draußen gehen Dinge vor, die außer Kontrolle geraten könnten. Wir möchten vermeiden, dass jemand verletzt wird."

Ein Mann stand auf. „Ich habe ein Gewehr im Wagen", bot er seine Hilfe an.

„Nein, nein. Bitte tun Sie, was ich sage."

Man hörte das Geräusch, wie Dutzende von Stühlen über das Parkett geschoben wurden. Dann strömten die Gäste aufgeregt murmelnd aus dem Saal.

Isabella seufzte. Sie hoffte, das Richtige getan zu haben. Nach einem raschen Blick zur Terrasse eilte sie den anderen nach.

Die Leute hatten sich um den Kamin im hinteren Bereich der Lobby versammelt. Die meisten standen, während betagtere Gäste sich in den Sesseln niedergelassen hatten.

„Was ist denn los, Miss Abbott?" fragte eine ältere Dame.

„Ich wünschte, das wüsste ich", sagte sie.

Im Schuppen brannte kein Licht, die vordere Tür stand angelehnt. Schon vor dem Eintreten wusste Jack, dass der Aushilfsgärtner, der sich Victor Ross nannte, fort war. Trotzdem stahl er sich hinein, blieb im Dunkeln stehen und lauschte. Es war nichts zu hören, nur das Geräusch seines eigenen Atems.

„Verdammt, verdammt", murmelte er und knipste das Licht an. Dann ging er weiter nach hinten, wo der Mann sein Zimmer hatte.

Der Raum war verlassen, aber es roch nach Rauch. Das Bett war gemacht, im Bad fehlten alle persönlichen Gegenstände, und der kleine Metalleimer, der als Abfallbehälter diente, war leer bis auf eine Ascheschicht auf dem Boden. Noch ein Hinweis, dass sein Verdacht stimmte. Alle Hinterlassenschaften zu verbrennen, die zu einer Enttarnung führen könnten, war eine Agentengewohnheit aus der Zeit des Kalten Krieges. Trotzdem fühlte sich Jack verpflichtet, den Raum zu durchsuchen. Ergebnislos, wie er erwartet hatte.

Er wollte Washington anrufen und suchte sein Handy. Dann fiel ihm ein, dass das Telefon noch im Rucksack steckte.

Sein Pech verfluchend, lief er zum Hotel zurück. Da er damit rechnete, dass Isabella die Terrassentüren hinter ihm geschlossen hatte, betrat er das Haus durch den Lieferanteneingang. Er rannte in die Eingangshalle, wo er nicht nur Isabella fand, sondern zwei Dutzend Gäste, die ihm neugierig entgegenblickten.

In dem Augenblick, als Isabella ihn sah, sprang sie auf.

„Jack?“

„Er ist weg.“

„Aber ich habe noch heute Nachmittag mit ihm gesprochen. Er hat mir geholfen, ein paar Sachen in die Wohnung zu tragen, und ich habe ihm den Wochenlohn ausgezahlt.“

„Was hat er gesagt?“ fragte Jack.

Eine Menschentraube bildete sich um ihn und Isabella. Alle warteten gespannt auf eine Erklärung, aber Jack war nicht in der Stimmung, den Nachrichtensprecher zu spielen.

„Schick die Leute in den Speisesaal zurück“, sagte er.

„Aber sie haben das gleiche Recht wie ...“

„Isabella ... bitte.“

Sie sah ihn stirnrunzelnd an und gehorchte.

„Also gut. Sie können sich wieder an Ihre Tische begeben. Sollte das Essen kalt geworden sein, wärmt die Bedienung es gern für Sie auf. Das Dessert geht auf Kosten des Hauses.“

Unter Gemurmel verließ die Menge die Lobby. Morgen hat sich die Nachricht über den Vorfall in der ganzen Stadt verbreitet, dachte Isabella. Entweder strömten dann die Neugierigen in Scharen herbei, um bei ihnen zu essen, oder die Leute würden das Hotel ganz meiden.

Sie konnte nichts tun, nur abwarten.

Sobald sie allein waren, fuhr sie zu Jack herum. Vor Zorn und Verzweiflung war ein scharfer Ton in ihrer Stimme.

„Was hatte das Ganze zu bedeuten? Und rede bloß nicht weiter um den heißen Brei herum, Jack Dolan ... oder wie du heißen magst. Das ist mein Hotel. Ich habe ein Recht zu erfahren, was vor sich geht."

Er zog seine Dienstmarke heraus. „Mein Name ist Jack Dolan. Nur bin ich kein Schriftsteller, sondern FBI-Agent."

Sie sah die Blechmarke. Ihr Herz sank. „Das verstehe ich nicht. Warum die Geheimniskrämerei?"

„Zu diesem Zeitpunkt bin ich nicht befugt, dir alles zu erklären, aber so viel kann ich sagen: Der Mann, den du als Victor Ross gekannt hast, war kein Gärtner. Ich bin ziemlich sicher, dass er Frank Walton umgebracht hat."

Plötzlich merkte Isabella, wie Übelkeit in ihr hochstieg. Was er da sagte, hätte sie am wenigsten erwartet. Bei dem Gedanken, wie nah sie diesem Fremden gewesen war, wurde ihr schwindlig, und sie begann im Stehen zu schwanken. Sie hatte ihn mit Essen versorgt, mit ihm gelacht und ihm Geld gegeben.

„Oh Gott ... ich habe den Mann bezahlt, der Onkel Frank auf dem Gewissen hat? Ich habe ihm Obdach gewährt. Er hat in meinem Haus gegessen und ..."

Jack schüttelte sie sanft, um sie aus der beginnenden Hysterie zu reißen.

„Hör zu", sagte er. „Er ist weg, und ich muss wissen, worüber ihr geredet habt. Hat er irgendetwas gesagt, woraus du entnehmen konntest, dass er Abbott House verlassen wollte?“

Sie begann zu weinen. Leise. Sie schluchzte nicht einmal. Der Anblick, wie große Tränen aus ihren Augen quollen, war genug, um den stärksten Mann aus der Fassung zu bringen.

„Oh Gott, nein. Tinkerbell, nicht“, bettelte er und führte sie zu einem Sessel in der Nähe. „Hier, Liebes. Setz dich da hinein. Wäre ich nicht so verschwitzt und schmutzig, würde ich dich umarmen. Ich möchte dich so gern halten.“

„Es ist mir egal, ob du dreckig bist“, sagte sie leise und sank gegen ihn.

„Zum Teufel“, murmelte Jack. Dann zog er sie an sich und hielt sie fest. Er ließ sie weinen, damit sie den Schock überwand, den seine Offenbarung ausgelöst hatte. „Wo sind deine Onkel? Ich hätte vermutet, sie wären alle hier versammelt.“

„Ich weiß es nicht“, antwortete sie. „Sie waren zum Abendessen nicht unten.“

„Vielleicht sind sie ausgegangen.“

„Nein, sicher nicht. Sie würden das Haus nie verlassen, ohne mir Bescheid zu sagen.“ Plötzlich hielt Isabella hörbar den Atem an. „Du glaubst doch nicht, dass Victor Ross ihnen etwas angetan hat?“

Genau darüber hatte er sich Gedanken gemacht, aber das würde er ihr nicht sagen.

„Ach was. Beruhige dich, Liebes. Er kann nicht einfach fünf Männer verschwinden lassen. Dazu müsste er zu viel Aufwand betreiben. Du weißt doch, wie deine Onkel sind. Wahrscheinlich sitzen sie zusammen oben vor dem Fernseher oder spielen Karten.“

„Vielleicht“, sagte sie. „Trotzdem werde ich nachsehen.“

„Gute Idee“, erwiderte Jack. „Ich komme mit.“

„Ich rufe auf ihren Zimmern an und bitte sie, herunterzukommen.“ Sie berührte Jacks Gesicht. „Du blutest ja.“

Er zuckte mit den Achseln. Beim Laufen hatte er sich an tief herunterhängenden Ästen geschrammt. Jetzt machte sich der leichte Schmerz an den Hautabschürfungen bemerkbar.

„Das sind nur Kratzer“, sagte er.

„Sie müssen gesäubert werden.“

Er grinste in der Hoffnung, sie aufmuntern zu können. „Zum Teufel, Liebes. Ich könnte überall eine Säuberung gebrauchen.“

„Dann geh unter die Dusche. Anschließend kommst du in meine Wohnung. Bis dahin wird auch Onkel David da sein. Er kann die Wunden desinfizieren. Einige Schnitte sind ziemlich tief.“

Jack ließ Isabella nur ungern allein, doch er musste in Washington anrufen. Es wurde Zeit, das Netz weiter auszuwerfen.

„Wenn du mir versprichst, dass du in der Zwischenzeit ein Sandwich isst und ein Bier dazu trinkst, bin ich einverstanden.“

Sie nickte. Als er gehen wollte, fasste sie ihn am Arm. Er blieb stehen und drehte sich um.

„Was ist?“

„Ist das der Grund, warum ... wir nicht ...“

Jack seufzte. „Ja.“

Sie stand für einen Augenblick still und verarbeitete die Antwort. Dann beflügelte sie eine Leichtigkeit, die sie seit Tagen nicht mehr gespürt hatte.

„In Ordnung“, sagte sie leise.

Jack berührte ihr Gesicht. Seine Finger glitten über ihre Haare, und er betastete den fransigen Schnitt.

„Gefällt dir die Frisur?“

„Ja, verdammt“, knurrte er. „Viel zu sexy für eine Fee, die Tinkerbell heißt. Ich muss mir einen neuen Namen für dich ausdenken.“

Mit der Befürchtung, mehr gesagt zu haben, als gut für ihn

war, wandte er sich ab. Dann stieg er die Treppe nach oben, immer zwei Stufen auf einmal nehmend.

Isabella sah ihm nach, bis er verschwunden war. Vor der Tür zu ihrer Wohnung bemerkte sie, dass die Schlüssel noch in ihrer Handtasche waren. Sie kehrte ins Büro zurück, holte einen Zweitschlüssel und öffnete. Dann ging sie zum Telefon.

David hatte aus einer von Marias Eizellen den Kern entfernt, sodass nur die äußere Membran und das Zytoplasma erhalten blieben. In diesem Moment begann das rote Licht über dem Ausgang zu flackern. Erschrocken fuhr er hoch. Dabei zerstörte er versehentlich die empfindliche Zelle und fluchte halblaut.

Jasper hatte das Licht auch gesehen und zog bereits seinen Labormantel aus.

„David, jemand versucht, uns zu erreichen."

„Ich sehe es", antwortete er. „Einer von uns hätte oben bleiben sollen, damit das nicht passiert. Aber wir stehen so sehr unter Zeitdruck, dass ich nicht daran gedacht habe."

Die anderen Männer hasteten umher, schalteten ihre Geräte ab und schlüpften aus den weißen Kitteln.

„Wir müssen uns beeilen", sagte Thomas.

Innerhalb kürzester Zeit hatten sie das Labor verlassen. Die Metalltür war fest verschlossen, und sie saßen in den Wagen. Die Fahrt durch den Tunnel zum Aufzug dauerte acht Minuten. Das war nicht lange, aber eine Ewigkeit, wenn sie fürchten mussten, dass ihr Geheimnis entdeckt wurde.

Isabella legte den Hörer auf. Ihre Hände zitterten. Keiner der Onkel hatte abgehoben. Sie mochte nicht daran denken, was geschehen sein könnte. Die Vorstellung, die fünf Männer vielleicht für immer verloren zu haben, war schrecklich. Aber in den vergangenen Wochen hatte sie eine harte Lektion gelernt. Schlimme Dinge geschahen einfach, ob man darauf vorbereitet war oder nicht.

Sie wählte noch einmal die einzelnen Zimmer an. Ihre Onkel konnten sich zufällig in einem anderen Raum aufgehalten haben, als sie das erste Mal anrief. Aber der gesunde Menschenverstand sagte ihr, dass etwas nicht stimmte.

Sie versuchte, Jack zu erreichen. Er nahm nicht ab. Wohl, weil er noch im Bad war. Sie wollte nicht auf seine Rückkehr warten und rannte in das Büro hinter dem Empfang. Dort griff sie sich den Generalschlüssel und eilte zum Aufzug.

„Hallo, Isabella."

Nicht jetzt. Trotzdem blieb sie stehen und drehte sich um. Zwei ältere Rancher, die zum Essen hergekommen waren, kamen auf sie zu.

„Was hatte das eben zu bedeuten?" fragte der erste.

„Das war eine reine Vorsichtsmaßnahme", erklärte sie. „Zum Glück erwies sie sich als unbegründet. Aber Sie wissen, wie das ist. Lieber einmal zu oft gewarnt als einmal zu wenig."

„Gewarnt wovor?" schaltete sich der andere Rancher ein.

Isabella zauderte nicht lange und log. Es ging um die Sicherheit der Menschen, die sie liebte. „Ich glaube, die Polizei sucht nach einem entlaufenen Sträfling. Zum Glück war es falscher Alarm. Sie können unbesorgt nach Hause fahren." Sie zwinkerte den beiden Männern zu. „Anhalter würde ich keine mitnehmen, wenn ich Sie wäre."

Die Rancher runzelten die Stirn und reagierten entrüstet. „Wir haben keine Angst", erklärte der erste. „In meinem Pick-up liegt eine Flinte, das sagte ich bereits."

„Passen Sie nur auf, dass Sie nicht versehentlich Ihren Freund damit erschießen", neckte Isabella ihn.

„Das wird er schon nicht“, schnaubte der andere. „Bevor wir in seinen Wagen steigen, entleere ich das Magazin.“

Die beiden waren noch immer in ihren gutmütigen Streit verwickelt, als sie das Hotel durch den Vordereingang verließen.

Mit einem erleichterten Seufzer eilte Isabella weiter. Sie erreichte den Aufzug, ohne noch einmal aufgehalten zu werden.

Wie immer kroch der alte Fahrstuhlkäfig ächzend und quietschend nach oben. Isabella kam die Fahrt bis ins letzte Stockwerk endlos vor. Dann hielt der Aufzug. Sie stieg aus, rannte den Korridor entlang und hämmerte an die erste Tür, während sie gleichzeitig den Schlüssel ins Schloss steckte.

David stieg als Erster aus dem winzigen Lift und hastete durch den begehbaren Schrank in sein Zimmer. Er wollte den Hörer abnehmen, um Isabella anzurufen, und erstarrte. Von draußen war gedämpft das unverkennbare Knarren und Rumpeln des alten Hotelfahrstuhls zu hören. Es war zu spät zum Telefonieren. Isabella war auf dem Weg nach oben und suchte sie.

„Beeilt euch“, sagte er. „Wir haben nicht viel Zeit.“ Er rannte zur Eingangstür, löste die Sicherheitskette und zog den Telefonstecker aus der Wand. Als er zu den anderen zurückeilte, um die lang bewährte Tarnung aufzubauen, vernahm er bereits das Geräusch der sich öffnenden Kabinentür.

Jasper stellte den klappbaren Kartentisch auf, während Thomas und John von überall im Zimmer Stühle herbeischleppten und um den Tisch gruppierten. Rufus riss eine Schreibtischschublade auf und holte das Kartenspiel und eine Dose mit Wertmarken heraus. Innerhalb von Sekunden saßen die fünf Männer um den Tisch versammelt, scheinbar tief versunken in ein Pokerspiel.

„Ich setze fünf Dollar“, sagte Jasper, als es klopfte und gleich darauf die Tür nach innen aufflog.

In gespielter Überraschung blickten alle fünf Männer hoch.

David stand auf, die Karten noch in seiner Hand.

„Isabella, Liebling! Stimmt etwas nicht?"

Isabella verließen vor Erleichterung die Kräfte. Pokern. Sie saßen alle in Onkel Davids Zimmer und spielten Karten.

„Ich habe angerufen – bei allen. Keiner hat abgenommen. Ich dachte schon, euch wäre auch etwas zugestoßen."

David legte sein Blatt weg, ging zu Isabella und schloss sie in die Arme.

„Liebes, es tut mir so Leid, dass du dir wegen uns Sorgen gemacht hast. Aber der Apparat hat gar nicht geklingelt."

„Ich habe es immer wieder versucht", sagte sie.

Jasper stand auf und ging zum Telefon. „Sieh nur", sagte er. „Der Stecker ist draußen."

David runzelte die Stirn. „Wahrscheinlich hat die Putzfrau ihn beim Saubermachen versehentlich herausgerissen. Es tut mir Leid, Liebes, dass wir dich beunruhigt haben. Wie du siehst, erfreuen wir uns bester Gesundheit. Willst du dich nicht zu uns setzen? Du kannst mir helfen, so wie früher, als du noch klein warst."

„Nein, nein. Ihr versteht nicht. Es geht nicht nur darum, dass ich euch nicht finden konnte. Ich hatte Angst, ihr wärt alle tot, wie Onkel Frank."

„Wie kommst du denn darauf?" fragte David.

„Ich weiß nicht, wo ich beginnen soll", sagte sie.

„Am Anfang. Das ist gewöhnlich am besten." Thomas bot ihr einen Stuhl an.

David führte sie hin, und sie setzte sich. Ihre Beine zitterten noch immer. Sie sah die fünf alternden Männer an, die ihr so viel bedeuteten.

„Ihr seid alles, was mir auf dieser Welt geblieben ist", bekannte sie leise.

„Und wir lieben dich, als wärst du unser eigenes Kind", sagte David und nahm auf seinem Stuhl Platz.

„Ich weiß", entgegnete sie. „Aber es ist eine Veränderung eingetreten, seit wir heute Morgen miteinander gesprochen haben."

David betrachtete ihr Haar. „Ich sehe es. Schön, dass du meinem Rat gefolgt bist. Die neue Frisur gefällt mir."

„Das meine ich nicht." Sie holte tief Luft. „Jack Dolan ist kein Schriftsteller", stieß sie hervor, als wollte sie einen schlechten Geschmack im Mund loswerden.

David runzelte die Stirn. „Er hat nicht mit deinen Gefühlen gespielt, oder? Sonst werde ich ..."

„Nein, nein ... um Gottes willen. Ich fürchte, ich habe doch falsch angefangen."

„Dann erlaube mir, dass ich helfe", sagte Jack.

Alle drehten sich um und sahen den Mann, der im offenen Eingang erschienen war, erstaunt an.

„Jack, ich wollte gerade ..."

„Das habe ich gehört." Er trat ins Zimmer und schloss die Tür hinter sich.

„Ich glaube, Sie schulden uns eine Erklärung", sagte John.

Jack runzelte die Stirn. „Nein, das glaube ich nicht. Trotzdem werde ich Ihnen mitteilen, was ich auch Isabella gesagt habe. Ich bin Agent des FBI."

Die fünf Männer bekamen einen starren Blick und schwiegen. Jeder hatte sein eigenes Katastrophenszenario vor Augen.

Isabella sprach als Erste.

„Onkel David, er glaubt, dass Victor Ross der Mörder von Onkel Frank ist."

Entsetzt rangen alle fünf Männer nach Atem. Dann redeten sie wild durcheinander.

„Warten Sie, bitte ... warten Sie", sagte Jack. „Einer nach dem anderen."

„Ich stelle die offensichtlichste Frage zuerst", begann David. „Warum sollte Franks Mörder sich die Mühe machen, den ganzen Weg bis nach Montana zu kommen? Uns hat man gesagt, Frank Walton sei das Opfer eines Überfalls geworden."

Jack zögerte. Er wägte ab, ob er Frank Waltons wahre Identität preisgeben sollte. Dann entschied er sich dagegen.

„Das ist noch nicht geklärt", sagte er. „Fest steht nur, dass der Mörder alle persönlichen Gegenstände aus dem Hotelzimmer entfernt hat; er wollte wohl Mr. Waltons Abreise vortäuschen. Dann hat er sein Flugticket benutzt."

„Und ich habe ihn als Aushilfe beschäftigt", klagte Isabella sich an. „Durch mich hatte er ein Dach über dem Kopf, Essen und Geld."

„Du konntest nicht wissen, wer er war", sagte David. „Niemand von uns konnte das. Vergiss nicht, ich habe ihn sogar behandelt, als er krank war. Wir sind nicht schuld an Franks Tod, nur weil dieser Mann uns hintergangen hat."

„Ich weiß", sagte sie. „Trotzdem ..." Sie erschauerte. „Ich komme nicht darüber hinweg. Er war in meinem Haus, in meinem Wohnzimmer, und hat sich mit mir über ein Gemälde unterhalten, als wäre er der harmloseste Mensch auf der Welt."

„Welches Gemälde?" fragte Jack. „Und warum in deiner Wohnung?"

„Das habe ich dir schon gesagt. Er hat mir geholfen, eine Tüte vom Auto hereinzutragen. Dann wartete er, damit ich ihm seinen Lohn auszahlen konnte."

„Hast du ihm Bargeld gegeben?"

Sie nickte.

Jacks Verstand arbeitete fieberhaft. War Ross tatsächlich der

Agent, für den er ihn hielt, würde er Geld am allerwenigsten brauchen. Der Habicht wusste, wie er an die Dinge kam, die er haben wollte – ohne dass er dafür zahlte. Stattdessen hinterließ er eine Spur von Leichen.

„Mr. Dolan ... was bringt Sie zu der Annahme, dass Victor Ross Franks Mörder ist?“ fragte Thomas.

Wieder achtete Jack sorgfältig auf seine Wortwahl. „Er war hier fremd.“

„Ja, aber du hast auch gesagt, dass dir sein Gesicht bekannt vorkommt. Erinnerst du dich?“ wandte Isabella ein. „Ich selbst habe Victor Ross darauf angesprochen, als er sich das Gemälde ansah.“

Verdammt. „Was genau hast du gesagt?“ fragte Jack.

„Das Gemälde zeigt eine ländliche Szene. Eine Farm. Er sagte, es würde ihn an den Ort erinnern, an dem er aufgewachsen ist. Ich fragte, ob dieser Ort zufällig in Louisiana sei. Er verneinte und wollte wissen, wie ich darauf komme. Ich antwortete, ein Gast habe ihn gesehen und gemeint, das Gesicht käme ihm vertraut vor. Mehr habe ich nicht gesagt. Wie hätte ich ahnen können, dass diese Bemerkung ihn misstrauisch machen würde?“ Bedrückt sah sie Jack an. „Es ist meine Schuld, nicht wahr? Durch mich war er gewarnt und konnte fliehen.“

Jack versuchte, Isabella zu beruhigen. Er legte ihr die Hand auf die Schulter und tätschelte sie.

„Das wissen wir nicht. Außerdem ändert das nichts. Ich hätte mir besser überlegen sollen, was ich sage. Schließlich war ich derjenige, der wusste, dass sich ein Mörder hier herumtrieb. Du hattest keine Ahnung davon. Deshalb hör auf, dir Vorwürfe zu machen.“

„Aber ich verstehe das Ganze noch immer nicht“, sagte Jasper. „Warum sollte ein New Yorker, der in Brighton Beach einen Mord begeht, anschließend nach Montana reisen – an den Ort, wo sein Opfer lebte? Das ergibt keinen Sinn."

„Ross ist kein New Yorker", sagte Jack.

„Woher kommt er dann?" fragte David.

„Aus Russland."

Isabella seufzte. „Das ergibt noch weniger Sinn. Wir haben keine Verbindungen nach Russland. Das ist doch richtig, Onkel David?"

Jack sah den alternden Arzt an. Ein Blick in seine Miene genügte, und er wusste Bescheid. Die anderen Männer waren bemüht, keine Regung zu zeigen. Trotzdem erkannte Jack, dass sie in höchster Aufregung waren.

Er strich sich über die Wange, ohne weiter auf das Brennen zu achten. Also hatten sie alle damit zu tun. Die fünf Männer kannten Waltons Geheimnis. Der Ausdruck in ihren Augen sprach Bände.

Isabella sah, wie Jack sein Gesicht berührte und zusammenzuckte. Ihr fiel ein, dass die Schrammen noch nicht versorgt waren.

„Onkel David ... ich habe Jack gesagt, du würdest dich um seine Schürfwunden kümmern."

Der alternde Mann sah aus, als müsste er seine Gedanken mühsam in eine andere Richtung lenken. Dann warf er einen Blick auf die Verletzungen.

„Natürlich", sagte er. „Bitte setzen Sie sich hierher. Ich hole meine Tasche."

Jack nahm bereitwillig Platz. Er war froh, einen Grund für sein Bleiben zu haben.

„Wie ist das passiert?" fragte Jasper. „Sind Sie gestürzt?"

„Nein. Ich bin den White Mountain talwärts gerannt. Anscheinend sind mir ein paar niedrig hängende Zweige im Weg gewesen."

David stellte seine Arzttasche ab, nahm einige sterile Tupfer und eine Flasche mit Desinfektionsmittel heraus. „Der White Mountain ist kein ideales Gebiet zum Joggen."

Jack sah hoch und begegnete dem Blick des Arztes. „Ich war nicht joggen."

Ihm fiel auf, dass David keine weiteren Fragen stellte. Fast sah es aus, als wüsste der alte Mann, warum er sich beeilt hatte.

Isabella straffte plötzlich den Oberkörper und wandte sich ihm zu.

„Jack, warum warst du so in Panik, als du vorhin in die Lobby kamst?"

Das Desinfektionsmittel tropfte in einen der tieferen Kratzer. Jack zuckte zusammen und veränderte seine Haltung, damit er ihr Gesicht sehen konnte.

„Ich musste mich vergewissern, dass du unversehrt warst."

Zwischen ihren Brauen erschien eine tiefe Falte.

„Da kann ich nicht mehr folgen. Wenn Ross der Mörder von Onkel Frank ist – und ich habe keine Zweifel, dass du ihn dafür hältst –, warum glaubst du dann, ich könnte ebenfalls in Gefahr sein? Was hast du dort oben auf dem Berg erlebt? Was macht dich so sicher, dass er die Tat begangen hat? Ross hielt sich schon eine ganze Weile hier auf. Du hast ihn mehr als einmal gesehen und nie ein Wort gesagt. Warum jetzt?"

David hatte die Abschürfungen und Schnittwunden gereinigt. Er hörte aufmerksam zu, die anderen Männer auch.

„Ich bin nicht auf dem White Mountain gewesen, weil ich wandern wollte. Ich war auf der Suche nach dem Mann, der Frank Waltons Rückflugticket nach Braden benutzt hat. Den Mann habe ich nicht gefunden, aber ein Taschenmesser mit russischer Beschriftung. Auf dem Rückweg ins Tal fiel mir dann ein, woher ich das Gesicht von Victor Ross kenne."

Jasper Arnold riss erschrocken die Augen auf und beugte sich vor.

„Woher?" fragte er.

„Es war in Virginia, während meiner Ausbildung bei der FBI-Academy in Quantico. Wir studierten ... Spionagetechniken, so hieß das Fach. Einer der Ausbilder führte uns einen Film über den Kalten Krieg vor. Dann sprachen wir über einige der berühmten Agenten aus jener Zeit und ihre heute veralteten Methoden. Wir sahen auch ein Foto. Es zeigte einen Mitarbeiter des KGB, von dem es hieß, er sei der Spion, der in Geheimdienstkreisen als der Habicht bekannt war. Das Gesicht ist mir in Erinnerung geblieben. Ich bin ziemlich sicher, dass Victor Ross kein anderer als der Habicht ist. Nur kann ich es nicht mit letzter Bestimmtheit sagen. Das Alter wird ihn verändert haben. Außerdem ist er verschwunden. Ich habe keine Möglichkeit, ihn mir noch einmal anzusehen. Aber ..." Jack zuckte mit den Schultern.

„Das alles ergibt trotzdem keinen Sinn", wandte Isabella ein. „Selbst wenn du Recht hast, dass Victor Ross der Habicht ist und er Onkel Frank umgebracht hat, willst du sagen, er hat sich in einen gewöhnlichen Kriminellen verwandelt? Warum ist er überhaupt nach Amerika gekommen? Wäre es nicht wahrscheinlicher, dass er seinen ehrenvollen Ruhestand in seinem Vaterland genießt?"

„Von dem Vaterland, wie er es kannte, ist nicht viel übrig", sagte Jack. „Und ich möchte weder andeuten noch glaube ich, dass er als gewöhnlicher Raubmörder hier ist."

„Sondern?" Isabella sah ihn gespannt an.

Jack stand auf und dankte David mit einem Nicken für die ärztliche Versorgung. Dann traf er die Entscheidung, etwas mehr Information preiszugeben.

„Ich glaube, er wurde losgeschickt, um einen bestimmten Mann aufzuspüren, den er nach meiner Überzeugung auch gefunden hat. Aber er sucht noch mehr. Deshalb ist er nach Montana gekommen, zum White Mountain. Er hat sich in Abbott House umgesehen, weil Frank Walton hier gewohnt hat. Und solange er nicht findet, was er sucht, wird vermutlich jeder, der zu Waltons Hausgemeinschaft gehörte, in Gefahr schweben."

„Mein Gott!"

Thomas Mowry presste die Hände an sein Herz. Die anderen wandten den Blick zu ihm.

„Er hat uns gefunden", murmelte der alte Mann. „Er hat uns alle gefunden."

Sofort eilten die anderen Onkel, Isabella und Jack an seine Seite. Jasper war ihm am nächsten. Er half ihm, sich auf die Couch zu legen und lockerte seine Kleidung. David kam mit seiner Arzttasche und setzte sich auf die Sofakante.

„Thomas ... Thomas ... hast du Schmerzen?“ fragte er.

„Nein ... aber ich glaube, ich werde ohnmächtig.“

„Helft mir, ihn ins Bett zu bringen“, sagte David.

„Lassen Sie mich das tun“, bot sich Jack an und hob den alten Mann auf die Arme.

„Hier entlang.“ David wies ihm den Weg zum Schlafzimmer in der Suite, die Thomas bewohnte.

Jack legte den Bewusstlosen auf das Bett. Dann trat er einen Schritt zurück, damit die anderen sich um ihn kümmern konnten. Er blieb einen Moment stehen und sah die Angst und die Besorgnis in ihren Gesichtern. Die gemeinsam verbrachten Jahre hatten enge Freunde aus den Männern gemacht. Jack empfand einen tiefen Widerwillen, ihre ruhige kleine Welt zu erschüttern. Doch eines Tages musste die Wahrheit herauskommen, dass sie wissentlich einen desertierten russischen Geheimnisträger bei sich aufgenommen hatten.

Thomas kam wieder zu sich. Erst jetzt bemerkte Jack, dass Isabella nicht bei ihnen war. Er drehte sich um, sah sie blass und zitternd in der Eingangstür stehen und ging zu ihr.

„Liebes, es geht ihm gut. Ich glaube, er hatte nur einen Schock.“

Sie starrte ihn an, als wäre er ein Fremder.

Er runzelte die Stirn. „Isabella?“

Sie drehte sich um und ging den Korridor entlang. Auf dem Treppenabsatz holte er sie ein.

„Was ist los?“ fragte er.

„Du verschweigst uns etwas.“

„Ich habe euch alles gesagt, was ich sagen kann.“

„Dir hat Frank Walton nichts bedeutet, aber für uns war er ein

Familienmitglied. Du hast kein Recht, uns die Wahrheit vorzuenthalten."

Jack holte tief Luft und atmete langsam wieder aus.

„Frag deine Onkel", sagte er. „Sie wissen mehr, als sie zugeben. Wenn du mich brauchst", fügte er hinzu, „ich bin in meinem Zimmer. Ich muss ein paar Anrufe erledigen."

„Was soll das heißen ... sie wissen mehr, als sie zugeben? Willst du andeuten, dass sie irgendwie in die Sache mit Onkel Frank verwickelt sind?"

„Ich deute gar nichts an."

Er ging davon und ließ Isabella mit der Last des Ungesagten allein.

Sie drehte sich um und starrte durch den langen Flur zur letzten Tür auf der rechten Seite, Thomas' Suite. Dann ging sie los. Auf halbem Weg hielt sie inne. Ihr Herz hämmerte, und sie hatte schweißfeuchte Hände.

Lieber Gott ... bitte ... noch mehr kann ich nicht ertragen.

In diesem Augenblick kam David aus der Tür, auf die sie zusteuerte.

„Isabella, wir bringen Thomas in die Klinik. Ich denke, es ist nichts Ernstes, aber vorsichtshalber möchte ich ihn über Nacht an einen Herzmonitor anschließen."

„Kann ich helfen?"

David zögerte, dann lächelte er und drückte einen Kuss auf ihre Wange.

„Nein, Liebes. Wir kommen allein zurecht. Du hältst hier die Stellung, einverstanden?"

„Und wenn der Mann zurückkommt? Dieser Russe, von dem Jack Dolan sagt, dass er Onkel Frank umgebracht hat?"

Ein kaum merkliches Flackern erschien in David Schultz' Blick. Isabella sah es, und der Glaube an ihre Onkel starb einen leisen Tod. Zum ersten Mal hatte sie das Gefühl, ganz allein in der Welt zu stehen. Sie wusste, wenn er auf ihre Frage antwortete, würde es eine Lüge sein.

„Ist schon in Ordnung", sagte sie leise. „Kümmere du dich um Onkel Thomas. Ich passe selbst auf mich auf."

Sie drehte sich um und ging zur Treppe, sich straff aufrecht haltend und mit langen entschlossenen Schritten. David hatte sich noch nie so schuldig gefühlt und noch nie so alt wie in diesem Augenblick. Sie alle hintergingen sie. Das Mädchen spürte das. Obwohl sie das wahre Ausmaß nicht ahnen konnte, wusste sie auf unbestimmte Weise, dass es ein Geheimnis gab, in das sie nicht eingeweiht war.

„Herrgott, steh uns bei", murmelte er und betrat den Aufzug, um nach unten zu fahren und auf den Krankenwagen zu warten, der jede Minute eintreffen musste.

Jack schlug die Tür zu seinem Zimmer zu. Er musste seiner Verzweiflung und seinem Zorn Luft machen. Mit wenigen Schritten war er beim Bett und ließ sich darauf fallen. Hätte er das Taschenmesser nur einen Tag früher entdeckt, wäre Victor Ross noch hier gewesen. Was er jetzt brauchte, war die Bestätigung für seinen Verdacht. Aber außer abzuwarten ... nein, etwas gab es, das er tun konnte.

Er sprang mit einem Satz vom Bett und stürzte zur Kommode. Dort lagen die Fotos, die er als angeblicher Schriftsteller für seine Recherchen aufgenommen hatte. Darunter waren zahlreiche Bilder vom Hotel und dem Garten. Mit etwas Glück würde der Gärtner auf wenigstens einer der Aufnahmen zu sehen sein.

Er hob ein paar Fotos von dem Stapel, warf sie auf das Bett und streifte sich die Schuhe ab. Sein Magen knurrte vor Hunger, aber es gab zu viel zu tun. Er hatte keine Zeit, sich umzukleiden und in den Speisesaal zu gehen. Vielleicht war Delia noch am Empfang und ließ sich überreden, ihm etwas aus der Küche kommen zu lassen. Einen Versuch war es wert.

Jack wählte die Nummer und zählte, wie oft der Anschluss läutete. Er wollte schon auflegen, als er die atemlose Stimme der Angestellten hörte.

„Der Empfang. Was kann ich für Sie tun?“

„Delia, hier ist Jack Dolan, Zimmer 200. Ich weiß, Abbott House hat keinen Zimmerservice, aber ich dachte, vielleicht könnten Sie mir eine Kleinigkeit zu essen besorgen. Ich bin nicht wählerisch und nehme, was da ist.“

„Kein Problem, Mr. Dolan. Selbstverständlich bringe ich Ihnen etwas hinauf. Ich werde sehen, was ich für Sie tun kann.“

„Vielen Dank. Ich lasse die Tür unverschlossen.“

Er legte auf. Dann nahm er die Abzüge der ersten Filmrolle in die Hand und betrachtete sie. Nirgends war Victor Ross zu sehen. Auch die Durchsicht der zweiten und dritten Fotoserie brachte keinen Erfolg. Er hatte die erste Hälfte des vierten Stapels geschafft, als ein Lächeln über sein Gesicht ging.

„Treffer“, sagte er leise und hielt das Foto näher ans Licht.

Es war eine Ansicht der Rückseite von Abbott House, und im offenen Lieferanteneingang war niemand anders als Victor Ross zu sehen, wie er ins Freie trat. Jack erinnerte sich noch, dass ihm die Eile des Mannes aufgefallen war, er ihn aber nicht weiter beachtet hatte. Hätte er einen genaueren Blick auf ihn geworfen, wie jetzt auf sein Foto, stünde der Fall womöglich längst vor dem Abschluss. Er prüfte rasch den Rest der Bilder, um keinen besseren Schnappschuss zu übersehen, aber Ross war sonst nirgendwo abgelichtet.

Jack warf die anderen Aufnahmen beiseite, ging zu seinem Laptop und las über den Scanner den Abzug mit dem Gesicht von

Victor Ross ein. Dann griff er nach dem Handy. Sekunden später meldete sich sein Direktor.

„Dolan?"

„Ja, Sir. Es tut mir wirklich Leid, dass ich so spät anrufe, aber ..."

„Meine Dienstzeiten sind reine Erfindung. Was gibt es?"

„Ich habe die Person identifiziert, nach der wir fahnden. Leider konnte ich keine Verhaftung vornehmen. Der Mann hat Verdacht geschöpft und sich abgesetzt."

„Ich kann Ihnen ein Sonderkommando schicken. Wissen Sie, wo sich der Gesuchte jetzt aufhält?"

„Nein. Aber ich vermute, er ist zurück in die Berge. Auf dem White Mountain gibt es genügend Verstecke. Die einzige andere Möglichkeit wäre Braden, aber der Ort ist zu klein, um dort längere Zeit unterzutauchen."

„Vielleicht ist er zu dem Ergebnis gekommen, dass Walton nichts besaß, was für ihn wertvoll sein könnte, und hat die Heimreise angetreten."

„Das halte ich für unwahrscheinlich", sagte Jack.

„Warum?"

„Weil er mit leeren Händen käme. Ich glaube nicht, dass die Leute, die ihn ausgesandt haben, damit zufrieden sein würden."

Es folgte kurzes Schweigen.

„Heraus mit der Sprache. Was ist noch an der Sache?" fragte der FBI-Chef.

„Ich habe Anlass zu der Vermutung, dass wir es mit dem Habicht zu tun haben."

„Was ...? Man hörte ein tiefes Luftholen in der Leitung. „Sie meinen, mit *dem* Habicht?" fragte sein Vorgesetzter mit veränderter Stimme.

„Ja, Sir."

„Ich dachte, er sei tot ... oder als Ehrenpensionär der Regierung in der Versenkung verschwunden.“

„Der Mann, den ich gesehen habe, war sehr lebendig.“

„Dolan, wenn es tatsächlich der Habicht war, zeigt sich der Fall in einem ganz neuen Licht.“

„Ja, Sir. Das ist auch meine Meinung. Ich habe einen Schnappschuss von ihm. Keine Großaufnahme, aber das Gesicht ist deutlich erkennbar. Ich schicke Ihnen das Bild per E-Mail.“

„Einen Moment“, sagte der FBI-Direktor. „Ich bin nicht an meinem Schreibtisch.“

Jack hörte Schritte, dann wurde eine Tür geöffnet und wieder geschlossen. Sekunden später quietschte ein Schreibtischsessel.

„In Ordnung. Ich bin in meinem Büro. Warten Sie ... ja, die Datei ist heruntergeladen. Ich drucke jetzt aus.“

Jack wartete, bis die Druckergeräusche verstummt waren. „Was sagen Sie zu dem Bild?“ fragte er dann.

„Ich muss die Spezialisten einschalten, damit sie die Aufnahme vergleichen. Natürlich ist das Alter zu berücksichtigen. In ein paar Stunden melde ich mich.“

„Ja, Sir. Ich erwarte Ihren Anruf.“

„Sonst noch was?“ fragte sein Chef.

Jack seufzte. Es musste heraus.

„Man weiß, wer ich bin.“

„Wie ist das passiert?“

„Ich habe es gesagt.“

Wieder herrschte Schweigen. Dieses Mal dauerte es länger.

„Ich nehme an, Sie hatten Ihre Gründe?“

„Ja, Sir. Die hatte ich.“

„Was ist vor Ort über den Zweck Ihres Aufenthaltes bekannt?“

„Nur, dass ich dem Mann auf der Spur war, der den Freund der

Familie umgebracht hat. Und dass der Mörder das Flugticket des Toten benutzt hat, um nach Braden zu kommen. Außerdem ... weiß man hier jetzt, dass der Gesuchte ein Russe ist."

„Denken Sie, das war klug?"

„Im Augenblick weiß ich gar nicht, was ich denken soll. Aber die fünf alten Männer, die Isabella Abbott ihre Onkel nennt, bekamen es gewaltig mit der Angst zu tun, als ich ihnen meine Erkenntnisse mitteilte. Einer hat offenbar eine leichte Herzattacke erlitten. So schien es mir, bevor ich sie verließ, um auf mein Zimmer zu gehen. Ach ... das wollte ich noch mitteilen. Ich habe einen Freund in Quantico, der mir Informationen über alle Passagiere besorgt, die sich an Bord der Maschine befunden haben, mit der Vaclav Waller angeblich abgestürzt ist."

„Was hoffen Sie zu finden?"

„Das weiß ich noch nicht. Aber die Hinweise, auf die ich gestoßen bin, sind interessant. An Bord waren sieben Mediziner, die Piloten und eine Frau – sie soll die Ehefrau eines der Ärzte gewesen sein. In Abbott House lebten bis vor wenigen Wochen sieben alte Männer. Die Namen sind nicht identisch mit denen auf der Passagierliste, und über die Gesichter kann ich nichts sagen; dazu ist das Foto zu alt und die Männer waren zu jung. Aber ein merkwürdiger Zufall bleibt die Zahlenübereinstimmung trotzdem."

„Lassen Sie mich wissen, was man in Quantico in Erfahrung bringt."

„Ja, Sir."

„Ich melde mich wieder."

Die Leitung brach ab. Jack sah sofort in seinen E-Mail-Briefkasten in der Hoffnung auf Post von Steven Randolph. Er klickte sich durch die Liste der neu eingegangenen Nachrichten. Beim vorletzten Eintrag hielt er inne und grinste.

Dubloh7.

007. Das war Steven.

„Dann wollen wir mal sehen, was du für mich hast, James Bond."

Er öffnete die Datei und begann zu lesen. Je weiter er kam, desto klarer wurde ihm, dass der Fall von Frank Walton die Spitze eines riesigen Eisberges war. Alle Ärzte an Bord des Flugzeuges waren Experten für Gentechnik gewesen und hatten Möglichkeiten zur Manipulation des menschlichen Erbguts erforscht. Noch bedeutsamer war eine andere Information, die Steven den Unterlagen im Archiv entnommen hatte. Zum Zeitpunkt des Flugzeugabsturzes drohte allen sechs Wissenschaftlern, dass sie ihre Forschungsaufträge verloren.

Jack beantwortete die E-Mail. Er listete die Namen der Männer auf, die in Abbott House lebten oder gelebt hatten – darunter auch den von Isabellas Vater. Walton hatte das Gaunerstück vollbracht, in der Identität eines Toten weiterzuleben. Jack fragte sich, was die Überprüfung der anderen Namen ergeben würde.

Als er das Feld für Senden anklickte, wurde an seine Tür geklopft. Das Essen war da.

„Kommen Sie herein", sagte er und schloss den Laptop.

Die Tür wurde geöffnet. Jack stand auf und streckte sich. In diesem Moment sah er, dass nicht Delia mit seinem Imbiss hereinkam. Es war Isabella.

Er eilte ihr entgegen, nahm ihr das Tablett aus den Händen und stellte es ab.

„Brauchst du sonst noch etwas?"

„Vielleicht Verzeihung? Verständnis? Eine Umarmung? Ich bin nicht wählerisch und nehme alles."

Sie seufzte und schalt sich stumm für ihre Schwäche. Als sie angeboten hatte, ihm das Essen zu bringen, war ihr klar gewesen, wie er ihr entgegentreten würde. Deshalb war sie hier, wenn sie ehrlich war.

„Ich kann verstehen, dass du deine Ermittlungen oft verdeckt durchführen musst. Das bringt die Arbeit für das FBI mit sich."

„Ja, dann ..."

„Ich bin noch nicht fertig." Sie hob die Hände und wich zurück, um Raum zwischen ihnen zu schaffen.

Jack stählte sich für das einschränkende „Aber", das er zu hören erwartete.

„Dann sprich weiter."

„Du kannst mich nicht einfach stehen lassen und davon ausgehen, dass ich so tue, als ginge mich die ganze Geschichte nichts an. Weißt du, wie mir zu Mute ist? Jetzt fühle ich mich wirklich als Waise. Ich misstraue den einzigen Menschen, die ich als Familie gekannt habe. Das hast du erreicht. Ich sehe diese fünf liebenswerten alten Männer an, und plötzlich sind sie Fremde für mich. Jack, ich habe Angst – und das ist allein deine Schuld."

Er runzelte die Stirn. „Nein, Isabella. Das stimmt nicht. Ich war der Überbringer der schlechten Nachricht. Die Sache, in die deine Onkel verwickelt sein könnten, hat lange vor der Zeit begonnen, als du geboren wurdest."

Ihre Unterlippe bebte. Isabella kämpfte gegen die aufsteigenden Tränen.

„Was ist los, Jack? Was geht hier vor? Wovor haben die Onkel Angst? Sag nicht, ich würde mich irren. Ich habe den Ausdruck in ihren Augen gesehen."

„Hast du sie gefragt?"

„Nein, und das werde ich auch nicht tun."

„Warum nicht?"

Die Antwort war bitter, aber sie musste gesagt werden. Isabella schlang sich die Arme um den Oberkörper, ging zum Fenster und starrte auf den White Mountain. Plötzlich bekam sie eine Gänsehaut.

„Weil nichts von dem, was sie mir mitteilen würden, die Wahrheit wäre. Verzichte ich auf die Frage, erspare ich ihnen die Lügen."

„Es tut mir Leid."

„Oh, Jack ... mir doch auch."

„Isabella ... sieh mich an."

Sie drehte sich um. Ihre Augen waren feucht.

Jack wusste, dass das, was er tat, nicht richtig war. Er nahm ihr Gesicht zwischen beide Hände und neigte den Kopf. Dann küsste er sie. Sanft und zärtlich.

Sie stöhnte auf. Er glitt mit den Händen von ihrem Gesicht zu den Schultern und tiefer, zum Rücken. Er zog sie an sich.

Hitze entstand. Leidenschaft flammte in ihnen auf. Es gab nur einen Weg, das schmerzhaft wilde Verlangen zu stillen – und der musste versperrt bleiben. Solange die Situation andauerte, in der Isabella so verletzlich war. Solange die Möglichkeit bestand, dass er auch den Rest zerstören würde, der von ihrer Welt noch übrig war.

„Oh Gott", murmelte sie und riss sich aus seinen Armen.

Sie sank auf die Bettkante und schlug die Hände vor das Gesicht.

„Das ist verrückt. Warum tue ich das? Ich muss wahnsinnig sein, an dich zu denken, während ich versuchen sollte, mich aus dieser Hölle zu retten, die sich um mich zusammenbraut."

Ein Schritt hätte genügt, und Jack wäre bei ihr auf dem Bett gewesen. Dann hätte es kein Zurück mehr gegeben. Weil er seine Grenzen kannte, blieb er, wo er war; die Schultermuskeln gespannt und beide Beine fest auf dem Boden, um der Versuchung standzuhalten.

„Du kannst alles leugnen, was zwischen uns ist. Das ist mir gleich. Aber in Sicherheit bringen musst du dich vor gar nichts. Ich werde nicht zulassen, dass dir etwas zustößt. Das verspreche ich dir."

Sie ließ die Hände auf die Oberschenkel sinken. Dann hob sie den Blick zu ihm. Der Ausdruck in ihren Augen war unmissverständlich. Würde er sie jetzt fragen, bekäme er ein Ja zur Antwort. Verdammt! Die Erkenntnis half auch nicht weiter.

„Mein edler Ritter reitet also noch." Ihr Lächeln war überhaupt nicht freundlich. „Aber etwas wüsste ich gern noch."

„Was?"

„Wenn du in den Sonnenuntergang reitest ... bist du dann immer allein?"

„Verdammt, Isabella. Du weißt, dass ich zu diesem Zeitpunkt keine Versprechungen machen kann."

Sie stand auf und wechselte das Thema, bevor er mehr sagen konnte.

„Ich weiß nicht, was in mich gefahren ist", sagte sie. „Du hattest Hunger, und jetzt wird dein Essen kalt. Hier ... ich stelle es dir auf den Schreibtisch. Oder möchtest du lieber im Bett essen? Du könntest dabei fernsehen. Obwohl, ich kann dir keine große Programmauswahl versprechen. Der Empfang ist schlecht – wegen der hohen Berge."

Bevor Jack sie aufhalten konnte, war sie an seinem Schreibtisch. Sie schob vorsichtig die Ausdrucke beiseite, um Platz für das Tablett zu schaffen. Plötzlich hielt sie inne. Sie hob ein Blatt hoch. Erst als sie zu reden begann, begriff er, dass sie die Aufnahme in der Hand hielt, die die sieben Ärzte beim Besteigen des Flugzeuges zeigte.

„Woher hast du das?" fragte sie.

Verflucht. „Das ist nur ein altes Foto."

„Aber woher hast du es?“

Am Ton ihrer Frage wurde ihm bewusst, dass mehr als Neugier dahinter stand.

„Warum willst du das wissen?“

„Weil mein Vater darauf ist ... links von ihm steht Onkel Frank, glaube ich, und neben ihm Onkel David, obwohl ich nicht sicher bin. Ich habe Onkel David noch nie mit Bart gesehen.“

Jack antwortete nicht. Ihre Stimme begann zu zittern.

„Jack, warum hast du ein Bild von meinem Vater?“

Plötzlich ergab alles einen Sinn.

Verdammt, es war so. Natürlich. „Ich wusste nicht, dass er auf dem Foto ist“, sagte er. „Ich habe nie ein Bild von ihm gesehen.

„Oh.“ Sie reichte ihm das Blatt. „Dann hast du das Foto wegen Onkel Frank?“

„Ja.“

Sie nickte. „Es tut mir Leid. Wahrscheinlich sehe ich überall Gespenster.“

Isabella hatte sich zum Gehen gewandt, als Jack sie zurückrief.

„Würdest du etwas für mich tun?“

„Vielleicht.“

Diese Antwort hatte er nicht hören wollen, musste sich aber damit zufrieden geben.

„Bitte sag den anderen nichts von dem Foto ... zumindest vorerst nicht.“

„Das gehört auch zu der Lüge, nicht wahr?“ fragte sie und machte eine wegwerfende Geste mit der Hand. „Vergiss, dass ich gefragt habe. Vermutlich ist das wieder etwas, worüber du nicht reden kannst.“

Sie war schon an der Tür, als sie plötzlich erstarrte. Dann drehte sie sich um. Entsetzen stand in ihrem Gesicht.

„Mein Gott.“

Jack wusste, was folgen würde. Er konnte nichts tun, um ihr zu helfen.

„Mein Vater ist auf dem Bild."

„Das hast du gesagt."

„Er war ebenfalls in diese Sache verwickelt, nicht wahr?"

„Das weiß ich nicht."

„Aber du wirst es herausfinden?"

„Deshalb bin ich hier."

Sie begann zu weinen. „Welche Rolle spielt das alles noch? Wonach du suchst, was immer es ist, muss seit Jahrzehnten der Vergangenheit angehören. Es sind alte Männer, Jack! Du hast gesehen, was deine Eröffnung bei Onkel Thomas angerichtet hat. Willst du noch mehr Opfer auf dein Gewissen laden?"

„Willst du den Mann entkommen lassen, der deinen Onkel ermordet hat?"

„Das ist nicht fair", schluchzte sie.

„Das Leben ist selten fair."

„Dann sag mir, worum es wirklich geht. Hilf mir zu verstehen, damit ich dich nicht hassen muss." Ihre Stimme brach. Isabella lehnte sich gegen die Tür. „Ich will dich nicht hassen, Jack Dolan. Oh, mein Gott ... das will ich wirklich nicht."

Ihren Schmerz zu sehen zerriss ihn. Er fühlte sich wie ein Schuft.

„Dann tu es nicht. Du entscheidest selbst ... und darum geht es. Wir führen unser Leben nach den Entscheidungen, die wir treffen."

„Machst du es dir nicht zu leicht?"

„In meinem Job ist nichts leicht, Isabella. Mach nicht den Fehler und deute die Tatsache, dass ich etwas für dich empfinde, als Schwäche. Was immer notwendig ist, um diesen Fall zu lösen, werde ich tun."

„Dann genieße dein Essen. Ich wünsche dir eine gute Nacht. Hoffentlich schläfst du ruhig, Jack Dolan."

Sie war verschwunden, so rasch wie sie gekommen war. Er sah zu dem Tablett auf dem Schreibtisch. Das Essen würde im Abfall landen. Seine Kehle fühlte sich plötzlich merkwürdig eng an. Er konnte nicht mehr schlucken.

13. KAPITEL

Es war halb drei Uhr nachts, als Wasili Rostow Abbott House erreichte. Er hielt sich im Schatten der Büsche, die das Haus umgaben, und schlich zur Rückseite des Hauptgebäudes. Bei den Müllcontainern blieb er stehen. Bis auf die Nachtbeleuchtung in der Halle und auf den Korridoren brannte nirgends Licht. Dieser Anblick war ihm vom Fenster seines Zimmers im Gärtnerschuppen her vertraut.

Rostow fragte sich, ob sein Verschwinden im Hotel schon bemerkt worden war. Die Chancen standen gut, dass man ihn noch nicht vermisste. Es gab keinen Grund, dass jemand vom Hotel nach Sonnenuntergang den Gärtner suchte. Er hatte die ihm zugewiesene Arbeit beendet und dann Feierabend gemacht. Einen Auftrag fehlerfrei zu erledigen war Ehrensache für ihn. Was er zusagte, führte er auch aus, selbst wenn es nur um Heckenschneiden und Rasenmähen ging.

Er dachte an seinen Vorgesetzten, der ihn hierher in dieses Land geschickt hatte. Auch er erwartete, dass er sein Wort hielt. Rostow hatte nicht zuletzt deshalb überlebt, weil er begriffen hatte, wie der Kommunismus funktionierte. Wenn ein Vorhaben scheiterte, brauchte man einen Schuldigen, der die Folgen tragen musste. Den Vorwurf, er hätte einen hochrangigen Wissenschaftler entkommen lassen, ließ er sich nicht machen. Er hatte Wort gehalten und Vaclav Waller aufgespürt. Dass der alte Mann lieber von eigener Hand gestorben war, statt mit ihm zurückzugehen, war nicht seine Schuld.

Zu dem Plan, den er jetzt verfolgte, hatten ihn äußere Umstände gezwungen. Freiwillig hätte er diesen Weg nicht eingeschlagen. Für die Übergangszeit brauchte er Geld, denn er musste untertauchen, wenn er überleben wollte.

Rostow betastete den Schlüssel in seiner rechten Tasche und überdachte noch einmal die räumlichen Gegebenheiten im Erdgeschoss des Hotels. Es gab vier Möglichkeiten, wie er mit Isabella aus dem Gebäude herauskam: durch die Vordertür, durch den Notausgang hinten im Korridor zur Privatwohnung, durch den Lieferanteneingang in der Küche und durch die Terrassentüren. Die Chancen standen gut für ihn. Er konnte sich nicht vorstellen, was ihn an der Durchführung seiner Tat hindern sollte. Die einzigen Bewohner des Hotels waren fünf alte Männer, einige Paare, die sich verzweifelt ein Kind wünschten, und dieser Schriftsteller. Sie würden ihm nicht in die Quere kommen.

Rostow betastete von außen seine linke Jackentasche und vergewisserte sich, dass er die Injektionsspritze dabeihatte. Bei Waller war sie nicht zum Einsatz gekommen, aber nun würde sie ihren Zweck erfüllen. Weiter die Schatten nutzend, huschte er über das Grundstück, bis er beim Lieferanteneingang war. Innerhalb von Sekunden hatte er das veraltete Türschloss geknackt.

In der Küche blieb er stehen und lauschte auf verräterische Geräusche, aber anscheinend hatten sich alle Bewohner bereits auf ihre Zimmer zurückgezogen. Glück für ihn, dass das Hotel wie eine Familienpension geführt wurde. Die Vordertür blieb nach Mitternacht zugesperrt, am Empfang gab es keinen Nachtportier, und die Küche schloss um elf Uhr abends. Die Gäste und Dauerbewohner lagen sicher längst in tiefem Schlaf, was seinem Vorhaben nur nutzen konnte.

Er schlich auf seinen Gummisohlen in den Speisesaal und von dort in die Lobby. Erst als er sicher sein konnte, dass er allein war, hielt er sich nicht mehr im Schatten.

Im festen Vertrauen auf den reibungslosen Verlauf seines Vorhabens eilte er am Empfangstresen vorbei und betrat den hinter dem Treppenaufgang gelegenen Korridor, der zu Isabella Abbotts

Wohnung führte. Er hatte Glück gehabt, dass Isabella ihn früher am Tag gebeten hatte, die Einkaufstüte für sie hereinzutragen. Das ersparte ihm, mitten in der Nacht ihre Wohnräume zu suchen. Noch wichtiger war, dass er den Schlüssel hatte.

An der Wohnungstür blieb er stehen. Er kniff die Augen zusammen. Sein Gesicht wurde ausdruckslos. Er warf einen Blick in den langen Korridor und sah hinter sich. Nichts rührte sich. Kein Laut war zu hören. Gut so. Er hätte kaltblütig jeden umgebracht, der ihn störte.

Zufrieden mit dem bisherigen Verlauf der Dinge, legte er das Ohr an die Tür. Die Stille in der Wohnung dahinter war beruhigend. Er schaute sich noch einmal um. Dann nahm er den Schlüssel, den er von Isabellas Schlüsselbund gestohlen hatte, und schob ihn ins Schloss.

Isabella hatte geweint, bis sie endlich einschlief. Seit einer Stunde wiederholte sich der gleiche Albtraum. Jack rannte durch die Hotelhalle und schrie ihren Namen. Wenn sie ihn dann sah, waren sein Gesicht und seine Kleidung blutüberströmt. Jedes Mal, wenn sie ihn zu fragen versuchte, was Schlimmes geschehen war, zog er seine Pistole und sagte, sie müssten alle sterben.

Sie versuchte, den Traum anzuhalten, rollte auf den Rücken und warf sich unter der Decke unruhig hin und her. Dann war plötzlich ihr Vater da. Er stand zwischen ihr und Jack.

„Daddy ... ich bin so froh, dass du gekommen bist. Mein Leben ist aus den Fugen geraten.“ Sie wies auf Jack. „Er sagt, die Onkel hüten ein Geheimnis, aber niemand will mir verraten, worum es dabei geht. Das ist nicht fair, Daddy. Mach, dass sie mir sagen, was los ist.“

„Denk nicht mehr an das Geheimnis, Isabella. Jemand ist an deiner Tür! Wach auf. Wach sofort auf!“

Die Augen weit aufgerissen, fuhr sie vom Kopfkissen hoch. Ihr Herz raste. Sie schob sich das Haar aus dem Gesicht, hielt den Atem an und lauschte.

Dann hörte sie es. Ein leises Klappern an der Eingangstür und ein quietschendes Geräusch, als berührte jemand eine lose Bodendiele.

Oh Gott ... das war kein Traum! Jemand versuchte tatsächlich, bei ihr einzubrechen.

Sie kroch aus dem Bett, nahm das schnurlose Telefon und schloss sich im Badezimmer ein. Ohne Licht zu machen, begann sie, die Notrufnummer einzutasten. Dann fiel ihr ein, dass es zu lange dauern würde, bis die Polizei eintraf. Ihr nächster Gedanke galt Jack Dolan. Er war FBI-Agent. Wenn er schon hier war und alles durcheinander bringen musste, konnte er auch eingreifen und sie retten, bevor ihre Welt endgültig zerbrach. Sie wählte die Nummer seines Zimmeranschlusses.

Jack lag auf dem Bett und war eingeschlafen. Er hatte noch seine Socken und die Trainingshose an. Als das Telefon läutete, rollte er zur Seite, griff halb benommen nach seinem Hemd und hob den Hörer ab.

„Hallo, ja?“

„Jack ... ich bin es. Jemand versucht, in mein Schlafzimmer einzudringen.“

Die Stimme flüsterte nur, aber er wusste sofort, dass es Isabella war.

„Wo bist du jetzt?“

„Ich habe mich im Bad eingeschlossen.“

„Bleib dort. Ich bin schon unterwegs.“

Er ließ den Hörer fallen, ohne einzuhängen. Auf dem Weg zur Tür griff er sich seine Pistole.

Geräuschlos bewegte er sich durch den Korridor. Auf der Treppe nach unten jedoch knarrten die alten Dielenbretter verräterisch unter seinen Füßen. Er konnte nichts dagegen tun außer weitergehen. Die letzten Stufen nahm er mit einem geschmeidigen Sprung, dann stürzte er in den Korridor zu Isabellas Räumen.

Die Tür war angelehnt, und es brannte kein Licht. Ein beunruhigendes Zeichen. Jack fasste seine Waffe mit beiden Händen, hielt sie in Schussposition vor sich und schlüpfte in die Wohnung.

Im nächsten Moment sah er einen Schatten, der sich zwischen ihm und dem Fenster in Richtung des Schlafzimmers bewegte. Der Umriss war zu groß und zu breit, um Isabella zu gehören. Sein Magen verkrampfte sich. Das musste Rostow sein. Dieser verdammte Hurensohn! Was suchte er hier? Welches Wissen vermutete er bei Isabella?

Lautlos und zügig bewegte sich Jack an der Wand entlang.

Dann hörte er das Geräusch eines ungeduldig hin und her gedrehten Türknaufs und ein leises Lachen.

„Isabella ... kommen Sie heraus. Sie können sich vor mir nicht verstecken."

Es folgte ein halb unterdrückter Aufschrei, für einen kurzen Moment herrschte Stille, dann wurde der Türknauf von neuem gedreht.

Jack stürmte in Isabellas Schlafzimmer und schaltete die Beleuchtung ein.

„Hände hoch!" brüllte er. „Waffe fallen lassen! Auf den Boden!"

Rostow fuhr herum. Sein Gesicht war wutverzerrt. Er zog ein Kampfmesser aus dem Ärmel und warf sich auf Jack.

Sie fielen zu Boden, ein wildes Durcheinander aus Armen und Beinen. Als es Jack gelang, auf die Füße zu kommen und Rostow einen Kinnhaken zu verpassen, sah er Isabella aus dem Badezimmer stürmen. Er begriff, dass sie ihm helfen wollte.

„Raus!“ rief er. „Lauf aus dem Zimmer!“

Isabella floh schreiend in den Gang und von dort in die Halle.

Rostow hatte die kurze Unaufmerksamkeit genutzt und sich aufgerappelt. Er packte Jacks Handgelenk und versuchte, ihm die Waffe zu entreißen. Ein weiterer erbitterter Kampf entbrannte. Plötzlich löste sich ein Schuss, nah an Jacks Ohr. Die Kugel pfiff knapp an seinem Kopf vorbei und bohrte sich in die Wand. Jack rammte Rostow das Knie zwischen die Beine.

Der höllische Schmerz setzte Rostow für Sekundenbruchteile außer Gefecht, dann warf er sich wieder auf ihn. Er versetzte Jack einen Tritt in den Magen und rannte aus dem Zimmer. In der Diele wurde ihm klar, dass er seine Chance verpasst hatte. Isabella Abbott war verschwunden, und ihm fehlte die Zeit, nach ihr zu suchen. Er floh auf demselben Weg, den er gekommen war, stieß sich an Tischen und warf Stühle um.

Die Nachtluft traf kühl sein Gesicht, als er aus dem Hotel stürzte. Er hetzte weiter, mit gesenktem Kopf und ohne einen Blick zurück. Erst in der Sicherheit des Waldes blieb er stehen und drehte sich um. Das Hotel und das Grundstück waren hell erleuchtet. Auf der Terrasse stand der Mann, der ihn überrascht hatte, und sah in die Dunkelheit hinaus. Er hielt noch immer den Revolver in der Hand.

Rostows Puls raste. Er zitterte vor Wut, und der Schmerz zwischen seinen Beinen brachte ihn beinahe um. Er krümmte sich nach vorn. Ihm wurde übel, und er musste sich übergeben. Er war so nah dran gewesen. Stöhnend presste er die Hände an den Bauch. Dabei sah er, wie der Mann ins Haus zurückging.

Es war der Schriftsteller. Er hatte ihn wiedererkannt. Was machte ein Schriftsteller mit einer Glock? Sein Pech verfluchend, hastete Rostow weiter. Bevor die Suche nach ihm begann, musste er die alte Mine erreichen, die er gefunden hatte. Er hatte die Gegenseite unterschätzt. Beinahe wäre er selbst getötet worden. Dieses Risiko konnte er nicht noch einmal eingehen.

Er rannte los und hielt erst inne, als er sein Versteck erreicht hatte. Er schlüpfte an den herabgestürzten Holzbalken vorbei, die den Eingang versperrten, und kroch auf Händen und Füßen weiter bis zu der Stelle, wo er sein Schlafquartier aufgeschlagen hatte. Er befand sich tief genug im Stollen, sodass er unbemerkt Feuer machen konnte – eine Notwendigkeit, denn die Nächte wurden merklich kälter.

Er warf Späne auf die halb erloschene Glut, ging in die Hocke und sah zu, wie die Flammen hochschlugen. Als das Feuer stetig brannte, legte er ein kleines Holzscheit nach. Dann kramte er einen Streifen getrocknetes Rindfleisch aus seinem Rucksack. Nach der Woche im Hotel, mit der erstklassigen Küche und den üppigen Portionen, war dies eine kümmerliche Art, sich zu ernähren.

Das Hotel war in Aufruhr. Nach dem Schuss hatten sich die besorgten Gäste auf dem Treppenabsatz eingefunden. Die Silvias waren unter ihnen. Leonardo wollte auf der Stelle packen und abreisen, aber Maria blieb fest.

„Nein, Leonardo. Ich kehre nicht eher zurück, bis ich ein Baby in meinem Bauch habe."

„Wenn wir unbedingt in unseren Betten erschossen werden wollen, hätten wir in New York bleiben und uns die Reise nach Montana sparen können", murrte ihr Mann und schob sie hastig in das Zimmer zurück.

„Niemand ist verletzt worden, und der Einbrecher ist weg", sagte Maria. Dann drehte sie von innen den Schlüssel um.

Isabella tat alles, um nicht hysterisch zu werden. Nur Onkel John und Onkel Rufus hielten sich im Hotel auf. Die anderen waren bei Thomas im Krankenhaus geblieben. Nachdem sie den Onkeln versichert hatte, ihr sei nichts geschehen, hatte sie die beiden Männer in ihre Zimmer zurückgeschickt. Sie befürchtete, dass die Aufregung noch nicht vorüber war, und wollte verhindern, dass noch ein Onkel zusammenbrach.

Als Jack im Laufschritt wieder in die Hotelhalle kam, waren die letzten Gäste auf dem Rückweg in ihre Zimmer. Isabella flog in seine Arme.

Seine kaum verheilten Rippen schmerzten noch von dem Tritt, den er abbekommen hatte. Aber das Gefühl, Isabella in den Armen zu halten, verdrängte jede andere Empfindung.

„Du hast mir das Leben gerettet."

Jack unterdrückte ein Schaudern. Für ihn gab es keinen Grund, sich als Held feiern zu lassen. Fast wäre er zu spät gekommen.

„Es war gut, dass du aufgewacht bist", sagte er. „Sonst hätte ich keine Chance mehr gehabt."

„Das war Daddy", sagte sie.

„Was?"

„Ich habe geträumt. Plötzlich war mein Vater in meinem Traum und sagte mir, ich solle das mit dem Geheimnis vergessen und lieber aufwachen. An meiner Tür wäre jemand."

„Hölle und Teufel", sagte Jack leise. „Da hattest du eine verdammt gute Alarmanlage."

Isabella verzichtete darauf, ihm zu erzählen, dass ihr Vater nicht zum ersten Mal in ihren Träumen erschienen war. Es gab ein paar Dinge, die blieben besser ungesagt.

„Ich dachte, er hätte dich umgebracht", sagte sie. „Ich habe den Schuss gehört, dann rannte dieser Verbrecher aus dem Zimmer und du ..."

„Hast du die Polizei benachrichtigt?"

„Ja."

Jack seufzte. „Es war Victor Ross."

„Ich weiß. Ich habe ihn gesehen. Hast du gehört, wie er mich verhöhnt hat?"

Er strich ihr eine Haarsträhne aus der Stirn und wiegte sie im Arm.

„Ja, Liebling. Ich habe es gehört."

„Warum, Jack? Warum passiert das alles?"

„Ich weiß es nicht."

Sie löste sich aus der Umarmung.

„Lüg mich nicht an."

„Das ist keine Lüge. Ich schwöre es. Ich weiß nicht, warum dieser Mann noch immer hier ist. Aber ich habe den Verdacht, dass sein erneutes Auftauchen mit deinen Onkeln zu tun hat."

„Warum überfällt er dann mich?" fragte sie.

„Wen lieben deine Onkel am meisten?"

Ihre Augen weiteten sich. „Mich ... glaube ich. Willst du damit sagen, Ross wollte mich benutzen, um an meine Onkel heranzukommen?"

„Noch einmal, ich weiß es nicht. Aber diese Erklärung erscheint mir am wahrscheinlichsten. Er will etwas. Ich weiß nur nicht, was."

„Lieber Gott ... das macht mir alles solche Angst. Wenn nur Daddy noch am Leben wäre."

Jack dachte an das Foto, das in seinem Zimmer lag. Er war davon überzeugt, Samuel Abbott hätte sich kaum bereitwilliger an der Aufklärung beteiligt als die anderen alten Männer. Offenbar hatten sie alle damals ihren Tod vorgetäuscht und eine falsche Identität angenommen. Er wartete nur noch auf die Nachricht von Steven Randolph, durch die sein Verdacht endgültig bestätigt würde. Es blieb die Frage, warum die Männer so gehandelt hatten. Die Antwort darauf war der Schlüssel zur Lösung.

„Ich höre Sirenen", sagte Jack. „Du bleibst hier in der Halle sitzen, wo ich dich sehen kann. Ich gehe zur Tür und mache auf."

Der Sheriff von Braden und seine Leute brauchten Stunden, um die Spuren am Tatort zu sichern. Am Ende war Isabellas Schlafzimmer verwüstet. Überall lagen Reste des Pulvers, mit dem Hunderte von Fingerabdrücken genommen worden waren. Jack wusste, dass keiner davon Victor Ross gehörte. Als sie miteinander gekämpft hatten, hatte er gesehen, dass der Russe Handschuhe trug.

Neue Unruhe entstand, als Jack sich dem Sheriff als Mitarbeiter des FBI zu erkennen gab. Er enthüllte so wenig wie möglich über die Gründe seines Aufenthalts und sagte nur, er sei dem Mörder von Frank Walton auf der Spur. Die örtlichen Polizisten fragten nicht, warum ein FBI-Mann sich mit einem unbedeutenden Mord in Brighton Beach abgab, aber er sah den Blick, mit dem der Gesetzeshüter ihn musterte. Jack war klar, dass der Mann mehr hinter seiner Anwesenheit vermutete, aber wenigstens bohrte er nicht weiter, wodurch Jack der unangenehmen Situation entging, die Antwort verweigern zu müssen.

Isabella wurde ausführlich zu Victor Ross und seinem Aufenthalt in Abbott House vernommen, beginnend bei der ersten Begegnung an der Rezeption bis zu dem Moment, als sie ihm seinen Wochenlohn auszahlte. Sie wurde zunehmend ungeduldiger. Wie erschöpft sie war, ließ sich nicht mehr übersehen. Schließlich stand sie auf und ging zur Vordertür.

„Meine Herren, es ist spät. Ich habe Ihnen alles gesagt, was ich weiß, und das mindestens viermal. Sollte ich mich an Weiteres erinnern, rufe ich Sie an. Und jetzt ... gute Nacht."

Zu wissen, wann der Moment zum Rückzug gekommen war,

gehörte zu den Stärken des Sheriffs. Er nickte seinen Deputies zu, und die Männer erhoben sich. Dann tippte er an seinen Hut und verabschiedete sich von Isabella. Bevor er hinter den Hilfssheriffs die Lobby verließ, warf er Jack einen langen nachdenklichen Blick zu.

Isabella schloss die Tür und drehte den Schlüssel herum. Dann ließ sie den Kopf sinken und lehnte sich an die Scheibe, die Hände flach gegen die Tür gestemmt.

Plötzlich zitterte sie am ganzen Körper. Bevor sie zu Boden sank, war Jack bei ihr und fing sie auf.

„Komm mit", sagte er sanft und führte sie zur Treppe.

„Wohin bringst du mich?"

„In mein Zimmer. Zumindest weiß ich, dass du dort in Sicherheit bist."

Sie erreichten den Treppenabsatz. Isabella bebte noch immer.

„Ich glaube nicht, dass ich mich jemals wieder sicher fühlen werde."

„Doch, das wirst du. Ich verspreche es dir." Er öffnete die Tür zu seinem Zimmer. „Siehst du das Bett?"

Sie nickte.

„Leg dich hin."

„Wo schläfst du?"

„Neben dir ... und du kannst ganz ruhig sein."

Sie sah ihn nur einmal prüfend an. Sie musste ihm glauben. Noch mehr Überraschungen ertrug sie nicht.

„Jack?"

„Was, mein Liebling?"

„Ich bin froh, dass du hier bist."

„Ja, Darling. Ich auch. Und jetzt leg dich ins Bett."

Er schlug die Decke für sie zurück. Dann drehte er Isabella zu sich, um in ihr Gesicht zu sehen.

„So, mein Liebling. Jetzt ziehen wir zusammen deinen Morgenmantel aus. Und die Pantoffeln."

Sie setzte sich auf die Bettkante und ließ zu, dass er sie wie ein Kind versorgte. Unfähig zu streiten und unfähig zur Gegenwehr, legte sie sich auf die Seite, zog die Knie an den Oberkörper und rollte sich ein wie eine Kugel.

Jack schloss die Tür ab, zog Socken und Hemd aus und legte seinen Revolver auf den Tisch neben dem Bett. Er nahm nicht an, dass er die Waffe heute Nacht noch brauchen würde, doch Vorsicht war besser als Reue, die zu spät kam.

Als er sich neben Isabella legte, fragte er sich, warum es sich so richtig anfühlte. Wenn er sich sonst mit Frauen traf, verbrachte er nie die Nacht mit ihnen. Ein solcher Schritt war ihm zu endgültig, und zu einer Bindung war er bisher nicht bereit gewesen.

Er sah, wie sie erschauderte und nach der Überdecke griff.

„Ist dir kalt?"

„Bis in die Knochen."

„Dann komm her", sagte er leise und zog sie an sich, sodass sie mit dem Rücken an seinen Brustkorb geschmiegt lag.

Sie verkrampfte sich. Dann merkte sie, dass er ihr nur Geborgenheit geben wollte, und entspannte sich wieder.

„Ich habe noch nie mit einem Mann das Bett geteilt. Das heißt, Sex hatte ich schon ... aber nicht im Bett."

Jack grinste und war froh, dass sie sein Gesicht nicht sehen konnte.

„Auf dem Rücksitz eines Autos?"

„In der Scheune auf dem Heuboden."

Sein Grinsen wurde breiter.

„Verdammt, Tinkerbell. Du überraschst mich immer wieder."

Sie schloss die Augen und ließ einen kleinen Seufzer hören.

„Das ist eine Eigenart der Frauen", murmelte sie schläfrig.

„Was? Sex auf dem Heuboden?“

„Nein.“

„Was dann?“

„Überraschungen. Wir stecken voll davon.“

Dann war sie eingeschlafen.

Jack glaubte nicht, dass er in der Lage sein würde, sich zu entspannen. Ihr Po drückte weich und verführerisch gegen seine Lenden, außerdem spürte er das gleichmäßige Heben und Senken ihrer Brüste. Er fürchtete, dass dies mehr war, als er ertragen konnte.

Er schloss für einen Moment die Augen in der Absicht, sich nur auszuruhen. Doch Isabella in seinen Armen zu halten war so tröstlich und so vertraut. Innerhalb von Sekunden löste sich seine Anspannung, und er war eingeschlafen.

John und Rufus hatten noch keine Ruhe gefunden. Seit ihrer Rückkehr aus dem Berginneren saßen sie zusammen und versuchten, einen Ausweg aus ihrer Bedrängnis zu finden.

„Es ist ja nicht so, als hätten wir diese Möglichkeit nie bedacht“, sagte John.

Rufus konnte nicht stillsitzen und schritt vom Fenster zum Sofa und wieder zurück.

„Aber nicht mehr nach all der Zeit“, stöhnte er. „In den ersten fünf Jahren hatte ich tagtäglich Angst und war sicher, dass wir enttarnt würden. Dann vergingen die Jahre ohne einen Zwischenfall. Bevor wir es selbst merkten, waren wir alt geworden.“ Er zuckte mit den Schultern und sah seinen Freund an. „Es ist nicht fair ... dass es jetzt passiert.“

„Du weißt, was Samuel sagen würde, wäre er noch am Leben.“

Rufus nickte. „Ja, dass das Leben nie fair ist, sondern einfach nur das Leben, und die Alternative dazu keine annehmbare Alternative ist.“

John seufzte. „Ich weiß nicht, ob er damit Recht hatte. Im Augenblick glaube ich, er und Frank haben das gute Ende erwischt. Sie sind ausgestiegen, bevor schief ging, was schief gehen musste."

„Sie sind nicht ausgestiegen. Sie sind tot", murmelte Rufus.

Der tiefernste Ausdruck ließ Johns mageres Gesicht noch eingefallener erscheinen.

„Kommt auf das Gleiche heraus", sagte er und wies zum Telefon. „Wir müssen David und Jasper informieren. Besser, sie erfahren, was Isabella zugestoßen ist, bevor sie das Gerede in der Stadt hören."

„Ich rufe nur ungern um diese Zeit im Krankenzimmer an", protestierte Rufus. „Thomas schläft sicher längst. Wir sollten seine Ruhe nicht stören."

„Pass auf, was du sagst", warnte John. „Wie leicht könnte er wirklich in seiner Ruhe gestört werden. Heute Abend haben wir beinahe unser Mädchen verloren. Nur weil dieser Dolan rechtzeitig da war, ist sie gerettet worden."

Rufus' rotes Gesicht verlor sichtlich die Farbe. „Er ist vom FBI, John. Nicht mehr lange, und uns fliegt hier alles um die Ohren."

„Na und? Diese Möglichkeit haben wir von Anfang an in Kauf genommen. Im Augenblick sollte unsere einzige Sorge Isabella gelten, damit sie nicht mit uns untergeht."

Rufus nickte. „Du hast Recht. Natürlich. Unser armes kleines Mädchen. Lieber Gott, sie hat keine Ahnung, was wir getan haben. Dieses Wissen würde sie zerstören."

„Dann schlage ich vor, wir rufen jetzt David an."

„Du rufst an", sagte Rufus. „Ich bin zu erschüttert."

Seufzend stemmte John sich aus seinem Sessel hoch und ging zum Telefon. Es stimmte. Wann immer Schwierigkeiten auftauchten, war Rufus der Erste, der schlappmachte.

Er wählte die Nummer der Klinik. Die Telefonzentrale war um diese Zeit nicht besetzt. Der Anruf wurde in der Intensivstation entgegengenommen.

„Hier ist John Michaels", sagte er. „Ich muss mit Dr. Schultz sprechen. Es ist dringend."

Die Schwester erkannte ihn am Namen und an der Stimme. Thomas Mowry war vor wenigen Stunden als Patient in das kleine Krankenhaus eingeliefert worden. Das war allen Beschäftigten bekannt, und die Schwester wusste auch, dass David Schultz noch im Haus war.

„Einen Moment, Mr. Michaels. Ich verbinde Sie mit dem Dienstzimmer für das Pflegepersonal. Dort wird jemand wissen, wo er gerade ist."

„Vielen Dank", sagte John und wartete, dass der Anruf weitergeleitet wurde.

„Zweiter Stock. Dienstzimmer, Pflegepersonal."

„Hier ist John Michaels. Ich muss mit Dr. Schultz sprechen. Es ist dringend."

„Er befindet sich in Mr. Mowrys Zimmer. Ich verbinde Sie weiter."

Augenblicke später hörte er, dass David sich meldete.

„David ... hier spricht John. Wie geht es Thomas?"

„Gut. Er hat ein Beruhigungsmittel bekommen und schläft. Es konnten keine Anzeichen für einen Herzanfall oder eine Schädigung des Herzmuskels festgestellt werden. Deshalb glaube ich, dass alles mit ihm in Ordnung ist."

„Gut zu hören. Denn bei uns stehen die Dinge nicht zum Besten."

„Was ist passiert?"

„Heute Abend ist jemand in Isabellas Wohnung eingedrungen. Sie wurde wach, bevor der Einbrecher in ihr Schlafzimmer kommen konnte, und ist ins Bad geflüchtet. Dort hat sie sich mit dem Telefon eingeschlossen und Jack Dolan angerufen. Er hat sie gerettet, und nur Gott weiß, wovor; aber der Eindringling ist entkommen."

David rang hörbar nach Luft. „Gütiger Himmel! Wisst ihr, wer der Mann war?"

„Ja. Victor Ross."

Für einen Moment herrschte Schweigen. David musste den Schock verarbeiten. John war es ebenso ergangen.

„Was machen wir jetzt?" fragte er schließlich. „Alles um uns stürzt zusammen. Wir haben Isabella, die wir beschützen müssen. Du weißt, wie Samuel über die Angelegenheit dachte. Wir haben ihm einen Eid geschworen bei allem, was wir lieben, dass wir ihr nie etwas sagen werden. Wenn die Entwicklung so weitergeht, ist unser Schweigegelübde nichts mehr wert. Sie wird es von anderen erfahren, und an diesem Wissen wird sie zu Grunde gehen."

„Gütiger Gott ... ich habe nie gewollt ..."

„Keiner von uns hat das gewollt", sagte John. „Aber wir erleben seit Jahren, dass jedes unserer Projekte am Ende scheitert. Damals, als es die ersten Selbstzerstörungen gab, hätten wir aufhören sollen."

Erschöpft und mit einem Mal sehr niedergeschlagen, rieb David sich den Nacken.

„Selbstzerstörungen? Das ist ein klinisch sauberer Ausdruck. Warum sagen wir nicht frei heraus, um was es sich wirklich handelt? Sie haben Selbstmord begangen. Das klingt scheußlich, ist aber schlicht und einfach die Wahrheit."

Johns Stimme begann zu zittern. „Es war wegen der Stimmen ... aber wenn es wirklich daran gelegen hätte, hätten die Medikamente gegen Schizophrenie helfen müssen."

„Ich weiß, ich weiß. Aber erinnere dich auch daran, was Samuel zu diesem Thema gesagt hat."

John seufzte. „Er war der Auffassung, es handele sich nicht um eine Geisteskrankheit, sondern sie seien in alten Erinnerungen gefangen."

„Genau. Und sie wussten nicht, wie sie damit umgehen sollten."

„Weil sie keine Ahnung hatten, was wir getan haben", ergänzte John. „Gott möge ihnen helfen ... ihnen allen", sagte er leise.

„Es ist niemand mehr da, dem Gott helfen könnte", sagte David.

„Doch, einer; und wir müssen unsere Pflicht tun."

David wusste, sein alter Freund hatte Recht, und traf eine rasche Entscheidung.

„Kannst du mit Rufus ins Labor fahren, ohne dass man euch vermissen wird?"

„Ja, die Polizei ist weg. Und im Hotel sind alle, außer Rufus und mir, wieder im Bett."

„Dann macht mit der Arbeit dort weiter, wo wir sie unterbrechen mussten. Ich lasse Jasper bei Thomas zurück und komme nach, sobald ich kann. Dieses Projekt ist zu weit gediehen. Wir können nicht mehr umkehren. Aber wir müssen uns beeilen, wenn wir die Sache zu Ende bringen wollen. Danach kann uns gleichgültig sein, wer etwas weiß und wer nicht."

„Wir dürfen nicht gleichgültig sein. Wegen Isabella."

„Sie wird nur erfahren, was wir ihr mitteilen", entgegnete David scharf. „Jetzt hol Rufus und macht euch an die Arbeit."

„Er ist schon bei mir. Du weißt, wo wir zu finden sind."

Beide Gesprächsteilnehmer legten auf. John wandte sich an seinen alten Freund.

„Bist du bereit für eine Mitternachtsvorstellung?"

Rufus hob die Schultern. „Ich dachte, Theater hätten wir für heute genug gehabt.“

„David wird nachkommen, sobald er kann. Er glaubt, wenn wir uns beeilen, können wir das letzte Implantat fertig stellen, bevor alles untergeht.“

Rufus schnaubte. „Was redest du? Der Untergang hat längst begonnen. Aber ich mache mit, wenn du mitmachst. Ich muss mich nur anziehen. Dann komme ich.“

„Ich warte in Davids Zimmer“, sagte John.

Rufus nickte. „Ich brauche nicht lange.“

Maria Silvia lag auf der Seite zusammengerollt und an den Rücken ihres Ehemanns geschmiegt. Sie hatte den Arm um seinen Körper geschlungen und ließ sich von den gleichmäßigen Atemzügen trösten, unter denen seine Brust sich hob und senkte. Sogar sein Schnarchen wirkte heute Nacht beruhigend auf sie.

Der Einbruch hatte sie mehr aufgeregt, als sie sich eingestehen wollte. Sie glaubte fest an die Bedeutung von Vorzeichen. Was früher am Abend unten im Hotel geschehen war, hatte sie erschüttert. Zeigte Gott ihr und Leonardo auf diese Weise, dass ihr Vorhaben falsch war? War es tatsächlich ihr Schicksal, kinderlos zu bleiben?

Sie atmete tief und zitternd ein. Dann stand sie vorsichtig auf, um Leonardo nicht zu wecken. Neben dem Bett sank sie auf die Knie und begann zu beten.

Jack spürte den Atemhauch an seinem Gesicht und erwachte aus einem tiefen, traumlosen Schlaf. Die Morgendämmerung kündigte sich bereits an. Ihr zartes Licht vertrieb die Dunkelheit und färbte die Welt grau.

Er sah auf Isabella hinunter. Mit einer Wucht, auf die er nicht vorbereitet war, wurde er von Gefühlen überwältigt.

Einen Arm über seine Brust gelegt, den Kopf auf seine Schulter gebettet, kuschelte sie sich in seine Umarmung. Die langen Wimpern bildeten zwei dunkle Halbmonde, die dicht und fein wie Federn auf ihren Wangen ruhten. Der Schlaf hatte ihre Züge entspannt. Ihr Gesicht war überwältigend schön, genau wie das der Frau auf dem Porträt am Treppenabsatz. Jack erinnerte sich an den Augenblick, als er Isabella zum ersten Mal gesehen hatte. Er hatte geglaubt, eine Erscheinung zu haben.

Die Frau, die er warm in seinen Armen spürte, war ein Wesen aus Fleisch und Blut. Gestern Abend wäre sie ihm um ein Haar entrissen worden, bevor er die Leidenschaft ergründen konnte, die zwischen ihnen knisterte. Unfähig, der Versuchung zu widerstehen, beugte er sich tiefer und hauchte einen Kuss auf ihren Mund. Dann dachte er an die Arbeit, die er heute bewältigen musste, und wollte den Arm, auf dem ihr Kopf ruhte, vorsichtig wegziehen. In dem Moment, da er sich bewegte, wurde sie wach.

Stumm öffnete sie die Augen. Ihr Haar war zerwühlt, und sie kam nur langsam zu sich.

Jack stockte der Atem. Ihr Blick enthielt eine klare Botschaft. Sie schlang die Arme um seinen Nacken. Er zögerte nicht, ihrer Aufforderung zu folgen.

Die Hände neben ihren Schultern aufgestützt, um nicht zu schwer zu sein, legte er sich der Länge nach auf sie. Er spürte, wie ein Gefühl der Lebendigkeit ihn durchrieselte. Seine Muskeln spannten sich und wurden hart. Verlangen trieb ihn an. Er wusste, wonach er sich sehnte. Aber diesem Drang nachzugeben wäre reiner Wahnsinn gewesen. Auch das wusste er.

„John Jacob Dolan."

Die schläfrige Zärtlichkeit, mit der sie seinen Namen aussprach, ließ seine Entschlossenheit dahinschmelzen. Sie senkte halb die Wimpern und glitt mit dem Blick über sein Gesicht und zu seiner nackten Brust. Mit der Hand strich sie über die straffen Muskeln und zeichnete mit den Fingern ihren Verlauf nach.

„Isabella ..."

Ohne auf seine Warnung zu hören, umfuhr sie mit dem Zeigefinger der andern Hand seinen Mund, als wollte sie sich für immer einprägen, wie er sich anfühlte.

„Du spielst mit ..."

„Ich spiele nicht. Es ist mir Ernst. Liebe mich, Jack. Jetzt. Sonst verliere ich endgültig den Verstand."

Er lächelte kläglich. „Heraus mit der Sprache, Tinkerbell. Sag mir, was du wirklich willst."

Ihre Lider flatterten. Sie bog ihm den Oberkörper entgegen.

„Jack ..."

„Mein Gott", stammelte er leise und warf die Bettdecke zurück.

Sie schloss die Finger um seine Arme. Ihre Stimme war leise und klang ängstlich.

„Lass mich nicht betteln."

„Liebste ... das wäre das Letzte, was ich wollte", erwiderte er.

„Was ist dann ..."

„Wir haben zu viel an."

Sie senkte den Blick und verfolgte mit hungrigem Ausdruck in den Augen, wie er sich auszog. Er war schlank und muskulös, und seine Erregung war deutlich sichtbar. Ein wilder Lustschmerz steigerte ihr Verlangen noch mehr. Als sie ihr Nachthemd ausziehen wollte, hielt er sie auf.

„Nein. Lass mich das tun."

Sie legte sich auf das Bett zurück und überließ sich seinen kundigen Händen in dem sicheren Wissen, dass sie alles, was er nahm, und mehr von ihm zurückbekommen würde.

Kühle Luft traf auf ihre nackte Haut. Isabella atmete langsam ein und schloss die Augen. Dann spürte sie, wie sein heißer Atem sie innen und außen wärmte.

„Es geht nicht um Sex“, sagte sie leise.

Jack umkreiste mit der Zunge ihren Nabel und ließ die Hände unter ihren Po gleiten.

„Rede du nur“, stöhnte er und schob mit dem Knie ihre Beine auseinander.

Dann sah er in ihre Augen – für den Bruchteil einer Sekunde. Isabella hätte nur sagen müssen, dass er aufhören sollte. Sie tat es nicht. Stattdessen streckte sie die Hand aus und führte ihn zu sich.

Ihre feuchte Wärme umschloss ihn, und für einen Moment fehlten ihm die Worte. Er wollte ihr sagen, wie schön sie aussah im frühen Morgenlicht und wie vollkommen ihre Brüste in seine Handflächen passten. Sie sollte wissen, dass er verstand, was sie gemeint hatte, aber er hatte nur noch die quälende Sehnsucht, sich endlich in ihr bewegen zu dürfen.

Er tat, was seine Begierde verlangte, und nahm sie, schnell und wild. Dann war es vorbei. Isabella lächelte unter Tränen, während er in ihren Armen zusammensank.

In der Stille des alten Hauses lagen sie beieinander. Sie spürten das heftige Pochen ihrer Herzen und wussten, dass sich alles zwischen ihnen verändert hatte.

Noch erschütternder war die Gewissheit, dass Isabella Recht behalten hatte.

Es ging nicht um Sex.

Was sie verband, war Liebe.

14. KAPITEL

„Ich muss aufstehen“, sagte Isabella.

Jack schmiegte sein Gesicht in ihre Halsbeuge und ließ sie nur widerwillig los. Wenn sie dieses Zimmer verließen, hatte die Wirklichkeit sie wieder. Er würde weiter seine Ermittlungen über ihre Onkel anstellen, und für sie war die Gefahr noch längst nicht vorbei.

„Ich will dich nicht gehen lassen.“

Ein Schauer überlief sie plötzlich. Er spürte ihr Zittern und stützte sich auf den Ellenbogen, um in ihr Gesicht zu sehen.

„Was hast du?“

„Ich weiß nicht. Eine Vorahnung.“

Er runzelte die Stirn. „Worüber?“

„Über mich. Über dich. Über uns.“

Mit dem Mund streifte er sanft ihre Lippen. Dann wurde sein Kuss fordernder. Isabella verschränkte die Finger in seinem Nacken und erwiderte ihn. Als der Kuss aufhörte, waren beide außer Atem.

„Ich habe die Beherrschung verloren, nicht wahr?“ fragte sie.

Jack lächelte. „Liebe lässt sich nicht einstellen wie die Zimmertemperatur mit einem Thermostat. Entweder ist sie eingeschaltet oder nicht.“

Sie seufzte. „Und unsere Liebe ist eingeschaltet?“

„Was glaubst du?“

„Mein Herz ist ganz aufgeregt.“

Seine Mundwinkel bogen sich nach oben. Er legte eine Hand auf ihre Brust.

„Ja. Ich spüre das Pochen.“

„Was spürst du noch?“ fragte sie.

„Deine Haut ... sie ist hell und glatt wie feine Seide."

Sie hob eine Hand und legte sie gegen seinen Brustkorb.

„Dein Herz schlägt genauso schnell."

Er nickte. „Ja, ich weiß."

„Hast du Angst?"

„Ja."

„Vor dem, was gerade geschehen ist? Vor mir?" wollte sie wissen.

„Weder vor dem einen noch vor dem anderen."

„Wovor dann?"

Jack setzte sich im Bett auf und zog Isabella in seine Arme. Er hielt sie, als wäre sie ein Kind.

„In dem Augenblick, als ich in die Hotelhalle kam und das Gemälde an der Wand sah, war mir klar, dass mein Leben nie wieder wie früher sein würde. Ich kann dir nicht sagen, woher dieses Wissen kam. Es war einfach da. Dann sah ich dich, und – ja, ich gebe zu – zuerst habe ich dich für einen Geist gehalten."

„Das habe ich bemerkt", erwiderte sie fröhlich. „Der Schreck stand dir ins Gesicht geschrieben."

„Ja, aber ich hatte auch Schuldgefühle. Es gab einen Auftrag, den ich erfüllen musste, und ich ließ zu, dass meine Gedanken von einer Frau beherrscht wurden, über die ich Ermittlungen anstellen musste."

Auf ihrer Stirn erschienen Falten. Ihre Stimmung schlug um.

„Du hast mir nie gesagt, warum die US-Behörden an der Aufklärung von Onkel Franks Tod interessiert sind. Von dir habe ich nur erfahren, dass er ... von einem Russen umgebracht wurde. Aber ich weiß, dass das FBI nicht nur aus diesem Grund ermittelt. Es steckt mehr dahinter."

„Ich kann nicht darüber sprechen. Noch nicht."

Isabella seufzte. „In Ordnung."

„Nein", antwortete er und schüttelte langsam den Kopf. „Das ist es nicht. Aber ich kann im Augenblick nicht anders handeln."

Er spürte, dass sie sich ihm entzog, körperlich und emotional. Es tat weh, aber er hatte nichts anderes erwartet.

Sie verließ das Bett und suchte in dem Durcheinander aus Laken und Decken nach ihrem Nachthemd. Jack zog seine Trainingshose an, hob die Kissen hoch und holte das Nachthemd darunter hervor. Wortlos reichte er es Isabella.

„Danke", murmelte sie und streifte es über.

„Hier, dein Morgenmantel ... und deine Pantoletten."

Sie erlaubte ihm, dass er sie ankleidete. Eine Hand auf seine Schulter gestützt, trat sie in die Hausschuhe.

„Wenn Onkel Thomas noch im Krankenhaus ist, fahre ich später nach Braden und sehe nach ihm."

„Allein fährst du nicht."

„Einer der Onkel kann mich begleiten."

Jack sammelte Kraft für den Moment, in dem sie durch die Tür gehen und sein Zimmer verlassen würde. Als sie den Türknauf umgriff, hielt er sie auf.

„Du wolltest wissen, wovor ich Angst habe?" fragte er.

Isabella zögerte und drehte sich zu ihm um.

„Ja."

„Weißt du ... es ist diese Wand aus Zorn zwischen uns. In der vergangenen Nacht hast du in meinen Armen geschlafen. Heute Morgen haben wir uns geliebt. Für mich ist es ernst, Isabella. Ich kann meine Gefühle für dich nicht einfach abschalten. Am meisten habe ich Angst davor, dass du mich hasst, wenn das alles hier vorüber ist."

Sie sah ihn an, wie er vor ihr stand. Er war ein starker Mann mit einem muskulösen, durchtrainierten Körper. Aber das Eingeständnis, wie viel sie ihm bedeutete, erforderte mehr als nur physische Kraft.

„Nein, Jack. Ich könnte dich nicht hassen ... selbst wenn ich wollte. Aber ich werde nicht gut fertig mit dem, was da über mich hereingebrochen ist. Zuerst habe ich meinen Vater verloren. Sein Tod war für mich, als risse man mir den Boden unter den Füßen weg. Dann wurde Onkel Frank ermordet, und plötzlich bin ich selbst in Gefahr. Ich mag nicht einmal daran denken, was hätte geschehen können, wenn du nicht hier gewesen wärst."

„Lass mir etwas Zeit", bat er. „Ich erkläre dir alles, sobald ich sicher sein kann, dass dadurch kein neuer Schaden entsteht."

Isabella seufzte und nickte. „Das klingt fair."

„Ich muss noch ein paar Telefongespräche führen. Dann gehe ich in den Speisesaal. Ich habe einen Bärenhunger."

„Soll ich dir Gesellschaft leisten?"

„Mein Liebling, ich glaube, über solche Fragen sind wir hinaus. Natürlich will ich mit dir zusammen frühstücken."

„Ich schließe mich dir an, sobald ich geduscht habe und angezogen bin. Aber ich fürchte, es dauert, bis ich mich durch das Chaos gearbeitet habe, das die Polizei in meinem Schlafzimmer hinterlassen hat."

„Ich warte auf dich."

„Du musst nicht ..."

Jack nahm ihr Gesicht zwischen beide Hände.

„Ich habe gesagt, dass ich warte. So lange, wie es nötig ist."

Seine Worte und der Ton, in dem er sie aussprach, waren so zärtlich, dass sie beinahe die Fassung verlor. Er redete vom Warten und meinte mehr als nur eine Verabredung zum Frühstück.

„Und was dann?" fragte sie. Ihre Stimme zitterte dabei.

Jack spürte das drängende Verlangen in seinen Lenden. Er musste Isabella nur ansehen und hatte augenblicklich den Wunsch, sie zu lieben. Er wollte ihr die Welt zu Füßen legen; stattdessen bereitete er ihr nichts als Kummer. Nur heute Morgen, als sie zusammengekommen waren, hatte sie glücklich gewirkt.

„Was möchtest du?" fragte er und ließ die Hände sinken.

Sie zögerte verlegen. Dann dachte sie daran, wie rasch ein Menschenleben verging. Sie war jetzt achtundzwanzig. Die meisten ihrer Schulfreundinnen waren seit Jahren verheiratet, manche hatten schon Kinder, die zur Schule gingen. Was sie wollte, wusste sie. Die Frage war, ob sie den Mut hatte, es auszusprechen.

„Isabella?"

Sie hob den Blick.

„Dich. Ich will dich."

„Aber mein Liebling ... du hast mich doch", sagte er sanft.

Sie öffnete die Tür. „Für wie lange?" fragte sie leise und schob sich an ihm vorbei in den Korridor. Ohne ihn noch einmal anzusehen, ging sie mit eiligen Schritten davon.

Jack seufzte lautlos und schloss die Tür. Dann setzte er sich an den Schreibtisch und klappte den Laptop auf. Besser, er prüfte als Erstes, ob er eine Nachricht erhalten hatte.

Wie erhofft, hatte sich „Dubloh7" wieder gemeldet. Er öffnete die E-Mail und las den ersten Absatz. Schon nach wenigen Zeilen fand er seine Vermutungen bestätigt. Samuel Abbott war 1946 gestorben, David Schultz 1955, beide in jugendlichem Alter. Thomas Mowry hatte 1958 den Tod gefunden, John Michaels bereits 1939 und Rufus Toombs im Jahr 1964 im Gefängnis. Und der richtige Jasper Arnold hatte 1960 das Zeitliche gesegnet.

Das zumindest war geklärt. Was er mit diesen Informationen anfing, blieb abzuwarten.

David schob das Mikroskop beiseite. Er sah auf, streckte seine müden Glieder und starrte auf einen kleinen Fleck an der Decke.

„Hat sie sich geteilt?“ fragte Rufus.

David schüttelte den Kopf.

„Die Probe war zu alt. Wir haben nicht genug verwertbare DNA, um den Prozess in Gang zu bringen. Es wird Zeit, dass wir die Arbeit einstellen, bevor alles zu spät ist.“

David schüttelte den Kopf. „Nein, noch nicht“, murmelte er. „Ich wünschte, Samuel wäre noch da. Er wüsste, was zu tun ist.“

John schlug mit der flachen Hand auf den Labortisch.

„Verdammt noch mal ... Samuel war keine Spur besser als wir. Wäre er tatsächlich der genialere Wissenschaftler gewesen, hätten wir nicht einhundert Prozent Fehlschläge.“

„Neunundneunzig“, korrigierte ihn David. „Nicht alles ist schief gegangen. Das weißt du so gut wie ich.“

„Ich habe es schon früher gesagt ... dieser eine Erfolg zählt nicht“, brummte John.

David fuhr herum. Seine Stimme war plötzlich laut und zornig.

„Zum Teufel, warum nicht? Wir haben ihr die befruchtete Eizelle auf die gleiche Weise implantiert wie allen anderen Frauen, die ein Kind wollten. Sie wurde schwanger und hat den Fötus neun Monate ausgetragen, ohne die geringsten Komplikationen. Heute ist dieses Kind unser einziges gesundes Exemplar.“

David schnaubte ärgerlich. „Warum du ausgerechnet jetzt die alten Geschichten aufwärmen musst, begreife ich nicht. Wir stehen von allen Seiten her unter Druck. Unsere Zeit wird knapp. Ich meine, wir sollten alles daransetzen, das Projekt zum Erfolg zu bringen, so lange wir noch die Möglichkeit dazu haben.“

„Gut“, sagte John. „Die chromosomale DNA reicht für einen weiteren Versuch. Wenn der nicht gelingt, meine lieben Freunde, sehe ich schwarz.“

Der Schreck ließ David einen Moment verstummen.

„Einen Versuch“, wiederholte er schließlich.

„Wenn man bedenkt, welches Material wir zur Verfügung hatten, können wir froh sein, dass die Substanz überhaupt so weit gereicht hat“, murmelte Rufus. „Chromosomale DNA aus dreihundert Jahre alten Knochen zu gewinnen ist schwer genug. Das dürft ihr mir glauben.“

David atmete tief durch. „Tut mir Leid. Du hast Recht. Wäre dir nicht letztes Jahr diese bahnbrechende Entdeckung gelungen, ständen wir heute schlechter da.“

Rufus war ausreichend beschwichtigt.

„Wo sind die Aufzeichnungen über Samuels letzte Testreihen? Vielleicht haben wir etwas übersehen.“

„Ich habe sie hier“, sagte David. „Was mir fehlt, ist einfach etwas Glück.“

„Dann auf das Glück“, sagte John. „Und auf ein ordentliches Frühstück. Ich sterbe vor Hunger.“

„Oben in der Klinik wartet eine Frau, die einen langen Weg hinter sich hat und die ein Kind will. Wir sollten an das Versprechen denken, das sie Gott gegeben hat, und dafür sorgen, dass ihr Wunsch in Erfüllung geht.“

Rufus schmunzelte und hob mit einer Pinzette das letzte Knochenstück auf.

„Ironie ... eine Ironie des Schicksals ist das.“

„Was?“ fragte John.

Rufus hielt das Knochenstück hoch. „Dieser Heilige hat Gott sein Leben geweiht. Und mit dem Leben dafür bezahlt.“

David schüttelte den Kopf. „Er war zur falschen Zeit am falschen Ort. Das achtzehnte Jahrhundert in Europa war ein Zeitalter, in dem Fanatismus und religiöse Heuchelei prächtig gediehen. Bartholomeo wurde als Ketzer verfolgt und gehängt. Kaum zehn Jahre später beteten die Gläubigen an seinem Sarg in der Hoffnung auf ein Wunder. Man stelle sich das vor.“

„Aber die Wunder gab es wirklich. Vergiss das nicht“, sagte John. „Sie geschehen immer noch, seit Jahrhunderten. Bei seinem Tod galt Bartholomeo noch nicht als Heiliger. Die Kirche hat ihn später in diesen Stand erhoben. Was nicht leichtfertig geschieht, wie du weißt.“

Rufus lächelte. „Jetzt erwecken wir diesen Mann Gottes im Leib einer Frau wieder zum Leben, die ihr Kind dem Dienst an Gott geweiht hat. Das ist die Ironie, die ich meine.“

David nickte und wandte sich wieder seiner Arbeit zu. Er wählte eine neue Eizelle und begann, den Zellkern zu entfernen. Kurze Zeit später hob er den Blick.

„Ich bin so weit, wenn ihr es seid“, sagte er.

Rufus nickte. „Das ist der Rest, mein Freund. Wenn die Sache jetzt nicht funktioniert, bleibt uns nur noch Plan B.“

„Plan B gibt es nicht“, murmelte David.

Rufus schob seinen massigen Körper zwischen Labortischen und Geräten hindurch und ging zu dem Platz, an dem David arbeitete.

„Hier ... und sei taktvoll. Der Bursche war Mönch und soll enthaltsam gelebt haben; obwohl, früher nahm man das wohl nicht so genau.“

Mit seiner derben Anspielung löste Rufus die nervöse Spannung. Die Männer lachten kurz auf. Dann begann David mit der Prozedur.

„Schritt eins“, sagte er und nahm die chromosomale DNA, die Rufus ihm gereicht hatte. Er injizierte sie in die Petrischale neben die Eizelle, die er Maria Silvia entnommen hatte.

„Schritt zwei“, fuhr er fort und setzte den Zellkern des toten Heiligen einem Stromstoß aus. Nicht Sperma, sondern der elektrische Schock sollte sein genetisches Material zum Leben erwecken.

„Und nun Schritt drei“, kündigte er an, einen kritischen Blick auf das Geschehen werfend. Die anderen Männer traten zu ihm vor den Bildschirm.

Wie durch ein Mikroskop, nur in vielfacher Vergrößerung, waren auf dem Monitor die entkernte Eizelle von Maria und die DNA des längst verstorbenen Mönchs zu sehen. Nach der Theorie lud der Stromstoß den Zellkern mit Energie auf. Das befähigte ihn, sich wie menschliches Sperma zu bewegen; er durchdrang die äußere Membran und das Zytoplasma der Eizelle und verschmolz mit ihr. Nur so konnte die Zellteilung in Gang kommen.

Ihnen pochte das Herz bis zum Hals, während sie auf den Monitor starrten. Sie dachten an Samuel, der von ihnen gegangen war, bevor sie ihren Traum verwirklichen konnten, ihre Gedanken gingen zu Frank, der für diesen Traum umgebracht worden war, und sie beteten für Thomas, der ihn mit einem Zusammenbruch bezahlt hatte. Erlitten sie jetzt einen Fehlschlag, war das das Ende.

Die Sekunden verstrichen. Dann schlug Rufus mit den Handflächen auf die Armlehnen seines Stuhls. „Das war’s“, sagte er. „Es funktioniert nicht.“ Er stand auf und streifte den Labormantel ab.

John gab ihm mit einem bedächtigen Nicken Recht. Er wollte sich vom Monitor abwenden, als David plötzlich die Stimme erhob.

„Wartet!“ rief er.

Alle Blicke hefteten sich auf den Bildschirm.

„Seht nur! Da!“ schrie David. „Es funktioniert! Mein Gott .. es funktioniert.“

Ungläubig starrten sie auf den Monitor, wo sich der Zellkern zu bewegen begann. Er durchdrang die äußere Membran und verschmolz mit der Eizelle.

Die Zellteilung konnte beginnen.

Demütig schweigend und gebannt vom Anblick des neu entstehenden Lebens, standen die Wissenschaftler da. Maria Silvia wusste noch nichts davon, aber sie hatte eine Chance, endlich Mutter zu werden.

Isabella stand vor ihrer Tür, als ihr einfiel, dass die Schlüssel in der Wohnung lagen. Wenn abgeschlossen war, musste sie in Nachthemd und Morgenmantel zum Empfangstisch gehen. Sie hatte den Türknauf schon in der Hand, als von innen aufgemacht wurde und sie zwei Zimmermädchen gegenüberstand. Als die beiden sie sahen, lächelten sie.

„Oh, Miss Abbott", sagte Mavis, eine der Angestellten. „Gott sei Dank, Sie sind gesund und munter. Wir haben gehört, was Ihnen gestern Abend zugestoßen ist. Deshalb sind Shirley und ich gleich in der Frühe hergekommen. Die Wohnung ist sauber und aufgeräumt. Man sieht keine Spuren mehr, bis auf das Einschussloch in der Wand. Und die kleine grüne Lampe, die früher neben dem Sessel Ihres Vaters stand, ist hin. Ich fürchte, sie lässt sich nicht wieder reparieren."

„Nachrichten brauchen nicht lange, um in Braden die Runde zu machen, wie? Die Sachschäden sind nicht so wichtig, wenn man bedenkt, was sonst hätte geschehen können. Aber ich habe mit Grauen daran gedacht, wie es hier aussehen würde, nachdem die Polizei alles durchsucht hat. Vielen Dank, dass Sie gleich geputzt und Ordnung gemacht haben. Ich werde mich erkenntlich zeigen, wenn Sie Ihr nächstes Gehalt bekommen."

„Nein, wirklich, das muss doch nicht sein", sagte Mavis.

„Ich möchte es aber. Und nochmals vielen Dank." Isabella machte den beiden Platz, damit sie an ihr vorbeikonnten, und ging hinein.

Sie schloss die Tür und lehnte sich mit dem Rücken dagegen.

Die Erinnerung an die furchtbare Angst kehrte zurück, mit der sie aus der Wohnung gerannt war. Diese Räume waren das einzige Zuhause, das sie besaß. Auf den Fluren hatte sie Rollschuhlaufen gelernt, und sie hatte vor diesem Kamin hier auf dem Schoß ihres Vaters gesessen, wenn er ihr Gutenachtgeschichten vorlas. Sie würde dem Bösen nicht erlauben, jede gute Erinnerung in ihr zu zerstören.

Ihre Augen wurden schmal. Sie reckte trotzig das Kinn und wandte sich um, um abzuschließen. Vorsichtshalber schob sie auch den Sicherheitsriegel vor. Nicht, weil sie glaubte, dass Victor Ross am helllichten Tag zurückkehren würde, aber sie wollte kein unnötiges Risiko eingehen.

Sie eilte ins Schlafzimmer, streifte den Morgenmantel und ihr Nachthemd ab und ging ins Bad, um zu duschen. Eine halbe Stunde später war sie fertig angekleidet. Noch zwei Telefongespräche, dann konnte sie mit Jack frühstücken. Sie warf einen Blick auf die Uhr. Es war fast acht. Vielleicht war der Schlosser schon in seiner Firma.

Sie wählte die Nummer. Zu ihrer Erleichterung hörte sie nicht den Anrufbeantworter, sondern der Chef nahm das Gespräch selbst entgegen. Sie erklärte ihm das Problem, und der Handwerker versprach, bis zum Mittag vorbeizukommen. Nachdem sie aufgelegt hatte, blieb sie für einen Moment sitzen und dachte an den nächsten Anruf. War die Nachricht so günstig wie bei dem Telefonat davor, würde ihr Tag gut beginnen.

Sie raffte sich auf und rief im Krankenhaus an. Dann ließ sie sich mit dem Zimmer von Thomas Mowry verbinden. Jasper hob ab.

„Hallo?“

„Onkel Jasper, ich bin es. Wie geht es Onkel Thomas?“

„Gut. Wirklich. Nach der Visite kann er wieder nach Hause.

Aber um dich machen wir uns Sorgen. John hat gestern Abend angerufen und uns erzählt, was geschehen ist. David wollte sofort nach Abbott House zurückeilen, doch John hat uns beruhigt. Du seist unversehrt und würdest den Rest der Nacht unter dem Schutz von Mr. Dolan verbringen."

Isabella dachte an die vergangene Nacht, wie sie neben Jack gelegen hatte und wie sie heute Morgen in seinen Armen aufgewacht war. Er hatte sie nicht nur beschützt, sie war von ihm geliebt worden.

„Ich hatte furchtbare Angst, das stimmt. Aber mir geht es gut. Jack hat mir das Leben gerettet, Onkel Jasper."

„Dann sind wir ihm zu großem Dank verpflichtet. Dein Wohlergehen liegt uns sehr am Herzen. Du bist das Kostbarste, was wir haben, mein Liebes."

Isabella spürte einen Kloß in der Kehle und beherrschte sich. Sie wusste, dass ihre Onkel sie liebten. Aber die Zeit war reif für ein paar Erklärungen. Und sie würde nicht eher Ruhe geben, bis sie sie erhalten hatte.

„Ihr werdet also vor Mittag wieder zu Hause sein?"

„Jemand muss herkommen und uns abholen."

„Was ist mit dem Wagen, in dem ihr gestern Abend hingefahren seid?"

„Ach, das habe ich vergessen, dir zu sagen! Du weißt, wie ich immer eindöse. David hat bei Thomas gewacht, bis es fast wieder hell wurde. Als ich die Augen aufmachte und sah, wie erschöpft er war, habe ich ihn nach Hause geschickt. Wahrscheinlich liegt er jetzt in tiefem Schlaf. Deshalb störst du ihn besser nicht. Er kommt nach unten, sobald er sich ausgeruht hat."

„In Ordnung. Ich sorge dafür, dass heute niemand vom Personal oben sauber macht."

„Gute Idee, mein Liebes. So, hier kommt die Schwester mit

dem Frühstück für Thomas. Ich lege jetzt auf und versuche sie zu überreden, dass sie mir auch etwas zu essen bringt."

„Ich hole euch gegen elf Uhr ab. Solltet ihr früher fertig sein, ruf mich bitte an."

„In Ordnung, Liebes. Und fahr vorsichtig." Er dachte an die Ereignisse der vergangenen Nacht. „Meinst du, es ist gut, wenn du allein fährst?"

„Ich fahre nicht allein", antwortete sie. „Ich werde Jack bitten, mich zu begleiten."

Es entstand eine Pause. Im Hintergrund hörte sie Thomas sprechen und wusste, Jaspers Aufmerksamkeit war im Moment abgelenkt.

„Onkel Jasper ... hast du mitbekommen, was ich gesagt habe?"

„Ja, ja. Tut mir Leid. Thomas hat gleichzeitig geredet, und du weißt, mit meinem rechten Ohr würde ich nicht mal hören, wenn es donnert. Um zu verstehen, was er sagte, musste ich den Hörer kurz vom Ohr nehmen."

„Geht es ihm wirklich wieder gut?"

„Das würde ich meinen." Jasper lachte vergnügt. „Er hat gesagt, ich soll den Schwestern bestellen, er will Butter auf seinen Toast und keine Margarine."

Isabella lachte auch. Als sie aus dem Zimmer ging, um mit Jack zu frühstücken, lächelte sie immer noch.

Jack wischte sich den Rest des Rasierschaums vom Hals, als sein Handy klingelte. Es gab nur einen Menschen, der ihn unter dieser Nummer anrufen würde. Er rannte los, um das Gespräch entgegenzunehmen.

„Dolan."

Es war der FBI-Direktor.

„Guten Morgen, Jack. Ich hoffe, es ist nicht zu früh."

„Nein, Sir. Ich war schon wach. Genauer gesagt, habe ich in den letzten vierundzwanzig Stunden kaum geschlafen."

„Anstrengendes Nachtleben?"

„Ross ist am frühen Morgen in Isabellas Wohnung eingebrochen."

„Wurde sie verletzt?"

„Nein. Und er ist entkommen."

„Ich denke, es wird Zeit, dass wir ein Suchkommando schicken. Die Leute sollen das Gelände in den Bergen gründlich durchkämmen."

„Ja, Sir. Ich bin der gleichen Meinung."

„Ich sorge dafür, dass die Verstärkung noch heute bei Ihnen eintrifft. Sie leiten den Einsatz. Teilen Sie unseren Leuten alles mit, was Sie über den Fall wissen, aber bleiben Sie beim Hotel. Ich fürchte, solange wir keine Ahnung haben, warum Ross es auf Miss Abbott abgesehen hat, werden wir sie kaum allein lassen können."

„Ja, Sir. Ich habe ihr heute Morgen das Gleiche gesagt."

„Sie haben schon mit ihr gesprochen?"

Jack zögerte kurz. „Sie hat den Rest der Nacht in meinem Zimmer verbracht", sagte er dann. „Ich hielt es für sicherer, sie dort zu bewachen, vor allem, da Ross offenbar einen Schlüssel zu ihrer Wohnung besitzt, mit dem er sich Zugang verschafft hat."

„Passen Sie auf, Dolan, worauf Sie sich einlassen. Vermischen Sie nicht Dienstliches mit Privatem."

„Sir, ich befürchte, das ist bereits geschehen. Aber ich habe alles im Griff. Mehr kann ich im Augenblick nicht sagen."

„Verdammt, Dolan. Was Sie tun, ist gegen die Regeln. Das wissen Sie. Solche Geschichten schaden der Glaubwürdigkeit. Wenn die Sache vor Gericht geht ..."

„Sir, das einzige Vergehen, das ich den alten Männern bisher nachweisen kann, ist die Vortäuschung ihres eigenen Todes. Sie haben sich eine falsche Identität zugelegt, das ist richtig, aber im Ort genießen sie hohes Ansehen. Einige von ihnen sind die Gründer einer Klinik für künstliche Befruchtung in Braden, die großen Erfolg hat. Als das Flugzeug abstürzte, befand sich nachweislich keine wertvolle Fracht an Bord. Kein Geld, das hätte verschwinden können. Keine Staatsgeheimnisse. Nach meinen letzten Informationen aus Quantico haben die Männer sich auch durch ihre falschen Namen keine Vorteile erschlichen. Niemand erhält eine Rente oder kostenlose medizinische Versorgung, und auch sonst beanspruchen sie nichts aus öffentlichen Kassen. Bis jetzt steht nur fest, dass es sich um sieben Männer handelt, die ihre frühere Existenz hinter sich gelassen und eine neue Identität angenommen haben. Ich weiß nicht, warum unsere russischen Freunde sich so sehr für Frank Walton interessieren oder warum Ross versucht hat, Isabella zu überfallen, und wenn die alten Männer sich nicht bald entscheiden zu reden, werden wir das nie herausbekommen."

„Warum sagen Sie das?"

„Weil in ihrem Alter selbst eine Todesdrohung kein Druckmittel mehr ist, um die Zunge zu lösen."

„Hmm ... das könnte der Grund sein, warum Ross versucht hat, Isabella Abbott in seine Gewalt zu bringen."

„Was wollen Sie damit andeuten, Sir?"

„Vielleicht möchte unser russischer Freund auch ein paar Antworten. Und er rechnet sich aus, dass der einfachste Weg, an das Wissen der Männer heranzukommen, über Miss Abbott führt."

Missmutig fuhr Jack sich mit den Fingern durchs Haar.

„Ja, daran habe ich auch schon gedacht."

„Nun gut. Aber Sie befinden sich zu nah am Geschehen. Halten Sie mehr Abstand zu dieser Frau, damit Sie den Kopf frei behalten. Haben wir uns verstanden?“

„Ja, Sir.“

„Ich will diesen Russen lebendig.“

„Ich werde mein Bestes tun. Ach ... das hätte ich fast vergessen. Ich habe eine noch interessantere Information aus Quantico bekommen.“

„Die wäre?“

„Die Ärzte, die angeblich bei diesem Flugzeugabsturz ums Leben kamen, haben alle auf einem ähnlichen medizinischen Gebiet geforscht.“

„Chemische Kriegsführung?“

„Nein. Es klingt merkwürdig, aber alle hatten mit Genforschung zu tun. Nach allem, was ich erfahren konnte, waren sie ihrer Zeit ziemlich weit voraus, damals in den sechziger und siebziger Jahren. Aber das ist noch nicht alles. Kurz bevor die Wissenschaftler verschwanden, gab es Berichte über Pläne, die Mittel für solche Forschungen zu streichen, was das Ende ihrer Arbeit bedeutet hätte.“

„Was wollen Sie damit sagen? Glauben Sie, dass diese Männer ihren Tod vorgetäuscht haben, um sich zu rächen?“

„Ich ziehe keine Schlüsse, sondern halte mich an das, was ich weiß.“

Jack vernahm den Seufzer. Er konnte sich vorstellen, wie seinem Dienstherrn zu Mute war.

„Sir ... festnehmen können wir niemanden. Es gibt keine Beweise, die vor einem Untersuchungsrichter Bestand haben würden. Trotzdem werden wir alles tun, was wir können.“

„In Ordnung. Und vergessen Sie nicht den Zweck Ihres Aufenthalts.“

Das war ein indirekter Befehl, sich von Isabella fern zu halten.

Jack hörte ihn und war ziemlich sicher, dass er ihn nicht befolgen würde.

Schon auf dem Weg zur Tür, drückte er die Taste für Gesprächsende und hakte das Handy an seinen Hosenbund. Vor fast einer Stunde hatte er Isabella zum letzten Mal gesehen, eine Ewigkeit, wie ihm schien. Im Laufschritt nahm er die Treppe ins Erdgeschoss.

Isabella sah Jack herunterkommen. Ein Blick auf ihn genügte, und ihr Herz machte einen Sprung.

In diesem Moment wusste sie, dass sie verloren war. Mit den Männern, in deren Nähe sie aufgewachsen war, hatte Jack kaum etwas gemeinsam. Er trug weder Jeans noch Stetson, auch keine Cowboystiefel. Er kaute keinen Tabak und fuhr keinen Pick-up-Truck. Sie nahm auch nicht an, dass er der Besitzer einer Viehherde war und mehrere Hundert Hektar Land sein eigen nannte. Aber sie schmolz vor Sehnsucht dahin, wenn er in seinem weichen Südstaatentonfall mit ihr sprach, und wenn sie seine Lippen sah, kam sie auf schamlose Gedanken. Er war groß und gut gebaut, mit gestählten Muskeln. Und in der Liebe war er wie ein Dieb, der ihr zuerst den Verstand raubte und dann das Herz.

„Jack ... ich bin hier“, rief sie.

Er wandte sich in die Richtung, aus der ihre Stimme kam. Im nächsten Moment war er bei ihr, hob sie vom Boden und wirbelte sie herum.

Isabella schnappte nach Luft. Dann lachte sie laut. Mehrere Gäste im Restaurant wandten ihnen die Köpfe zu.

„Du verrückter Mann. Stell mich wieder hin. Man beobachtet uns.“

„Na und“, brummte er und küsste sie auf den Mund.

„Was ist los mit dir?“ fragte sie, als er sie endlich auf die Füße zurückgestellt hatte.

„Nichts. Ich habe dich nur vermisst.“

„Ich muss um elf im Krankenhaus sein und Onkel Thomas abholen.“

Jack dachte an die bevorstehende Ankunft der Suchmannschaft und rechnete aus, dass ihm noch etwas Zeit blieb.

„Ich komme mit.“

„Danke. Das wäre nett von dir.“

Er nahm ihre Hand. „Komm, mein Liebling. Eins nach dem anderen. Zuerst essen wir. Ich sterbe vor Hunger.“

Isabella ließ sich von ihm führen – weil auch sie etwas essen wollte und weil ihr Zusammensein ein guter Grund war, die Auseinandersetzung mit den Onkeln auf später zu verschieben.

Sie kamen an dem Gemälde vorbei. Jack sah hoch und warf einen Blick darauf. Das rätselhafte Lächeln auf dem Gesicht von Isabellas Mutter ging ihm unter die Haut. Sie schien die Antworten zu kennen und war doch nicht fähig, sie zu geben.

Beim Weitergehen fragte Jack sich, ob sie sich, wäre sie noch am Leben, tatsächlich offener als die Onkel verhalten würde. Es blieb zu bezweifeln. Sie war die Frau auf dem Foto, das vor dem Abflug der Maschine gemacht worden war. Sie hätte Auskunft geben können, aber sie hatte ihr Wissen mit ins Grab genommen.

Maria Silvias Herz pochte heftig. Ein Krankenpfleger rollte sie in den Operationssaal.

„Ah, da ist unsere Patientin!“

Sie wandte den Kopf und sah in die Augen des Chirurgen, der sie über den Rand seines Mundschutzes hinweg anblickte.

„Sind Sie bereit?“ fragte er.

Tränen rollten aus ihren Augenwinkeln.

„Sicher. Ich habe so lange darauf gewartet."

„Wunderbar. Wir sind auch so weit. Dann möchte ich, dass Sie sich keine Sorgen machen. Unser Ärzteteam gehört zu den Besten auf der Welt, und der bevorstehende Eingriff wurde schon viele tausend Mal mit Erfolg durchgeführt. Entspannen Sie sich, und wir tun unsere Arbeit."

„In Ordnung", antwortete sie.

„Und keine Tränen mehr", sagte David.

Sie schloss die Augen und presste die Lider zusammen.

„Keine Tränen mehr", versprach sie.

Sie spürte einen Piekser im Arm. Dann sank sie in einen grauen Nebel.

Die gläserne Eingangstür zur Lobby flog auf. Delia hob den Kopf und sah, wie eine Horde Männer durch die Halle auf den Empfangstresen zustürmte. Sie hatten schweres Gepäck geschultert, trugen Tarnanzüge und waren mit Gewehren behängt.

Zum Zeitpunkt des Einbruchs in Isabellas Wohnung war Delia nicht im Haus gewesen, doch sie hatte die ganze Geschichte gehört. Neues Unheil fürchtend, rannte sie ins Büro und rief nach Isabella.

Isabella war in Abrechnungen vertieft, als sie Delias schreckerfüllte Stimme hörte. Sie sprang vom Schreibtisch hoch und eilte der zierlichen Angestellten entgegen, die zur Tür hereinstürzte.

„Was ist los?" fragte sie.

Delia wies mit dem Finger hinter sich.

Isabella blickte über Delias Schulter. Über ein Dutzend Männer standen in der Hotelhalle. Sie wusste sofort, nach wem sie suchten.

„Delia, Sie machen die Abrechnung am Computer weiter. Um alles andere kümmere ich mich."

Delia nickte, und Isabella verließ das Büro.

„Meine Herren, herzlich willkommen in Abbott House. Ich heiße Isabella Abbott. Und Sie, wenn ich richtig vermute, suchen Jack Dolan."

„Ja, Ma'am. FBI-Agent Travis. Stehe zu Ihren Diensten."

„Brauchen Sie Zimmer?" fragte Isabella.

„Nein, Ma'am. Wir bleiben in den Bergen."

„Um diese Jahreszeit ist es ziemlich kalt dort oben", warnte sie ihn.

„Ja. Aber wenigstens sind keine Schlangen unterwegs. Ich hasse die Biester."

Isabella verzog das Gesicht zu einem Lächeln. „Machen Sie es sich bequem. Ich sage Jack Bescheid, dass Sie hier sind."

Sie rief in Jacks Zimmer an. Er hob nicht ab. Stirnrunzelnd legte sie den Hörer wieder auf und ging nach oben. Auch nach zweimaligem Klopfen kam keine Antwort. Gegen ihre Gewohnheit und obwohl sie annahm, dass abgeschlossen war, drehte sie am Türknauf. Überrascht stellte sie fest, dass er nachgab. Sie öffnete die Tür einen Spalt und rief ins Zimmer: „Jack! Ich bin es. Bist du angezogen?"

Noch immer kam keine Antwort. Sie stieß die Tür ein Stück weiter auf und hörte Wasser im Bad rauschen. Sie zögerte und wollte umkehren. Dann dachte sie an die Männer, die unten warteten. Jack würde erfahren wollen, dass sie da waren. Sie trat ins Zimmer und schloss die Tür hinter sich.

„Jack! Hallo!"

Keine Antwort.

Laut seinen Namen rufend, ging sie zum Badezimmer weiter. Dabei verdrehte sie die Augen über ihre eigene Kühnheit.

Jack spülte gerade das Shampoo aus seinem Haar, als er zu hören glaubte, dass jemand nach ihm rief. Er kam unter dem Wasserstrahl hervor und lauschte einige Sekunden. Alles blieb ruhig. Achselzuckend trat er wieder unter die Dusche und entfernte die letzten Schaumreste. Dann stellte er das Wasser ab und schob den Duschvorhang zur Seite.

Isabella stand mit dem Badehandtuch vor ihm.

„Du hattest die Tür nicht abgeschlossen", sagte sie.

Er warf einen Blick in ihr hochrotes Gesicht und grinste.

„Vielleicht wollte ich, dass du hereinkommst." Er schlang sich das Handtuch um die Hüften und trat aus der Duschkabine.

„Das Suchkommando ist unten."

Er begann, ihr Oberteil aufzuknöpfen.

„Wir wollen doch nicht, dass dein hübsches blaues Kleid nass wird."

Isabellas Augen wurden groß.

„Jack ... das können wir jetzt nicht tun. Die Männer sind unten, und sie sind bewaffnet. Um Gottes willen, Delia war völlig aufgelöst vor lauter Angst."

„Das Einzige, was sich jetzt löst, sind deine Kleider", flüsterte er und glitt mit seiner nassen Hand von oben nach unten an ihren Brüsten entlang.

Die warme, fließende Berührung löste Wonnegefühle in ihr aus, die alles überstiegen, was sie bisher erlebt hatte. Was immer sonst noch wichtig gewesen sein mochte, verschob sie auf später. Jetzt wollte sie nur noch Jack. Auf sich – und in sich.

Jack schob Isabella vor sich her zum Bett. Dort hob sie den Telefonhörer ab und wählte, ohne einen Blick auf das Tastenfeld zu werfen, die Nummer des Büros.

Delia nahm ab.

„Delia, sagen Sie den Männern, FBI-Agent Dolan wurde aufgehalten. Schicken Sie die Leute in den Speisesaal und lassen Sie servieren, was sie haben wollen. Die Kosten übernimmt Abbott House."

„In Ordnung. Aber wollen Sie nicht ..."

Sie legte auf.

Jack verriegelte die Tür. Dann kam er zum Bett zurück.

Isabella machte einen tiefen Atemzug, dann zog sie ihren Slip aus.

Jack ließ das Handtuch fallen.

15. KAPITEL

Jacks Haar war noch feucht, als er die Treppe herunterkam. Das gedankenverlorene Lächeln auf seinen Lippen sagte alles über seinen Gemütszustand. Er entdeckte Travis und seine Leute im Speisesaal, wo sie bei Apfelkuchen und Kaffee saßen.

Travis sah Jack Dolan in den Saal kommen, stand auf und blickte ihm entgegen, wie er lässig auf ihn zuschritt.

Sie gaben sich die Hand. Dann nickte Jack den anderen Männern am Tisch zu.

„Dolan ... ist schon 'ne Weile her seit dem letzten Mal."

„Ein paar Jahre mindestens. Wo war das? Chicago?"

„Boston. Die Berringer-Entführung."

„Ach ja. Schlimme Sache. Hoffen wir, dieser Fall endet weniger übel."

„Sie leiten den Einsatz", sagte Travis. „Um was geht es genau?"

„Lassen Sie uns vor die Tür gehen. Draußen haben wir mehr Ruhe." Jack setzte sich in Bewegung.

Travis folgte ihm und grinste. „Klar, viel Ruhe. Ist 'ne menschenleere Gegend hier. Nur Rotwild und Waschbären."

„Und das rote Stinktier, das kürzlich hier aufgetaucht ist und das Sie mit mir suchen sollen."

„Für diese Aufgabe sind meine Leute bestens ausgebildet. Wenn der Kerl sich noch in den Bergen aufhält, kriegen wir ihn", versprach Travis.

„Hoffentlich", erwiderte Jack. „Er hat schon einen Mann auf dem Gewissen. Und jetzt ist er, weiß der Teufel aus welchen Gründen, hinter Miss Abbott her. Der jungen Frau, die Sie vorhin kennen gelernt haben."

Travis sah Jack an.

„Sie ist umwerfend."

„Ja, kann man sagen."

„Auch das Porträt von ihr ist eine Augenweide."

„Das Bild stellt ihre Mutter dar."

Travis krauste die Stirn. „Unglaublich. Wie halten Sie die beiden auseinander?"

„Ihre Mutter ist tot", sagte Jack. „Ich möchte verhindern, dass Isabella ihr nachfolgt."

„Persönliche Geschichte?"

Jack überging die Frage.

Travis grinste.

„Sie wissen, privater Kontakt mit Verdächtigen wird höchst ungern gesehen."

„Sie gehört nicht zum Kreis der Verdächtigen. Außerdem geht Sie diese Sache nichts an", brummte Jack.

Travis lachte und schlug ihm auf die Schulter.

„In Ordnung. Sagen Sie uns, nach wem wir suchen sollen. Dann sind wir weg, bevor Ihr Haar trocken ist."

Jack grinste. „Fahren Sie zur Hölle."

„Genau dahin wollen wir", entgegnete Travis. „Sie müssen uns nur den Weg zeigen."

Kurz nachdem er sein Gespräch mit Travis beendet hatte und in die Lobby zurückgekehrt war, trat Isabella durch die Tür zu dem Korridor, der zu ihrer Wohnung führte.

Jack lächelte ihr entgegen. In dem Moment, als er ihr verweintes Gesicht sah, erlosch sein Lächeln.

„Liebling ... was ist los?"

„Eben hat eine Freundin aus Braden angerufen."

„Und?"

„Oh ... es geht um jemanden, den du nicht kennst. Er hieß John Running Horse und ..."

„Ich kenne ihn", sagte Jack. „Ich habe erst vor wenigen Tagen mit ihm gesprochen. Er sprach davon, dass er sich eine Gitarre besorgen und nach Nashville – oder war es Memphis? – gehen wollte. Und er erwähnte seine Mutter."

„Ja, das war er", entgegnete sie. „Er ist tot."

„Was ist geschehen?"

„Er war per Anhalter unterwegs ... zumindest vermutet man das ... und dabei wurde er von einem Auto angefahren." Sie seufzte. „Er war wohl endlich nach Memphis unterwegs."

„Schlimm", sagte Jack. „Zumindest wird er jetzt bei seiner Mutter sein. Die Frau im Drugstore sagte mir, sie sei schon vor Jahren gestorben."

Isabella nickte. „Es ist so traurig. Manchmal frage ich mich, warum manche Menschen heil und gesund auf die Welt kommen, und anderen fehlt etwas Wichtiges, um ganz zu sein."

„War er ein Freund von dir?"

Sie zuckte mit den Schultern. „Er wusste nicht, wie man Freundschaften schließt", sagte sie leise. „Aber ich habe ihn gut gekannt. Es tut mir so Leid, dass er tot ist."

Jack schloss sie in die Arme. Er machte sich Sorgen um sie. In letzter Zeit war sie oft mit dem Tod konfrontiert worden, und er fürchtete, dass ihr das Schlimmste noch bevorstand.

Das Haltesignal des Aufzugs ertönte, und gleich darauf glitten die Türen geräuschvoll zur Seite. David trat aus der Kabine. Als er Jack und Isabella zusammen sah, wollte er sich abwenden. Isabella winkte ihn herbei.

„Onkel David ... gerade habe ich eine sehr traurige Nachricht erhalten."

„Was denn?" fragte David.

„John Running Horse ist tot"

Davids Gesichtsausdruck erstarrte, und Jack hätte schwören können, gehört zu haben, wie der alte Mann missmutig brummte.

„Wie ist das passiert?“

„Er war per Anhalter unterwegs und wurde von einem Auto angefahren. Man vermutet, dass er tatsächlich nach Memphis unterwegs war. Die Frau, die mich angerufen hat, sagte, er sei schon fast in Butte gewesen, als der Unfall geschah.“

„Oh Gott“, murmelte David. „Was für eine Verschwendung ... was für eine Verschwendung.“

Sie machte sich von Jack los und schlang ihrem Onkel einen Arm um den Nacken. Mit der anderen Hand tätschelte sie sein Gesicht.

„Wir gehen für eine Weile auf die Terrasse. Möchtest du mitkommen?“

„Nein. Ihr braucht keinen Aufpasser. Genießt die Zeit, die ihr habt. Das Leben ist viel zu kurz.“

Isabella nickte und warf einen Seitenblick auf Jack. Er schob seine Hand unter ihren Ellenbogen und führte sie durch den Speisesaal nach draußen.

David sah ihnen kurz nach. Dann wandte er sich ab. Er musste die anderen suchen und ihnen die Nachricht überbringen.

Wasili Rostow stand an der Kante einer Steilwand, hielt seinen Feldstecher in der Hand und suchte das Tal unter sich ab. Beim Hotel tat sich etwas. Er hatte nicht den Eindruck, dass die Betriebsamkeit mit der Ankunft neuer Gäste zusammenhing.

Auf dem Parkplatz standen vier Fahrzeuge mit Vierradantrieb und zwei große graue Lieferwagen. Mindestens ein Dutzend Männer liefen geschäftig auf dem Gelände umher. Alle trugen Kampfanzüge der Armee. Sogar aus der Entfernung konnte Rostow erkennen, dass die Männer bewaffnet waren. Sich selbst verfluchend, dass er sich überhaupt auf diesen Schlamassel eingelassen hatte, beobachtete er, wie die Männer ihre Ausrüstung einluden und die Fahrzeugkolonne in Richtung White Mountain aufbrach. Kurze Zeit später waren die Wagen aus seinem Blickfeld verschwunden. Rostow wusste auch so, wie der Einsatz weiterging. Die Männer würden sich in kleine Gruppen aufteilen und nach ihm suchen. Bevor das geschah, war er besser verschwunden.

Er vergeudete keine Zeit. Kurz entschlossen nahm er sein Gepäck und machte sich bergabwärts auf den Weg, sich immer links haltend, um möglichst viel Abstand zu der Stelle zu gewinnen, von der aus er die Männer zuletzt gesehen hatte. Beim Gehen überdachte er seine Möglichkeiten. Er konnte die Sache aufgeben, nach Russland zurückkehren und die Folgen seines Scheiterns auf sich nehmen. Aber der Gedanke, die Jahre, die ihm blieben, in Ungnade zu verbringen, schreckte ihn ab. Er hatte seinem Land immer treu gedient und sogar das hart erarbeitete Dasein als Pensionär aufgegeben, um einen letzten Auftrag für Mütterchen Russland zu erledigen. Den Rest seines Lebens würde er nicht auch noch opfern, nur weil ein alter Mann zur falschen Zeit gestorben war.

Brighton Beach. Dort verloren sich die Spuren eines Menschen schnell. Viel wäre nicht nötig, um sein Erscheinungsbild zu verändern. Wenn er sich den Kopf kahl schor und seinen Bart wachsen ließ, würde ihn niemand mehr erkennen. Blieb die Geldfrage. Seine Reisekasse war fast leer.

Der Versuch, die Frau in seine Gewalt zu bringen, war ein Fehler gewesen. Sie besaß für die Männer offensichtlich großen Wert. Außerdem war sie zu auffallend. Sie als Geisel aus einem voll besetzten Hotel zu schaffen und nicht gefasst zu werden konnte kaum gelingen. Es gab weder eine größere Stadt, in der er untertauchen konnte, noch verstopfte Straßen, durch die seine Verfolger aufgehalten würden. Auch die dünn besiedelte Umgebung mit ihren Wäldern und dem Hochgebirge bot nur wenige Verstecke. Zwei Männer mit guten Spürhunden hätten ihn und seine Geisel in wenigen Stunden aufgestöbert.

Aber er hatte das Tagebuch. Damit musste etwas anzufangen sein. Beim Weitergehen entstand eine Idee in seinem Kopf. Als er die Vorberge des White Mountain erreicht hatte, wusste er, wie er die Sache anstellen würde.

Bei Sonnenuntergang erreichte Rostow das Tal. Immer im Schutz der Bäume bleibend, hielt er sich an der rückwärtigen Grenze der Hotelanlage und erreichte so den Gärtnerschuppen. Er konnte sich sicher sein, dass man ihn hier zuletzt suchen würde. Rostow schlüpfte in das Gebäude und deponierte sein Gepäck unter der Werkbank im Vorraum. Dann betrat er sein altes Zimmer und sah aus dem Fenster, um sich zu vergewissern, dass ihn niemand beobachtet hatte. Anschließend schob er den Stuhl unter den Türknauf und ließ sich auf das Bett fallen. Bis die Zeit zum Handeln gekommen war, reichte es für eine Mütze Schlaf.

Als Isabella in den Speisesaal kam, verließ die Kellnerin, die die Bestellungen aufgenommen hatte, gerade den Tisch, an dem ihre Onkel saßen. David sah Isabella als Erster, lächelte und winkte sie zu sich.

„Liebes ... willst du dich nicht zu uns setzen?“ fragte er.

„Gern“, antwortete sie und musterte Thomas prüfend, der seit ein paar Stunden aus dem Krankenhaus zurück war.

„Onkel Thomas, solltest du dich nicht besser noch schonen? Ich könnte dir ein Tablett in dein Zimmer bringen, wenn du willst.“

„Nein, Liebes. Und es tut mir Leid, dass ich euch allen einen solchen Schreck eingejagt habe. Ich bin kerngesund. Meine einzige Krankheit ist das Alter."

Isabella lächelte, doch beim Anblick der lieb gewordenen Gesichter tat ihr Herz weh. Sie hatte immer geglaubt, sie würde diese Männer kennen wie sich selbst. Und nun hatte sie das Gefühl, lauter Fremde vor sich zu sehen.

„Ich laufe nur kurz zur Kellnerin und gebe meine Bestellung auf. Dann bin ich gleich zurück", versprach sie.

Kaum war sie weg, steckten die Männer die Köpfe zusammen.

„Sie ist böse mit uns", sagte Jasper. „Ich habe es gemerkt, als sie mit diesem Dolan kam, um uns im Krankenhaus abzuholen."

John runzelte die Stirn. „Das glaube ich nicht. Sie kommt nur mit der Situation nicht zurecht. Es gibt keinen Grund, warum sie auf uns böse sein sollte."

David schüttelte den Kopf. „Oh doch, durchaus", sagte er leise. „Sie ist nicht dumm. Dieser FBI-Agent hat bestimmt das ein oder andere verlauten lassen, worauf sie sich keinen Reim machen kann. Nur Gott weiß, was er herausgefunden hat. Eines jedenfalls ist sicher: Über Frank ist er im Bilde."

„Wie kommst du darauf?" fragte Rufus.

„Er hat mich nicht aus den Augen gelassen, als er mir mitteilte, dass der Mann, der ihn umgebracht hat, Russe ist. Er wollte sehen, wie ich reagiere. Ich schließe daraus, dass er eine Menge mehr weiß, als er beweisen kann."

„Und was sollen wir deiner Meinung nach jetzt tun?" fragte Thomas.

„Ich habe keine Ahnung", erwiderte David. „Wenn dir etwas einfällt, lass es mich wissen."

„Wir könnten wieder untertauchen", meinte Jasper.

Die vier anderen Männer stöhnten auf.

„Wir sind zu alt", sagte Thomas.

„Und wir haben Isabella“, fügte David hinzu. „Wir werden sie nicht im Stich lassen.“

„Ich glaube nicht, dass sie allein sein würde“, wandte John ein. „Sie hat sich mit diesem Dolan eingelassen.“

„Woher willst du das wissen?“ fragte Thomas.

„Nach dem Einbruch hat sie die Nacht in seinem Zimmer verbracht.“

„Schon. Sie brauchte Schutz. Es könnte sein, dass sie nur deshalb dort war, oder?“ fragte Rufus.

„Sie mag ihn“, sagte David. „Das weiß ich seit Tagen.“

Rufus beugte sich näher zu ihm. „Glaubst du, die Zuneigung ist gegenseitig?“ fragte er und flüsterte fast.

David betrachtete Isabella, die am entgegengesetzten Saalende stand. Sie vereinte in sich Schönheit und Anmut. Genau wie ihre Mutter.

„Wenn nicht, ist er verrückt“, sagte David. „Übrigens, wo steckt Dolan überhaupt?“

„Er ist weggefahren, mit dem Suchkommando. Um den Leuten die Stelle zu zeigen, an der er das russische Klappmesser gefunden hat. Aber er hat gesagt, dass er zurückkommt. Er wollte unser Mädchen nicht über Nacht allein lassen.“

In diesem Moment kehrte Isabella an den Tisch zurück, und die Männer beendeten ihr Gespräch. Sie nahm Platz, streckte sich verhalten stöhnend und lehnte sich zurück.

„Meine Füße bringen mich um“, murmelte sie. „Das war ein Tag.“ Sie blickte hoch, weil sie merkte, dass die Onkel sie anstarrten. „Was ist?“

„Nichts“, beteuerte David rasch und lächelte. „Was hast du zum Abendessen bestellt?“

„Forelle mit Spargelspitzen.“

„Das habe ich auch genommen“, sagte Thomas.

Isabella beugte sich vor und tätschelte seine Hand. Dann strich sie ihm eine verirrte weiße Haarsträhne aus der Stirn.

„Wir haben immer die gleichen Dinge gemocht, nicht wahr, Onkel Thomas?"

Er strahlte, geschmeichelt durch ihre Aufmerksamkeit und weil sie eine Alltagsgewohnheit, die Vorliebe für ein bestimmtes Essen, gemeinsam hatten.

„Ja, das stimmt. Erinnerst du dich, wie du früher auf meinen Schoß geklettert bist und in meinen Jackentaschen nach Schokoladentalern gesucht hast?"

Isabella schmunzelte. „Die waren immer für mich. Du hast nur so getan, als gehörte die Schokolade dir, weil du mein Protestgeschrei hören wolltest."

Sie lachten laut. Der Augenblick ging vorbei. Wenige Minuten später kamen die Teller mit dem Essen, und das Gespräch der Männer wurde noch ausgelassener. Isabella spürte einen Kloß in der Kehle, während sie ihre Onkel beobachtete. Sie liebte sie. Wie konnte sie mit ihnen sprechen, ohne ihre Gefühle zu verletzen?

„Isabella?"

„Hmmm ... ja? Was hast du gesagt, Onkel John? Ich war in Gedanken."

Er deutete mit dem Finger auf den Pfefferstreuer. „Den Pfeffer. Würdest du ihn mir bitte geben?"

„Oh, sicher."

Sie reichte ihm das Gewünschte. Dann ging ihr Blick an den Gästen vorbei zu den großen Fenstertüren, die auf die Terrasse führten. Es war beinahe dunkel draußen. Jack war mit dem Suchtrupp unterwegs. Sie fragte sich, wann er zurückkommen würde.

„Isabella, schmeckt es dir nicht?" fragte David.

Sie senkte den Kopf, sah geistesabwesend auf ihren Teller und konnte sich nicht erinnern, seit wann er dastand. Das Essen war unberührt.

„Oh, die Forelle ist sicher ausgezeichnet. Ich habe nur gerade an Jack gedacht, wie es ihm da draußen geht."

Die fünf Männer hoben die Brauen und nickten einander beim Weiteressen stumm zu. David hatte Recht gehabt. Dieser Dolan war ihr nicht gleichgültig.

„Liebst du ihn?" fragte David.

Die Frage erschreckte sie so, dass ihr der Bissen Forelle, den sie gerade aufgespießt hatte, wieder von der Gabel fiel.

„Wenn ich mich dazu äußere, beantwortest du mir dann auch eine Frage?" gab sie zurück.

David fühlte, wie er blass wurde, schaffte aber ein Lächeln.

„Was ist los, Liebes ... würde ich dich nicht besser kennen, könnte ich glauben, dass du böse auf uns bist."

Sie holte tief Luft. *Heraus damit.* „Ich glaube, ‚böse' ist nicht das richtige Wort", begann sie. „Aber ich bin aufgebracht."

„Warum?" fragte Thomas. „Was haben wir getan?"

David warf seinem alten Freund einen finsteren Blick zu. Die Wortwahl war unklug und setzte sie allen möglichen Fragen aus, von denen er nicht eine einzige beantworten wollte.

„Ich weiß nicht", sagte Isabella. „Das ist das Schlimme. Ich glaube, ihr verheimlicht mir etwas. Und das finde ich nicht fair von euch."

„Warum um alles auf der Welt sagst du so etwas?" fragte Jasper. „Du bist für uns das Wertvollste, was es gibt. Das weißt du."

„Jack Dolan hat ein Foto."

Davids Herz setzte einen Schlag aus.

„Was für ein Foto, Liebes?"

„Es ist eine alte Aufnahme. Ich glaube, sie wurde Anfang der siebziger Jahre gemacht. Darauf sind sieben Männer in Anzügen zu sehen, die an Bord eines Flugzeuges gehen. Eine Frau ist auch dabei, aber man kann ihr Gesicht nicht erkennen. Und zwei Piloten. Sie stehen an der Gangway."

Sie hörte, wie neben ihr heftig Luft geholt wurde, aber sie hielt den Blick weiter auf David gerichtet.

„Ich habe nicht alle erkannt, aber einer der Abgebildeten ist Daddy. Folglich nehme ich an, dass es sich bei der Frau um meine Mutter handelt. Ich bin sicher, auch Onkel Frank ist dabei. Und ich denke, du, Onkel David, bist ebenfalls auf dem Schnappschuss zu sehen."

David runzelte die Stirn und gab vor, in seiner Erinnerung zu kramen. Was unnötig war. Er wusste sehr gut, welches Foto sie meinte. Es war das letzte Bild von ihm, auf dem er Anton Spitzer hieß.

„Jack hat diese Aufnahme von meiner Familie und will mir nicht sagen, warum. Ich weiß nur, es hat mit dem Mord an Onkel Frank und den Ereignissen hier zu tun. Deshalb bin ich aufgebracht. Jetzt esst auf, bevor alles kalt wird. Die Köchin hat Pfirsichpastete gemacht, und ich weiß, das ist euer Lieblingsnachtisch."

David nickte. „Das stimmt", sagte er. „So ist es."

Sie aßen weiter, doch die heitere Stimmung war verflogen.

Isabella hätte am liebsten geweint. Stattdessen spießte sie ein weiteres Stück von ihrer Forelle auf die Gabel und schob den Bissen in den Mund. Sie zwang sich zu kauen und den Fisch herunterzuschlucken, obwohl er keinen Geschmack mehr zu haben schien. Dabei suchte sie nach einem harmloseren Gesprächsthema.

„Wie ich hörte, Onkel David, werden die Silvias morgen abreisen. War die Behandlung erfolgreich?"

Froh, über etwas anderes reden zu können, nickte David und lächelte.

„Es verlief alles gut. Aber du weißt, wie hoch das Risiko bleibt. Wir brauchen Geduld und Gottvertrauen. Ich glaube, die Silvias sind schon heute gefahren."

„Ach? Dann wünsche ich Maria Silvia, dass der Eingriff erfolgreich war", sagte Isabella. „Ich habe noch nie eine Frau erlebt, die sich so verzweifelt ein Kind wünschte."

David nickte und wies auf Jasper. „Würdest du mir bitte das Brot geben?"

Jasper reichte ihm den Korb, und sie setzten die Mahlzeit fort. Nach dem Dessert wollte Isabella aufstehen. David nahm ihre Hand.

„Es tut mir Leid, dass du so unglücklich bist", sagte er leise.

„Mir auch, Onkel David."

Er sah sie eindringlich an und suchte in ihrem Gesicht nach Anzeichen, ob sie noch aufgebracht war, konnte aber nur einen ängstlichen Ausdruck erkennen.

„Bevor du heute Abend schlafen gehst, komm bei mir vorbei. Dann reden wir."

Ihr Blick wurde heller. Die Mundwinkel hoben sich zu einem kleinen Lächeln.

„Wirklich?"

„Ja, wirklich."

„Ich werde kommen." Sie beugte sich vor und küsste ihn auf die Stirn. „Danke, Onkel David."

Kaum war sie außer Hörweite, als am Tisch das Zischen und scharfe Einatmen begann.

„Hast du den Verstand verloren?" fragte Rufus.

„Was willst du ihr sagen?" gab John zu bedenken. „Wir haben Samuel ein Versprechen gegeben."

„Haltet den Mund. Alle", sagte Jasper. „David weiß, was er tut."

David schüttelte den Kopf. „Ich weiß nicht, was ich sagen werde, aber sie verdient eine Antwort."

„Willst du sie anlügen?" fragte Thomas.

David zuckte mit den Achseln. „Ich werde alles tun, damit ihre Sicherheit gewährleistet ist. Das werden wir alle. Sind wir uns einig?"

Am Tisch wurde es still. Die anderen Männer gaben mit einem Nicken ihre Zustimmung.

„Es steht nicht gut, wie?" fragte Rufus endlich.

„Nein", sagte David. „Schon lange nicht mehr."

Rostow rollte auf die andere Seite und setzte sich auf. Es war Viertel nach zehn Uhr abends. Mittlerweile würden die alten Männer auf ihre Zimmer gegangen sein, aber der Speisesaal war noch offen. Viel Zeit, um zu erledigen, was er zu tun hatte, und unbemerkt wieder zu verschwinden.

Rostow tastete sich im Dunkeln durch den Schuppen und spähte aus der Tür. Die Nacht war schwarz und mondlos. Nur die Sicherheitsleuchten an den Grundstücksgrenzen spendeten ein schwaches Licht – ideale Voraussetzungen für sein Vorhaben. Er blickte in die andere Richtung, zum White Mountain hinauf. Irgendwo da oben hatte sich das Suchkommando für die Nacht eingerichtet. Bei dem Gedanken, dass sie die Wildnis nach ihm durchkämmten, verzog sich sein Mund zu einem schiefen Grinsen. Und wenn sie tagelang suchten, sie würden ihn nicht finden. Niemand fand den Habicht, es sei denn, er wollte es so.

Beim Hotel waren sicher keine Wachposten zurückgeblieben. Falls doch, fand er das schnell heraus. Er berührte das Messer, das er am Gürtel trug, und legte die Hand auf die Pistole in seiner Tasche. Dann schlüpfte er aus dem Gebäude und verschwand in die Dunkelheit.

Jack war neben Travis in die Hocke gegangen. In ihrer Nähe machte sich ein anderer FBI-Agent an einem Empfänger zu schaffen. Über ihren Köpfen hörten sie das Geräusch eines kreisenden Hubschraubers.

„Was macht er da?“ fragte Jack und wies auf den Mann hinter Travis.

„Er überprüft, ob die Verbindung mit dem Helikopter steht. Sie haben auf Wärme ansprechendes Radar an Bord. Damit können wir alle Warmblüter, die in der Gegend unterwegs sind, sichtbar machen.“

Jack schüttelte den Kopf und stand auf. „Dann sagen Sie besser denen da oben Bescheid, dass ich das Lager verlasse. Sonst halten sie mich noch für ein mögliches Ziel.“

Travis runzelte die Stirn. „Sie wollen bei dieser Dunkelheit ins Tal zurück?“

Jack nickte. „Ich wollte schon längst unten sein. Ich kann Isabella nicht allein lassen. Solange Ross frei herumläuft, ist sie in Gefahr.“

„Ich schicke ein paar Männer mit.“

„Nicht nötig. Allein bin ich schneller. Sie haben Ihre Arbeit hier. Und ich habe meine.“

Travis grinste. „Verdammt, Dolan. Das ist unfair. Ihre Arbeit ist hübscher.“

Ohne auf die Bemerkung zu achten, schulterte Jack sein Gewehr.

„Denken Sie daran, diesen Spionen am Himmel zu sagen, sie sollen mich laufen lassen.“

„Haben Sie Ihr Funkgerät?“ fragte Travis.

Jack klopfte auf die Wechselsprechanlage an seinem Gürtel.

„Klar. Sollten mir Räuber über den Weg laufen, schlage ich Alarm.“

„Den unteren östlichen Quadranten unseres Koordinatensystems haben wir schon abgesucht. Jetzt nehmen wir uns den Teil darüber vor.“

„Wir haben heute keinen Mond. Im Wald ist es stockdunkel“, sagte Jack. „Das kann gefährlich sein. Sie kennen sich hier nicht aus. Ein falscher Schritt, und schon ist einer Ihrer Leute in eine Schlucht gestürzt.“

„Wir führen nicht zum ersten Mal einen Nachteinsatz durch“, gab Travis zurück.

„Schön“, erwiderte Jack. „Sie sind der Spurensucher. Halten Sie mich einfach auf dem Laufenden und teilen Sie mir mit, wenn Sie etwas brauchen.“

„Machen wir.“ Travis nickte.

Jack warf einen letzten Blick zurück, schaltete seine Taschenlampe ein und verließ das Lager. Er nahm einen Pfad, der bergabwärts führte. Nach wenigen Metern umgab ihn schwarze Dunkelheit. Wäre der Weg durch den Wald nicht so gut ausgetreten, hätte er sich leicht verlaufen können.

Je länger er unterwegs war, desto deutlicher nahm er den Lärm weiter oben wahr. Victor Ross musste taub sein, wenn er noch in der Gegend war. Er würde nicht in seinem Versteck sitzen bleiben und sich fangen lassen. Vor allem nicht, wenn er wirklich der berühmte Habicht war. Dann hatte er längst so viel Abstand wie möglich zwischen sich und den White Mountain gebracht.

Und wenn nicht? fragte sich Jack. Wenn er noch immer bereit war, sein Leben aufs Spiel zu setzen, und das Vorhaben nicht aufgab, für das er hergekommen war? Mit einem Mal fühlte Jack den starken Drang, mit Isabella zu sprechen. Er zog das Handy heraus und gab die Nummer des Hotels ein.

„Abbott House.“

„Delia, hier ist Jack. Ich muss mit Isabella sprechen.“

„Im Büro ist sie nicht, Mr. Dolan. Ich vermute, sie sitzt im Speisesaal bei ihren Onkeln."

„Würden Sie bitte nachsehen? Ich bleibe dran."

„Sicher."

Er hörte, wie sie den Hörer hinlegte, dann folgte das Geräusch ihrer Schritte auf dem Fußboden in der Hotelhalle. Eine Minute verging, dann noch eine. Jack dachte schon, Delia hätte ihn vergessen, als sie wieder am Telefon war.

„Tut mir Leid, Mr. Dolan. Sie hat den Speisesaal schon verlassen. Vielleicht ist sie in ihren Privaträumen. Wenn Sie in der Leitung bleiben, stelle ich das Gespräch durch."

Wieder wartete er und zählte die Zahl der Klingeltöne. Es läutete zum zehnten Mal. Isabella meldete sich nicht. Seine Nackenhaare richteten sich auf. Sie kann überall sein ... auch unter der Dusche, versuchte er sich zu beruhigen. Wenn Delia sie nicht finden konnte und sie den Hörer nicht abnahm, musste das nicht bedeuten, dass sie in Gefahr war.

Er schob das Handy in die Gürteltasche zurück. Gleichzeitig wurden seine Schritte schneller. Die Erfahrungen mit Ross gaben keinen Anlass zu dem Glauben, alles könnte in Ordnung sein.

Er griff nach dem Funkgerät und stellte die passende Frequenz ein.

„Travis ... hier spricht Dolan. Over."

„Travis hier. Was gibt's?"

„Sie müssen mir einen Gefallen tun. Lassen Sie den Helikopter über dem Hotel und dem umgebenden Gelände kreisen, möglichst tief und langsam. Vor allem dort, wo Bäume stehen. Als wir am frühen Abend in die Berge aufgebrochen sind, wohnte nur noch ein Paar im Hotel. Die anderen Anwesenden gehörten zum Personal oder waren Restaurantgäste von außerhalb. Um diese Zeit dürfte von ihnen niemand mehr draußen herumlaufen."

„In Ordnung", sagte Travis. „Bleiben Sie auf Empfang. Ich gebe Bescheid, sollten wir etwas entdecken."

„Danke", sagte Jack. Er wünschte, es wäre weniger dunkel und er könnte rennen. Das Kribbeln in seinem Bauch verhieß nichts Gutes. Er war viel zu weit weg, wenn Isabella jetzt seine Hilfe brauchte.

Wenige Minuten später sah er den Hubschrauber. Er flog über ihn hinweg ins Tal, immer noch hoch genug, um niemanden zu erschrecken. Dann begann er zu kreisen. Jack blickte auf seine Armbanduhr. Es war fast halb zehn. Er hatte nicht beabsichtigt, so lange draußen zu bleiben.

Er griff nach seinem Handy und rief ein zweites Mal im Hotel an. Delia stellte ihn in die Familienwohnung durch, und wieder ging niemand ran. Fluchend steckte Jack das Telefon wieder weg. Wenige Minuten später war er fast da. Von Abbott House trennte ihn nur noch das Wiesental. Beim Anblick des Hotels stieg Erleichterung in ihm auf. Lange hielt das Gefühl nicht an.

„Dolan ... hier spricht Travis. Hören Sie mich?"

Jack zerrte das Funkgerät aus der Halterung. „Ja, ich höre."

„Der Helikopter hat ein Objekt gesichtet, das sich an der östlichen Seite des Hotels nach oben bewegt."

„Nach oben, am Hotel? Was zum Teufel soll das heißen?"

„Keine Ahnung. Das war der Wortlaut. Ohne Scheinwerfer ließ sich nicht mehr erkennen. Warten Sie eine Sekunde."

Jack konnte hören, wie Travis über ein anderes Funkgerät Verbindung mit dem Hubschrauber aufnahm.

„Der Pilot will wissen, ob das Gebäude an der Ostseite eine Feuerleiter hat."

Jack sank das Herz. „Ja, verdammt, es gibt eine. Fragen Sie ihn, ob er das Zielobjekt noch sehen kann."

Travis gab Jacks Frage weiter und übermittelte die Antwort.

„Er sagt, die Person oder was immer es war, ist nicht mehr sichtbar, weder außerhalb des Gebäudes noch auf dem Grundstück."

„Verfluchter Mist", murmelte Jack. „Ich wette, das ist unser Mann."

„Was sollen wir als Nächstes tun?" fragte Travis.

Jack zögerte. Wenn er das Suchkommando abzog und sich dann herausstellte, dass die gesichtete Person ein Onkel oder jemand vom Personal war, würde Victor Ross womöglich genau die Zeit gewinnen, die er brauchte, um sich im Gelände abzusetzen. Aber wenn Ross die Berge bereits verlassen hatte ...

„Gibt es einen Platz in der Nähe des Hotels, wo der Hubschrauber landen könnte?" fragte Jack.

„Nein. Zu viele Bäume", antwortete Travis.

Jacks Magen zog sich zusammen. Er war auf sich gestellt. Alles hing von ihm ab.

„Geben Sie mir fünfzehn Minuten Zeit, um die Lage zu prüfen", sagte er. „Sollten Sie nichts mehr von mir hören, kommen Sie auf dem schnellsten Weg zum Hotel herunter."

„Machen wir", sagte Travis. „Seien Sie vorsichtig."

Jack steckte das Funkgerät zurück und rannte los. Bei Tag hätte er die zwei Kilometer in fünf oder sechs Minuten geschafft, aber es war dunkel, und er kannte das Gelände nicht gut genug. Fünfzehn Minuten mussten reichen. Brauchte er länger, könnten alle im Hotel, einschließlich Isabella, in größter Gefahr sein.

16. KAPITEL

Es war beinahe Viertel vor zehn, als Isabella sich auf den Weg nach oben machte. Seit David sie beim Abendessen aufgefordert hatte, ihn in seinem Zimmer aufzusuchen, hatte sie nur noch an das bevorstehende Gespräch denken können. Statt mit dem Aufzug zu fahren, nahm sie die Treppe. Sie war zu ungeduldig und mochte nicht warten, bis sich der alte Fahrstuhl nach unten in die Halle gequält hatte. Im dritten Stock auf dem Treppenabsatz angekommen, stellte sie fest, dass im Korridor zwei Glühbirnen durchgebrannt waren. Sie nahm sich vor, gleich am nächsten Morgen jemanden vom Personal mit dem Auswechseln zu beauftragen. Ihre Schritte waren leicht, als sie in dem langen Gang auf die letzte Zimmertür zueilte. Den ganzen Abend hatte sie sich Vorwürfe gemacht und die Gründe für ihr Misstrauen ihren Onkeln gegenüber bei sich selbst und in ihrer Trauer gesucht und in der Tatsache, dass Jack Dolan hier im Hotel aufgetaucht war. Sie hätte wissen sollen, dass die Onkel nichts vor ihr verbergen wollten; es sei denn, um Böses von ihr fern zu halten. Jetzt hatten sie begriffen, dass ihre Geheimnisse zu einer Gefahr wurden, und waren bereit, den Fehler wieder gutzumachen.

Isabella klopfte an Davids Tür. Er rief von innen, es sei nicht abgeschlossen. Sie drehte am Türknauf und trat ein. Ihr Onkel stand vor dem Kamin, zu ihrer Überraschung noch immer in der Kleidung, die er beim Abendessen getragen hatte.

Sie ging durch das Zimmer und küsste ihn auf die Wange. Er roch nach After Shave. Und nach etwas anderem. Bourbon? Sie runzelte die Stirn. David Schultz trank nur selten Alkohol. Wenn er sich mit Whiskey stärken musste, würde dieses Gespräch vielleicht doch nicht so leicht werden, wie sie gehofft hatte.

„Onkel David ... ich hätte gedacht, dich um diese Zeit in Schlafanzug und Hausmantel vorzufinden."

„Später“, sagte er und legte Holz im Kamin nach. „Ist dir warm genug? Die Nächte werden schon recht kalt.“

Isabella setzte sich in ihren Lieblingssessel neben dem Feuer und streifte die Schuhe ab. Sie zog die Beine an und schlang die Arme darum.

„Mir geht es gut, Onkel David. Mach dir keine Sorgen und setz dich zu mir.“

Er folgte lächelnd ihrer Aufforderung. Wie vornehm David Schultz wirkt, dachte sie. Er war groß, kultiviert und würdevoll. Irgendwie erinnerte er sie an Gregory Peck.

„Onkel David?“

David stählte sich. „Ja?“

„Kann ich eine sehr persönliche Frage stellen?“

Er hatte etwas anderes erwartet und zögerte, seine Zustimmung zu geben. Immerhin, er hatte versprochen, dass sie miteinander redeten. Und das würden sie auch tun.

„Sicher, Liebes. Was möchtest du wissen?“

„Warum ist keiner von euch verheiratet?“

Mit dieser Frage hatte er am wenigsten gerechnet. In seiner Verblüffung sagte er die Wahrheit.

„Ich kann nicht für die anderen sprechen. Aber die einzige Frau, die ich jemals gewollt habe, war bereits mit deinem Vater verheiratet.“

Isabella war entsetzt, einen offenbar schmerzlichen Punkt berührt zu haben.

„Oh ... Onkel David ... es tut mir Leid“, stammelte sie. „Ich hätte nicht ...“

Er lachte. „Schon gut, Liebes. Alle wussten Bescheid ... auch deine Mutter. Verstehst du, dein Vater und ich haben nicht um sie gekämpft. Es lief kein Drama ab. Als ich Isabella kennen lernte, war sie schon mit Samuel verheiratet. Ich war nicht der Einzige, der ihrem Liebreiz und ihrem Zauber erlag. Ich glaube, Jasper war auch ziemlich von ihr angetan.“

Isabella lächelte.

„Ach! Dieses Lächeln!“ David streckte die Hand aus und wies auf ihr Gesicht. „Ganz Isabella. Wenn ich nur eine Eigenschaft von ihr in Erinnerung behalten dürfte, ich würde dieses Lächeln wählen.“

„Warst du bei ihrem Tod dabei?“ fragte sie.

Sein Gesichtsausdruck veränderte sich. Sie meinte, sehen zu können, wie sein Geist in die Vergangenheit wanderte.

„Ja. Ich habe dich auf die Welt gebracht.“

Ungläubig weiteten sich ihre Augen.

„Das wusste ich nicht.“

Er zuckte mit den Achseln. „Es ist lange her. Irgendwann holt der Tod uns alle. Jeden zu seiner Zeit.“

„Glaubst du das wirklich?“

David starrte ins Feuer. Eine Ewigkeit, wie es Isabella vorkam. Dann nickte er.

„Ja, ich denke schon.“

„Willst du damit auch sagen, dass für Onkel Frank die Zeit zu sterben da war, als er in Brighton Beach ermordet wurde?“

Er sah ihr ins Gesicht, bevor er zu einer Antwort ansetzte. Von ihrem Vertrauen hing alles ab.

„Ich glaube an das Schicksal, Isabella. Seine Zeit zu sterben war gekommen, ebenso wie die Art seines Todes vorherbestimmt war. Ja, davon bin ich überzeugt.“

„Denkst du, dass der Mann, der ihn umgebracht hat, wirklich dieser Russe ist, nach dem Jack sucht?“

Je näher er bei der Wahrheit blieb, umso leichter würde das Gespräch für ihn sein.

„Wahrscheinlich. Ich halte deinen Mr. Dolan für einen sehr fähigen Ermittler. Er weiß, was er tut.“

„Was sollte dieser Russe von mir wollen? Welchen Vorteil erhofft er sich? Ich kann ihm doch nichts Wertvolles bieten."

David erhob sich brüsk und stand in seiner vollen Größe vor ihr.

„Sag so etwas nicht noch einmal", befahl er. „Du selbst bist wertvoll. Du bedeutest uns alles. Seit deinem ersten Atemzug haben wir dich geliebt, als wärst du unser eigenes Kind." Seine Stimme wurde weich. „Vielleicht sogar schon vorher."

„Tut mir Leid", sagte sie. „Das sollte nicht klingen, als würde ich im Selbstmitleid ertrinken. Aber wer glaubt, er könnte mit mir als Geisel viel Geld erpressen, wird kaum Erfolg haben. Das habe ich gemeint."

Er legte die flache Hand auf ihren Scheitel, als wollte er sich selbst Kraft geben durch die Berührung.

„Mir tut es auch Leid. Ich hätte nicht laut werden dürfen."

Isabella stand auf und lehnte den Kopf an seinen Oberkörper. Als ihr Onkel sie umarmte, spürte sie seine tröstliche Wärme.

„Erzähl mir von dem Foto, Onkel David."

Sie spürte, wie er tief Luft holte. Dann atmete er mit einem schweren Seufzer aus. Sie sah zu ihm hoch.

„Was soll ich dazu sagen, Liebes? Ich kenne das Bild nicht. Aber ich vermute, es ist ein harmloser Schnappschuss, der uns zeigt, wie wir ein Flugzeug besteigen. In früheren Jahren sind wir viel gereist."

Sie runzelte die Stirn. „Warum interessiert sich das FBI ausgerechnet für dieses Foto?"

„Darauf kann ich dir keine Antwort geben. Hast du Mr. Dolan nicht gefragt?"

„Du weißt, dass ich das getan habe. Und du weißt auch, dass er mir nichts sagen wollte."

„Vielleicht gibt es nichts zu sagen."

Sie sah ihn ungläubig an. Ihr Blick wurde starr. Er machte es schon wieder.

„Wir drehen uns im Kreis, Onkel David. Kannst du mir die Frage nicht beantworten, ohne eine Gegenfrage zu stellen?"

Er kam nicht mehr zu einer Entgegnung. Die Tür flog auf, und Wasili Rostow stand im Zimmer.

„Wie günstig", sagte er und schloss die Tür hinter sich.

Isabella schrie auf und wollte zum Telefon rennen. Rostow zog eine Pistole.

„Bleiben Sie stehen, oder ich schieße!" brüllte er.

„Nicht! Um Gottes willen, nicht schießen!" David warf sich schützend vor Isabella und riss sie zu Boden.

Mit zwei Schritten war Rostow bei ihnen, bekam einen Arm von Isabella zu fassen und zog sie grob wieder auf die Füße. „Entweder sind Sie ruhig, oder ich bringe ihn um. Das schwöre ich", sagte er und richtete die Pistole auf David.

Isabella zitterte so heftig, dass sie kaum stehen konnte.

„Tun Sie ihm nichts", flüsterte sie. „Ich werde kein Wort sagen."

„Setzen Sie sich hin." Er stieß sie in einen Sessel. „Nun zu Ihnen! Sie setzen sich neben sie, damit ich Sie beide im Auge behalten kann."

David rappelte sich hoch und nahm auf der Sessellehne neben Isabella Platz. Er konnte ihr Zittern spüren und wusste, dass sie Todesangst hatte. Dabei wurde er von einem einzigen Gedanken beherrscht. Hätte er sie nicht gebeten, in sein Zimmer zu kommen, wäre sie jetzt in Sicherheit.

„Wer sind Sie? Was wollen Sie?" fragte er.

Rostow lächelte. „Ach, wissen Sie das nicht? ... Ich bin der Gärtner. So ist es doch, Miss Abbott?"

Isabella gab keine Antwort. Sie hatte Angst, dass sie schreien würde, wenn sie den Mund öffnete.

Rostow schwenkte die Pistole vor Davids Gesicht.

„Und Sie rufen die anderen zusammen ... die Männer, zu denen sie Onkel sagt. Sie sollen herkommen. Jetzt. Wenn Sie ein Wort über meine Anwesenheit sagen, erschieße ich Ihre Isabella."

„Ja, ja. Ich mache, was Sie wollen", sagte David. „Wenn Sie nur ihr nichts tun."

Rostow beobachtete, wie der alte Mann zum Telefon ging, und seine Augen wurden schmal vor Vergnügen. Die Sache lief besser, als er zu hoffen gewagt hatte. Das war ein Zeichen. Sein Glück wendete sich.

„Ich sehe, Isabella bedeutet Ihnen alles. Also hat Waller nicht übertrieben. Sie ist tatsächlich der Schlüssel."

Isabella sah, wie ein Ausdruck des Entsetzens über das Gesicht ihres Onkels huschte. Dann hob er den Hörer ab.

„Was meinen Sie damit?" flüsterte sie. „Warum haben Sie gesagt, ich sei der Schlüssel?"

Rostow lächelte. „Sobald die anderen da sind, reden wir."

David wählte mit zitternden Händen die Nummer des Zimmers nebenan. Als Jasper sich meldete, verlor er keine unnötigen Worte.

„Hol die anderen und komm mit ihnen in mein Zimmer. Sofort."

Er legte auf, bevor Jasper eine Frage stellen konnte.

„So", sagte er. „Ich habe getan, was Sie verlangt haben. Isabella brauchen Sie nicht mehr. Ich weiß, Sie können sie noch nicht laufen lassen. Deshalb bitte ich Sie, fesseln Sie Isabella nur und nehmen Sie uns als Geiseln. Bevor man sie findet, werden Sie weit genug weg sein."

Rostow lachte. „Setzen Sie sich, los. Ich will nicht Sie, alter Mann. Ich will keinen von euch." Er wies mit der Pistole auf Isabella. „Übrigens will ich nicht einmal sie ... obwohl, etwas Besonderes hat sie, da bin ich sicher."

Isabellas Magen verkrampfte sich. In Gedanken schrie sie nach Jack.

„Was in drei Teufels Namen wollen Sie dann durch diesen Überfall erreichen?" fragte David.

„Halten Sie den Mund! Das werden Sie und die anderen früh genug erfahren", schnauzte Rostow ihn an.

Minuten später hörten sie Stimmen im Korridor, dann näherten sich Schritte.

„Sie kommen", stöhnte Isabella. „Lieber Gott, sie gehen direkt in die Falle."

„Ein Wort, und er ist tot", warnte Rostow sie und bohrte den Pistolenlauf in Davids Wange.

Isabella warf einen verzweifelten Blick zu ihrem Onkel hinüber. Er saß mit geschlossenen Augen in seinem Sessel, und sein Gesicht war kalkweiß.

Die Tür ging auf. Jasper trat als Erster ein. Die anderen folgten ihm dichtauf.

„David, was um alles in der Welt ..."

Jasper schnappte nach Luft und erstarrte.

„Reinkommen", schnauzte Rostow. „Oder er ist ein toter Mann."

Alle schlüpften in das Zimmer und drückten sich mit dem Rücken an die Wand; vier alte Männer, stumm und schreckerfüllt.

„Was geht hier vor?" fragte Thomas schließlich. Seine Stimme zitterte vor Angst.

„Bitte erlauben Sie ihm, sich zu setzen", bettelte Isabella. „Er wurde eben erst aus dem Krankenhaus entlassen."

Rostow runzelte die Stirn, dann winkte er den alten Mann zu dem dritten Sessel, der beim Kamin stand. John fasste Thomas an einem Arm, Rufus am anderen. Beide halfen ihm beim Hinsetzen. Jasper hielt die Augen fest auf David gerichtet, als versuchte er, seine Gedanken zu lesen. David erwiderte den Blick nicht. Er hielt die Lider gesenkt und schien niemanden ansehen zu wollen.

„Nun ... wie sagt man in Ihrer Sprache? Oh ja ... ich weiß", höhnte Rostow. „Gemütlich ist es hier, nicht wahr?"

David hob den Kopf. Sein Gesicht war wutverzerrt.

„Alle sind hier, wie Sie verlangt haben. Jetzt sagen Sie uns, was Sie wollen."

Rostow zog Franks Tagebuch aus der Tasche und warf es vor den Füßen der Männer auf den Boden.

„Was ist das?" fragte Jasper.

„Vaclav Wallers Tagebuch", sagte Rostow.

„Jesus, Maria und Josef", murmelte Rufus und schickte den anderen einen verzweifelten Blick.

„Wer ist Vaclav Waller?" fragte Isabella.

Rostow zeigte ein breites Grinsen. „Ah ... sie kennt nicht alle Ihre kleinen Geheimnisse, wie?"

„Halten Sie den Mund", sagte David. „Sagen Sie uns einfach, was Sie wollen, und dann gehen Sie."

„Geld!" sagte Rostow. „Ich brauche Geld, um zu verschwinden."

Isabella sprang auf. „Ich habe Geld im Safe. Sie können alles haben. Aber tun Sie uns nichts."

Rostow stieß sie mit dem Pistolengriff beiseite. Sie geriet ins Stolpern und fiel vor den Sessel, in dem Thomas saß. Alle fünf alten Männer sahen plötzlich aus, als würden sie Rostow im nächsten Moment anspringen.

Rostow machte einen Schritt rückwärts und zielte auf Isabellas Kopf.

„Eine Bewegung, und sie ist tot", sagte er. „Setzen Sie sich alle hin und rühren Sie sich nicht, bis ich Ihnen einen anderen Befehl gebe." Er warf einen Blick auf Isabella. „Für Sie gilt das Gleiche."

Isabella kam auf die Knie. In ihren Ohren war ein Summton. Mit einem wütenden Blick auf den Russen, als wollte er ihn herausfordern, doch zu schießen, half Jasper ihr zurück in den Sessel.

Rostow lächelte höhnisch. Die Sache lief immer besser. Es war unübersehbar, dass die fünf alten Männer alles tun würden, damit ihre Isabella in Sicherheit war.

„Ihr erbärmliches Kleingeld brauche ich nicht, Miss Abbott. Ich will eine ausreichend große Summe, damit ich untertauchen kann. Denn ich habe beschlossen, dass ich nicht nach Russland zurückgehe."

„Warum sind Sie überhaupt hier?" fragte sie.

Rostow sah sie an, überrascht von ihrer Haltung. Die meisten Frauen wären unter seiner Drohung zusammengebrochen. Verletzt und blutend, trotzte sie seinem Blick.

„Weil man mich hergeschickt hat", antwortete er.

„Damit Sie meinen Onkel umbringen?"

Er schnaubte halblaut. „Frank Walton hat den Entschluss gefasst, sich selbst zu töten."

„Das glaube ich nicht", sagte Isabella. „So etwas würde er nicht machen."

„Nun, er hat es doch getan", erwiderte Rostow. „Er starb lieber, als mit mir zu kommen." Er zuckte mit den Achseln. „Ich kann es ihm nicht verdenken. Überläufer genießen in Russland kein hohes Ansehen. Außerdem war er todkrank. Meine Ankunft hat sein Ableben nur beschleunigt."

„Todkrank?" fragte Isabella fassungslos.

Rostow hob erneut die Schultern. „Er hatte Krebs. Ich habe die entsprechenden Medikamente bei ihm gefunden, und das Tagebuch. Sie hätten nur hinsehen müssen."

Isabella rang nach Luft und sah ihre Onkel an. Als sie schwiegen, wurde ihr klar, dass sie über die Krankheit Bescheid gewusst hatten.

Sie richtete den Blick auf David. „Geht es darum?“ fragte sie. „Ist das euer Geheimnis? Sein Name war Vaclav Waller, und ihr habt ihm bei der Flucht geholfen?“

David hielt den Kopf gesenkt. Die anderen weigerten sich ebenfalls, sie anzusehen.

Der aufwallende Zorn verdrängte Isabellas Angst. Sie zitterte am ganzen Körper, und die Tränen liefen über ihr Gesicht.

„Warum sagt mir niemand, was hier vorgeht?“

„Ruhe!“ schrie Rostow. „Sie müssen nur wissen, dass ich einhunderttausend Dollar will, in kleinen Scheinen. Sonst sterben Sie.“

Jack schlüpfte durch die Terrassentür in den Speisesaal. Es waren keine Gäste mehr im Raum. Nur das Hauspersonal rückte Stühle zurecht und wischte am Ende des Tages den Fußboden. Erschrocken durch sein plötzliches Erscheinen und durch das Gewehr, das er am Rücken trug, fuhren sie zusammen.

„Haben Sie Isabella gesehen?“ fragte Jack.

„Nicht mehr nach dem Abendessen“, sagte eine Kellnerin.

Jack durchquerte den Saal und ging in die Halle weiter. Delia war nicht am Tresen. Er eilte an der Treppe vorbei in den Privatkorridor und klopfte an Isabellas Tür. Niemand antwortete. Es war abgeschlossen. Mit ein paar Handgriffen hatte er das Schloss aufgebrochen und glitt in die Wohnung. Sie war leer und still. Zu still.

Hastig verließ er den Privatbereich wieder und rannte nach oben, immer zwei Treppenstufen auf einmal nehmend. Auf dem Absatz im dritten Stock presste er das Ohr an die Wand und lauschte auf Geräusche, die Gefahr bedeuten könnten, hörte aber nichts.

Er eilte in den Korridor und verharrte kurz vor jeder Tür, um zu prüfen, ob sich dahinter etwas rührte. Alles blieb still. In dem Moment, als er Isabellas Namen rufen wollte, gellte ein Schrei.

Die Waffe mit einer Hand festhaltend, lief er weiter, geräuschlos und schnell. Dann hörte er Stimmen; sie redeten durcheinander. Jack runzelte die Stirn. Isabella schrie. Jemand befahl ihr, den Mund zu halten. Das war er. Er hatte Rostow gefunden.

Ihm wurde mulmig zu Mute. Ross hatte das Undenkbare getan. Er war zurückgekehrt an den Tatort; etwas, das niemand von ihm erwartet hätte. Jack sah auf seine Armbanduhr. Die vereinbarten fünfzehn Minuten waren längst vorbei. Travis würde mit seinen Männern schon auf dem Rückweg vom White Mountain sein. Aber nach den Geräuschen zu urteilen, die aus dem Zimmer drangen, konnte Jack sich nicht leisten, auf die Ankunft der Truppe zu warten. Ihm blieb nur eine Wahl. Er musste hineingehen, bevor eine Katastrophe geschah. Vielleicht konnte er Ross aufhalten, bis die Suchmannschaft eintraf. Aber Travis musste Bescheid wissen.

Nach kurzem Zögern zog sich Jack in den hinteren Teil des Korridors zurück. Dort kauerte er sich in eine Mauernische und stellte die Frequenz ein.

„Travis, hier spricht Jack. Over."

Für einen Moment drang lautes Knistern aus dem Funkgerät, dann meldete sich Travis.

„Hier ist Travis. Was haben Sie gefunden?"

„Er ist hier", sagte Jack. „Im dritten Stock, letzte Tür rechts. Er hat Geiseln genommen. Wie viele, kann ich nicht sagen, aber Isabella ist unter ihnen. Ich habe ihre Stimme gehört."

„Wir sind unterwegs."

„Ich kann nicht warten", gab Jack zurück. „Ich gehe jetzt hinein. Vielleicht kann ich ihn aufhalten, bevor er etwas tut, das niemand wieder gutmachen kann."

„Sie müssen warten", sagte Travis. „Nicht auszudenken, wenn ..."

„Ich lasse das Funkgerät draußen", erklärte Jack. „Er soll nicht wissen, dass Sie unterwegs sind. Kommen Sie, so schnell Sie können, und so leise wie möglich."

„Ich gebe über Funk an den Hubschrauber durch, sie sollen ein paar Männer herunterschicken."

„Nein!" erwiderte Jack heftig. „Das wird er hören. Und wenn er schießt, kann ich nichts tun. Ich will nicht, dass das Leben der Geiseln gefährdet wird."

„Verdammt, Dolan. Für uns lautet das oberste Gebot bei Entführungen, dass wir uns nicht in die Hände eines Geiselnehmers geben. Das wissen Sie."

„Halten Sie den Mund und beeilen Sie sich", sagte Jack. Er schaltete das Funkgerät ab und legte es auf den Fußboden.

Als Nächstes zog er die Pistole aus dem Halfter, steckte sie in seinen Stiefelschaft und zog das Hosenbein wieder darüber. Das Halfter ließ er ebenfalls auf dem Boden zurück. Vielleicht glaubte Ross, dass das Sturmgewehr seine einzige Waffe war. Er würde sie ihm abnehmen, und Jack hätte noch eine Chance.

Er ging wieder den Korridor entlang. Dieses Mal näherte er sich dem Zimmer, ohne seine Schritte zu dämpfen. Ross sollte glauben, er käme direkt von draußen hereingestürmt.

Entsetzt über die von Ross gestellte Forderung, schüttelte Isabella ungläubig den Kopf.

„Was um alles in der Welt bringt Sie auf den Gedanken, wir könnten in kurzer Zeit eine solche Geldsumme auftreiben? Sehen Sie sich um. Dies ist ein altmodisches Hotel. Die einzigen Gäste, die wir haben, kommen wegen der Klinik. Der Restaurantbetrieb wirft kaum Gewinn ab. Wir sind keine reichen Leute. Ihre Forderung ist lächerlich."

Rostow sah sie drohend an. „Sie lügen. Sie leben hier wie eine Königin. Ihr Vater war Arzt, und die anderen alten Männer sind es auch ... amerikanische Ärzte haben immer Geld."

„Ärzte sind nur zwei von ihnen", schränkte Isabella ein. „Und Sie haben sich schon lange aus dem Beruf zurückgezogen."

Rostow lachte. „Sie wissen so vieles nicht", sagte er und wies mit dem Pistolenlauf auf Davids Gesicht. „Warum sagen Sie ihr nichts? Warum halten Sie das kleine Mädchen noch immer in Unwissenheit?"

Isabella sah ihre Onkel an und wartete darauf, dass sie Rostow widersprachen. Aber sie warfen ihr nur bedauernde Blicke zu.

Plötzlich brach der Zorn aus ihr heraus. „Ich kann das nicht mehr aushalten! Nein, ich *will* das nicht mehr aushalten! Keine Minute länger! Ihr redet in Rätseln. Jeder von euch." Sie stand auf und wies auf Ross. „Es gibt kein Geld. Jetzt schießen Sie endlich, und dann lassen Sie uns allein, damit wir in Frieden sterben können."

Rostow hatte noch nicht geantwortet, als ein Klopfen an der Tür zu hören war.

„Isabella? Liebling? Bist du im Zimmer?"

Hoffnung keimte in ihr auf und erlosch im selben Moment. Das war Jack! Rostow würde ihn töten.

„Jack, lauf weg! Ross hält uns als Geiseln gefangen! Du ..."

Rostow schlug ihr ins Gesicht. Sie fiel hin. In diesem Augenblick stürmte Jack durch die Tür, das Gewehr auf Victor Ross gerichtet. Jack warf einen Blick auf die zusammengekrümmt am Boden liegende Isabella und auf den Mann, der über ihr stand.

„Sie elender Hundesohn." Seine Stimme war leise und tonlos,

aber der Ausdruck in seinen Augen verriet die Wut, die in ihm kochte.

Rostow grinste. „So treffen wir uns wieder. Ich hatte gleich den Verdacht, dass Sie kein Schriftsteller sind. Und jetzt weg mit dem Gewehr, sonst bringe ich Ihre Freundin um."

Jack zögerte.

„Machen Sie schon!" herrschte Rostow ihn an. „Langsam verliere ich die Geduld, mit allen hier."

Jack lehnte das Gewehr an die Wand.

„Erlauben Sie mir, dass ich mich um sie kümmere", bat er und wies auf Isabella.

„Rühren Sie die Frau nicht an", befahl Rostow. „Das tun Sie erst, wenn ich es sage. Jetzt gehen Sie da hinüber zu den anderen. Ich habe noch viel zu erledigen, bevor die Nacht vorbei ist."

Jack verfluchte sich, dass er zu lange mit seinem Eingreifen gewartet hatte. Wäre er früher gekommen, läge Isabella jetzt nicht bewusstlos und blutend am Boden.

„Gut. Wo waren wir stehen geblieben?" fragte Rostow, nachdem Jack sich neben dem Kamin hingestellt hatte, nur wenige Zentimeter von Isabellas Kopf entfernt. „Ach ja. Das Geld. Sie wollten mir das Geld besorgen."

„Warum sollten wir?" fragte David. „Sie werden uns ja doch töten."

Rostows Augen verengten sich zu einem nachdenklichen Ausdruck. Was der Mann sagte, war nachvollziehbar. Er warf einen Blick auf das Tagebuch am Boden. Vielleicht ließ sich daraus noch Kapital schlagen. Er wies mit der Pistole auf die Kladde.

„Ich denke, Sie werden mir eine Menge zahlen, damit ich niemandem zeige, was in diesem Buch steht."

Jacks Blick glitt ebenfalls zu dem alten Lederband, der dicht bei Isabellas Füßen lag.

David schüttelte den Kopf. „Wenn wir tot sind, welche Rolle spielt das noch?“

Rostow grinste höhnisch. „Für Isabella spielt es eine Rolle. So ist es doch, nicht wahr?“

Die alten Männer saßen in der Falle und wussten es. Sie sahen sich an, dann nickten sie stumm, einer nach dem anderen.

„Dann kommen wir ins Geschäft?“ fragte Rostow.

„Sie sollen Ihr Geschäft haben“, sagte David. „Unter einer Bedingung.“

„Die wäre?“

„Verschonen Sie das Leben dieser beiden Menschen.“ David wies auf Jack und Isabella. „Entweder lassen Sie sie am Leben, oder Sie töten uns alle und bekommen gar nichts.“

„Logisch“, sagte Rostow. „Ich verspreche es.“ Er ließ seinen Blick durch den Raum schweifen auf der Suche nach dem Versteck für den Tresor. Hinter dem Gemälde dort? Neben dem Kamin?

„Und jetzt bitte das Geld.“

Isabella jammerte leise und hob die Lider. Ihr Kopf tat weh, und das Schlucken fiel ihr schwer. Als sie sprechen wollte, zuckte ein stechender Schmerz entlang des Jochbeins in ihre Schläfe. Sie fasste an ihr Gesicht und stöhnte auf.

Jack sank in die Knie und barg sie in seinen Armen.

„Ich bin hier, Liebling. Bleib ganz ruhig liegen.“

„Sie sollen die Frau nicht anrühren!“ brüllte Rostow.

David trat dazwischen.

„Sie haben ein Versprechen gegeben“, sagte er.

Rostow fluchte. „Holen Sie jetzt das Geld! Ich verliere wirklich bald die Geduld.“

„Das Geld ist nicht hier“, sagte David. „Aber es befindet sich ganz in der Nähe.“

Rostow zielte mit dem Pistolenlauf auf Isabellas Kopf.

„Sie lügen!“ schrie er. „Ich warte nicht länger.“

„Er lügt nicht“, schaltete sich mit einem Mal Jasper ein.

„Ja, es ist die Wahrheit“, bestätigte Thomas.

„Wir können es von meiner Zimmersuite aus holen“, sagte David. „Aber Sie müssen mitkommen.“

Rostow runzelte die Stirn. „Was für eine Finte versuchen Sie da? Hinter Ihren Räumen gibt es nur die Feuerleiter.“

David lächelte. „Oh, da irren Sie sich“, sagte er leise. „Glauben Sie, wir hätten unsere Experimente in einem öffentlich zugänglichen Labor ausgeführt?“

Jack spürte, dass Isabella zusammenzuckte. Er drückte ihren Arm und hoffte, sie würde die Botschaft verstehen und sich ruhig verhalten. Ihn überkam eine Ahnung, dass sie gleich erfahren würden, warum Frank Walton sterben musste.

„Wo?“ fragte Rostow und blickte sich um. „Wohin gehen wir?“

„Abwärts“, antwortete David. „Wir gehen in die Unterwelt. Aber die beiden bleiben hier. Sonst zahlen wir nicht.“

„Auf keinen Fall“, sagte Rostow. „Zuerst will ich das Geld sehen, oder sie sterben.“

David nickte. Er gab nach, weil er keine andere Wahl hatte. Als er in der Gerichtsmedizin von Brighton Beach gewesen war, um Franks Leiche zu identifizieren, hatte er gesehen, dass Ross es ernst meinte.

„Stehen Sie auf!“ befahl Rostow und fuchtelte mit der Pistole in Jacks Richtung. „Helfen Sie der Frau hoch. Wir gehen zusammen. Und wenn Sie Glück haben, kommen wir alle zurück.“

Jack kam auf die Füße, dann half er Isabella auf. Als sie schwankte, legte er seinen Arm um sie.

„Stütz dich auf mich“, sagte er leise.

Isabella sank gegen seinen Oberkörper und klammerte sich

fest, bis sie das Gleichgewicht wieder gefunden hatte und laufen konnte.

„Mich auf dich stützen, ich glaube, das mache ich seit dem Tag, als du angekommen bist, Jack."

„Bewegung", kommandierte Rostow.

David nickte den anderen Männern zu. Sie folgten ihm ins Schlafzimmer.

„Wohin gehen Sie?" rief Rostow.

„Wollen Sie das Geld?" fragte David. „Dann folgen Sie mir."

David öffnete die Tür zu seinem Wandschrank und trat hinein. Die anderen Onkel folgten ihm.

„Was zum Teufel soll das?“ wollte Rostow wissen.

Das Gleiche fragte sich Jack, aber er unterdrückte eine Bemerkung.

Isabella war noch immer benommen. Dass sie in einem Schrank standen, begriff sie erst, als sie sah, wie David einen Stapel Kleider zur Seite schob und ein Regelbrett niederdrückte. Im nächsten Moment glitt die Wand vor ihnen zur Seite und verschwand. Isabella hielt hörbar den Atem an, als sie sah, dass sich dahinter ein Aufzug befand. Die Tür war bereits offen.

„Steigen Sie ein“, sagte David.

„Nach Ihnen“, schnarrte Rostow. Als alle außer ihm in der Kabine waren, erkannte er, dass es in dem kleinen Raum eng wurde. Die anderen konnten ihn leicht überwältigen. Um sich abzusichern, riss er Isabella aus Jacks Armen und presste den Pistolenlauf an ihre Ohrmuschel. „Sie bleibt bei mir“, sagte er. „Eine falsche Bewegung, und ihr Gehirn klebt einem von Ihnen im Gesicht.“

Isabella stöhnte auf und taumelte.

„Tun Sie ihr nichts“, bat Jack. „Wir machen alles, wie Sie wollen. Das schwöre ich. Habe ich Recht, Männer?“

Die Onkel nickten angsterfüllt.

Zufrieden, dass er die Oberhand hatte, bestieg Rostow die Kabine. Sie fuhren abwärts.

Jack dachte darüber nach, wie viel Aufwand die Männer getrieben hatten, um ihr Geheimnis zu wahren. Der Aufzug hielt, und die Tür öffnete sich. Was sie jetzt sahen, ließ Jack staunen. Vor ihnen lag ein hell erleuchteter Tunnel.

„Was ist das?" fragte Rostow. „Ich dachte, wir würden in ein Laboratorium kommen."

„Das stimmt auch", sagte David und wies erklärend auf die Elektrowagen, die in einer Reihe an der Wand parkten. „Steigen Sie ein, wir sind gleich da. Ich fahre voran."

Die alten Männer verteilten sich auf die Fahrzeuge. Rostow blieb keine Wahl. Er musste ihnen folgen.

Er schob Isabella in den letzten Wagen.

„Sie fahren", befahl er Jack. „Wir sitzen hinter Ihnen. Und vergessen Sie nicht ..."

„Wir haben alle verstanden", fuhr Jack ihn an. „Und nehmen Sie um Himmels willen diese verdammte Pistole von ihrem Ohr fort. Nicht auszudenken, wenn Sie stolpern oder hinfallen. Denn ich warne Sie, wird Isabella auch nur ein Haar gekrümmt, brauchen Sie kein Geld mehr – und auch sonst nichts."

Rostow stieß seine Geisel auf den Rücksitz und glitt neben sie. Jack setzte den Wagen in Bewegung und fuhr hinter den anderen drei Fahrzeugen her, die sich bereits in einigem Abstand vor ihnen im Tunnel befanden.

Für David stand fest, dass Zerstörung die einzige Lösung sein würde. Eine andere Möglichkeit blieb nicht mehr. Aber um Isabella und Jack heil wieder nach oben zu bringen, mussten sie Schlauheit einsetzen.

„Jasper ... du weißt, was wir tun müssen", sagte er.

„Ja."

„Rufus ... bist du der gleichen Ansicht?"

Rufus seufzte und rieb seinen ausladenden Bauch.

„Ja. Aber hätte ich gewusst, dass heute Abend das Ende kommt, hätte ich mir noch mal von der Pfirsichpastete genommen."

Sie lachten. Die Bemerkung gab ihnen für einen Moment das

Gefühl, dass alles in Ordnung war. Dann hörten sie Rostow hinter ihnen brüllen, sie sollten den Mund halten und langsamer fahren. Der Heiterkeitsausbruch war vorüber.

Sie hatten die Strecke in viel zu kurzer Zeit hinter sich gebracht und waren vor den Labortüren angekommen.

Jack stieg aus und wandte sich an Isabella. Aber Rostow war nicht bereit, seine Geisel aufzugeben. Nicht so weit und so tief unter der Erde.

„Wo sind wir?“ fragte er.

„Unter dem White Mountain“, erklärte David.

„Donnerwetter“, sagte Jack halblaut. „Kein Wunder, dass niemand Ihr Geheimnis kannte.“

„Oh, wir haben uns nicht hier unten verkrochen“, sagte David. „Unser Versteck war die Öffentlichkeit. Wie andere Menschen auch sind wir unserer täglichen Arbeit nachgegangen. Nur die Experimente haben wir hier durchgeführt.“

Rostow wurde zunehmend nervöser. Er hatte enge Räume nie gemocht. Seine Haut kribbelte bei dem Gedanken, dass ein ganzer Berg mit seinem Gewicht auf ihnen lastete.

„Hören Sie auf zu reden und gehen Sie hinein“, befahl er.

David gab den Code ein. Die Tür glitt zur Seite.

Nachdem sich die Beleuchtung eingeschaltet hatte, betraten sie den riesigen Raum.

Ungläubig staunend, sah Isabella ihre Onkel an, die sich mit großer Selbstverständlichkeit zwischen Labortischen und Computern bewegten. Dann ließ sie den Blick durch den Raum wandern. Die Einrichtung war aus Edelstahl und Glas, fleckenlos sauber und auf Hochglanz poliert. Die Lampen an der Decke verbreiteten taghelles Licht.

„Das Geld!“ brüllte Rostow. „Wo ist das Geld?“

„Jasper wird es holen“, antwortete David.

Jasper eilte zu einem Panzerschrank, der an der gegenüberliegenden Wand stand. Rostow wurde neugierig und ließ in seiner Aufmerksamkeit nach. Er ging zu Jasper, Isabella noch immer mit der Pistole in Schach haltend. Als Jack Anstalten machte, ihnen zu folgen, fasste David seinen Arm und hielt ihn zurück.

„Warten Sie", flüsterte er. „Ich habe nicht viel Zeit. Es gibt einige Dinge, die Sie wissen müssen."

„Das ein oder andere weiß ich bereits", entgegnete Jack. „Sie waren alle mit ähnlichen Projekten beschäftigt, als Ihre Regierungen beschlossen, die Forschungen nicht weiterführen zu lassen. Habe ich Recht?"

David lächelte. „Ich wusste, dass Sie Verstand haben." Dann wurde sein Gesichtsausdruck wehmütig. „Sie lieben unsere Isabella, nicht wahr?"

„Ja."

„Obwohl es uns gibt?"

„Trotz allem hier", sagte Jack einfach. „Helfen Sie mir, Isabella lebend herauszubringen."

„Das wird geschehen", versprach David. „Aber zuerst hören Sie mich an. Ihr Leben könnte noch immer in Gefahr sein, und nur Sie werden davon wissen."

Sie warfen einen Blick zu der Wand, wo Jasper vor dem Tresor kniete.

„Man ließ uns mit unseren Projekten nicht weitermachen, das stimmt", sagte David. „Aber wir glaubten an unsere Arbeit. Es war John Rhodes ... ich sollte sagen, Samuel Abbott, der als Erster den Vorschlag machte, dass wir unseren Tod vortäuschen sollten. Einige zögerten, aber angesichts der Aussichten, die uns erwarteten, waren wir uns schnell einig. Ja, wir haben eine neue Identität angenommen, aber niemand kam dabei zu Schaden. Durch die Namen, die wir von da an führten, hatten wir keine materiellen Vorteile.

Ihre Regierung hat uns nie Gelder gezahlt, wir haben auch keine Spenden oder Mittel aus Stiftungen für die Klinik angenommen. Unsere Aufgabe bestand nur darin, Frauen zu helfen, die sich ein Kind wünschten. Wir haben der Welt wiedergegeben, was man ihr nehmen wollte, als man unsere Forschungen einstellte."

„Was war das große Geheimnis?" fragte Jack. „Es gibt Hunderte dieser Fruchtbarkeitskliniken. Warum die Lüge mit den Namen? Bis auf Walton ... äh, Waller, hätte jeder von Ihnen einfach seine Arbeit an Projekten der Regierung aufgeben können. Warum haben Sie keine private gynäkologische Praxis unter Ihren eigenen Namen eröffnet?"

David warf einen kurzen Blick in die Runde. Jasper würde den Tresor gleich geöffnet haben. Er musste sich beeilen.

„Unsere Forschungen beschäftigten sich nicht nur mit der Behandlung von Unfruchtbarkeit."

Jack runzelte die Stirn. „Worum ging es dann? Was wollen Sie andeuten? Ihre Forschungen betrafen die DNA ... das menschliche Genom ... Gentherapie."

„Wir haben die Ergebnisse unserer Arbeit in der Klinik an einer kleinen Zahl ausgewählter Frauen ohne deren Wissen erprobt."

„Jesus Maria!" murmelte Jack. „Ist Ihnen bewusst, was ..."

Davids Schultern sackten herunter. „Nur zu deutlich", erwiderte er leise.

„Wie viele?" fragte Jack scharf.

David dachte an Mrs. Silvia und beschloss, über das jüngste Projekt zu schweigen.

„Zwanzig im Verlauf der letzten dreißig Jahre."

„Welche Eingriffe haben Sie vorgenommen? Sie haben doch keine Horde von Ungeheuern geschaffen, oder hätte ich mich so in Ihnen getäuscht?"

„Es waren die perfekten Babys", sagte David. „Gesund, kräftig und normal."

„Warum dann die Zurückhaltung?" fragte Jack. „Warum haben Sie die Welt nicht wissen lassen, dass ..."

„Sie starben ... nur ein Kind hat überlebt."

Jack stieß die Luft aus seinen Lungen.

„Wie kamen sie ums Leben?"

„Sie zerstörten sich selbst. Auch wenn die Todesursachen Herzinfarkt, Magersucht, Unfälle waren ..."

„Mit Selbstzerstörung meinen Sie, die Versuchspersonen haben sich *selbst* umgebracht?"

„Ja. Das ist die traurige Wahrheit."

„Gütiger Gott! Warum? Wie kam das?"

„Nicht das ‚Wie' ist die große Frage", sagte David. „Es ist das ‚Warum'. Es heißt, sie hätten behauptet, Stimmen zu hören. Die meisten von ihnen verloren einfach den Verstand."

Jack packte Davids Arm. „Was zum Teufel haben Sie mit diesen Kindern gemacht?"

„Nichts, außer dass wir ihnen das Leben wiedergegeben haben."

Jack hörte, was David sagte. Aber er brauchte einen Augenblick, bis die Worte bei ihm ankamen. Dann traf ihn die Erkenntnis wie ein Schlag.

„Sagen Sie das noch einmal."

„Wir haben nichts weiter getan, als den Kindern eine zweite Lebenschance geschenkt."

Jack starrte auf die Laborgeräte, die ohne Zweifel dem neuesten Stand der Technik entsprachen. Dann sah er in die Gesichter der fünf alten Männer.

„Ich will nicht aussprechen, was ich denke", sagte er mit halb unterdrückter Stimme.

„Dann lassen Sie es", erwiderte David. „Ich sage es an Ihrer

Stelle. Wir haben zwanzig Menschen geklont. Nicht einfach irgendwelche Menschen, sondern solche, die der Welt eine Menge zu geben hatten. Mathematiker, Ärzte, Naturwissenschaftler, Politiker, bedeutende Führungspersönlichkeiten ... sogar ein paar berühmte Unterhaltungskünstler, die das Publikum zu ihrer Zeit heiß geliebt hat." Er fasste Jack beim Arm, und seine Stimme nahm einen flehenden Ton an. „Verstehen Sie denn nicht? Sie hatten der Welt in ihrem ersten Leben so viel geschenkt. Alles sprach dafür, dass sie es ein zweites Mal tun könnten."

„Aber es hat nicht geklappt. Warum nicht?" fragte Jack.

David sah nervös zu Jasper herüber, der den letzten Hebel am Tresorschloss umlegte.

Dann richtete er den Blick ins Leere und blinzelte.

„Glauben Sie an Gott?"

„Ja, aber was hat das mit meiner Frage zu tun? Warum ..."

David wandte sich ihm zu. Sein Gesichtsausdruck war ernst und nach innen gekehrt.

„Samuel war für die Theorie zuständig. Als wir die Klone schufen, dachten wir, wir hätten alles beachtet ... aber wir hatten nicht damit gerechnet, dass sie eine andere Seele haben würden als die Originale. Begreifen Sie jetzt? Wenn Sie an Gott glauben ... dann glauben Sie auch, dass nach dem Tod die Seele oder der Geist, wie immer Sie es nennen wollen ... in den Himmel aufsteigt oder zur Hölle fährt. Richtig?"

„Richtig", sagte Jack.

„Nun weiter. Fast jedes Mal, wenn wir mit einem neuen Projekt begannen, haben wir die DNA von Menschen verwendet, die gestorben waren. Der Geist hatte den Körper bereits verlassen. Die Babys waren vollkommene Kopien – außer in einer Hinsicht: Das gewisse Etwas, das den DNA-Spendern ihre Größe verliehen hatte, fehlte."

Jack stieß hörbar die Luft aus, als hätte er einen Schlag in die Magengrube erhalten. Diese Geschichte würde ihm sein Direktor niemals abkaufen – wenn er überhaupt die Gelegenheit erhielt, sie ihm zu erzählen, und nicht vorher umkam. Dann fiel ihm auf, wie David sich ausgedrückt hatte.

„Sie sagten ‚fast jedes Mal'. Das ist nicht gleichbedeutend mit ‚immer'."

David nickte. „Ich sagte bereits, dass Sie ein kluger Kopf sind. Und Sie haben Recht. Es gab zwanzig Versuche, davon schlugen neunzehn fehl. Von der letzten Selbstzerstörung haben wir heute erfahren."

Jack runzelte die Stirn. „Heute? Wer ...?" Dann begriff er. „John Running Horse?"

David widersprach nicht. „Wen zum Teufel haben Sie in seinem Fall geklont?" setzte Jack nach.

„Wir hatten keine Ahnung, dass bei manchen Implantaten alte Erinnerungen wiederkehren würden", sagte David. „Das geschah nicht bei allen Klonen. John war die Ausnahme. Gut, dass er sich die meiste Zeit im Reservat aufhielt. Sonst wäre die Hölle losgebrochen."

Jack runzelte die Stirn. Er ging im Geist alles durch, was John Running Horse gesagt hatte, als er ihm begegnet war. Memphis. Gitarre. Singen. Plötzlich fiel sein Kinn nach unten.

„Allmächtiger Gott! Sie haben doch nicht ...?"

David zuckte mit den Achseln.

„Wie sind Sie an die DNA herangekommen?"

Wieder hob David die Schultern. „Um diese Dinge hat sich immer Samuel gekümmert. Ich vermute, er bezahlte Mitarbeiter von Beerdigungsinstituten. Normalerweise lief die Beschaffung ziemlich reibungslos."

Jack fuhr sich mit den Fingern durch das Haar. Die Geschichte war unglaublich.

„Was zum Teufel wollten Sie und Ihre Kollegen erreichen? Dass in John Running Horse der König des Rock 'n' Roll wieder aufersteht? Haben Sie nie an die Gefühle der Angehörigen gedacht?"

„Für uns zählt nur das wissenschaftliche Ergebnis."

Jack spürte, dass er nahe daran war, die Fassung zu verlieren. Was diese Männer durch ihr Tun heraufbeschworen hatten, wäre Stoff für einen Horrorfilm gewesen.

„Sind Sie ihm nie begegnet?" fragte er. „Haben Sie die Qualen nicht gesehen, die er litt? Mein Gott, Mann! Ich habe ihn nur einmal getroffen, aber ich konnte sein Leid fühlen."

Davids Kinn zitterte. Zweifel waren ihm nicht fremd. Er hatte sie oft gehabt. Wäre er nicht so feige gewesen, hätte er schon vor Jahren für ein Ende der Experimente gesorgt, bevor diese vielen Menschen dadurch zerstört wurden.

„Ein Klon überlebte vollkommen gesund", murmelte er, weniger als Erklärung an Jack gerichtet, sondern um seine Schuldgefühle zu beschwichtigen.

„Ein Erfolg unter zwanzig, das ist ein verdammt schlechtes Ergebnis", sagte Jack. „Wissen Sie, wo die betreffende Person heute lebt?"

„Oh ja", sagte David. „Das weiß ich. Ich habe geholfen, das kleine Mädchen großzuziehen."

Jacks Nackenhaut kribbelte plötzlich. Er folgte Davids Blick zu Isabella.

„Um Himmels willen ... doch nicht ..."

„Samuel konnte keine Kinder zeugen. Das war der größte Kummer seiner Frau und das Kreuz, das er zu tragen hatte. Isabella wollte die erste Testperson sein, aber Samuel war dagegen. Sie bat, bettelte und schrie, bis er schließlich einwilligte."

David wirkte plötzlich eingefallen. Zum ersten Mal, seit Jack ihn kannte, waren ihm die achtundsiebzig Jahre deutlich anzusehen.

„Die Schwangerschaft verlief vorbildlich. Dann setzten die Wehen ein. Isabella bekam schwere Blutungen, die wir nicht stillen konnten. Sie starb. Bei ihrem letzten Atemzug holten wir das Kind aus ihrem Bauch."

„Das verstehe ich nicht", sagte Jack. „Wenn bei den anderen Klonen später eine geistige Zerrüttung auftrat, warum zeigten sich diese Symptome nicht bei Isabella? Was ist so anders an ihr?"

„Samuel glaubte, seine Frau wünschte sich dieses Kind mit einer solchen Verzweiflung, dass sie auf ihren Platz im Himmel verzichtete und ihre Seele dem Neugeborenen schickte."

In Jacks Gesicht trat ein ungläubiger Ausdruck. David seufzte. „Ich weiß, ich weiß. Die Vorstellung ist schwer zu verdauen, und offen gesagt haben wir als Wissenschaftler diesen Gedanken jahrelang von uns gewiesen. Andererseits konnten wir auch keine bessere Erklärung finden." Er warf Jack einen unruhigen Blick zu. „Ändert das Ihre Gefühle für Isabella?"

„Nein", murmelte Jack. „Zum Teufel, nein."

„Dann sollen Sie noch mehr hören", fuhr David fort. „Sie darf nie erfahren, was wir getan haben. Sonst wird sie für den Rest ihres Lebens an ihrem Daseinsrecht zweifeln."

Jack nickte. Sogar unter Todesgefahr würde er lügen, um sie vor dieser Hölle zu bewahren, von der er jetzt wusste.

„Noch etwas müssen Sie bedenken. Sie ist ihre Mutter, in jeder Hinsicht. Die Todesursache ihrer Mutter war ein Aneurysma im Uterus. Wenn Isabella Kinder bekommt, wird sie an der gleichen Gefäßveränderung leiden."

Jack sah entsetzt zu Isabella und fragte sich, wie er mit diesem Wissen leben sollte, ohne sich zu verraten.

„Wollen Sie damit sagen, dass sie niemals Kinder haben darf?"

„Nein. Sie müssen ihren Arzt nur dazu bringen, sie gründlich genug zu untersuchen, damit er die Gewebeschwäche selbst entdeckt. Die betroffene Stelle kann operiert werden. Wir hätten Isabellas Leben retten können, wären wir früher auf diese Gefahr aufmerksam geworden."

„Aber hätte sie überlebt, was wäre dann aus dem Kind geworden?" fragte Jack.

David seufzte. „Glauben Sie mir ... auch wir haben uns diese Frage immer wieder gestellt." Er zuckte mit den Achseln. „Jedenfalls kennen Sie nun ein großes Geheimnis. Ich setze mein Vertrauen in Sie, dass Sie Isabella gut behüten." Er sah zu Jasper, der eben die Tür des Panzerschranks öffnete. „Was immer in den nächsten Minuten hier geschieht, Sie haben versprochen, Isabella lebend herauszubringen."

Verwirrt ging Jacks Blick ebenfalls zur Wand, wo die anderen Männer mit Rostow und Isabella standen.

„Was haben Sie vor?"

„Sie werden es sehen", sagte David.

Plötzlich schlug Jasper die Tresortür zu und schnellte in einer für sein Alter erstaunlichen Geschwindigkeit auf die Füße.

„Es ist erledigt!" rief er und warf sich gegen Rostows Pistole. Der Schuss fiel und traf ihn ins Herz. Das war nicht mehr wichtig. Rufus und Thomas hatten Isabella schon aus Rostows Umklammerung gerissen, sie zur Seite gestoßen und versuchten nun, ihn zu überwältigen.

„Laufen Sie weg mit ihr, schnell", rief David.

Jack zog seine Pistole aus dem Stiefelschaft und stürzte auf die Kämpfenden zu.

„Nehmen Sie Isabella, und dann raus hier!" brüllte David. „Viel Zeit haben Sie nicht mehr."

Isabella fuhr erschrocken hoch. Rostow hatte sich herumgedreht und zielte auf ihren Rücken.

Jack schoss, dann noch einmal. Beide Kugeln trafen Rostow im Brustkorb. Während er zusammensackte, rannte Isabella schreiend in seine Arme.

„Es ist vorüber", sagte er und hielt sie fest an sich gedrückt. „Es ist endlich vorbei."

David schob sie zur Tür. Erst als Jack und Isabella draußen standen, merkten sie, dass die anderen im Labor zurückgeblieben waren.

„Wir haben den Countdown für die Zerstörung in Gang gesetzt. Die Bombe wird in fünfzehn Minuten hochgehen. Von hier bis zum Aufzug braucht man acht Minuten", sagte David. „Denken Sie an Ihr Versprechen."

Bevor Jack etwas tun konnte, schlug die Tür zu.

Isabella schrie auf und hämmerte mit den Fäusten gegen den Stahl; ohne Erfolg. Die Platte war fünfundzwanzig Zentimeter dick. Im Labor würde nicht einmal das Geräusch ihrer Schläge zu hören sein.

„Nein! Onkel David! Nein! Bitte, tu das nicht!" bettelte sie und wandte sich mit verzweifeltem Ausdruck an Jack. „Mach, dass sie die Tür öffnen", schrie sie. „Lass nicht zu, dass sie mir das antun!"

Jack hob Isabella auf die Arme. Er trug sie zum nächststehenden Wagen, ließ sie auf den Sitz gleiten und sprang über die Haube auf die andere Seite. Isabella versuchte herauszuklettern, doch Jack hielt sie am Arm fest.

„Sie wollen dir keinen Schmerz zufügen, Isabella. Sie tun das nicht gegen dich, sondern für dich. Und jetzt bleib auf deinem Platz sitzen, sonst wird ihr Tod vollkommen umsonst sein."

„Oh, mein Gott", stöhnte sie und bedeckte das Gesicht mit

den Händen, während Jack den Wagen in Bewegung setzte. Dann traten sie den Rückweg durch den Tunnel an.

Er trat den Gashebel bis zum Boden durch. Sein Herz schlug heftig. Der Wagen wurde nicht schneller als bei der Fahrt in die andere Richtung. Auf seiner Armbanduhr verfolgte er, wie die Sekunden vergingen, und versuchte, sich die Explosion, die sie alle zerfetzen würde, nicht vorzustellen.

Isabella saß stumm neben ihm, den Kopf gesenkt und die Hände vor ihrem Gesicht. Immer wieder sah Jack, wie ihre Schultern bebten und sie ein Schluchzen unterdrückte. Mehr noch als um ihre Sicherheit war er um ihr seelisches Gleichgewicht besorgt. Sie war durch die Hölle gegangen und kannte doch nicht einmal die halbe Wahrheit. Er konnte nur beten, dass er sie beide lebend an die Erdoberfläche brachte. Um Isabellas Gefühle würde er sich später kümmern.

Großzügig gerechnet, hatten sie ungefähr die Hälfte der Strecke zurückgelegt, als der Wagen stehen blieb. Eben hatte er sich noch gleichmäßig voranbewegt, wurde dann plötzlich langsamer und hielt ganz.

„Verflucht“, knurrte er, versuchte zu starten und hörte nur ein Klicken.

„Was ist los?“ fragte Isabella.

„Die Batterien sind leer“, sagte er und griff nach ihrer Hand. „Kannst du rennen?“

„Ich denke schon.“ Sie blickte hinter sich, während Jack sie aus dem Wagen zog.

Er packte sie bei den Schultern. Sie sollte in seine Augen sehen. „Du darfst das nicht nur denken. Du musst es tun.“

Isabella stöhnte vor Angst.

„Liebst du mich?“ schrie er.

Tränen rollten auf ihre Wangen. „Ja.“

„Das ist verdammt gut, denn ich liebe dich mehr als mein Leben. Wenn du nicht rennst, werden wir beide sterben.“

Er zerrte sie im Laufen mit sich und riss sie beinahe von den Füßen. Während er sich darauf konzentrierte, dass sie ein gleichmäßig hohes Tempo beibehielten, wurde ihm bewusst, dass es stimmte. Er liebte sie! Gott, und wie er sie liebte! Und hinter ihnen tickte der Zeitzünder einer Bombe.

Isabella achtete nicht auf die Schmerzen in ihrem Kopf und auf die entsetzliche Angst, die ihr Herz zusammenkrampfte. Sie rannte neben Jack her und gab alle Kraft in ihre Beine, um mit ihm Schritt zu halten.

Eine Minute verging, dann noch eine. Ganz gleich, wie sehr sie sich anstrengten, noch schneller zu laufen, es tauchten immer neue Lichter auf. Der Tunnel schien nie zu enden.

„Jack?“

Er hörte die Angst in ihrer Stimme, aber die Zeit fehlte, um Isabella zu beschwichtigen.

„Nicht reden“, sagte er, während ihre und seine Sohlen auf dem Boden hallten. „Lauf einfach weiter.“

Einmal stolperte sie und fiel der Länge nach hin. Für einen Moment konnte sie nicht atmen.

Jack riss sie wieder hoch. Den Arm um ihre Taille geschlungen, schleppte er sie weiter, bis sie sich wieder aus eigener Kraft aufrecht halten konnte.

Kostbare Minuten vergingen. Isabellas Muskeln brannten. Ihre Lungen taten weh, wenn sie keuchend einatmete. Der Schmerz beherrschte ihre Wahrnehmung.

Plötzlich machte der Tunnel eine Kurve, und sie sahen das Ende vor sich.

„Wir sind fast da“, schrie Jack. „Nur noch wenige Meter.“

Isabellas Beine gaben nach. Sie unterdrückte ein Schluchzen.

Wieder hob Jack sie hoch. Einen Arm unter ihre Schultern gelegt, trug er sie den Rest des Weges.

Innerhalb von Sekunden hatten sie den Aufzug erreicht. Jack schob Isabella hinein, schloss die Tür und presste den Knopf für die Aufwärtsfahrt. Sofort setzte sich der Lift in Bewegung. Jack sah auf seine Armbanduhr. Dreizehn Minuten waren vergangen. Sie hatten den Rückweg fast geschafft.

Plötzlich ruckte die Kabine, dann blieb sie stehen. Die Tür öffnete sich nicht.

„Was ist das?“ schrie Isabella. „Was ist jetzt passiert?“

„Ich weiß es nicht“, erwiderte Jack, während er verzweifelt den Notfallknopf drückte.

So plötzlich, wie die Aufzugkabine stehen geblieben war, setzte sie sich wieder in Bewegung. Nur fuhr sie dieses Mal nicht nach oben, sondern abwärts.

„Nein“, kreischte Isabella. „Was soll das?“

Jack zog seine Waffe. Er rechnete mit dem Schlimmsten.

Sekunden später hielt der Lift an. Die Tür ging auf. Niemand war zu sehen.

Jack drückte den Knopf für die Aufwärtsfahrt von neuem. Die Tür schloss sich wieder, und die Kabine bewegte sich nach oben.

Isabella umfasste Jacks Schultern. Ihr Gesicht war schmutzverschmiert, sie hatte eine geschwollene Wange und eine Platzwunde. Überall auf ihren Kleidern waren Blutflecken. Jack sah sie an und fand, dass sie noch nie so schön gewesen war wie in diesem Moment.

„Ich liebe dich, Jack Dolan. Mach, dass dieses verdammte Ding funktioniert.“

Er hätte schreien mögen ob seiner Ohnmacht, aber er zwang sich zu einem Lachen.

„Tinkerbell, ich habe alles getan, was ich kann. Der Rest liegt in Gottes Hand.“ Er küsste sie hart.

Dann hielten sie an. Die Tür glitt zur Seite, und sie blickten in Davids Wandschrank.

Jack ergriff Isabellas Hand, und sie traten aus der Kabine. Er betätigte den Mechanismus, und die Rückwand des Schranks schob sich an ihren Platz zurück.

Isabella schüttelte den Kopf.

„Ich kann nicht glauben, dass ich so viele Jahre in diesem Haus gelebt habe und nicht wusste, dass es das hier gibt.“

Jack war nicht sicher, ob sie schon weit genug entfernt waren. Die Bombe, deren Zeitzünder die alten Männer in Gang gesetzt hatten, würde nicht nur das unterirdische Labor zerstören, das sagte ihm eine Ahnung. Die Forscher mussten das System zur Spurenvernichtung gleich am Anfang ihrer Arbeit eingebaut haben. Sie waren bereit gewesen, für das zu sterben, woran sie glaubten, und sie gehörten nicht zu den Menschen, die wichtige Dinge dem Zufall überließen.

„Wir müssen hier weg“, sagte Jack.

„Aber ich dachte ...“

„Sind noch Gäste im Hotel?“

„Mein Gott! Willst du damit sagen, dass dies alles hier ...“

„Ich weiß nicht, womit wir rechnen müssen“, erwiderte er. „Aber ich habe deinem Onkel David versprochen, dafür zu sorgen, dass du überlebst. Und ich bin entschlossen, mein Wort zu halten.“

„Ich glaube nicht“, sagte sie. „Wir müssen im Gästeverzeichnis nachsehen.“

Sekunden später hatten sie den Raum verlassen. Sie rannten die Treppe nach unten, durch die Halle und zum Empfangstresen.

„Alle sind fort“, sagte Isabella nach einem Blick auf das Schlüsselbrett. „Auch die Silvias.“

Jack nahm Isabella wieder bei der Hand. Er zog sie durch den Speisesaal und auf die Terrasse nach draußen.

„Sieh dort!“ Jack wies auf eine Reihe schwankender Lichter, die sich in einiger Entfernung voranbewegte. „Das ist das Suchkommando. Sie kommen vom Berg herunter, und keinen Augenblick zu früh.“

Dann kam die Detonation. Sie spürten sie zunächst mehr, als dass sie sie hörten. Die Erde unter ihren Füßen fing an zu wackeln.

„Jack! Was ...“ Die Druckwelle rollte mit dumpfem Grollen durch den Untergrund heran.

„Nein“, stöhnte Isabella. „Oh nein.“ Sie hob den Blick zum White Mountain, als könnte sie den fünf dahinscheidenden Seelen auf diese Weise die letzte Ehre erweisen.

Plötzlich hielt sie hörbar die Luft an.

„Jack! Sieh nur!“

Ihre letzten Worte gingen unter in einem ohrenbetäubenden Krachen. Jack folgte mit dem Blick ihrem ausgestreckten Finger und sah den Berggipfel bersten. Aus dem Krater schlug Feuer. Steine wurden in die Luft geschleudert, und Rauch quoll hervor. Der Schnee weiter unten färbte sich schwarz.

„Um Himmels willen“, murmelte Jack. „Das war der Weltuntergang.“

„Sind wir in Gefahr?“ schrie Isabella in dem Versuch, sich in dem donnernden Lärm Gehör zu verschaffen.

Jack runzelte kurz die Stirn und überdachte ihre Frage. Dann schüttelte er den Kopf.

„Nein. Ich bin sicher, dass es keine Atombombe war. Trotz ihrer Taten haben die alten Männer das Leben zu sehr geachtet, um einen Schaden wie diesen anzurichten.“

Isabella brach in Tränen aus. Sie starrte blind in die Flammen, die aus dem White Mountain schlugen.

„Wir werden nie die ganze Wahrheit erfahren. Nicht wahr, Jack?“

Er sah zu ihr herunter. In ihren feuchten Augen schimmerte der Widerschein des Feuers. Er atmete tief ein und küsste sie auf die Stirn. Jetzt wusste er, wie es sich anfühlte, wenn ein Mensch bereit war, aus Liebe in den Tod zu gehen.

„Nein, mein Liebling. Vermutlich nicht. Spielt das eine Rolle für dich?“

Sie seufzte und lehnte sich gegen ihn.

„So lange ich dich habe, ist alles andere unwichtig.“

EPILOG

Isabella legte die Schlüssel auf den Tresen und ließ ihren Blick ein letztes Mal durch die Lobby schweifen. Alles war sauber und frisch poliert für die neuen Besitzer von Abbott House.

Stumm beobachtete Jack, wie sie zur Treppe ging und zu dem Gemälde hochsah. Sie wirkte so verloren, dass er es nicht ertrug, sie dort allein stehen zu sehen. Er trat hinter sie und schloss sie in die Arme.

„Wir können es mitnehmen, wenn du willst."

Sie wandte sich nicht um und schüttelte den Kopf.

„Nein. Es gehört hierher."

„Dieser Ansicht sind die neuen Besitzer auch", sagte Jack. „Sie scheinen das Bild wirklich zu mögen."

Isabella machte sich los und drehte sich zu ihm um. Sie lächelte ihn an.

„Vielleicht haben sie auch Erscheinungen."

Jack umschloss ihr Gesicht mit den Händen. Er mochte, wie sich ihre Haut unter seinen Handflächen anfühlte.

„Nein. Ich glaube nicht, dass der Geist deiner Mutter rastlos im Haus umherwandert. Ihr geht es gut, davon bin ich überzeugt."

„Ja, natürlich. Jetzt ist sie wieder mit Daddy vereint."

Jack suchte in Isabellas Zügen nach Anzeichen für eine innerliche Zerrüttung. Doch er sah nur den Frieden in ihren Augen und dass sie vor Freude strahlte.

„Ja, ich bin sicher, dass sie bei dem Mann ist, den sie liebt."

„Genau wie ich."

„Ja, meine Liebste. Genau wie du."

Queens, New York – elf Monate später

Maria Silvia stand vor dem Altar. Sie trug ein festliches hellgraues Kleid, und auf ihrem Gesicht lag ein madonnenähnliches Lächeln. Leonardo hielt ihren Sohn in den Armen. Der Priester sprach zu den Paten und erinnerte sie an ihre Pflichten, doch Maria kannte die Worte auswendig. Ihre Aufmerksamkeit galt nur dem Baby ... dem vollkommenen engelsgleichen Ausdruck in seinem Gesicht.

Du hast meine Gebete erhört, lieber Gott ... und jetzt höre ich deine Stimme.

„Welchen Namen soll das Kind tragen?“ fragte der Priester.

Leonardo blickte auf seinen Sohn herab. Sein Herz schlug heftig, und ihm wurde die Kehle eng.

„David Bartholomeo Silvia“, antwortete er. „Nach dem Arzt, der uns geholfen hat, dieses Kind zu bekommen, und nach meinem Großvater, der nie das Glück gekannt hat, in einem freien Land zu leben.“

Maria schob ihre Hand unter Leonardos Arm. Der Priester tauchte seine Finger in das Weihwasser und formte das Kreuzzeichen auf Davids Stirn.

„Ich taufe dich auf den Namen David Bartholomeo Silvia, im Namen des Vaters und des Sohnes und des Heiligen Geistes. Amen.“

Marias Puls überschlug sich. Das Pochen in ihren Ohren übertönte alles, nur nicht den leisen Protestschrei, den ihr Sohn abgab, als das Wasser sein Gesicht berührte.

„Schsch“, machte sie und küsste die Stelle, wo ihn das Weihwasser berührt hatte.

Das Baby lächelte beim Klang der Stimme seiner Mutter und beruhigte sich rasch.

Allzu bald war die Zeremonie vorüber. Die Gäste bewegten

sich zum Ausgang, um an dem Festessen teilzunehmen, das Maria zu Hause vorbereitet hatte.

Leonardo blieb stehen und reichte Maria das Baby.

„Ich habe vergessen, Vater Joseph das Geld zu geben", sagte er. Dann eilte er zurück zum Altar, um den Priester noch zu erreichen, bevor dieser in die Sakristei verschwand.

Maria wartete und wiegte das Baby im Arm. Eine Freundin trat zu ihr. Die beiden Frauen begannen eine Unterhaltung.

Das Baby blickte gebannt zu seiner Mutter hinauf, fast als lausche es dem, was sie sagte. Draußen hatte eine Wolke die Sonne verdunkelt und zog nun weiter. Helles Licht fiel schräg durch die bunten Glasscheiben der Kirchenfenster und brachte die Säulen und Wände, auf die es fiel, zum Leuchten. Auch Marias Haar schien plötzlich von einem Strahlenkranz umgeben.

Die Aufmerksamkeit des Babys wandte sich zum Fenster. Der kleine Junge blinzelte, dann lag er ganz ruhig. Seine Pupillen weiteten sich, und er sah aus, als lausche er auf etwas, das nur er hören konnte.

Plötzlich rief die Frau neben Maria: „Sieh nur! Der kleine David, wie er zu dem Fenster mit dem Bild von Gottvater starrt!"

Maria blickte auf ihren Sohn herunter und auf den entrückten Ausdruck in seinem Gesicht.

„Es ist alles, wie es sein soll", sagte sie leise.

„Was meinst du damit?" fragte ihre Freundin.

„Siehst du nicht? Er freut sich, weil er die Engel sehen kann."

„Welche Engel?"

„Die Engel, die über ihn wachen werden, während er ein Gottesdiener wird."

„Was?"

„Ich habe Gott ein Gelübde gegeben", erklärte Maria.

„Was hast du ihm versprochen?“

„Das Baby. Gott gab mir ein Kind, das ich großziehen kann, und wenn die Zeit gekommen ist, gebe ich den Mann, zu dem mein Sohn einmal wird, an Gott zurück.“

Die Freundin lachte, ein wenig erschrocken über Marias Worte.

„Ja, sicher. Jede Frau wäre stolz, einen Priester in der Familie zu haben. Aber was ist, wenn David andere Pläne hat?“

Maria blickte ihren Sohn an, der so klein und hilflos in ihrem Arm lag. Dann betrachtete sie wieder den entrückten Ausdruck in seinen Augen.

„Siehst du es nicht?“ fragte sie leise. „Er weiß es schon.“

– ENDE –

Deutsche Erstveröffentlichung

Christiane Heggan

Der Duft des Mörders

Jennas Ex-Mann wird tot aufgefunden. Ermordet. Der Täter hinterlässt keine Spuren. Nur ein eigentümlicher Geruch hängt in der Luft. Wonach? Jenna ermittelt auf eigene Faust, und gerät selbst in Lebensgefahr.

Band-Nr. 25140
7,95 € (D)
ISBN 3-89941-179-X

Deutsche Erstveröffentlichung

Emilie Richards

Das Geheimnis des Priesters

Die Familientragödie liegt mehr als hundert Jahre zurück. Und doch beeinflusst sie das Leben der irischstämmigen Megan mehr und mehr. Die temperamentvolle Wirtin begibt sich auf Spurensuche – und entdeckt die Liebe zu einem ehemaligen Priester …

Band-Nr. 25141
7,95 € (D)
ISBN 3-89941-180-3

MIRA®

Deutsche Erstveröffentlichung

Erica Spindler
Im Schatten des Mörders

Band-Nr. 25129
7,95 € (D)
ISBN 3-89941-168-4

Deutsche Erstveröffentlichung

Heather Graham
Ihr letzter Tanz

Band-Nr. 25130
7,95 € (D)
ISBN 3-89941-169-2

Jennifer Blake
Die Zisterne

Band-Nr. 25131
7,95 € (D)
ISBN 3-89941-170-6

Vorschau
Dieser Roman erscheint im Oktober 2005

Heather Graham
Unter tausend Monden

Deutsche Erstveröffentlichung

Band-Nr. 25166
7,95 € (D)
ISBN 3-89941-208-7

Vorschau
Dieser Roman erscheint im Oktober 2005

Tess Gerritsen
Gefährliche Begierde

Deutsche Erstveröffentlichung

Band-Nr. 25150
7,95 € (D)
ISBN 3-89941-189-7

Vorschau
Dieser Roman erscheint im Oktober 2005

Erica Spindler
Gefangene des Ruhms

Band-Nr. 25151
7,95 € (D)
ISBN 3-89941-190-0